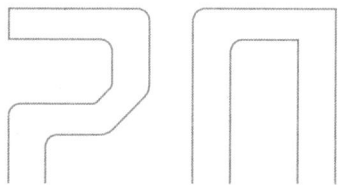

木棉或鲇鱼

邱华栋　何　平　主编

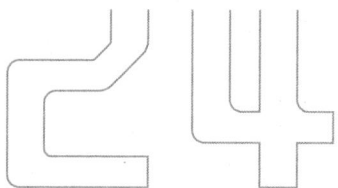

百花洲文艺出版社
BAIHUAZHOU LITERATURE AND ART PRESS

图书在版编目（CIP）数据

木棉或鲇鱼：2024年中国短篇小说精选 / 邱华栋，何平主编. -- 南昌：百花洲文艺出版社，2025.7.
ISBN 978-7-5500-6021-0

Ⅰ . I247.7

中国国家版本馆CIP数据核字第202553YY92号

木棉或鲇鱼 ：2024年中国短篇小说精选

MUMIAN HUO NIANYU: 2024 NIAN ZHONGGUO DUANPIAN XIAOSHUO JINGXUAN

邱华栋　何　平　主编

出 版 人	陈　波	
责任编辑	游灵通	
书籍设计	方　方	
制　　作	何　丹	
出版发行	百花洲文艺出版社	
社　　址	南昌市红谷滩区世贸路898号博能中心一期A座20楼	
邮　　编	330038	
经　　销	全国新华书店	
印　　刷	湖北金港彩印有限公司	
开　　本	720 mm×1000 mm　1/16	
印　　张	22.5	
版　　次	2025年7月第1版	
印　　次	2025年7月第1次印刷	
字　　数	300千字	
书　　号	ISBN 978-7-5500-6021-0	
定　　价	54.00元	

赣版权登字 05-2025-153

邮购联系　0791-86895108
网　　址　http://www.bhzwy.com
图书若有印装错误，影响阅读，可与承印厂联系调换。

目录

1

天津好人许满堂

林　希

许满堂，何许人也？

许满堂乃天津警察署水上警察局东浮桥派出所一员，三等警察是也。

哎哟，水上警察，好差使呀。

警察署，三十年代天津卫顶顶肥的地方。天津卫警察署署长，比南京政府财政总长宋子文老爷还肥，宋子文老爷家的大客厅，只相当于天津警察署署长大人家的小厕所，天津警察署署长大人家的醋瓶子都是翡翠的，天津警察署署长大人家满屋的摆设都是价值连城的文物古董。天津警察署署长大人吃炸酱面的饭碗，是秦始皇喝长寿不老汤的玉碗，还有刘邦当亭长时戴过的竹皮小帽，项羽赐予虞姬绝命酒的夜光杯，一件一件都是国宝。最最被视为镇宅之宝的，是赛金花娘娘坐过的小板凳，据说，那个小板凳，坐多久也不硌屁股。

哈哈，一笑，一笑……

……

天津东浮桥派出所，管辖着海河东浮桥一带地界。这地界，黑白两道共存共荣。

桥上车马，桥下行船。桥上白菜萝卜，桥下虾蟹鲤鱼。桥上人来人往，桥下魑魅魍魉。桥上光明正大，桥下不见天日。桥上行人，正人君子，教书的、写作的、编书的、印报的；桥下，行窃的、贩毒的、吃白钱吃黑钱的、玩轮子的（火车上偷盗的）、站街的、拉皮条的、开暗门子的，但凡见不得人的勾当，都有。

东浮桥下，只有你想不到的，没有你买不到的，无论天上飞的、水里游的、地上跑的，只要你说出名儿来，都绝对能够买到，就看你肯出多少钱。

有人得了怪病，要三岁的蛐蛐，原配。

配药。

哪儿买去呀？东浮桥。别着急，常来常问，来长了，就有人问你："寻"点吗？天津人说："学"点吗？

哎呀！憋死牛了，一对三岁的蛐蛐，原配。

哎呀！早说呀，昨天刚过手一对。

有门儿。

这就是桥底下的买卖。

桥底下的买卖，最缺德的是配阴婚。一户人家的女儿死了，要配个雄鬼，好办，绝对门当户对。商人家庭，配做生意的；读书人家的，配秀才人家。然后合八字，换帖，定日子成婚，做法事，一条龙服务。

世上光明正大的生意不过一二，一大半的生意，都在桥下。

在这个世界里混事由，好人三天变恶鬼，看见一个人拉着一个大姑娘走到桥下，一倒手，被另一个人拽走了，光天化日之下绑架良家女子，难道天津卫没人拔刀相助吗？

拔刀相助？你敢喊一嗓子，一根棍子抢过来，废你一条腿，那时候派出所不管，自己花钱看病去；装看不见，说不定，恶人走过你身边的时候悄悄塞给你五毛钱，你敢不收，也是一条腿。

管辖这一片地界，有好人吗？

有！

此人就是天津好人许满堂。

……

见义勇为的事，许满堂没干过，他知道自己没那份能耐，你抓小偷扭送警察局，办完手续，你从警察局出来，那个刚被你扭进来的小偷，正在警察局门口小摊上吃锅巴菜，你说惹那个麻烦干吗？

但许满堂在岗的时候，东浮桥一带，绝对治安良好，没人在许满堂眼皮子下打劫财物，更没有发生过打群架杀七个宰八个的恶性事件。每天早晨东浮桥两岸，欢声笑语，遛鸟的、吊嗓子的、打太极的，平平安安，绝对没有人故意往地面上扔西瓜皮，看老头们滑倒的倒霉乐。

东浮桥河边，什么人都有，见了好人多搭讪，见着恶人数落几句，有打架的劝开，天津人和睦相处，平安是福。

……

东浮桥河岸，一帮小无赖，合伙在河边练七步神拳。

七步神拳是种什么武功？七步神拳又叫七步索命拳，绕着对手走七步，要了他的命。

杀人不见血的黑拳，干的是脏活。

东浮桥下练习武功，千奇百怪，五花八门，人山人海，这儿一群，那儿一伙，练功的人都夸自己练的一身功夫，扶正祛邪，健身强体，补气、养血、滋阴、助阳，强身立国。对于如此诸多武功，许满堂绝对支持鼓励，你无论如何喊叫，许满堂都绝对不会制止。有人功夫不到家，小武把子翻跟斗，眼看着从河边翻下来要掉河里了，危险！许满堂跑过去扶一把。跌倒了，拉起来，拍拍身上的土，还嘱咐练功不能急，不能一口吃个胖子，得按部就班，不可着急。

在东浮桥边值班，对于练功的人群，许满堂不敢靠近，更不敢掺和。他观察了许久，闹不明白这是什么功，更闹不明白这些人练这种武功有什么用。他只是远远地看着，不敢询问。

许满堂闹不明白的两大神功，一是十几个人聚在一起练习的七步神拳，二是"甲乙经"。七步神拳，打拳而已，一个绰号叫"大龅牙"的青年，不到30岁，身子骨强壮，大扇子面胸膛，八块腹肌，领头喊号"天——地——人——鬼——"如何如何，众人随着他的喊号，一步一步跺得河堤梆梆响。

许满堂只是闹不明白，这许多人每天早早来到东浮桥边，一个个又喊又闹，最后累得人人满头大汗，摔得龅牙咧嘴，说是健身，何必那么玩命呢？

练习甲乙经要清心寡欲，不问人间冷暖，这群人面相斯文，练的是内功，不东瞧西看，心静神定，看着是一种真功夫。

而且这些人还纪律严明，不收新人，不和看热闹的人搭讪，练功之前，先站成一圈，抱拳施礼，口中默默祷念，莫怪自称神功，其中必有机关。

许满堂遇事用心，在河边走来走去，细心观察练习武功的人们。他发现练习七步神拳的人，圈子外立着一面旗子，上面绣着八个字："七步神拳，国泰民安。"再看练习甲乙经的人群，圈外也立着一面旗子，上面也绣着八个字："甲乙神功，天下太平。"

哟，原来他们都身负重任，一个要国泰民安，一个要天下太平。再看大龅牙，在两伙人之间跑来跑去，明明就是两边的老大。

没错，许满堂心领神会，他看出端倪来了，世上凡是打出旗号来的事情，都是在兜揽生意，他两家，一个国泰民安，一个天下太平——他们做的是什么生意呢？

许满堂发现河边时常有人找到大龅牙，好像不是老朋友，见面相互敬烟，还神秘地塞点什么，一番推让，最后收下了，名正言顺，受之无愧，如此，大龅牙一定是做生意的。

细心观察，也有人来到河边向许满堂打听：伯伯，劳您老驾，打听个事儿，说东浮桥河边有个摆平公司……

哟，摆平公司！

顾名思义，摆平公司，就是摆平万般不公之事的公司。

这世界不公之事太多了，棒子面涨钱，公平吗？拉屎撒尿的公共厕所收费，公平吗？不公平，找摆平公司来呀！摆平公司只管管不了的事，马路上一个人冲我骂娘，摆平公司派人过去冲着他也骂一声娘；有人踩我脚了，摆平公司派人过去踩他的脚。摆平嘛，一切不公平的事都要摆平。

摆平公司只管这些芝麻谷子小事，大事绕开走。张作霖和段祺瑞打仗，摆平公司不闻不问。张作霖是奉系，山海关以外是他的地盘，你跑进关来，和人家段祺瑞争天下？难道摆平公司出面劝几句，不都是吃杀人放火饭的吗？好说好商量，差不离儿，就拉倒吧！你们看看天津卫满城是逃难的灾民，没吃没喝，围着麻袋片，睡在河堤上，人心是肉长的，你们的心是铁疙瘩。

听说，摆平公司也干过几桩露脸的活儿。

一家公司，向一家银行借了一大笔钱，赔光了，不还钱。这家银行找到摆平公司，摆平公司一出手，当天下午那小子提着大皮包乖乖把钱送回来了。银行感谢摆平公司，摆大席。银行向大龇牙总管致谢，辛苦辛苦！嘿，辛苦吗呀，我让那小子坐在椅子上，我说，我绕着你走七步。那小子笑了笑，你走呀，你走到劝业场，一万步，别吓唬人，世上吹破天的人见多了。嘿！我才走过去三步，那小子，立马从椅子上站起来，连连向我鞠躬说，我还钱，我还钱。

还接过甲乙经的买卖，只一根手指，俗称点穴，只冲着他的致命穴，一点，立马，人瘫在地上，服了服了。

甲乙经是什么神功呢？

是专门研究针灸穴位的学问，《针灸甲乙经》上说，人身上既有回阳穴，又有致命穴，所以研究针灸穴位既可以挽救生命，也可以置人于死地。

东浮桥河边研究甲乙经的一伙人，有的研究回阳穴，也有的研究致命穴。许满堂每走过这些人身边时，总唠叨几句劝劝，散开散开，锻炼身体，不可窝藏黑心，练功先立德，甲乙经一招一式暗藏杀机，练不得呀。

你懂吗？先知道致命死穴，才能研究救命之术。

凭良心吧！人在做，天在看，苍天有眼，报应在眼前。

……

冬天的一个早晨，许满堂执勤，按时来到东浮桥。见到遛鸟的老头，点点头，叫一声"王伯伯""李大爷"，说一声"吃了吗""偏您了"。和气生财，一天痛快。

今天，许满堂起冒了，天还没亮，早早出来，进"大福来"，一碗锅巴菜，一个大烧饼，一根油条，日子不错。吃罢早点，哼着《一轮明月》，往河边走。昨夜一夜大风，除了几位梨园界吊嗓子的朋友，连遛鸟的大爷都没出来。反正，无论什么大风大雨，水上警察都得按时上岗。

东浮桥两岸安安静静，许满堂的《一轮明月》也唱完了，有人喊了一声"好"，许满堂接上那个"好"，默默补充了三个字——"不要脸"，变成"好不要脸"，哈哈一笑，算是自谦。

咦，奇怪，河岸上一个从来没见过影儿的生脸儿，默不作声地蹲坐在地上，不时还重重地捶脑袋瓜子，明明有什么过不去的事。走近看看，这人身后一溜深深的脚印。不对，许满堂经历过这等恶事，凡是来河边寻短见的，都是深夜来到河边，走过来走过去，舍不得往下跳，可是，不跳下去，又没有别的路呀。

仔细看看，一个倒霉蛋，一身好穿戴，水獭领子大衣，里面露出西服上装，雪白的衬衣领，脚下一双沙船牌儿锃亮大皮鞋，头发油光黑亮，全身一股法国香水味。少爷秧子，见识过。前几年就是这么一个倒霉蛋，在自己眼皮子下面跳大河了，喊兄弟们救上来，还死命挣扎。不活了，不活了，我没脸活了，老爹的买卖全让我输光了……

兄弟们一听，狗食盆子，一气之下，一撒手，他又掉河里了，您猜怎么着，扑腾几下，他自己爬上来了。

今天，又是个什么倒霉蛋呢？

别管是什么倒霉蛋吧，人命关天。许满堂动了恻隐之心。

许满堂知道，遇到自寻短见的人，千万不可贸然向他靠近。他正犹豫不决，突然看见有人向自己跑来，纵身一跳，扑通一声，一命呜呼了。

心里有了准备，许满堂若无其事地在河边慢慢走着，走到靠近那个倒霉蛋的时候口中轻声自语，唉，大冷的天，坐在河边干吗，找豆腐房喝碗豆浆暖和暖和身子，多好。

正是上面说的那样，倒霉蛋一听见后面有人说话，一吓，跳起身来，扑通一声，跳到河里了。

许满堂手疾眼快，伸出胳膊抓住倒霉蛋的衣服，只是为时已晚，人跳下去了，只把那件水獭领子大衣抓在了手里。

救人！救人哪！

许满堂喊声未落，河边几个戏班练功的小武把子已经七手八脚把倒霉蛋举出河面了。

倒霉蛋肚子灌得滚圆滚圆。

天津卫好人多，遛鸟的大爷也围上来了，快快送医院，对岸就是水阁妇科医院，不就是灌了个水大肚吗，妇科医院大夫医术好，没有折腾不出来的东西。

立马拉过来一辆三轮车，武把子们把倒霉蛋抬上三轮车，呼的一声就拉走了。

就在三轮车拉着跳河的人往外走的时候，爱看热闹的大龅牙凑过身来，拨开众人俯身一看，哎呀一声喊了一句，原来是他呀，我早说这小子迟早得跳大河。

谁呀？

此人名叫杨半城，天津四大公子第一名，家里有钱。他老爹是杨八里，天津卫方圆八里地之内，买卖的良田都是他们家的财产。杨半城自幼上学读书，中学毕业，他老爹打算送他去英国留学，他不去。他迷上了跳舞，是天津维格多利舞厅每天垫底的锅底子，那是人家跳得好哇，什么三步、四步、探戈、伦巴、狐步，没有他小子跳不上来的。一次去巴黎参加交谊舞大赛，他小子竟然得了第一名，气得全世界舞星凑钱雇杀手要刺杀他，幸亏他随身带着保镖，保镖身怀甲乙经、七步神拳的神技，这才保护着他平安回来。

还说杨半城的事，一个多月前的一天早晨，杨半城突然来到东浮桥，穿过密密匝匝的人群，径直走到大龅牙面前。见到大龅牙，二话不说，咕咚一声直挺挺跪下来，咕咚咕咚，磕了三个头。

大龅牙吓坏了，别是疯了吧，急忙将杨半城扶起来，哎哟哎哟，杨少爷，您老这是干吗？

恩师在上，受小徒杨半城一拜。

干吗？干吗？大龅牙赶紧向杨少爷问着。

我跟您老学艺。

我会吗？

这时候，京戏《文昭关》风靡天津卫，四大须生之一杨老板一段西皮流水《一轮明月》醉倒天津人。大龅牙半拉喀叽跟着哼两句，幸亏没被杨老板听见，杨老板若是听见了，非得派人把他掐死不可。

你跟我学《文昭关》呀？就我这破锣嗓子，您老这么有钱，找杨老板去呀，听说每天求见杨老板的人排成长龙，拜师礼，四百大洋，就学《一轮明月》。磕个头就是名师亲传，入室弟子。上了扎靠就是名票，您老找杨老板去呀！小半辈子，头一遭有人找我学《一轮明月》。这不是糟改吗？

大哥大哥，我不是拜您为师学《一轮明月》的。

你找我学吗？

七步神拳。

啊，听说来人要学七步神拳，大龅牙吓了一跳。他抬头看看来人，微微一笑，我是粗人，说话没轻没重。

有话您老直说，我听着。

好吧，您老站稳当了，我可说了，您老听着不顺耳，随便抽我大嘴巴子。

不敢，不敢，在下就是向您老学七步神拳来的。

就凭您老这身子骨？别怪我不会说人话……

您老直说，您老直说……

说吗？就凭您老这副身子板，痨病腔子一个，想学七步神拳？我伸一根小手指头，把你拨拉得翻个大跟头。有罪有罪。

我，我，我不跟您老学七步神拳。

你想学吗？

我学甲乙经。

呸！大龅牙狠狠地往来人脸上吐了一口唾沫，大骂道，玩蛋去！大龅牙上了"子曰诗云""之乎者也"文明词了。

你学甲乙经，学那致命穴位，一下戳住，要了人的小命。

哦哦哦，对！

对你娘个屁，你把我们习武的人看成阎王殿牛头马面的索命小鬼了，杀人不见血，干脏活，下毒手，横行霸道，我可是憋着一口气，等我这口恶气冲上来，我把你小兔崽子"卸"了。

"卸"了，就是把一个活人拆散了，脑袋、屁股、胳膊、腿，大卸八块。

话声未落，大龅牙一个拳头过来，来人倒是好眼神儿，一溜烟，跑得没有影儿了。

……

救人的三轮车跑远了。大氅，大氅！天津人叫大衣为大氅。许满堂大喊，跳河的倒霉蛋的大衣还在自己手里呢。

规规矩矩，把倒霉蛋的大氅送到水阁医院去吧，许满堂抱着倒霉蛋的大氅往医院走。走着走着，发现从大氅衣袋滑出来一件东西，捡起来一看，一封信，好像写好没多久，装在信封里，还没写收信人的姓名地址。拿着吧，到医院交给倒霉蛋，由他寄出去吧。

走着走着，迎面走过来送倒霉蛋去医院的小武把子们，正好，把信交给他们，省得自己再跑一趟。

武把子们才把那封信接到手里，呼啦啦，河岸边练七步神拳的十几个人围了上来，一伸手，把信抢走了。许满堂见状大喊，那是人家的私信，不许偷看，偷看人家的私信，是不道德的行为。

嗐，哪来这么多讲究！小命都快完了，还管什么隐私？看看倒霉蛋为什么跳河，准是赌场把老爹的家当都输光了。看看，有乐！

可惜可惜，练习七步神拳的小子们都不识字。只有领头的大龅牙读过《三字经》《百家姓》，抢过这封信，先咳嗽一声，亮亮嗓子，立即大声地读了起来。

美丽，美丽，我的美丽。

吗玩意儿？美丽不是好看吗？有给美丽写信的吗？

瞎嘟囔吗？在老英租界，戈登堂对面，维格多利舞厅刚挂出来的牌子，上海名模，爱美丽小姐到津献舞，雪佛兰汽车接送。

哟，这倒霉蛋小子和爱美丽小姐有一腿，艳福不浅哪。

听着，别打岔。

美丽，我的美丽，当你看到这封信的时候，那个被你抛弃的大男孩已经离开这个无望的世界了。

吗意思？

自己琢磨去，接着念。

你不要以为我已经破产，一文不名，大东银行董事长的家族，永远不会山穷水尽。母亲将她的首饰匣给了我，告诉我里面有翡翠手镯3件，20克拉钻戒5只。大东银行已经和我签订合同，再次向我投资400万元，无需多久，我的公司就要重新开业。想到你目前的经济困境，你找到戈登堂牧师，他会给你一本大东银行支票，凭此支票，你可任意使用，待我处理过此间诸事，我将接你去惠中饭店原来包房，共叙旧情，云云。

读到关键处，大龇牙眼睛一亮，念不出口了，众人催促，接着念，接着念。大龇牙看看许满堂，问了一声，还念吗？许满堂反问，这有吗不能念的？大龇牙回答，不是我不往下念，下边是人家二人的秘密。

一听说秘密，众人更来了精神，一把将那封信抢过来，大龇牙不松手，挣扎着，抓着那封信跑没影了。

一会儿，又听见有人喊，平分平分。许满堂猜想一定是钱财上的事。追不上，许满堂只得在那群人后面大喊，都是规规矩矩诚实孩子，见色生淫、见财起意的事，不能做呀！

许满堂喊着，一群人围着大龇牙跑远了，大龇牙还摇着手中的那封信，喊着，平分，平分，谁多贪一分钱，谁就是孙子！

钱财的事，使这帮人起了贪心。

哎呀哎呀！莫看大龇牙一伙人在习武时心怀真诚，说不定在财色面前就会动心。许满堂后悔没有追上大龇牙一伙人，没有好好嘱咐他们万万不可动邪念。

一晃十几天，东浮桥两岸没看见练七步神拳的小无赖们，最先许满堂没往心里去，可能出门各奔前程去了，七步神拳有什么用？赚钱养家是正道。

这帮小无赖哪儿去了？最近也没听说哪儿有打群架的消息。这些小无赖不到东浮桥来，只要不惹祸，迟早他们得露面儿。

情况不对，各家的家长们找到东浮桥来了。

许伯伯，没看见我们家大龇牙吗？

我也好几天没见着。

又过来一位。

许伯伯，看见我们家八里臭了吗？

我也琢磨，这些天他们哪儿去了呢？

又过来一位。

许伯伯，看见镇山虎那小子了吗？就是天天在您眼皮子下边练功的，18
岁，总穿着练功的小皮坎肩的。

不对，不对，这帮小无赖怎么一起不见了呢？跳河了？没靠上爱美丽小
姐他们舍得跳河吗？下个月大龅牙他娘给他娶媳妇，八里臭老爹病在床上，
他跳河，他老爹交给谁呀？许满堂坐不住了，小无赖们失踪虽然与自己无
关，但是这群人若真是结伙晃荡，说不定就要惹祸，借着在东浮桥早晨上岗
的方便，许满堂逢人就问，老哥，见着大龅牙了吗？见着八里臭了吗？见着
天不怕了吗？见着镇山虎了吗？反正都是天津卫有名有姓的人物。

没见着。

好在东浮桥就是天津卫的《大公报》，上至军阀混战，下至棒子面涨
钱，每天早晨遛一趟，天下大事，全知道了。

许伯伯，许伯伯，听说前几天水阁医院接了十几个外伤急诊，说是让炸
雷子炸了，炸雷子，地雷，那家伙厉害，一个人踩上地雷，十几个人一块儿
丧命。

哎哟哎哟，出大事了，好好的天津卫什么地方会埋着地雷呀？

许满堂不辞辛苦，早晨下岗，一溜烟跑到水阁医院。

前几天是收了十来号受外伤的人吗？

别提了，一个个满脸乌黑，活赛黑李逵，说是在什么地方拉响了一个炸
雷子，幸亏没炸开，若是炸开了几个小子全没了。

说也奇怪，他们拉开的炸雷子，炸开之后喷出一股黑烟，黑烟喷在十几
个人脸上，眼睛也睁不开了，一群人抱成团跑到医院，吓得都不会说话了，
急救了半天，领头一个叫大龅牙的，说是炸雷子炸的。

三步并作两步，许满堂一溜烟跑进病房，大喊道，大龇牙！

许伯伯，我在这儿。

病房大厅墙根儿处，站起来了大龇牙。许满堂看看，小脸已经洗干净了，两只眼睛被纱布蒙着。一股强烈的药水味，呛得许满堂喘不出气来，他忙问，没事吧？

没事没事，我还以为两眼炸瞎了呢，妈妈的，拉响了地雷，没炸，冒出一股黑烟，谁也没跑开。

怎么一回事？

嗐，别提了。

那封信念到最后，那个倒霉小子还怕爱美丽小姐一时缺钱，告诉她，他把老娘的首饰匣子偷出来了，里面有翡翠钻戒，都是值钱的宝贝，首饰匣子交给维格多利舞厅门童吴小六。倒霉蛋小子告诉爱美丽，维格多利舞厅散场之后，向吴小六要出首饰匣子，回家将里面首饰取出来，变现吧，够你花的！

他们几个小子起了贪心，把首饰匣子骗到手，拉开首饰匣子盖儿，轰的一声，地雷炸开了。

炸了？

真炸了，小兔崽子们早完了。

没炸？

假地雷。

天津卫还有做假地雷的？

有，别处没有，天津卫有，天津卫真有。

大龇牙告诉许满堂，假地雷没装芯子，拉开首饰匣子盖儿，轰的一声，喷出来一股黑烟，喷到脸上，烫得人嗷嗷叫，黑烟烫着眼睛，火辣辣的，睁不开了……许伯伯，都怪我们不听您的话，见色生淫意，见财起贪心，遭报应啊！

……

假地雷，拉开没炸，喷出一股黑烟。这事奇巧，许满堂回家向他老爹说。他老爹听后放声大笑，真是无巧不成书，这桩怪事怎么让你遇到了？这个假地雷是我做的。

怎么，您老会做假地雷？

哈哈，哈哈，你听我说呀，原来袁世凯小站练兵，我是火器营大工匠。袁世凯死后军阀混战，我跟段祺瑞到江西军械所，我拿手的手艺就是做地雷，想它怎么炸，它就怎么炸。

上个月维格多利舞厅门童小六找我来了。小六忙啊，在维格多利舞厅门外看门，舞客们坐汽车来了，拉开车门，再拉开舞厅大门，看着舞客进去，还得冲着舞客屁股大鞠躬。门童没有上工下工时间，老板舍不得招人，说不定派你在门外站三天三夜，敢说困，就让你滚蛋。这年头有个事由多不容易呀，小六就这么忍气吞声地干着，站累了身子一歪，老板看见挥起胳膊就是一个大耳光。每次，维格多利舞厅找我去修理什么机器，他也只是向我点点头，立马就招呼舞客去了。

虽说认识小六多年了，但他和我从来没有交情，今天突然找到我家来，吓了我一跳。

吗事？

没工夫扯闲篇儿，开门见山，我猜他一定有要紧事。

小六把一个小木头盒子放在地上，对我说，一个舞客，维格多利舞厅的锅底子，天天包着舞女爱美丽跳到散场，舞厅打烊了，两个人手拉手一块儿去惠中饭店包房跳舞。维格多利舞厅的舞客们都知道，这位爷养着爱美丽小姐，可花了不少钱。

我问他，这跟你有吗关系？

他说，本来没关系呀，人家有钱，爱怎么造怎么造，可是，可是昨天他突然交给我一个小木头匣子，小匣子很精致，一看里面就是有值钱的东西。把小匣子交给我之后，这位爷对我说，明天等舞厅打烊，爱美丽小姐从舞厅出来，她会向你要这个小匣子，也许她太忙，会派人拿着我一封信找你要这个匣子，到时候你把小匣子交给她就是了。

我就说，你按照他吩咐的话做就是了。

他又说，可是，许大爷，在这地方当差不是得多长个心眼儿吗？我一琢磨，不对，你们两人这么好，白天晚上形影不离，什么东西你直接交给爱美丽小姐不就完了吗？何至于还要我多一道手？

小子，你机灵。

不对，上个月在渤海大楼，一个人抱着一团鲜花，交给老九，让他把这盆花送到三楼一个房间，交给一位于老爷。老九傻轱辘，按着来人的吩咐，抱着大鲜花上楼，走到楼上，敲开房门，还问了一声，您老是什么老爷吗。对方答应一声，吗事？他就说一位先生给您送了一大束花。那位老爷接过来鲜花，就听轰隆一声响，炸弹爆炸了，两条人命。记者们赶来了，又拍照，又写文章，说是被炸死的老爷是个财主，送花的也是一个老板。这个老板欠着那个老板一笔钱，人家催得紧，他小子又没钱，干脆，给你来个炸弹哪。缺德的是，你们你炸我我炸你，一对王八蛋，为吗把人家老九拉上？缺德呀！人家老九老婆孩子怎么活呀？

于是，小六抱着小匣子找到许满堂老爹家来了。

谁和爱美丽小姐这么大的仇哇？

嗐，满天津卫都传开了，维格多利舞厅老锅底子——什么是锅底子？就是做米饭糊在锅底儿的那层锅巴——从舞厅开门到舞厅打烊，他一分钟不闲着，就是搂着爱美丽小姐转圈。刮风下雨，连乐手都请假，就是只有一对舞客，也是他们。

家里有钱，他老爹是大东银行股东，姓杨，叫杨八里，天津卫八里地之内，良田买卖，都是他们家的，到了他儿子这一辈，更发财了，叫杨半城。就是这位少爷，迷上了爱美丽。

别的就别说了……

没两年，也是上个月，大东银行股东杨八里登报声明，自即日起，杨半城一切行为，与本人无关。

完了，您想啊，这种人不就是靠爹吗？老爹把他踢出家门，就只有跳河一条道了。

……

于是，这才有了小六抱着一个首饰匣子找到许大爷这宗事。

小六千叮咛万嘱咐，杨少爷说别拉开首饰匣子。许大爷接过首饰匣子，一掂，里面有东西，先把小门童支出去，一个人关上房门。

我先把火芯子拆下来……

等等，您老把那个炸雷子拿出来了，扔掉不就完了吗？

咱不得给小六留条退路嘛。有人把装着炸雷子的首饰匣子交给你，等人把首饰匣子拿走，拉开，没炸，炸雷子没了，盗窃军火，事大了，抓进去，至少10年。

您老仁义。

我把炸药倒出来，买两包黑颜料，掺上半斤棒子面，又把炸雷子放回去，等着吧，爱美丽小姐，这回你就不美丽了。

这桩倒霉事，怎么让那帮练七步神拳的小无赖遇上了？

哈哈哈哈……

……

后来呢？

后来就没事了，那个倒霉蛋跳河被人救上来，呛了几口水，三九天水又凉，送回家，他再也不跳河了，他老爹把他踢出家门，走投无路，他跑到王庆坨倒卖山芋去了。那个爱美丽小姐跟着一个外国人跑到巴黎，听说那个洋人把她卖了，也没消息了。只有他们几个小兔崽子，一人一个乌眼儿青。

烧钱的、贪财的，一块儿，现吧^①。

……

哈哈，许满堂父子做下许多好事，在天津卫留下了好名声，后来许满堂住的南市大杂院街道改造，重新起名，就叫满堂大街。

有时间我带你们逛逛。

原载《天津文学》2024年第3期

---

① 现吧：现世报也。

岂曰无衣

邓一光

一

周六一大早，王子腾就在书房里和家乡某个长辈通话，凌春水起床冲完凉，回卧室关门在衣橱里翻小衣，隔着石膏板墙听得很清楚。不怪凌春水，王子腾就是这么个人，万事在他眼里都顶着一层毛茸茸的阳光，看见衣袖上一只蚂蚁探头探脑爬动都会欢天喜地向人炫耀，此时他开着扬声器，声音大到换成千人礼堂都不用麦克风。

"郭叔叔发来的行政职业能力测验题和申论题都看了，几年没刷题，一半没做下来。"王子腾口气里没有半点沮丧。

"周主席的公子记得吧？考了两年，去年勉强考上。现在上面看得紧，你这种情况，考公不现实。"姓郭的长辈指点说，"要不，去路政所做个临聘人员吧，我只能帮你到这个份上。退潮时先别晾在滩涂上，等涨潮再回海里，关键是志气不能垮，一垮就扶不起来了。"

"房贷怎么办？公司赔偿金只能支持五个月。"王子腾说。

"说过别急着出手，粘在手上了吧？"郭长辈责备。

"那会儿供得起呀，还完贷剩三四千，不用二十年就能清贷，心想早点把我妈接过来，总不能一直让郭叔叔照顾吧。"王子腾一副恋栈马驹的口气，就差打两个响鼻，"要不，您让朱阿姨打笔钱，我办提前还贷，房子转您名下，转朱阿姨也行。"

"你看我名下有财产吗？我在公路局干了小三十年，管过局办，管过高速公路招标，伺候了五任上司，现在他们中一个在牢里养龙虾，两个在牢里踩缝纫机，你当我眼馋夜郎城啊？再说，我和你朱阿姨早分开了，对外没宣布，她和你小齐妹妹一直盯着我账务情况，要不是欠你爸的情，咬死我也不会管你的事。"郭长辈语重心长，是真关心的口气，"你爸还有十三年吧？你看你们母子俩落得这个下场，容易吗？"郭长辈停顿了一会儿，继续说，"我们局超一半孩子要回来，大家都躲萧条，我手上攮着半寸厚条子，你要回来就快点，回晚了再安排，不知会伤到谁的脚踝，我只能选择不认识你。"

"知道了，谢谢郭叔叔。"王子腾回复长辈，收了线。书房那边很快传来精力十足的响动，像是室内晨练。

凌春水换好衣裳，快速往脸上拍了拍爽肤水，抹了点防晒霜。精华油和乳液免了，剩下眉眼妆和腮口红全不用。她容貌出众，刚出学校那会儿自信得很，基本不用化妆品，眼看近三十了，再不甘心也走进岁月的收容营，平时不敢狂妄，该遮瑕的遮瑕，该高光的高光，程序一样不会少，只是从今天起不同了，她打定主意不再化妆，要拿底色过日子。

忙了两个月，公司裁员程序走完，特意安排在周末结束，中间空出两个休息日，公司人去楼空，员工出现应激情况，也减少了多半冲突概率。凌春水有重要事情要办，她收拾完，拿上防晒外套和小包出了卧室，去敲书房的门。

王子腾舒服地躺在书房中央的折叠床上一边刷手机，一边哼着歌。他哼的是英歌的打击乐，学震撼人心的鼓声、击钹声和气势磅礴的呐喊声。公司裁员前他正跟一位潮汕同事学跳英歌舞，刚学会外八字旋转，人挂在兴奋点上，都这会儿了，还玫瑰无刺鳄鱼无牙的，一点儿不着急，凌春水不免心生恨意。

"收拾好了？"凌春水问，"剩下的事今天抓紧办了，明天去公司签了合同就去找房，等搬出去再慢慢考虑以后的事。"

"哦。"王子腾答应着，铮的一声断掉粘在屏幕上的目光，收了手机，突然双目圆睁，两臂抢开，从折叠床上跳起来，做了个英歌打布马动作，还真有点架势模样。

二

凌春水和王子腾是黄冈老乡、武大同学、龙驰国际物流公司同事。凌春水比王子腾早来公司三年，王子腾进公司是她筛选的档案。王子腾学业特别好，中学参加过HiMCM/MidMCM比赛，大一拿过ACSL名次，军方重要部门顺藤摸瓜，来学校看档案，因家庭背景原因，最终没提走档案，如果提了，如今王子腾应该换下学员红肩牌，挂一杠两星中尉牌了。那天为二哥的事，凌春水和大哥煲电话粥，不知怎么说到王子腾。大哥说，是某某的儿子吧。某某是黄冈大干部，几年前判了二十年，哥哥出来前跟着师傅给他家装修过别墅。凌春水这才依稀记得，在网上看到过新闻，对了一下，心想父子俩长得还挺像的。

"挺可怜。"凌春水说。

"可怜什么？"大哥说，"他要不贪乡村危房改造补贴，奶奶不会砸死；他要不贪大病专项救治补贴，患直肠癌的爸爸说不定有救；他要不贪'雨露计划'补贴和就近就业补贴，我和你二哥在家就能接受职业教育，种种大棚菌子，建个苗圃，不至于丢了家跑出来讨饭，把弟弟一个人丢在家。"

"那我炒了他。"凌春水说。

"可别张狂。谁不难啊。"大哥连忙在电话那边说。

面试的时候，王子腾神情有些不安，坐没坐相，答非所问，凌春水越看越有气，几次想把他的档案丢进碎纸机。幸亏王子腾长相一般，凌春水要下手就是歧视了，做人力资源是大忌，这才忍住。

王子腾被分到发展部技术研发组做数字货代技术。研发组是公司最吸引投资也最烧钱的部门。传统航空和海运货代靠电子邮件、传真和人员交接传送报价及预订文件，耗时不说，人工流程庞杂，需要大量运营成本，而且很难实时跟踪订单，数字货代完全在线上整合预订和运输程序，即时提供报价，自动发送确认邮件。不过公司做货代技术这件事情其实没有技术含量，组里七八个人，拿着高薪，仓鼠似的嚼着海苔和豆干，花一半时间浏览码云、牛客、稀土掘金、极客时间和开发者头条，花另一半时间敲打Logitech MX Keys，复制别人的通信和自动化逻辑。公司对研发组的情况心知肚明，不过钱要烧，不然研发成本上不去，公司未来没有空间。

那是裁员之前的事。

王子腾昨天办理了解职手续，和他谈解职手续的也是凌春水。王子腾坐在凌春水面前，脸上带着失窝兔子似的迷茫，把一只纸水杯捏扁，再恢复原状，再捏扁，弄得凌春水浑身不自在。

"折腾它能多折腾出一分钱赔偿？"凌春水说王子腾，连续十五个工作日和人谈裁员的事，她累到嘴抽筋，不过百分之九十以上的人，她都用略带自己人的口气，给他们一个交代，"手续就是这些，这是清单，你照着一样样办，不清楚的地方随时问我。"

"公司不是要留些人吗？以咱俩的关系，我能不能免这一刀？"王子腾有点坐不住，不安地扭动身子。

"咱俩什么关系？大股东三个鄂系，要说走的人大半是老乡，武大校友不止你一个，别说那些没用的。"凌春水耐心地劝王子腾，然后替他分析，"你没怀孕，不在产期和哺乳期，没有职业病，掉头发和吃零食习惯国家卫生健康委员会不视为丧失劳动力。麻烦的是你那一百二十万公司贷，三十天内得退回。知道你很难，公司就是这么定的。能告诉你的是，公司减员报告在政府相关部门备了案，法务部事先走完了协商、调解、仲裁、诉讼、投诉、信访程序，你去任何地方闹都没用，还会承担司法责任。只能自己想办法。"

"咣当一下，说翻车就翻车，一时半会儿凑不出还公司贷款的钱，哪有什么办法？"王子腾和别的员工不同，脸上不见痛苦和绝望表情，也并非要和凌春水纠缠，凌春水看出来了，他把纸杯捏扁，是脑洞大开，想把它折叠成一只酒樽，"我要认识姜子牙、鬼谷子、袁天罡和李淳风，就请他们组团来帮我，可眼下，就算姬昌来了也没用。"

凌春水生得一条巧舌，一根线头舌头钩住衔进嘴里，吐出来就是一串绳结，公司就是看中这个把她从客服部调到人事部，让她当了人事主管。这个时候凌春水不接王子腾没头没脑的话——这是谈话技巧。她伸出手在王子腾胳膊上轻轻拍了拍，抬腕看表，再看门口，示意王子腾，后面还有人等着谈。其实王子腾是最后一个。

"凌春水，你有没有觉得便秘？"王子腾起身的同时突然问了一句。

这话内容挺私密，凌春水没给反应，不动声色地用目光询问王子腾。

"你不用担心我，我才排多少毒啊，憋一下就解脱了。你得对付一百来号人，换我早得脑血栓了。看你头发梢到脚趾全冒着暗绿色毒汁，我都同情你。"王子腾笑嘻嘻，眼里有一缕雨后空山的潮气，"你忙吧，记着多喝水，啊。"

凌春水下意识低头看脚。她穿了双露趾鞋，指甲涂成宝蓝色，分明不是绿色。再抬眼时，王子腾已经离开了，离开前他做了件事，给凌春水手边纸杯里续满纯净水，从纸巾盒里抽出两张纸巾，认真地把桌上的水迹擦拭干净，看看没什么遗憾了，把用过的纸塞进手里的半成品樽里，笃定地往门口走去。

启动裁员程序前，凌春水做了心理建设，下手炒员工非常果断，没有什么困难，有人威胁说跳楼或泼硫酸什么的，她脸上带着二百里地以外的微笑，换来的只是失控者的诅咒、裁纸刀的威胁、扯坏的西装外套加上一杯泼在脸上的水——这是她事先让助手买纸水杯的用途。凌春水什么建设都做了，就是没做反过来被屠宰对象关心和怜悯的共情建设，即便表情上没乱方寸，心里还是瞬间破防。也许正是因为这个，王子腾拉开门准备出去时，凌春水叫住了他。

"宿舍退出来，要是一时半会儿没找到房源，你可以把东西搬到我那儿去过渡一下。"凌春水平静地对王子腾说，"你没太多东西吧？"

"没有。"王子腾感激地看凌春水一眼，拉开门走了出去。

凌春水对王子腾那么说，只是客气。她在梅林街道的美邻酒店式公寓有套二居室，是早几年楼市没到顶时买下的，刚开始首付后的长征，她没告诉别人，也不带人去那里，没想到王子腾昨天晚上就来敲门。看见王子腾背着沉甸甸的双肩包，脖颈上挂着圆耳象駒耳机，喜滋滋站在门口，凌春水一时没回过神来，等她知道楼下还有一点八吨的货拉拉拖了小半车难民零碎，她差点没把他骂出去。

王子腾没付上楼费，说自己跑几趟就行了。凌春水快速做出决定，她不想打扰邻居，怎么说这里住的都是大公司外派高级白领，她没和王子腾讨论，下楼去大堂做了交涉，让货拉拉司机和王子腾把东西搬进客厅。

"行了，明天早点来，把东西归整一下，别乱糟糟堆一屋，几天也不是事儿。"凌春水说，说完发现王子腾没动弹，看他带来的折叠床，愣住，"你不会说，你和东西都存我这儿吧？"

"那我存哪儿？"王子腾一脸无辜地看凌春水，"宝安塘尾单间也得六百以上。"

"你不会去龙岗坂田找？日租二十二，月租四百五十。"凌春水哭的心都有，想到王子腾扛着那一百二十万债，没法吵架，把兴趣盎然看热闹的货拉拉司机推出门，付了工资，打发走，关上门，转身把王子腾推进厨房，让一脸蒙的他在那儿待着别动，掩上门，快速把客厅、书房、卫生间和露台该收的物件收了，该藏的东西藏了，再把王子腾从厨房里放出来，带着他把书房收拾出来，架上他带来的折叠床。

一切收拾完，时间已过子时。凌春水看客厅里那堆乱糟糟的零碎，恍若身在扎塔里难民营。她没有洁癖，但心里生出根刺，觉得事情糟糕透了，事已至此，也只能为王子腾提供临时逃难点，解决不了他的公司贷款，好过他流浪街头去睡龙华公园。

凌春水问王子腾有什么计划。王子腾说按凌春水下午清单上的交代，他整理了一下头绪，周一去公司办手续，先办交接，归还财物和资料，退还工作证件和门禁卡，签订竞业禁止协议，终止劳动合同，结清工资和补偿金，提走档案，解除社会保险关系，公司的事办完，再考虑下一步的事。

"这些东西呢？"凌春水指指客厅里他那一堆私人工具、家具、餐具、衣裳和十几个未涂装的手办，"还有你。"

"用不上了，找地方寄卖，我再说。"王子腾眼神发散，一副大山压下时对谁也负不了责任的神情。

"不要乱找平台。"凌春水不让王子腾躲闪，熟门熟路指点，"别去汇奢社和只二仓，那种奢侈品回收店和你没关系。你去水贝村看看，那里不欺客，寄卖价比线上多一两成。"

"哦。"王子腾说。

"哦以后呢，还会说什么？"凌春水以为王子腾至少会问，她怎么知道这些信息，看来他现在脑神经元处于抑制期。

"哦，谢谢你。"王子腾话里透着真诚，眼睛盯着厨房门上卡通贪吃蛇把手，"我见灶台上有半盆蔬菜沙拉，能吃吗？我还没吃饭。"

凌春水哭笑不得，起身进厨房。她回来得晚，又累又乏，凑合着做了份生拌蔬菜，刚吃一半王子腾就来敲门。她从冰箱里拿出两颗鸡蛋、两棵油菜、一瓶高邮湖虾子和一袋阳春面，打开火，准备为王子腾做碗虾子面。炉上开着小火卧荷包蛋的时候，她怎么都转不过弯来，脑袋探出厨房，对窝在那堆破烂中发呆的王子腾说：

"我说你东西没地方放，放我这儿过渡一下，没想到你还当真，连人一块送来。"

"是吗？"王子腾铮的一声，从发呆中拔起来，一脸讶然地看凌春水，"你是真的，对吧？我怕辜负你的好心，赶紧来了。"他扑闪一下眼睛，真诚地问，"我没理解错吧？"

"没说你理解错。"凌春水脸红了，快速缩回脑袋，心里一个劲骂自己，也说不清为什么骂。

做溏心蛋诀窍是七分熟，过头就老。锅里煮面水噗噗翻着揶揄的小浪花，凌春水冲酱油宽汤，心想要不要潜入酱色汤里惩罚自己一下？她不喜欢自己这样。

三

俩人出了公寓。凌春水去车库开车回公司办事。王子腾乘9号线地铁去水贝村。

凌春水最先在客服部，后来转人事部。她赶上了外贸疯狂增长那几年，被大潮簇拥着往前奔跑，停不下脚步，几年过去，已经不是当年来公司那个小姑娘。

凌春水家境贫穷，父亲病逝早，大哥十四岁不到就闯珠三角，在工地做小工，后来把二哥带出来，两个哥哥卖命干了二十多年，还清父亲欠下的债，二哥把一条胳膊干没了，然后他们闯去新界，如今在河套合作区接工程。妈妈把爷爷奶奶送走后去了长三角，头几年还回家看看，等凌春水考上大学那年她就不再回家了，如今不知生活在常州、嘉兴还是宁波。凌春水有个患严重硬化症的弟弟，小时候她偷林子里的果子给爷爷奶奶和弟弟吃。她看弟弟吃力地啃果子，果汁滴一下巴，她向弟弟描述她的宏伟计划，她要去镇上偷辆自行车，再去县里商店偷一个洗澡盆，洗澡盆焊在自行车上，这样她就能骑着自行车带弟弟去她学校玩了。

大哥对凌春水说，妹妹你好好活，哥在外面打拼，有弟弟一份，也有你一份。大哥每次这么说，凌春水都憋住，放下电话就失声痛哭一次，第二天脸肿得不像样，像被人痛揍过一顿。她像向日葵一般顽强生长，没进初中就有男生守在学校门口往外勾她，要不是两个哥哥看得紧，早被人害了。她离开家乡到武汉读书后，弟弟跟着大叔养鱼，和大叔的看塘狗"鱼锅"睡一个窝里，互相当被子。凌春水一直惦记着对弟弟的承诺，没和哥哥商量，一年前把失去视力的弟弟从家乡接来，送进光明区一家关怀医院，周末她会带弟弟去海边，和弟弟说会儿话——老家梧桐树上知了怎么鸣叫，海里的鱼怎么问候弟弟，妈妈说过什么，爸爸什么模样。

凌春水听大哥说过不少二十年前珠江三角洲的事情，那时候机会像台风，一个接一个迎头扑来，人们在台风中理想远大，满眼放光，摔倒的原因不是被风吹了，而是被机会撞了，直接和理想撞个满怀。凌春水嫉妒哥哥，她没有经历过这样的珠江三角洲，她的珠江三角洲是算计和分裂的。凌春水在情感上陷入真哥的河网地带，也是因为这个。

真哥叫姜真煊，光州人，他和公司打黑工的那些比哈尔邦贾坎德邦员工不同，持Z字签证，是公司高薪从韩日达货代公司挖来的客流总监。真哥每天再忙也要做保养，把自己收拾得跟橱窗里的人偶陈列品一样，第二天皮肤紧致地出现在公司，打了鸡血一样冲来冲去，开口就真诚地让人把自己当一柄撬动地球的杠杆，公司供应链部被他带得虎虎生风。

俩人熟悉后，凌春水知道了真哥的一些情况。他是"光州事件"的产物，爸爸是松源大学学生，妈妈是女子大学学生，俩人在街头堡垒后向警察投掷燃烧瓶时还不认识，后来复制和传播《献给你的进行曲》磁带时相识。"我将一往无前，还活着的人就跟着前进吧。"真哥每次唱到这句都泪流满面，失声痛哭，凌春水心里一阵疼似一阵。

凌春水欣赏精致男人，对蓬勃男人丧失抵抗力，失守于真哥是意料中的事。那次凌春水在酒醉中感觉天上地下旋转，别的事记不得，只记得真哥呼天抢地地把她拖来抢去地猛撞，撞得火星四溅。天，她分明是"有山而不合"的不周山，真哥则是愤怒的共工，那一下一下的撞击，直撞得日月星辰从东边升起，大江大河向东边奔腾，以至凌春水完全忽略了真哥一百六十五厘米的身高，以及他有位在红岛做导游的老婆和一个整天在海水中扎猛子的五岁儿子这些事实。

凌春水拿蓬勃的真哥当了一往无前者的样板，一边和不断遇到的各色情感怪兽撕咬，一边和有着家室的真哥纠缠，直到疫情那三年到来。有一天，禁足在公寓的凌春水脑子里突然冒出真哥那张意气风发的脸，产生了做一次大胆行动的欲望。她想冲出重重封锁，去真哥那里听他再唱一次"我将一往无前"。她打视频电话过去，结果真哥比她提前一步行动，不过，他是叫了人假扮社区人员到公寓做上门保养。凌春水第一次知道，真哥的保养不光是脸部深层护理和全身推油，还包括整脊养疗、足部护理、肾保双修、脐疗减肥等。那一刻，凌春水出了一背细汗，快速摁掉视频，突然有种酒后欲呕的感觉。

凌春水开车去了解放路，先跑公安局出入境管理支队，处理公司那些"三非"印度员工的事，谈好公司不以容留、藏匿非法入境、非法居留的外国人条款处理，交纳一笔涉事人员非法居留罚款，把事情平了。

快到中午时，凌春水回到公司。公司一片大逃亡恐慌景象，一个月前老板就不再出现，总经理借商务安排躲了，周末只有一些中下层干部进出，他们像是突然矮下去一截，说话口气和走路样子都绷着紧张劲。凌春水像往常一样，在楼下奶茶店打包了金珠珠和鸡蛋仔，脸上带着微笑，和见到的每只心事重重的内勤蜂打招呼，对方目光中则透着"你拿到挪亚方舟登船票了？"的疑问。

进了办公室，凌春水关上门等真哥，一边修改昨晚加班写的裁员报告。约好的时间到了，真哥没露面。过了十分钟，凌春水没有询问，直接发过去一封未设密码的邮件。几乎是提示音响的一瞬间，真哥就把电话打过来了。凌春水没接电话。真哥留下语音，说凌小姐对不起，正忙着，忙完联系。

凌春水没有回复真哥，她知道他的真实想法。公司外籍员工赔偿比国内员工高不少，但竞业手续复杂，韩润物流和乾宇货代这些韩国货代公司都在收缩业务，资金和人员分批转移到南方新兴市场，真哥会严格按照外籍员工规则行事，拿到赔偿金和同胞一起离境。他对她横冲直撞，以及拒绝帮助她冲撞公司，理由都是真诚的。

凌春水多少有些失望，但她有预案，既然手上已经沾了血，她不会把滴着血珠子的刀子放下，谁说刀子能砍普通员工，就不能刺管理层和股东？凌春水手里捏着几项争议内幕，如果公司让她走得不爽，她保准让公司进不了倒闭程序，付出惨重代价。

检查完工作报告，凌春水把报告传给上司。做完这些事，她想起王子腾，在微信里问他的情况。王子腾秒回，说找到她说的那家实体店，"头发蓬乱嘴角起泡"的店家"手里捏着一瓶乳果糖口服液"，问他寄卖的货是不是大宗的，知道不过是几件日用品，马上抱歉说爆仓了，最近大家都赶着离开，实在收不进货，让他去别的店看看。别的店也一样。他到下一家门店，见上面刷了店家招牌的微卡停在店门口，"车上装着几十台没拆封的Photoshop"，店家拦着不让卸车，司机正梗着脖子和店里人吵架，所言爆仓的事不虚，他连马路都没过就离开了。

凌春水问王子腾现在在干什么。王子腾说已经回到公寓，在大堂吹着冷气往线上挂寄卖的东西，大堂那位"假睫毛最好由0.20×14×D调到0.05×8×J"的女服务生过来看了好几次，夸他屏保漂亮，问能不能帮她做一个。

凌春水说，周末是工作者休息日，你没工作，快忙正事吧。王子腾乖乖地说，明白，东西都挂出去了，线上平台确实叫不起价，简直是公然抢劫。

"两套西装，我心里底价七五折，上去一看才知道幼稚，平台上最不缺的就是制服，有的连吊牌都没摘，直接开价六折，我那两套干洗过，怎么也担不起诱惑大任。"

"不是有两台电脑要处理吗？"

"Mac留下，ThinkBook 16+卖掉，价也估高了。ThinkBook 16+是感染没死奖励自己的，装了Homebrew，特别好用，以为有懂行的下家称赞。再坚持两天，不行我自己买下来，没人疼自己疼。"

看到屏幕上最后那句，凌春水不禁哑然失笑，笑过发一会儿怔。

四

上司两小时后回了信息，有油无盐地表扬了两句。凌春水趁机和上司约了时间。退潮会形成大量不明漩涡和暗流，速度极快，她不会在原地等待。做完这些，她离开办公室，把车开出地库，驶上回公寓的路。

凌春水比公司大多数人提前知道情况。去年大洋彼岸有业务关系的Makena Trading Corp卡车运输公司、Peace Equipment LLC物流公司和Western Global货运航空公司先后申请破产保护，国内代运业就敲响了丧钟，那以后公司再没有获得新融资，数着日子苦熬。这期间凌春水跟着真哥跑过几次盐田港，港口的清冷让人不寒而栗。真哥在空荡荡的港口跺着脚大哭，说完了，完了。南海的风有情绪，吹乱了真哥的鸽子发型，这让他显得很难看，凌春水尽量把目光移开，不至于太失望。

重组希望落空，投资方只想止损，果断修改投资条款，公司倒闭再合理不过。人事部停止培训项目，夏天后进入屠宰场模式，那会儿凌春水已经割干净和真哥的关系，真哥偶尔会礼貌地询问她愿不愿意去他公寓说会儿话。多数时候，俩人衣裳周正地坐在那里，凌春水听真哥痛哭流涕地用蹩脚的东北话痛心疾首地批评高层只管烧钱，没有抓住IPO机会，以致被经济下行这个魔头一剑封喉，倒在资金链断裂上。凌春水对说车轱辘话的真哥毫无安慰之意，看着他一点点平静下来，她起身告辞，去车库找自己的车。凌春水心里清楚，她和真哥的关系，套用一句韩国谚语形容，"소 없이 말을 잡아 밭을 갈다"，意思是没牛捉住马耕田，话虽粗，换了自己又何尝不是。她想起咬住肋骨往前走的大哥和横冲直撞的二哥，她敬佩他们，相比起来，长吁短叹的真哥半点前辈的血性也没有，不过这也不能赖他，"光州事件"六年后他才出生。

凌春水的大哥一直没成家，他费了很大劲成立了公司，为独臂的二哥成了家。二哥的妻子也是残障人士，人要强，很在意二哥，他们生了个女儿，打算喘过气再生个儿子。大哥关心凌春水的婚恋大事，老问她，要挑到什么时候才安顿下来。凌春水不是挑，这些年接触了几个男人，没有能唤起她成家愿望的。凌春水找不到托词，拿话将大哥，说等你找到嫂子我就考虑。

有一次真哥问凌春水，研发组你那位老乡同学挺不错，考虑一下嘛。凌春水愣一下。她对王子腾印象不好，明明是个拔了奶头就会断气的家伙，父亲已经在监狱里数手腕上的佛珠了，他巨婴做派还没改变，仗着学业好，躲在蛋壳里不出来，陨石砸在脚边上最多看一眼，不会好奇地蹲下去往手指上吐口唾沫捡起来。凌春水不想过胎儿般的寄生生活，她讨厌有癔症的人，那种人一点压力也不能有。凌春水这么一想，笑着对真哥说，为你儿子操心一下吧，老在海里扎猛子也不是事儿，带去首尔和釜山闯闯，学点他爷爷奶奶的刚烈，别最后像你。真哥发一会儿呆，说，是哟。

真哥提到王子腾后，凌春水开始注意王子腾。凌春水感到很奇怪，王子腾对细节的观察和在意让人吃惊，好像他生下来就接受了秘密任务，要发现人类某个藏在细节中的重要机关，这个能力一点儿也不能帮助他掌控现实，反而让他感到紧迫和有压力。王子腾第一次感染时反应特别大，凌春水和他通了两次视频电话，看出他确实难受得要命，担心地问要不要送他去医院。王子腾强打精神在视频里向凌春水忽悠，说正在考虑一个哲学问题。

"人类第一次环球航行，用的时间也是三年，这三年证明了地球是圆的，一直往前走，用不着回头，就能抵达出发时的港口，多了不起的发现啊。"王子腾龇牙咧嘴地捂着胸口说，"可惜了。"

"什么可惜？"凌春水没明白，她想知道王子腾手头有没有布洛芬或者溴丙胺太林，还有，他要窒息了，她要不要冒昧撞去？如果他需要做人工呼吸怎么办？

"三年倒是三年，可麦哲伦死在路上，连发现了什么都不知道，你说，这有什么意思？"王子腾心事重重地说。

"啊呸，"凌春水连忙制止王子腾，"别说不吉利的话，多喝水，吃鸡蛋，觉得呼吸困难了呼我，能抢救回来还是争取多活几年。"

"说的就是这个。"王子腾还真听话，从视频里消失了一会儿，去一边接了自来水咕咚咕咚喝，回来继续说，"感觉我会挂掉，Robocode编程游戏都不想玩了，觉得活够了。"

王子腾说话没头没脑，他那个疼痛而又思绪狂驰的难看样子让凌春水相信他死不了。果然，王子腾在"那三年"过去的头几天感染上病毒，他闯了过来，确实没死。货代业垮掉却是一夜间的事，整个行业呼天抢地，子夜过后都能听到预制件一块块往下坍塌的轰隆声。两个月后，凌春水见到王子腾，是在公司食堂。王子腾戴着口罩，端着不锈钢餐盘，盘里象征性盛着一只水波蛋，一碗芥蓝皮蛋汤，连筷子都没有，挨着桌到处走动，和人说着什么。老远看见凌春水，他过来，保持着两米间距站着，不打算坐下。

"下班后我约了人去龙华送面包和水，你要不要来？"王子腾说。

凌春水很快弄明白，继几年前"三和大神"事件后，龙华又出现大量夜宿街头的年轻人，多数是下岗工，王子腾串联着人去慰问。

"义工联组织的？"凌春水问。

"不是。天气热，有人中暑，我们去帮着找些便利店。"王子腾说，"便利店夜里不关冷气，流浪狗都在门口避暑，我们去和狗商量一下，大家分点冷气。"

"我晚上有事，不去了。"凌春水没说假话，她要带弟弟去大鹏岛，弟弟情况不好，关怀医院说可能没有多少日子了，"不是早转阴了吗？怎么还戴口罩？"

"我不打算做麦哲伦，小心点好。"王子腾记着吃鸡蛋的事，快速拉开口罩下方，把鸡蛋塞进嘴里，再快速掩好口罩，"不去也行，捐一份吧，十块钱起步，上不封顶。"

"操那个心。"凌春水埋怨王子腾，"都怪你不好好说话，死呀死的，现在要和流浪狗争冷气了。"

王子腾傻傻地看凌春水，不明白她说什么。这方面他情商不够。

事后凌春水故意只捐了十块，想看王子腾怎么说。她希望他势利眼，说点讽刺挖苦的话，这样她就有理由拉黑他。没想到王子腾兴高采烈发来个比心的表情包，另赠了好几枝竖着的玫瑰，让她大失所望。

五

凌春水回到公寓，王子腾正在大堂里帮前台姑娘装屏保。那姑娘喊喊喳喳和他吐槽业主，丝毫不在意监视器罩着她。

凌春水有意见，觉得王子腾不为自己操心，乱管闲事。回到屋里，她问王子腾寄售情况怎么样。王子腾汇报了一番，口气带着满足，好像他在公司下了岗，在凌春水这里上了岗，一切都很顺利。凌春水好奇心作祟，让王子腾拿西装来看。一套灰色的吉约蒙，一套藏青色的韩潮版，虽是水版，板型讲究，可是，王子腾是塌肩，这几年在人群中习惯了含脸束手做人，穿上显得腰不是腰臀不是臀。凌春水有些失望和难过，不想王子腾看出来，让他转身，直直盯着他背看了几十秒钟。

"干吗啊？"王子腾打了个哆嗦。

"别动。"凌春水吩咐，心里数着数。

"完了没有啊？"王子腾夹着胳膊描述感受，"后背发凉，像是有人在两片领子布料中间，一针一针挑开线头，一缕风钻进来，把玩后背那片肌肤。"

"啊呸。"凌春水被王子腾说得恶心，红了脸，走近几步，"去冰箱看看有没有吃的，人家忙那么久，肚子饿了。"

"我不会做饭，叫两份吧。"王子腾一边脱西装一边说，"我是客人，你买单啊。"

"怎么成客人了？"凌春水生气，但不知道为什么要生气。

有一阵两人没说话，王子腾有一搭没一搭收拾那堆破烂，凌春水坐在山墙概念沙发上处理邮件。后来凌春水打破沉寂，问王子腾能不能积极一点，不知道世界变了，大家都没有出路，又不是一个人，没有必要躲。王子腾笑一下，说我没躲，我还好，不至于像当老板的，要去找高楼平台往下跳，不背降落伞那种。凌春水不接王子腾蹩脚的笑话，沉默一会儿，问王子腾，有家马上成立的无人机配送平台，愿不愿意应聘，如果愿意，她推荐他去。

"真的？你是说低空经济，对吗？"王子腾眼睛一亮，"工资多少？"

"不会太高。"凌春水又生气，心想，有份工作就不错了，还挑，"你就说干不干吧。"

"好啊。"王子腾来劲了，兴奋地说起无人机续航能力、业务量地理分布、优先级排序软件什么的，好像他对这件事情很有研究。说一阵突然停下来，歪着脑袋想了想，又改口："不好。无人机满天飞，人怎么办？真的被炒痛了，现在身上还有烟味，我不干。"

"幼稚，"凌春水说王子腾，"这一次不是海啸，几小时就过了，是极地气温上升，别说鸟，蒲公英都飞不起来，总不能躺在寒潮下摆烂吧？"

凌春水不能老生气，不再理王子腾。她回了卧室，摆弄了一阵手机。她见寄售平台上有不少墨宝，之前挂在某位老板人体工学椅背后墙上，或者某家企业前台背景墙上，用来激励人，"立于信，存于勤，拓于新"，"居安思危，处盈虑亏"，"人弃我取，人取我与"，"贵出如粪土，贱取如珠玉"，哪条内容都励志。凌春水目光停在其中一幅上。抄录的是《诗经》的《无衣》，字写得一般，内容让凌春水心里一动。她记得上大学时，班上男生中秘密流传这首春秋歌谣，男生们脸上带着将熟未熟的李子青色，个个有种急不可耐的泼血冲动。凌春水想也没想，把它拍下来。

听见王子腾收拾完客厅，回了隔壁书房，和那位神秘的长辈通视频电话，商量还房贷的事，还是想不出办法。凌春水犹豫了一下，拍下两件二手衣，收货地址栏填了公司附近智能柜，付了款，手机丢在床上，拿了居家服去冲凉。

凌春水一边冲凉一边看镜子里的自己。打小没有机会在意自己的相貌和身体，如今离开家十多年，她从向日葵活成桔梗，鼻翼两侧有了法令纹，走路肩膀下沉，笑声短促了不少，这个时候她才明白青春已逝。她关了莲蓬头，把自己裹进长绒毛巾里，突然有种觉醒的感觉，什么黄金年代啊，鎏金岁月啊，每个精彩背后都有一个坑等着，哪个共工下场好过？——公司老板花神仙的资源取自己的经，结果到手一堆无字天书，不跳楼就算下场不错了。真哥看着像束着虎皮裙的齐天大圣，脱光了其实是苦命的沙僧悟净，落得万箭穿心，枉叫真哥，到头也没要回真身。自己像白龙马，明明什么也担不住，却做了大潮中挥舞血刃的阵前驹。只有王子腾，看上去心大无脑，遇到好和不好他都不带成见，如果他是八戒，那他心里一定住着个霓裳仙子，这样一比，人还是傻点好。

"嘿，有人拍走了西装，两套都拍下了！"王子腾兴奋地叫喊着，听声音他是从书房里冲出来，跑进了客厅。

是哈，真不错，凌春水绞着头发想，她光着身子，他可千万别冲到卫生间门口跳英歌舞，她没法回应他，那成什么了？

六

东西一挂出去就有人拍走两套西装，王子腾开心，坚持请凌春水，叫了外卖，他买单。凌春水忽略了，该强调一下自己吃不了辣，小炒肉、爆炒肥肠和酸辣鸡杂，哪样都有一多半辣椒作料。

"我不能吃太多辣椒。"凌春水吃了几口，嘴里咝咝抽着气，终于放弃，放下筷子拿起冰柠水杯，"我都掉头发了。"

"我也是。"王子腾说，没抬头，伸手把第二盒饭拿到面前。

"我不会离开深圳回黄冈，那等于前七年失败了。"凌春水说。

"我也是。"王子腾说。

凌春水警惕地看王子腾，像看一只讨厌的鹩哥。王子腾吃得很快，菜盒里大片肉没了，剩些细碎的东西，他专注挑出来吃掉。很明显，除了辣椒炒肉他不关心其他事情，但他说他也怕辣显然撒了谎，他说他不回黄冈也是谎言吧。

凌春水朝屋角两套打包准备寄出的西装看一眼，不想揭穿王子腾，找出除味剂，叮嘱他吃完饭把厨余垃圾送去收纳间，回来打开窗户透透气。社区群有约定，九点以后不能闹出响动，震撼人心的鼓声、击钹声和气势磅礴的呐喊声都不行。

凌春水回到卧室，见上司给她回了信息，约她明天在公司谈话。她知道明天会有一番残酷厮杀，她可能拿到血染的车票，也可能片甲不存。她觉得她对王子腾有责任，又说不清责任是什么，但这个话题有风险，她要准备弟弟的后事，不能把王子腾所有垃圾买下来，她担心要是说了养王子腾，王子腾顺水推舟从了，事情就糟了。不过她做了决定，明天修改门禁密码，为王子腾留一周时间指纹开锁，她会给自己放几天假，带他去找更便宜的房源，然后说服他接受一份看不到前景却不会躺倒的新工作——大潮汛要人命，但不是什么生机也没有，退潮有退潮的活法，去不了深海，网挂上，在滩涂上捡点蛤蜊、蛏子、海虹和梭子蟹，也能活出滋味。

夜里凌春水突然醒来，窗帘拉着，屋里漆黑，看时间凌晨三点多。很快她知道自己为何醒来。

隔壁有压抑的细微啜泣，一阵起一阵落，不知从何处来，要去往何处。凌春水听了一会儿，怎么都不能把它和刚劲、雄浑、磅礴和豪迈的英歌联系在一起。

凌春水静静躺着没动，她没有君王，不知道敌人在哪里，自己有什么武器，往哪儿前进，目标是什么，也不知道王子腾肯不肯和她穿同一件内衣，束上同一袭战袍。但她心里清楚，如今谁都遇到困难了，她也是；谁都需要活下去，她也是。

原载《钟山》2024年第6期

小寒日访程爷

张　翎

王钰约了阿陶元旦过后去看程爷。动身的时候，下了几天的雨突然停了，轰地炸出一个大太阳，晒在身上酥酥痒痒的，像爬了层蚂蚁。

"二十一度。啥妖孽，还是不是小寒了？"阿陶骂了一句，把外套脱了，扔在后座。

阿陶跟程爷熟，前一次也是他陪王钰见的程爷。

"你说他还认得我吗？"王钰问。程爷刚过完九十八岁生日，正在往九十九岁奔，记性像一张网眼很大的筛子，落上去的多，留下来的少。

"前两天老马去了，提前做了准备。给他看了视频，说是记得。鬼晓得，这个岁数，上午一个样，下午一个样。"阿陶说。老马是志愿队的头儿，阿陶是老马的副手。

路不远，一个半小时就到了。到了村口，王钰说要看看风景，阿陶便在一棵槐树底下停了车，两人走路进村。路是土路，雨压过，倒也没什么大灰尘。路边都是两层的矮楼，有石灰墙的，也有马赛克砖铺面的，不同时期里盖的，各有各的路子，横不成行，竖不成列。各家门前的竹架上都晾着衣服，有的还湿答答的滴着水，是婆娘们趁着天晴刚洗出来的。田里有些耐冬的青菜，阿陶指了几样，王钰大多不认得。日头把黄的绿的都洗成了灰的，王钰一下子觉出了身上那件沉红呢子大衣别扭。

程爷住的是老平房，陷落在一群矮楼之中，好认，却是难找。阿陶来过多回，回回都走过了。兜兜转转的，才在两座小楼的夹缝里，找见了程爷的乌龟壳。房子是程爷死去的老伴的。准确地说，是他死去的老伴的头一个丈夫的。那年程爷从牢里放出来，已经四十六岁。回到村里，发现爹娘留下的那间老屋早塌了。砌墙的石头，已被邻人挖去盖了猪圈，连窗框都被人拆走做了柴火。爹娘和哥哥都死了，嫂子带着孩子改嫁了，他就在队里的农具仓库睡觉，地上铺块塑料布，夜里脸上爬着老鼠。村里有个姓萧的寡妇见了不忍，就把他给收了，好歹算个劳力。

程爷在娘胎里就不老实，没日没夜地闹腾，差点把他娘的肚皮踢出个窟窿。从小爱打架。四岁时，邻人的鹅啄了他一口，他抓起一块石头，就把鹅拍成了一坨肉泥。长大了越发不可收拾。遇上一个不友善的眼神、一句不中听的话、一笔没算清楚的账、一寸越过他家地界的篱笆，他懒得骂人，直接就用拳头说话。祸闯大了，也跑出去躲过几年。名声传得远了，年过三十还是一条光棍，没人敢把女儿嫁给他。

三十一岁那年，他闯下了最大的一场祸，和村里骟牲口的阿旺起了争执，一锄头砍断了阿旺的跟腱。故意伤人罪，蹲了十五年监狱。爹娘到老到死也管不住他，牢狱却把他收拾得服帖了。出来后，拳头软了，不再出声。

乡下人日子过得潦草，不如城里人长寿。渐渐地，程爷就把那些知道他陈年旧事的人都熬死了，只剩了他自己，还没完没了地活着。村里一茬又一茬的新人出生长大，看见程爷在村后的果园里摘瓯柑，在门前的自留地里拔萝卜搭黄瓜架子，一脸泥塑木雕相，从不开口说话。众人只晓得是个姓程的老绝户，而不知其余。再后来，青壮劳力都到城里打工去了，村里住进来一些租地做营生的外地人，程爷就成了弃地里的草，自生自灭，被人忘了。

直到有一天，村里突然开进来两辆汽车，一队人马捧着鲜花和一条红绶带，走进程爷的家，送来一个装着一枚黄灿灿的纪念章的匣子。众人围过来看热闹，看清了纪念章上的字：中国人民抗日战争胜利70周年纪念章。这才知道程爷年轻时当过兵打过仗。那时程爷的脑子还够用，进里屋换了身平整衣服出来，被接到城里，开了一个会，吃了一顿饭。饭后，程爷站起来，脚跟啪地并拢，直直地敬了个礼，从兜里掏出一张捏出了水的百元纸票，递给领导："长官说过，不能吃白食。"席间有个记者听了感动，就把程爷的事写成一篇洋洋洒洒的报道，发表出来，四处有人转载。打那以后，程爷的家里就有人进进出出的。

程爷的故事开始出现在各式媒体和网络平台上，被编进各种版本的口述历史书里。村人没想到这个抽巴老头竟有过一段这样猛爆的人生经历，方懂得人不可貌相海水不可斗量。从此见到他，远远地就喊一声"程爷"。他哼哈地应答着，脸上隐隐裂开了缝。王钰偶然看到程爷的故事，便辗转找到志愿队帮忙搭桥，联系到程爷做了一个专访。

转眼这就是七八年前的事了。这七八年里，世界发生了许多变故。程爷的老伴没了，自己也走不太动路了，脑子从一条偶尔犯浑的小河，变成了一锅糨糊。阿陶从供职多年的商报社辞职，利用从前积攒的资源，开了一家文教产品网店，直播卖货，赚了点小钱。而王钰自己，还待在原先那家华人媒体，只是从雇员变成了老板。用阿陶的话来说，是炒股炒成了股东。当年还有个办公室，现在她一个人在地下室办报，偶尔找个临时助理。从前的收入叫底薪，现在的收入叫利润，永远战战兢兢地趴在亏损线上，随时预备着落水。

程爷的屋子从外表看跟前次没多大变动，依旧低矮，依旧破旧。但凡一样东西烂到了骨头，也就再无可烂之处了。门楣上贴着一张"民族脊梁"的红纸，色泽新鲜，显然不是王钰从前见过的那一张了。只是不知从那一张到这一张，中间还换过多少张。

程爷门前也摆着一个晾衣服的竹架子，却是光秃秃的，风吹日晒雨淋，白森森的露出竹筋，看着恍如一副人骨。屋旁的自留地里种着菜，喂饱了雨水，叶子精瘦精瘦的，倒不见有杂草。"老马带人收拾过了。"阿陶告诉王钰。

"地里的事，平时谁管？"王钰问。

"一个拐了八百道弯的堂侄，偶尔过来打理。"阿陶贼头贼脑地四下看了看，压低了嗓门，"惦记这间破屋呢。房子不值几个钱，宅基地有用。你别写这事。"

王钰已经走到门口，又被阿陶喊了回去："再走一遍，刚才忘了拍视频。国际媒体探访民族英雄，有噱头。我也可以发抖音上。"

阿陶玩抖音玩上了瘾，每天以放百子炮的速度发推送，路上跟王钰嘚瑟，说已经攒了十二万粉丝。

"还有什么事是你不发抖音上的？"王钰笑问。

"有啊，床上的事不发，茅坑的事也不发。"阿陶说。这几年阿陶和王钰一直没断联系，两人已经混成了哥儿们，一个敢说，一个敢听。

"拍后背，不秀脸。"王钰折回去又走了一遍，突然感觉长出了两只左腿。

"微笑，背影也要有表情。"阿陶喊道。

程爷的屋子坐北朝南，可惜窗子小，又被两边的楼挡了光，就有些昏暗。两人从大太阳底下乍一进门，只觉得眼睛掉在了屋外。咣当一声，王钰撞倒了一张条凳，身子一矮，搂着膝盖嘶嘶喊疼。阿陶熟门熟路地摸着了一根灯绳，轻轻一扯，黑暗就破开了一个窟窿。王钰一眼瞧见半面墙的报纸，从门口一路糊到将近厨房的位置，都是关于程爷的报道，大多是地方媒体。再看了一眼，她就发现最显眼的位置上，贴的是她写的专访——还是她当年从多伦多寄过来的，整整四版。全球华文文化周刊。报名本来就是粗体，又被重重地勾出了一个圈，旁边有一行颤颤巍巍的钢笔字：著名国际媒体。纸比人还不经老，才几年的工夫，已经皱起一身黄皮。王钰拿指头轻轻一蹭，听见了沙沙的脆裂声。

著名国际媒体。王钰的脸一热。

程爷不会知道，在多伦多，阿猫阿狗都可以成立一家公司，不需要注册资本，有个小房间就能办报。世界，环球，国际，宇宙，五花八门的名字，只要不与别人的名重了，就可以随意挑。她所在的报社，即使在最鼎盛时期，加上老板也只有四名正式员工，一个管钱，一个跑广告，两个管采编。实在忙不过来，再雇一两个临时工。采访程爷的时候，报业已过巅峰期，版面从最初的四十版，缩水到了二十版。最惨淡的一个星期，只卖出三则半版的黑白广告。为了填版面，有时还要免费放置广告。老板对外咋呼，说发行量是一万五千份，实际印数不到两千，放在超市门口任人免费取。若是没取完，剩下的，超市的收银员就拿去包顾客买的酱油醋瓶子。程爷的脸贴过多少个瓶子？五十个？一百个？

后来实在办不下去，老板就用五百加元的象征性价格，把这个烫手的山芋转手给了王钰。王钰愿意接手，是因为办公室租约到期了，她可以搬到家里办公，辞退员工，再减印数。除了印刷费，她几乎没有其他费用，而老客户的广告收入，大抵可以和印刷费持平。丈夫有一份高薪工作，女儿已经大学毕业，她知道下一顿饭在哪里，心稳。她是中文系毕业的，只是戒不了码字的瘾。而办报，是最顺手的解药。

那回见程爷，是精心预谋的。老板从一个位于纽约的亚裔文化基金会申请到一笔专门支持北美华文媒体的经费，需要完成一个关于二战东方战场的调研写作计划。计划内容是书写北美军人在东方战场和中国人携手作战的经历。老板收了钱，把活派给了王钰。正值焦头烂额找头绪的时候，王钰突然在一篇微信公众号文章里，看到了程爷的故事。程爷参过军，接受过美国人的训练，打过日本人。程爷的经历严丝合缝地对上了基金会的每一项要求。于是她飞到中国，兜兜转转找到了程爷。程爷是她的一篇命题作文，一份课堂作业。

可是，她亏负程爷了吗？程爷在脑子还没烂透的时候，经历了一个高光时刻，出演了一场真刀真枪的好戏。程爷不是龙套，程爷是正儿八经的主角。只是程爷不知道她的班子是个草台班子。程爷用不着知道。真相杀人。程爷的记忆仓如今已经满了，盖了盖，上了锁，不会再打开，不会再添新的内容。她在盖子合上的前一刻，往仓里放进了最后一样物品。那是一支火把，叫程爷走进永夜时带着一片光亮。

更何况，那四个版面，每一个字都经过了水和火的锤炼。那是她一生里写得最好的文章。

早在王钰之前，程爷已经被好几家媒体写过了。这家和那家，援引的都是同一个范本，各添些油加些水，是体积膨胀了的通稿。人物，时间，地点，事件，原因，过程，该有的新闻要素都有。他们打造了一副完美无缺的骨骼，唯独少了些血肉和情绪。血肉和情绪是她一点一点挤牙膏似的从程爷的记忆窄巷里挤出来的。

见程爷时，王钰已经在网上趴了好几天，把所有能查到的资料都扫了一遍。训练班所在地的地理位置，乡俗民风，美国教官留下的照片，中国学员在二十世纪六七十年代写下的交代材料，村民对训练班的回忆，各种版本的口述历史……材料稀少而零散，每个字都得细细咀嚼。王钰把所得的信息绕着程爷编成一张网，在稀疏的网眼里组织着她的问题。

在程爷身份曝光之前，他已经好多年没在人前说过话了，舌头已经锈迹重重。生锈的过程是缓慢的，今天一个点，明天一块斑，日积月累。而除锈的过程却像魔术，只需要几盏镁光灯。程爷是识文断字的，读过中学，这也是当年训练班挑上他的原因之一。这些年里，舌头虽然没派上大用场，眼睛和耳朵却还没废，依旧能观六路察八方。自从门前有了车马，程爷也学会了说场面话。王钰有备而来。王钰耐心地听程爷麻麻溜溜地说过了开场白，才甩出第一个问题。

"那年你送日本人的寿桃和挂面，事先尝过吗？是什么味道？"

程爷猝不及防，一怔。这是一个行家的问题，客套话和场面话都使不上劲儿。

程爷就是在那一刻明白了，他遇上了一个较真的人。

那次王钰和阿陶、老马几个在程爷家里待了整整一天。那时程家阿婆还在，给他们做了两顿便饭，都是肉丝笋干"短尺"。"短尺"是一种状如尺子的面条，是程爷家乡的特产。程爷七十年里讲的话，加起来都没有那一天多。程爷讲得口干舌燥，王钰拿出西洋参切片，让阿婆泡茶给程爷喝，润润嗓子。程爷尝了一口，咂了咂嘴，就不肯再喝。

离开程爷家时，天已经墨黑。回城的路上，阿陶说今天老头很兴奋啊。老马说老头这阵子天天都兴奋。阿陶说今天是不同的兴奋。王钰问怎么个不同法。阿陶想了想，才说像是被人挠着了痒处，从前没听他讲过这些事。众人忍不住笑了。笑过后，王钰想起了一件正事。

"我看了一下，程爷炸日本人的事，最早是从你们做的一篇口述历史来的。后来的报道，都没有做独立调研，全是引了你们现成的故事。你们……"王钰顿了顿，仿佛喉咙里鲠着一根鱼骨，话突然就扯成了碎片，"除了程爷自己的说法，你们还有，还有别的佐证吗？我只是，只是，想，严谨一点。"

她的语气很委婉，但是最柔软的丝绸也藏掖不住刀刃。车里一下子静了下来，呼吸听起来像飓风。她的手下意识地一哆嗦，轻轻捏住了安全带。

"老马是历史学会的……"阿陶还想往下说，却被老马拦住了。

"程爷的名字和籍贯，是我们在抗战历史资料馆里偶然发现的。后来通过当地民政局，找到了程爷本人，才有了纪念章的事，还有民政局的补贴。那些在程爷前头死了的，只能认命。"老马说。

"我们在军事档案馆找到的部队番号、训练班时间，和程爷自己说的都对得上号。关于炸日本人驻地的事，1944年9月27日的芦安县志里有569个字的记载。那时县里没有报纸，但我们在孔夫子旧书网上找到了一封写于1944年10月的家书，是县医院一个叫林巧梅的护士写给她的未婚夫的，信里讲几天前有个姓程的小伙子，一个人混进日本军营炸死了6个日本人。日本人摸不清情况，只好退出了县城。还有一个叫酒井的日本军官，在浙江驻扎过，写下一本战地日记，有人翻译了，在第156、157页里，也讲了这件事。"

"天，你这个记忆力！"王钰惊叹。

"屁记忆力，你问他早上吃的是什么。"阿陶哼了一声，"还不是层层认证审核，一次一次准备材料，傻子也记住了。"

王钰无语。

回到多伦多，王钰就开始动笔。一泻千里，一气呵成，两万三千个字。搁置了几天冷一冷，再回头看，王钰吃了一惊。这些年在多伦多，她从没停过笔，一直满城疯跑做采访、写报道，写过就忘。她的采访对象大多是投资顾问、移民律师、房地产经纪、超市老板、社区名流，他们是报社的潜在客户。跑广告的同事拿来一张名片，她就打电话给名片上的人，主动约采访。她知道他们想听什么，写起来得心应手。笔知道路，很少来烦她的脑子。待采访稿印出来，往往就会收到一张广告订单。这是报社的流水线，每人各司其职，彼此无缝对接。可是她的笔遇到程爷，突然就生出了自己的主张，挣脱了那条跑了十年的熟路。程爷惊了她的笔，叫笔活了。笔也叫程爷活了。

其实程爷的故事早已被人说过了，程爷人生的那个截面已经被锯下来，像一圈带着年轮的木头，摊晒在互联网上，经过了千万道目光的拂扫。那些写程爷的人都讲了同一个故事——浙南芦安县有个叫程高远的年轻人，十八岁那年辍了学，奔赴国难。因为机敏勇敢，被挑选参加美国人办的特种技术训练班。训练班所在的县城被日军占领，他化装成商会头目，把炸弹藏在礼品中，只身前往日军驻地，心怀殉国之志，一举炸毁了指挥中心，而且平安脱身，毫发无损。

这是一个英雄的故事。英雄离天很近，她踮着脚尖也够不着。她想写一个她够得着的故事。赴与不赴，国难都在。在头顶，在脚下，在前，在后，在左，在右，一抬头一伸手就碰上了，没人躲得开。那个叫程高远的年轻人像一只缠在蜘蛛网里的昆虫那样，被缠进了国难里，于无奈之中做出了一件惊天动地的事。

于是，她就写了一个新版本的老故事。浙南芦安县裕元村有一个叫程高远的乡下男孩，生性暴躁，时常打架闯祸。爹娘节衣缩食，把他送到县城上中学，心想学堂的先生兴许管得了他。在学校里这个孩子安分地读了几年书，长成了一个年轻人。临毕业时，因为一瓶咸菜跟同学起了纷争，到头来还是没能管住拳头，误伤了前来劝架的先生，被学校开除。年轻人没脸回乡，就在外头流浪，走了许多路，吃了许多苦。万般无奈之中起了回家的念头，不料在路上被抓了壮丁。他本来是可以逃的，可是他没逃，因为他觉得当兵至少可以有口饭吃。后来因为受过教育，会说官话，他就被挑去参加了美国人办的训练班。

训练班里教的是对付日本人的特种技术：通信监听，电码破译，心理战，定时、遥控爆破……年轻人对武器表现出极大的兴趣，不管是什么型号的枪，只要看过一次，就能在十分钟内拆成一堆零碎，再严丝合缝地装回去。美国人通过"驼峰航线"带来一种软性炸药，能做成面食形状，可以在遭到盘查时少量食用。教官将经过安全测试的面食发给中国学员，中国学员尝了，却全体腹泻，有人甚至陷入昏迷，只有那个年轻人安然无恙。后来县城里来了日本人，训练班驻地随时面临暴露的危险。长官命令那个年轻人只身去县城执行任务，炸毁日本人的驻地。一个人行动方便，行事进退更灵活。训练班几十人，单单选上他，不仅是因为他机敏，射击精准，有一副牛马一样的肠胃，会说当地方言，更紧要的是，长官发现他的眼神很特别，无论怎样逼视，他都不会躲闪。年轻人似乎不知道何为害怕。

出发前的几天，年轻人接受了另一轮培训。这一回，美国教官的洋花头经完全派不上用场了。上头请来一位专给有钱人做衣服、见惯了江湖各路人马各类做派的老裁缝，教年轻人相应的礼数：怎样穿丝葛长衫戴礼帽，怎样撩起下摆落座，怎样脱帽行礼，怎样掖怀表，怎样把头发梳成分头显得老成。年轻人在乡下长大，挑惯了担子，犁惯了田，老裁缝又教他怎样把腿并拢，并肩抬胸，用和皮鞋相宜的步态走路。当年轻人梳洗穿戴完毕，拄着一根文明棍，怀揣一张商会秘书长的烫金名片走出营地的时候，他看起来就像是一个三代经商、腰缠万贯的富家子弟。

训练班得到情报，知道日本人的头目龟田少佐那天过生日。年轻人带到日本人驻地的礼物是寿桃、鸡蛋挂面、各样精美糕点，还有市面上极为紧俏的洋皂和消炎药，都是经过巧妙伪装的软性炸药。为防止日本人收到礼物后一样一样仔细盘点，露出马脚，或者当场分派礼品造成分散储藏，枪械师把炸药的定时设得很紧。事后回想起来，年轻人才明白，长官派了他一人出行，其实没有指望他活着回来。他本想把礼物搁在门房就走，不料值班的日本兵跟商会的人很熟，说并不认得他，他只得说了几个事先打听好的商会头目的名字。来回盘问搪塞了几句，就拖延了十来分钟。他不能当着日本人的面掏出怀表看时间，只急得脑瓜儿里咚咚地擂鼓。等他最终脱身，跳上一辆黄包车，才跑出半条街，就听见了身后天塌地裂的一声巨响。

等他回到训练班驻地，已经是第二天凌晨。众人见到他，仿佛见到了鬼。他丢了一只鞋子，浑身湿透，衣服滴滴答答地淌着水，在泥地上流成一条散发着隐隐臭气的小溪。一屋的人只听见他上下排牙齿咯咯地相撞，却问不出一句话来。这一路到底发生过什么？他是怎样走回营地的？他完全没有印象。他没冲洗，直接扎进被窝，倒头便睡，整整睡了一天。醒来后同宿舍的人告诉他，他一直在说梦话，不停地问："我死没死？"

他们都错了。爹娘错了，学堂的先生错了，训练班的长官和战友也错了。年轻人不是不害怕，他只是不知道自己害怕。

这就是一个卷在国难中的寻常人的故事。寻常人在不寻常的时代里做了一件寻常日子里想都不会想的事，寻常人身上便有了非同寻常的光亮。有光是因为有裂缝，裂缝里透进了光。

时隔八年，王钰站在那几页鸡皮一样发黄起皱的报纸面前，依旧觉得那是她一生写得最好的文字。草台班子唱了一出好戏，她没有亏负程爷。

"这些报纸要电子化一下，要不就变粉尘了。"王钰转身对阿陶说。

"都扫描存档了。每一次采访，每一张照片，每一段视频，都备了三份，老爷子一份，军事档案馆一份，志愿队一份。"见王钰没吱声，阿陶就笑，"你以为我们就是送送花，系系红领巾，年节挂个横幅、送个红包的？"

卧室的门是开着的。程爷家大大小小的门都是开着的，没有一个地方上锁，谁都可以堂而皇之长驱直入地直捣程爷的中枢。

程爷在睡觉。九十八岁的觉很轻，眼皮上有一只白蛾子在轻轻颤动，那是太阳投下的光斑。程爷的被子霸道，捂住了一整个脖子和半个下巴，只露出一颗头，头发稀稀落落的像是风吹过的蒲公英。程爷的脸上已经没有肉，皮贴在骨上，阳光一照，几乎看得见骨头的纹路，卸了假牙的嘴是一个幽黑的坑。

床上方的墙上，挂着两张镶了镜框的放大照片。一张是阿婆的黑白照，有些年月了，还是中年往老年奔的模样，头发挼在耳后，穿一件对襟布衫，笑得有些拘谨勉强。另一张是程爷的彩色照，中山装衣领一路扣到下颏，一只手托着胸前那枚抗战胜利70周年纪念章。程爷在照片里看上去很慈祥，每一根皱纹都柔软，没有人会在那样的神情里想到拳头、手枪和炸弹。墙上的程爷俯视着床上的程爷浑浑噩噩地睡着，脸颊一起一落，鼻子里轻轻拉着风箱。

王钰的鼻子抽了抽。屋里有臊味。

"不肯用尿不湿，总是要自己起来，动作慢，夜壶。"阿陶叹了一口气。

王钰嘘了一声，阿陶说不要紧，醒着他也听不见，半个聋子。

"程爷，王老师来看你了。"阿陶推了推程爷。

程爷的嘴咂了一下，却没有睁眼。

"这屋真冷，你先别脱大衣。"阿陶抬头看了一眼空调，上面显示的是"自动"。他拉开桌子的第一个抽屉，摸出遥控器，调到二十三度。空调张嘴打了个哈欠，吐出些风来。

"每次都给他调到二十三度，你一走，他就调回自动。鬼知道自动是怎么设的，十七？十八？不冷才怪。"

"好办。你把遥控器没收了，恒温。"王钰说。

阿陶哼了一声："他能拄着拐杖爬上桌子，拔了电源，你信不信？"

程爷的卧室样子变了些，先前的灰泥墙壁和天花板，现在全换成了塑料贴面，就平整敞亮了些。空调是新装的，电视机也换过了，用的都是这几年志愿队筹得的善款。

程爷的房子的确是乌龟壳，只有两间小屋，一间卧室，一间是灶披间。灶披间里一个柴火灶头就占去了一半，如今不用了，也没拆，只是在灶台上摆了个小电磁炉，剩下的空间里堆满了各式杂物。卧室里摆了两张单人床和一张桌子，走路就得侧着身子。靠门近些的那张床原是阿婆睡的，如今堆满了物件，有阿婆留下的被褥和程爷换下来还没洗的脏衣服，也有重重叠叠的礼品盒。王钰瞄了一眼，有牛奶、蛋白粉、芝麻花生糊、麦片、干贝、各样水果饮品、复合维生素、软骨素、洗洁精、厕所用纸，还有两大包尿不湿。

"慰问品，有的是厂家送的。建军节、胜利日、中秋节、国庆节、重阳节，都挤在下半年，上半年比较少。这批应该是元旦刚送来的。他能用多少？还不是谁见了谁拿走。乡下的事，不在眼皮底下，管不了。"

王钰连忙拿出自己带来的驼奶、羊奶粉："你叫醒他，我马上冲了给他喝。我要看着他喝下，开了盖看谁还拿走。"

"谁？"程爷突然醒了，睁开眼睛，摸索着想坐起来，被阿陶按了回去。

"是我，阿陶。"

程爷嘿嘿笑了，口齿不清地说："陶老师，好久不见了。"程爷管谁都叫老师，马老师，陶老师，眼镜老师，扁头老师，长人老师。

"没良心啊，上个星期龙头漏了，是谁修的？昨天还给你打电话，说王老师要来。"阿陶把王钰推到了程爷跟前，"这个王老师，前几年来过你这儿的。"

"程爷你还好吗？"王钰伸出手来，想给程爷握，程爷的手却藏在被窝里，不肯往外伸。王钰的手僵在半空，阿陶就知道没认出来。

"就是那个把你写到加拿大去的，堂屋墙上，报纸，四大张的，还记得啵？"阿陶贴在程爷的耳边，大声说道。

程爷用自己的胳膊肘撑起半个身子，嘴巴张得大大的，舌头死命地找脑子，脑子藏得太深，舌头很辛苦。

"助听器呢？怎么不戴？"阿陶打开桌子上一个长方形的铁盒子，眼镜在，却没看见助听器。

程爷一脸茫然。

"今天不是个好日子。"阿陶对王钰摇了摇头。

王钰把奶粉罐子举到程爷跟前："我带来的，新西兰出产的，好奶粉。泡了给你喝，好不？"

程爷点了点头，又摇了摇头，指了指自己的嘴巴。

假牙泡在桌上一个崩了瓷的搪瓷缸子里，水面上漂着一小片韭菜叶子。王钰看了阿陶一眼，阿陶也看了王钰一眼，最后还是阿陶伸出两根指头，用指尖捞出了假牙，递给程爷。程爷嘴里没多少肉，假牙咯噔咯噔地找了半天路，才上了轨。

"春英，春英啊！"程爷大声喊道，牙齿咝咝地漏着风。

见王钰不解，阿陶就轻声解释："就是那个拐了八百道弯的堂侄的媳妇。上午过来烧个饭洗点衣服，给他买点东西。一个月两千块钱。全日制的保姆待不住，老头子舍不得钱。"

阿陶掏出手机，拨了个预存的号码。"这个时候程爷还没吃早饭，你在哪里？"也不等那头回话，就挂了电话。

"西洋参，那个，西洋参。"程爷突然说。

阿陶大喜："你想起来了？就是这个王老师，上次送你西洋参的。"

"程爷我给你烧水泡奶粉。"王钰正要起身去厨房，却觉得袖子沉，是程爷的手："有开过罐的，先喝。"

阿陶朝王钰眨了眨眼："人间清醒。有什么事，你赶紧说。"

王钰在程爷的床边上坐了下来。床窄，怕压着程爷的腿，她只沾了个边儿。一会儿觉出来程爷的腿只有一把骨头，离她还远，她才敢放心地放下屁股。

"程爷，加拿大有一位，大学教授，他爸爸参加过，解放荷兰的战争，今年一百零二岁。教授要和我，合作，拍一部小成本的，纪录片，记录他爸，也记录世界各地……"王钰犹豫了一下，咽下了"幸存"二字，"记录世界各地，二战老兵的生活。有手机公司，愿意赞助，只要我们全程，使用手机拍摄。我想征求，你的同意，愿不愿意，我们拍你的镜头？"王钰一字一顿地对程爷说。

程爷听了，犹犹豫豫地问："格个荷兰，地方很远的吧？"

阿陶就吼道："不用去荷兰。王老师问你拍不拍电影，当明星，就在家里，讲讲打鬼子的事。"

程爷哦了一声，牙套掉出一半，又塞了回去："电影，好啊，拍电影。"

"不是讲打仗的，就是随便聊……"王钰还没讲完，就听见程爷在嚷嚷："春英啊，格个春英，换衣服呀。"

王钰从包里拿出一份文件，递给程爷："我们有一份法律文件，英文的，有中文翻译。我给你念一念？不复杂的，但是你要，签一下字，授权我们，使用你的音像权。"

程爷歪过脸去，愣愣地看着阿陶。阿陶接过文件，拍了拍程爷的肩膀："王老师问你同意拍电影不，同意就按个指印。"

这时春英走了进来。春英是个四五十岁的胖女人，穿了一身花棉睡衣，卷了满头的卷发筒，脚下趿着一双踩断了跟的布鞋，走起路来踢踢踏踏，裤脚上落满了灰。见了阿陶，便热络地招呼："陶大哥好久不见了，今天有空来看程爷啊？"

阿陶低头翻着手里的文件，不吱声，半响，才说："我空得很，我来的时候，没看见你。"春英便有些讪讪的，看了看王钰，问有客人啊。

阿陶朝厨房努了努嘴，说："把上回云南孙总寄来的普洱敲一块出来，给王老师泡茶。王老师是远客。"

春英吧嗒吧嗒地走了，身子矮了几分。

王钰用肘子碰了碰阿陶，小声说："兔子也有虎威啊。"王钰和阿陶都属兔，王钰大阿陶一轮。

阿陶哼了一声："别以为程爷家没人了。"

不一会儿工夫，春英端了茶出来，放到桌子上，嗳嗳地说："我儿子发烧，今天没去学校。"阿陶啜了一口茶，说："你招呼程爷把早饭吃了，换身干净衣服，王老师要做采访。"

春英热了牛奶，浇在一碗麦片上，一勺一勺地喂程爷吃。

"平常被褥要勤换。"阿陶说。春英张了张嘴想说句什么，见阿陶的脸紧，就咽了回去。

喂完了，放下碗，春英找了套干净的毛衣秋裤，就去撩程爷的被窝。王钰扯了扯阿陶，两人便端了茶，掩上门出去了。

"这样好吗？"王钰问。

"有什么不好？收钱的时候挺痛快，人呢？三天两头不照面。总得有人替程爷说句话。"阿陶愤愤地说。

王钰扑哧一声笑了："我是说那份文件。加拿大要求严格，要是没解释清楚哪个条款，将来怕吃官司的。"

阿陶喊了一声，说："怕啥。程爷听我的。再说，谁告你？程爷老婆走了，也没有子女。你们那个教授到底有没有脑子啊？二战剩下的兵，都是百岁的人了，还有几个是人间清醒的？抢救历史，他懂不懂？"

王钰就不再吱声。

王钰和阿陶搬了两张凳子，一人一边，门神似的在程爷门前坐下。太阳快升到头顶了，树上的叶子还没有落尽，雀儿在枝头窜来窜去。一眼望过去，路上连只猫狗都没有。邻人的菜地里，有个老妇人在弯腰干活，背对着他们，也看不清楚在做什么。四下静得很，妇人劳作的声响传得很远。咔嚓。咔嚓。咔嚓嚓嚓。

王钰就问中午上哪儿吃饭，你找地方我买单。阿陶说等一等老马，他刚发信息来，一会儿就到。王钰问老马不上班吗，怎么说来就来，阿陶说老马在图书馆上班，又在文史学会挂个职，两边是兄弟单位，跟这头说在那头，跟那头说在这头，自由得很。

"索性等你拍完程爷，我们去刘长贵面铺，开车十五分钟。三代人做的小生意，打仗也没关过门。他家短尺最好，大肠的一碗，猪油桂花的一碗，老马那个胃口，能一气吃两海碗。"

王钰突然就想起了那次程家阿婆给他们煮短尺的事。很安静的一个老婆子，走起路来无声无息的，仿佛没在用腿。王钰和程爷聊天的时候，阿婆要么在厨房里忙活，要么搬个凳子坐在过道里拣茶叶梗。后山有人种茶，收茶的时节，忙不过来时，也会分点零活给村里人做。无论阿婆在哪个角落，她的耳朵都一直在屋里，王钰知道她在听。

阿婆和程爷结婚四十多年，两人在一个锅里吃饭，却在两张床上睡觉。阿婆的头一个丈夫害肺痨死了，孩子也死了——是她睡得太沉，把孩子压死的，到早上才发觉。程爷知道她的事，她以为她也知道程爷的事，没想到一枚纪念章却送过来一个她不知道的程爷。她这才醒悟过来，她从前知道的，只是程爷大故事里的一个小故事。她心里糙糙的像扎进了一捧茅草，说不出是什么感觉。日子接着往下过，她一个人静静的，就把心头的草撸顺了。谁知后来又来了一个王钰，又掏出些新故事来。她只觉得她的丈夫像集市里卖的香料罐子，大罐里套着小罐，小罐里套着更小的罐，掏出一个还有一个，却永远也不知道哪个才是最后一个。

"程爷跟阿婆，感情好吗？"王钰问阿陶。

"半路夫妻，结婚的时候，阿婆就生不得孩子了，能好到哪里去？后来有了民政补贴，日子顺了些，可惜没几年阿婆就走了。"阿陶叹了一口气。

"程爷在县城读过书，又跟着美国人当过兵，在外头闯荡，就没有碰上自己喜欢的？"王钰问。

这句话她八年前就想问。那次她在程爷家里磨了一整天，这话也在她喉咙里堵了一整天，到最后也没吐出来。阿婆的耳朵无处不在，堵住了王钰的口。

"你知道程爷为什么被判刑？"阿陶问。

"不是打架伤人吗？"

"是为什么打架？"

王钰摇了摇头。

"程爷有不能说的理由。"

王钰知道故事来了，就把茶杯放在地上，掏出手机要录音，却被阿陶一把夺了过去。

"这事程爷只跟我说过，跟老马都没说。你敢写出去，我就敢告你，你没给程爷解释过授权条文，我是直接证人，你信不信？"

王钰见阿陶急得额头上暴出青筋，就笑："我信，在程爷这儿你就是天。"

阿陶这才把手机还给王钰。

"程爷被关了十五年，是为了他嫂子。"阿陶说。

王钰吃了一大惊。前次程爷把当年的逮捕令、审讯笔录、判决书都拿给她看过了，从头到尾，只字没提起过他嫂子。

"嫂子进门的时候，程爷已经回乡务农好几年了。村里人都知道是他在外边待腻了，终于浪子回头，却没人知道他当过兵，连他爹娘也不知道，他没告诉任何人。"

程爷只有一个哥哥，哥哥娶亲的时候，已经是新中国成立后。政府提倡移风易俗，新娘子就免了遮盖头坐花轿的繁文缛节。那头的爹把女儿送到村口，这头程爷陪着哥哥去人家村口迎亲。结婚前，两人只在介绍人家里见过一面，女人脸皮薄，不敢抬头，只粗粗看了个大概。程爷和哥哥长得很是相像，那天走在前头替哥哥开路，新娘就误以为程爷是新郎。程爷是识文断字见过世面的人，一件白衬衫扎在卡其裤子里，口袋上别一支英雄牌钢笔，做派自然与纯粹的乡里人不同。新娘见了暗自欢喜，脸红红的，便跟在程爷身边走，倒把真正的新郎落在后头了。

新娘子的爹是木匠，木匠有手艺，家里日子过得比旁人强，女儿也少受了些风吹雨打的苦，就比别人显得细皮嫩肉些。那正是油菜花开的时节，满地的黄花，衬着一片瓦蓝的天。女子穿了件红布衫子，脸粉白生光，鬓旁簪了一朵红绒花，走起路来，裤管里灌满了风。程爷见了，只觉得两腿化成了水，再也走不得路了。他不知道这一路是怎么走回家的，只隐隐记得新娘的一条月白绣花手绢，一半捏在手心，一半露在外边，在他眼角一颠一颤地飘着，像只扑扇着翅膀的鸟儿。

"'画儿里的人'，这就是程爷的原话，我没编排。"阿陶说，唾沫星子在阳光里飞成碎银珠子。

新娘子到了家，拜公婆时才明白程爷不是新郎，心中到底是怎么想的，程爷自然不清楚。只是自从嫂子进了门，程爷便再也不肯在桌子上吃饭。每天只端了一碗盖了浇头的米饭，一个人坐在门槛上埋头吃。即使不抬头，也知道嫂子在哪个角落，忍不住就要脸红。从此他在地里的时候就更长了，干活也更卖力气了，回家却没有几句话。爹娘见了，觉得奇怪，倒是宽心些了，以为这些年在外头吃的苦终于把他给修理老实了，便开始托人给他张罗婚事，他没说肯也没说不肯，只是一味地拖着。

有一天下午，程爷正在田里间苗，天突然下起雨来，一时半刻没有停的意思，他就跑回家来躲雨。他一头冲进厨房，正想从水缸里舀水喝，才猛然看见嫂子一个人站在屋角，正拿着一条毛巾擦拭胸脯。嫂子生了孩子不久，丰腴了些，那片雪白像根棒子砸在程爷脑门上，砸得他脑子一片空。嫂子没想到这个时候程爷会回家，一时脸涨得绯红，飞也似的跑回自己的房间，砰地撞上了门。程爷站在厨房里，不知该进还是该退，恨不得一头扎进水缸里，不是图死，而是图个凉快清醒。

过了一会儿，他听见窸窸窣窣的声响，知道是嫂子出来了，却不敢抬头。嫂子把一个搪瓷缸子塞到他手里，轻声说："小宝喝不了，泼了可惜。你要是不嫌弃，趁着还暖和喝了。"

程爷捧着缸子回到自己屋里，坐在床沿上，浑身发抖，缸子端不稳，差点洒了。发了一会儿呆，才慢慢喝了。一股温热顺着喉咙走下去，到了心尖，就不往下走了。他并不记得是什么味道，只觉得他已经把嫂子喝进肚子了。从今往后，嫂子在不在眼前都不打紧，嫂子已经在他身子里了。

小宝五岁的时候，和程爷家隔了三个门的老绝户胡爷收养了一个儿子，取名阿旺。那阿旺三心二意地跟着胡爷学杀猪宰羊骟牲口，却不学好。程爷的哥哥是泥水匠，时常在外头给人盖房子。只要嫂子一人在家，那阿旺有事没事就会凑过来搭讪。嫂子面皮薄，说不出难听的话，只是紧紧跟着婆婆，婆婆上哪儿，她就去哪儿，总不肯一人待在家里。

有一天，嫂子跟着婆婆去田里送饭，阿旺也在，当着众人的面，他又拿话来撩拨嫂子。乡下人生性粗鄙，并不当回事，都嘻嘻哈哈地起哄。嫂子把头沉了，说不得话。谁也没料到程爷一声不吭，直起身，一锄头就朝阿旺砍去，出了大事。

警察来的时候，嫂子像换了个人，全然不顾颜面，号得像一个泼妇。程爷身子已经在警车里了，嫂子还扯住他的胳膊，死死不放，最后警察拿警棍才敲散了。程爷从车窗里探出头来，说了一句："好好在家。"程爷总共也没和嫂子说过几句话，这句话就是最后一句。可是这话说了也是白说，等程爷出来的时候，程爷的哥哥去世了，嫂子已经成了别家的人。

程爷被抓起来，一提审，就直接认了罪。只说和阿旺素来不对付，却只字不提前因后果。他不想说出嫂子的事。嫂子是他心头的事，心头的事只能在心头放着，进不得他人的耳朵。

王钰听了，只是唏嘘。这不是她期待的故事。她期待的故事里有一个梳着长辫子的女同学，或者，一个留短发的女战士。

"假如程爷回来，嫂子还等着，你说会怎么样？"王钰怔怔地问。

阿陶就笑："琼瑶小说看多了吧？能怎么样？程爷出来，是个半老头子了，要体力没体力，要手艺没手艺，又有前科，出门连个介绍信也打不着。拿什么养嫂子？拿什么给小宝娶亲？萧寡妇没儿没女，省心。"

王钰想找一句话来反驳阿陶，搜肠刮肚，竟然找不出一个字。

这时春英就来喊，说都收拾停当了，可以开始了。

王钰和阿陶回到屋里，见程爷已经梳洗过了，戴了助听器坐在床上。吃过了早饭，程爷的颊上仿佛添了几两肉，平顺了些。春英给他换上了一套仿军服样式的厚布衣服，脖子上挂了那枚纪念章，整整齐齐规规矩矩的，像个老新郎。

"演出服。"阿陶小声说。

王钰架好三脚架，调好光线，退了一步看画面，觉得程爷身后的床铺凌乱，便过去，把被子叠成一个长方块，再去挪枕头。枕头里啪地掉出一样东西，她捡起来看了一眼，又慌忙塞了回去。她把枕头啪啪地拍松了，放到被褥上面。床单是春英刚才匆匆换过的，全是又硬又长的褶子。王钰拿手抻掸了几下，也不见好，就算了。再退回去从镜头里一看，大致看得过去了。

"不要紧张，就是聊家常。你想说什么就说什么，就当是和阿陶聊天。"王钰对程爷说。

"程爷，王老师跟你说笑话呢。这回你金口一开，全世界的人民都听见了。"阿陶站在王钰背后喊道。

程爷捂住耳朵，说陶老师你好大声。阿陶就笑了，说忘了你戴助听器了。

王钰朝阿陶瞪了一眼："别吓唬程爷，就是家常聊天，放轻松。"就做了个手势让众人安静。

王钰一说"开始"，就看见有一股子气噌噌地从程爷的脚底蹿上来，一路蹿到脑门心，程爷的眼里便有了光。他倏地坐直了，把手里捏着的那副老花镜戴上，从兜里掏出一张皱巴巴的纸，凑到眼前。

"全世界的朋友们，大家好！我叫程高远，浙江淳安县裕元村人，我是抗战老兵。当年日寇侵犯我中华，蹂躏我大好河山，我热血沸腾，义愤填膺，1943年11月参军，1944年9月参加中美联合特种技术训练班，心怀国恨家仇，视死如归，要把日寇赶出国门……"纸有两页，程爷一字一顿地念，颧骨一起一落，直念得额头暴出一根根青筋。

王钰忙喊停，说："程爷你喝口水，先歇一歇。"便拉了阿陶进厨房，悄声问："程爷现在都这么说话？谁给他写的稿子？"阿陶说："他自己。这几年媒体来得少了，但附近有知道他的人，便时不时来这儿打卡，拍了视频到处乱发蹭流量。志愿队拦了多回，但我们不在跟前，也没有办法。他分不清来的是什么人，脑子又不如从前了，就写了一张纸，谁来了都说一样的话。今天算不错，还知道加上个'全世界的朋友们'。"

王钰一屁股坐到灶台前的小板凳上。灶台多年不用了，风箱的把手上攒了一层灰。墙角放着一捆引火柴，有年岁了，隐隐散发着一股霉味。"我们要拍和平年代的日常，你说程爷能懂这个意思吗？"

"日常？一辈子烂糟糟的日子，就这么一个高光时刻，他不说这个说什么？"

王钰无话。

阿陶想了想，说："你别这么正儿八经地让人摆着端着。没有摄像机的时候，他就日常下来了。一会儿你跟着他悄悄地拍，不说话，到时你编点画外音，有个影总比没有强。"

阿陶做抖音做成了精，已经是半个视频剪辑专家了。

两人再回到卧室，见程爷靠在被褥上养神。刚才那一段话已经耗完了他的元气，他连眼睛也懒得睁。

阿陶就对王钰说难得天这么好，不如让他在门口晒会儿太阳，养点精神头，一会儿再拍。

两人就搬了张竹靠椅出来，拿个枕头垫着椅背，一左一右地搀扶着老头子，慢慢走到门外，坐下来。程爷眯缝着眼睛，默默地看着门前的那条小路。路边的向日葵已经枯萎，在无风无尘的日头底下低垂着暗褐色的头，鸡在地上走来走去啄食。路尽头传来一阵低沉的马达震颤声，由远至近，越来越响，最终在程爷门前停了下来。是一辆摩托车，喷出来的气溅得石子四下乱飞。骑手摘下头盔和遮阳镜，王钰才看清是老马。

老马熄了火过来，握了握王钰的手："王老师你一点没变。"王钰说："我没变，马老师变了。"老马说："八年了，能不老吗？"王钰说："不是的，上回见你，开着一辆破车，还是人民公仆的模样。什么时候你出演警匪片了？"

"老马又交了个女朋友，这个是摆酷一族的，走的是背包客路线。老马炮换鸟枪，买美人一笑。"阿陶告诉王钰。王钰知道老马离婚多年了，不着急再婚，只是不停地更换女友。

老马踢了阿陶一脚："阿陶的话，你信百分之七点六八就差不多了。天天上班堵车，这个畅行无阻。"

老马从背包里掏出一个纸板盒子，小心翼翼地递到程爷跟前："程爷我给你带来个稀罕物件。"阿陶替程爷打开了，里头是个竹笼子。竹笼里趴着一只虫子，一个手掌长，一身翠绿，羽翼边缘上隐隐夹杂着几丝金黄，腿高高地拱着，神情很是机灵活泛。

"蝈蝈，我以为是什么呢。"程爷咧嘴笑了。

老马拍着大腿说："程爷，这可是冬蝈蝈啊。这个时节，你上哪儿找蝈蝈去？我花钱网上买的，要是路上死了、残了，包赔。"

程爷便摇头，说："马老师阔气，花钱买只虫子。"

阿陶拍了拍程爷的肩膀，说："马老师怕你孤单，买只蝈蝈陪你。"

"这是绿蝈蝈，算个名种。家里养殖的，养大了才卖。贵是贵几个钱，却是唱过歌儿的。太小了买来，你不知它长成个什么样儿，能不能开声。"老马解释给程爷听。

春英听见外头有响动，便也出来看稀罕，老马拉着春英就说："这事我交给你了，别到你手里三两天就给养死了。头几天找点虫子喂喂，米虫子面包虫子玉米虫子，啥都行。后头喂胡萝卜就行，最好切丝，它好咬。每天拿出来遛遛，桌上铺条湿毛巾，温热的，上边放上胡萝卜丁儿，让它爬出来散散步。饭也吃了，路也走了，澡也洗了，这一趟全有了。蝈蝈腿一干裂，就能自个儿咬断，这个不能发生。"

春英听了啧啧咂嘴，说："这玩意儿田里到处都是，倒变成稀罕物了，伺候我老妈都没有这份麻烦。"

程爷伸手就要开笼子。阿陶一惊，说要飞走的。老马说没事，养殖的没见过世面，老实。

笼门开了，蝈蝈没动，仿佛在侦察四周环境。过了半晌，才慢悠悠地爬出来，爬到了程爷的腿上。程爷用指头轻轻地触碰着蝈蝈的触须，程爷的影子投在蝈蝈的身子上，一半明，一半暗，暗的那边是墨绿，明的那边是翡翠。蝈蝈不出声，程爷也不出声，程爷看着蝈蝈的眼神越来越软，呼吸越来越沉。众人一抬眼，发现程爷已经睡着了，脑袋歪在肩膀上，嘴角流着一线涎水，眼皮一跳一跳的，仿佛在做梦。

程爷做的是什么梦呢？程爷或许梦见了一个穿着丝葛长衫戴着礼帽的年轻后生，挂着一根文明棍，走在县城的街上，心跳如擂鼓。他的眼睛很忙，盯着前后左右的人，也盯着沿街的每家店铺。他不知道这一趟走过去，还会不会有下一趟。

或许程爷梦见了一片开阔的农田，油菜花开得正好，一望无际的油汪汪的黄。小径的尽头有一颗鸭蛋黄大小的太阳，贴在地皮上，一颠一颤。太阳有腿，越走越近。渐渐地，他终于看清，是一件红布衫。

这是一个被分成了两段的梦？还是两个单独的梦，缠结在一个梦境之中，无法相互剥离？世上果真有平行空间吗？两个在平行空间行走的人，不小心走进了程爷的同一个梦中。他们最终会穿插而过，还是始终平行，永无相会之日？王钰胡思乱想着。

嘎儿。

程爷腿上的蝈蝈，突然叫了一声。这声音初起时像个磨盘，浑厚结实，收声时突然生出一根钢针，把耳窝掏出个洞。程爷一下子惊醒了，倏地睁大了眼睛，茫然不知身在何处。

"天爷，小寒啦，它还唱。"阿陶惊呼。

"只要温度够高，大寒它也能开声。"老马说。

众人便屏住呼吸，等待它发出第二声。等了半晌，却没有动静。

阿陶就推了推老马："把你哄婆娘的本事拿点出来，哄一哄蝈蝈。"

老马果真捏了鼻子，做出各种糯软的声响，来引逗蝈蝈。蝈蝈仰了头，身子纹丝不动，像一只玉制的古玩，再也无声。

阿陶看了看表，对王钰说："趁程爷这会儿醒着，赶紧把视频拍完了吧。"

王钰晃了晃手机，满脸是笑："没看见刚才我在拍吗？精髓都在这儿了，其他的，可有可无。"

众人晒了会儿太阳，扯了些没边没沿的散话，见程爷眼皮又开始耷拉，就把蝈蝈收进笼里，搀了程爷回屋，脱了外套、卸了助听器，扶着他躺回床上。程爷的两颊瞬间塌陷了，嘴张得大大的，鼻腔里发出些轻轻的呲声。

阿陶就问春英："程爷最近都这样渴睡吗？前阵子像是好些。"

"快一百岁的人了，还能怎样？一根蜡烛烧到头，就剩这点力气了。早上使了，中午就没有。"春英说。

众人收拾了东西，正要走，程爷突然啊了一声，从被窝里伸出一只手来，拽住了阿陶的衣袖。阿陶俯身，只见程爷依旧闭着眼睛，嘴唇颤抖着，想说什么，却什么也没说。

"程爷，改天我再来。"阿陶想掰开程爷的手，不料鸡爪一样精瘦的一只手，却有着牛一样的气力，阿陶竟然掰不动。

"程爷，你听着，我和老马，一定会送你上山的。你不会一个人的，放心。"阿陶蹲下来，贴在程爷的耳边，轻轻地说。程爷慢慢松了手。

阿陶站起身，看见王钰的镜头灯还在闪，可是她却没有在看镜头。她正在窸窸窣窣地擤着鼻涕。

半个小时之后，他们已经坐在刘长贵面铺，各人要了一碗猪大肠短尺，吃得满嘴流油。吃完了，老马把空碗一推，打了个响亮的饱嗝，问王老师要不要再来碗猪油桂花的。王钰说吃就吃，谁怕谁。老马就对阿陶说：我喜欢王老师的范儿，从来不拿减肥说事。王钰说我又没肥，减你个大头鬼。

阿陶说王老师外行了吧，减肥跟肥有什么关系，是思想问题。

"程爷回乡几十年，村里人为什么都不知道他当过兵？"王钰突然问。

阿陶看了一眼老马，老马就说："看我做啥？你想说就说。"阿陶才压低了嗓门说："程爷是逃兵。"见王钰一脸诧异，就笑，"打日本人的时候没逃，是后来逃的。日本人投降后，程爷跟着部队来到南通。后来看形势不对头，他不想打自己人，就在开拔途中跳进河里，埋在水底，嘴里叼了根芦苇秆吸气。躲了半天，直到部队都走完了，他才爬上岸。那个时候抓到逃兵，是当场枪毙的。他在外边流浪了好几个月，等风声不紧了，才敢回家。当初他是路上被抓了壮丁，乡里并没有入册，程爷自己不说，就没人知道。后来全国解放，程爷暗自庆幸，亏得自己嘴紧。那次打伤阿旺，一开审他就立刻认罪，是为了保住嫂子的名声，也是怕公安机关追查他的背景。"

老马摇头叹息："这件事上他是躲过去了，可别的事上他却栽了个大跟斗。十五年徒刑，人生有几个十五年？躲来躲去，他还是没躲过命。"

猪油桂花短尺端上来了，又是油汪汪的一大盘。王钰真是饱了，速度就慢了下来。

"刚才……"王钰开了个头，又顿住了，最终还是忍不住续上了话头，"刚才我整理床铺，发现程爷枕头里掉出一样东西。我眼贱，拿起来看了一眼，是存折。户头上刚转出了二十万，日期是前天，还剩下三万多零头。"

阿陶和老马同时搁下了饭碗。

"转给谁？"老马问。

"是一串号码，没有名字。"王钰说。

"妈的，这事拿脚都想得出来。程爷自己去不了银行，也不会手机转账，他能转给谁？"阿陶愤愤地说。

"你们不能，过问一下吗？"王钰说。

阿陶和老马都不吱声。半天，老马才说："志愿队有纪律，我们不能介入老兵的家事，尤其是财务纠纷。除非老兵自己提出来，我们可以帮着向有关部门反映,他们来调查。可是程爷自己没说话。"

"你们不可以悄悄问一问程爷自己吗?"王钰说。

阿陶看着老马,老马扭头看着窗外。三人便都不说话,空气凝重起来,桂花短尺的碗面上,结了一层白色的猪油。

"我去问。你是队长不好说话,你当作啥也不知道就完了。"阿陶说。

"人老了真不好玩。"老马砰地扔了筷子。

"你有本事不老?"阿陶哼了一声。

三人吃完饭,结了账,站起来,慢慢地朝停车场走去。太阳有点偏了,王钰缩了缩脖子。小寒日的阳光靠不住,说冷就冷。空中飞过一队鸽子,发出嘤嘤嗡嗡鸽哨声,一路远去,不绝于耳。

"有个事,一直想问你们两个。"王钰说,"那年我把报纸寄给程爷,后来给他打过一个电话,问收没收到,看了有什么想法。他哼哈了半天,很敷衍,是不喜欢我写的东西吗?"

老马和阿陶对看了一眼,没立刻回话。最终是老马先开口的。

"当然是喜欢啰,不喜欢他能这么郑重其事地贴在墙正中吗?"

王钰横了老马一眼:"实话。"

阿陶拿胳膊肘撞了撞老马:"跟王老师你就说实话吧。程爷反复看了几遍,才说'这女子在国外待傻了,一点不懂中国的路数'。"

王钰一下子愣住,久久无话。

世人还是喜欢英雄的,所以手游公司能日进斗金,所以才会有长盛不衰的好莱坞。王钰想。

原载《收获》2024年第5期

许多树

叶 弥

　　气候、食物、房屋的高度，甚至路上铺什么样的石料、长什么样的树，都会影响一个城市的格局与人的身心。小城里的姑娘一望而知，不仅她出生在小城里，还祖祖辈辈生活在一条小巷里。此刻她正走在一条非常古老的小巷子里。经过两座石桥，她从巷子的最深处走到了巷子前部。巷子外面是一条大马路，自行车川流不息。今天这个日子对她好像有着特殊的意义，她穿着新的连衣裙，脸上浮现出傻乎乎的笑容，一副见识少的纯真模样。连衣裙的料子不错，是真丝乔其纱，米色的底子上印着一大堆线条轻浮而平庸的紫玉兰花。拘谨的浅V领，浅得把领口两边轻轻一提就能变成圆领。北京姑娘的裙子下摆已经短过膝盖了，可这个小巷姑娘的连衣裙长得拖到小腿以下。巷子里铺着的石块凹凸不平，长年累月地走在这种路上，让她养成了谨慎的小碎步，眼睛还时不时地瞅一眼地面。这样一来，她的长连衣裙更显得累赘了。此时一阵风吹来，把她的连衣裙下摆吹得翻了起来，一直翻过膝盖。洁白的大腿在裙裾边若隐若现，就像玛丽莲·梦露那张著名的站在风口的照片一样，不同的是小巷姑娘慌得把包扔在地上，两只手在风中乱抓一气，想把裙子抓回原位。

　　站在二楼的小伙子看见这一幕，一边抽烟一边笑着说："这还差不多。"

　　小伙子站着看风景的地方是一幢私家小楼。低调的小小木门，里面是深宅大院，院里停着上海新出的桑塔纳轿车。民国式的两层楼，上面爬满野生的老薜荔。院子里绿树成荫，有一棵名贵的百年紫玉兰。院子外面也绿树成荫，但都是寻常的香樟树。私家小楼和巷子外面的大马路隔着一条小河，站在二楼，河、船、石桥、自行车、汽车……四周的热闹或寂静的光景一览无余，当然被大风吹开的大腿也被他看得清清楚楚。这时候他又说了一句话：

　　"这座小城缺少时代感，需要一阵大风吹开保守的樊篱。"

　　大风掠过地面几秒钟后一跃而上，蹿到马路边的香樟树上，把树冠吹得倒向一边。随即大风发出一声尖啸，遁入虚空无影无踪。巷子回归寂静，姑娘的裙子也复归原位。但她惊魂未定，弯下身子摸一摸裙边，确定裙子不会再翻卷后，直起身体，朝后面偷偷看了一眼。

　　还好，后面的巷子空空荡荡，没有人看见她被风掀起的裙里的风景。当她的眼光不经意地瞥到那座宅院里的小楼时，她发现二楼上有位小伙子正看着她，他抽着烟，脸色温和平静。和她见过的所有的男士都不同，他目空一切，好像掌握着这个世界。

　　她看到小伙子扔掉香烟，那香烟头带着暗示抛过来，在空中画出一条大大的抛物线，落在院墙内。紧接着小伙子从楼边的紫玉兰树上摘下一朵花，也朝她抛了过来。和香烟头一样，紫玉兰花带着暗示画了一条小小的抛物线，落在院墙内。今天是五月一日，这棵紫玉兰树上还开着不少花。

　　她加快步子走了，抛香烟头也好，抛紫玉兰花也好，她只知道二楼这位小伙子看到了她的大腿。

　　这座宅院里的保姆每天都要上菜市场购买活的鱼和虾，她认识保姆，看见了彼此微微一笑。保姆浑身都透着大户人家的神秘气息，手腕上戴着手表，大热天上菜场都穿着皮鞋而不是拖鞋，从不与路人搭讪。宅院里那棵百年紫玉兰开花的时候，巷子里有头有脸的人偶尔会上门要求观赏一下，可她只能远远地看一看高过白墙的紫玉兰树梢。她家住在巷子底的大杂院里，大杂院中间长着一棵百年板栗树。邻居们平时相处还算和平，大家努力保持着脆弱的平衡。可每到收栗子的时候，院子里就开始明争暗斗。为了多分点栗子，那些女人动足了心思，好像少了几颗栗子就要死一样。她不喜欢这种生活，可也不知道如何改变。

这就是他和她最初的相遇。一个是北京男孩，五一劳动节期间来到姨母家里小住。一个是江南小巷姑娘，常居此地。他们相差一岁，但显而易见他们在任何别的方面差别都很大。他今年春节在家里从彩色电视里看了央视的首场春晚，而她住的大杂院连一台九英寸的黑白电视机都没有。不同的人，处在同一条时间之河中，所处的环境不同，时代也是不尽相同的。他所处的是大时代，她所处的是小时代。

他们第二次见面的时候，已经过了四十年。时间到了二○二三年的初冬。温暖的早晨，她早早起床，在湖滩的栈道上看风景。薄雾笼罩湖面，雾气缭绕。湖边的山坳里也飘荡着白雾，这种雾有着另外的名称，叫岚。岚烟蒸腾，比湖面上的雾更白，也更凶猛。太阳已从东边安静地露出了半个脸，水面上开始洒上金光，晃动着的波涛变得明亮耀眼。他也在湖岸边看风景，离她不远，站在一棵古老的栎树下。他来得比她更早，站在大树下如一幅剪影。也许他喜欢太阳出来之前的神秘，当太阳渐渐升起时，他就走了。她回身看一眼，把他看得明明白白：年龄与她相仿，或许比她大一些。穿着藏青色的套头毛衣，搭一件米色薄呢夹克衫。靛蓝色牛仔裤，运动鞋。他步伐稳健，腰板挺直。

她看了看手表，随即也离开了栈道。湖滩上的芦苇割得干干净净，露出大大小小黢黑的湖石，湖水永不停息地冲刷着它们，徒劳地想改变着什么。

她看见那人走进了山坡上的五星级宾馆，她住在山坡下的民宿里。区里组织退休教师来此休养两天，她跟着来了。她是一所小学的数学老师，退休了。这几天天气晴暖，吃饭都在院子里。早餐期间，整个民宿里全是这帮退休教师们的欢声笑语。他们的声音从院子的矮栅栏内传得很远，吸引了不少游客的注意。

退休教师们吃完早餐没有离开的意思，他们商量着要把愉快的气氛延续到中午。很快就有人拿出二胡拉了一曲《梁祝》。小提琴、笛子也依次上场，京剧、昆剧轮换着唱。看来他们都是有备而来的。就这样你方唱罢我登场，不知不觉太阳升到了天空当中，暖和得像是五月天。她换上一件真丝米色印花连衣裙，手持羽扇，在一台录音机的伴奏下跳了《橄榄树》。这件连衣裙是她四十年前穿过的，如今还能穿上，不得不说，她的身材保持得很好。连衣裙上的紫玉兰花平淡无奇，连衣裙式样保守，裙摆又大又长，舞动时却一扫平庸，显得她身姿曼妙，光彩照人。

他站在围观的人群里津津有味地看着她跳，心里有一股浪潮拍过，就像湖里的浪花拍打岸石。当然他根本看不出眼前跳舞的女士就是四十年前看到的小巷姑娘，她连衣裙上的紫玉兰花也没让他想起姨妈家里的那棵百年紫玉兰树。姨妈一家早就搬走了，那院子也卖给了一家企业做办事处。里面的格局早就打乱，唯独紫玉兰树还在年年开着一样的花朵。他什么都没想起，却不妨碍他看得津津有味。他把手拍得比任何人都要响。

她跳完后就到午餐时间了，这样消磨时间真奢侈，也真美好。她正要进屋去换衣服，和她同住的孙姓女同事喊她：

"汪海英，有位先生盯牢你了。"

孙老师刚喊完，那位先生就走了过来，伸出手对汪海英说："我叫雷兴东。"

四十年后两人相遇，知道了彼此的名字。

孙老师又说："雷兴东，汪海英还是独身一人，没结过婚，没谈过恋爱，你不要没事找事哦。"

汪海英听了这话也不恼，看着雷兴东咧嘴一笑。没想到雷兴东比她更大方，主动抛来橄榄枝，说："我也是独身一人——离婚五年了。"

他话音刚落，周围的人就开始起哄。汪海英还没来得及进屋换衣服，就被急于做红娘的同事们推着和雷兴东一起走出去了。孙老师把自己身上的风衣脱下来披在她身上，热乎乎地对她说："你孤单了大半辈子，愿你碰到一段好姻缘。"

两个人沿着湖边找到一家小而精致的餐厅，选了靠湖的窗边坐下。窗外的草地上飞舞着成群的蚊蚋，海棠开着花。一位本地中年男食客气呼呼地说："该死，今天二十一度。十一月二十二号了，农历也十月初十了，真正热得不像话。"汪海英点了一份煎牛排，五分熟。她问雷兴东："五分熟，你可以吗？"雷兴东说："没关系。"她再点了一条清蒸白鱼、三两水煮河虾、一份蔬菜沙拉、炖蘑菇汤、两小碗胡萝卜丁焖米饭。她说："AA制好吗？"

雷兴东说："好。我喜欢AA制，有时代精神。"

这句话说到汪海英的心坎上了。她说起自己努力接受AA制的过程。说完以后，雷兴东说："是啊，活到老学到老。你是本地人吗？"

汪海英将他这句问话掂量了片刻，语气有点暗沉沉的："是的。"她也问了雷兴东一句："你是北方人吧？"

雷兴东说："我是北京人。我这次是来参加一个会的，北京已经冷到了零下五六度。这里温暖如春，我就多待一天，明天走。"

汪海英说："北京是首都，我们这里是小城市，不好和你们比的。"

她以为雷兴东会客气一下，夸夸她的城市，毕竟这座城市的格局与以前大不一样了。就说她出生的那条小巷吧，早就拆掉变成了一座市民公园，只有那棵大板栗树还在。但雷兴东只是不置可否地微微一笑。

她有点害怕他的微笑。他的微笑里有一股不可阻挡的底气。这份底气来自他的城市、他的学识、他的仪容。底气应该还来自他的家庭和生长的环境，他不知不觉地把这些底气都漏出来了。

为了自尊心，汪海英决定不问他的底细，除非他自己说出来。

水煮河虾端上来了，汪海英把虾盘朝雷兴东面前推了推，雷兴东又把虾盘朝她面前推了过来。一来一回地推，把他们之间刚刚形成的无形障碍暂时消除了。他们相视一笑，说出的话也轻松多了。

汪海英说："我的同事们都是好人，心直口快，也爱开玩笑。"

雷兴东说："我开得起玩笑。我们都这个年龄了，该怎样就怎样，不用扭扭捏捏。嗯，你很会点菜。你让我改变了对这座城市的印象。"

汪海英想了片刻，还是没好意思问他以前对这座城市的印象，那样显得与他针锋相对。她说："我以前不会点菜，后来我跟一位营养师学习了这方面的知识，知道什么样的人该吃些什么。"

她说起怎么和那位营养师认识，她怎么抽出时间去学营养方面的知识。说完以后她意识到她的话太多了，于是抱歉，说自己可能太紧张了，所以不停地说。雷兴东的话打消了她的顾虑。他说：

"我也紧张得很。你说得越多我就越轻松。"

汪海英说："原来如此，你是喜欢看我出洋相啊。"

两个人默契地笑起来。汪海英问："你抽烟吗？想抽烟的话可以去湖边抽一会儿。"

雷兴东说："我上大学的时候抽烟，后来和我的妻子结婚，她不让我抽，我就戒掉了。我们没有孩子。我年轻的时候不想要孩子，所以我们就不生。"他说完就沉默了。

"你继续说吧，不能总是我一个人说。"汪海英说。

雷兴东问："你想让我说什么？"

"说你想说的。"汪海英回答。

雷兴东抬头想了一想，看着她说："你出生在什么地方？"

这不是汪海英想听到的。她不希望和雷兴东一问一答，虽说她是数学老师，但生活的程式化是她不喜欢的。可雷兴东好像有一种天生的魅力，他的问话让她不可抗拒。

汪海英回答道："我出生在市中心一条小巷子里。我家十几代人都出生在那条小巷子里，那里很静的，可惜老院子拆掉了，不然的话带你去看看。城市变大了，变亮堂了，老巷子越来越少。"

雷兴东赞叹道："你是小巷子里走出的女人，可是你的身上太有时代的气息了，完全可以和北京这种大城市的女人相比。"

汪海英的脸上一阵红，心一下子跳得非常轻快。她恍然觉得自己真的成了雷兴东嘴里所说的大城市女人。

不出所料，她激动起来，开始吐露真心话。她讲述那条老巷子如何破烂不堪，邻里关系如何差。她住的大杂院里有一棵大板栗树，每到收栗子的季节，院子里就开始上演由女人们主导的钩心斗角大戏。所以她后来不吃栗子，因为她一看到栗子，就想起那些支离破碎的市井生活。

说完这些，她又重点介绍了她年轻时就立志离开这样的生活。有她的日记为证，她十三岁就在日记上写下要离开陈腐的市民生活，她决不做碌碌无为的小市民。她十九岁那年，不顾全家反对，在大杂院众人异样的眼光中，从小巷子里搬走了。

她说到大杂院众人的异样眼光时，动情地长长叹了一口气，仿佛回到了四十年前她搬出大杂院的那天。回首往事，她有点佩服自己，十九岁离开家独自住到外面，在一九八三年，是一项大胆开放的举动。雷兴东对她这个行为很感兴趣，问："搬出去一个人住，是你自己决定的吗？"

她一愣，没有反应过来。

雷兴东把她的一愣看在眼里，心里明白，说："我知道了，不是别人替你决定的。如果是你自己决定这么大的一件事——哦，对十九岁的女孩子来说，那时候是一件大事了。你很了不起。我比较好奇，想问问你，到底有什么原因呢？"

她从嘴边拿掉一根虾的细须，慢慢地放在桌上的纸巾里，低垂着眼帘，克制住内心的急躁，再说下去，恐怕就失控了。她回答说："我刚才说过了，是想改变生活，追求进步。褪去陈腐观念，避免成为新的小市民。"

雷兴东不再追问，对她的话礼节性地点点头表示同意，还求饶似的深深看她一眼，并且说："我懂了。"她看得出来，他不懂，他也不相信她说的理由。或者说，他相信这是一个理由，可这个理由是浮在表面上的，更深刻的理由在表层下面，他想要知道的是更深层的理由。

为了让他真的懂，于是她继续说。

她说她搬出小巷子后，在一所大学边上租下六平方米的一个小房间，开始报考会计员。当时她的女友们中有学绘画的，有学服装设计的，有考大学的，还有去了美国、英国、日本发展的。可她报考了会计员。

她说得很详细。提起她最初的奋斗史，她努力克制着情绪。她从种种细节中发现雷兴东是个沉稳的人，他来自大城市，他一定不会喜欢容易激动的女人。小家子气的女人才会情绪失控。

汪海英坐在那里波澜不惊，脑子里的想法却一个连着一个。她一瞬间有点忘了这顿午饭的目的。当她再一次从自己的过往生活中清醒过来时，鼻头渗出油汗，脸上露出了羞涩的笑容，嘴上忙不迭地道歉，低下了头。雷兴东善解人意地及时给她解围：

"在我看来，报考会计员是最好的选择。生存总是大于一切。"

听话听音，雷兴东的话总会让她感到一丝不安。其实她的故事还没讲完。她不是把生存看得高于一切的人，很多时候她为了理想而活。考上会计员后，迷上了数学。那时候有个说法：学好数理化，走遍天下都不怕。她想走遍天下。于是她一边工作 边报了夜校数理化班。一年学完考上了省里的师范院校，毕业后回家当了中学老师教数学。可她觉得自己还是需要进步，就辞职去了深圳创业，感受时代的浪潮。四十多岁时，她决定今后的重心要放在培养孩子上面，经过一番折腾终于进了小学当数学老师。她的人生起起伏伏，不论是输是赢，她都在努力地活出精气神……

她抬起头，欲言又止，决定不再说了。她的咽喉开始痉挛，伴着一股紧扼的酸楚。她喝了两口水，咽喉才慢慢松弛下来。然后她就想到一个问题，雷兴东一直在夸她，对她赞许有加。但不知为什么，每一次的夸赞，都与她的期待背道而驰，都会让她不由自主地自卑一下，使她的叙说像一种自我证明，也像是一种迫不及待的浅薄的炫耀。而说得越多，无奈的意味也越明显，对自我越发不能肯定，而他的附和更多的只是表达一种礼貌。她忽然感到自己说的话没有价值，甚至觉得自己以往的人生也没有价值。她有了哭泣的冲动。

当然她忍住了。

面对雷兴东这样的人，她不甘心一无所获。这种不甘心，关乎她的自尊，和爱情无关。

她试探性地说了一句："谢谢你。我觉得你对我比较肯定。"

雷兴东想也没想就说："肯定的。"他回答得太快，太快就有点敷衍。

她心里对自己失望极了，不该这样试探他，难道无数个辗转难眠的夜晚并没有让自己得到有益的启发吗？

她看看手表说一点半了，风有点凉，她还穿着丝绸连衣裙呢。虽说孙老师给了她一件风衣，但到底是冬季，一过十二点，空气就慢慢地凉下去。

这顿午饭就这样结束了。值得一提的是，雷兴东体贴地把她的羽毛扇从桌上拿起，放在她手中，然后去结了账。她也没有再提AA制。她有点兴味索然，第一次觉得自己与"进步""前卫""年轻"这些词之间有着不可逾越的鸿沟。哪怕每天都AA制，也无法扭转这个局面。怎么会这样呢？她问自己，昨天还没有这么脆弱。难道爱上雷兴东了？好像没有。

回到民宿里，她的同事们已经睡完了长长的午觉，准备去镇子里逛一逛。镇子在山的后面，他们必须从山脚边绕过去才能走进镇子。这座山并不高，山体却庞大，从民宿绕到镇子里要走一个小时。虽说交通便利，有公交车，也有民宿区专用游览车，但他们还是决定走一走，活动活动筋骨。汪海英现在最想休息一下，她脸色苍白，眼睛无光。孙老师把她拉到一边问："怎么样啊？"

她打了个哈欠说道："他说我有时代精神。"

孙老师说："那是给你打上一百分了。你不是就喜欢这种话？"

她说："他让我摸不着头脑。"

孙老师说："不是我说你，你和男人交往，老是抓不住重点。"

她说："谁说我抓不住重点？我这大半辈子的重点和别人的不一样罢了。"

孙老师说："好了，你不要自我表扬了，回房休息吧。我们可能要在镇子上吃了晚饭回来。你一个人不会孤单的，因为雷兴东会来找你一起吃晚饭。"

孙老师把汪海英埋怨了一通，最后问道："他是个什么样的人？"

汪海英没说话。

孙老师说："这个人给我的印象是稳而狠。不是我一个人这么说的，我们大家都这么认为。"

孙老师最想说的就是这句话，说完她才安心地走了。

汪海英的脑子里就一直想着"稳而狠"这三个字，这三个字好像在吞噬她长年累月积攒起来的自尊心。

她琢磨个不停，想得头都发昏。

到底是冬天了，白天虽说很暖和，却很短。下午的太阳留不住，眼睛一错就掉入西边的无尽云窟里，只留下一天空的晚霞。她闭上眼，和衣躺在床上，似睡非睡，心里一点也不踏实。醒来后，她脱掉连衣裙换上毛衣和灯芯绒长裤，却对着连衣裙长吁短叹起来。这条连衣裙是有故事的，她忘不了那些故事。

听到敲门声，她打开门，果然是雷兴东来找她了。他也睡了一觉，精神焕发的样子。他说：

"我觉得我们应该一起吃晚饭。你说呢？"

她马上答应了。

"我想在吃晚饭之前，我们一起去温泉里泡泡。我的宾馆里有温泉游泳池。"雷兴东说。

她又马上答应了。但她其实不会游泳。她说没带游泳衣。雷兴东说无妨，他也没带，宾馆的小卖部里有游泳衣卖。她跟在雷兴东后面走，从民宿到宾馆也就十几分钟的路程，这一路汪海英心里老在埋怨自己，为什么不学会游泳呢？她这一生学会了许多东西，唯独没有去学游泳。因为她觉得游泳这一项技能并不能给人生增添多少光彩。

雷兴东很高兴，嘴角上一直带着微笑，他指着天空说："看，晚霞。这是我见过的最美的晚霞。"

粉红的晚霞动人心魄地横亘在天空上。

雷兴东要回房间拿拖鞋，他不习惯穿宾馆里的拖鞋，他出差都是带着家里的拖鞋。

他们在小卖部里买了泳衣，来到温泉更衣室。汪海英换上泳衣，在花洒下冲了身体，来到泳池边，这是一个室内温泉游泳池，现在是傍晚，里面除了雷兴东在游泳，一个人也没有。她不会游泳，但以前也下过水，知道扶着池边的扶手，把身体慢慢浸到水里，这样就不会头重脚轻地漂起来。她站定以后，不好意思看雷兴东，就仰头朝窗外看了一会儿晚霞。晚霞灿烂有力的粉红色正在高歌一曲，洁净透亮的冰蓝和粉蓝如花一样绽放。

雷兴东朝她游过来，他的自由泳看着特别帅气，她不看也不行。她发现她以前想的不对，游泳这项技能是可以给人生增加光彩的，雷兴东现在的状态说明了这一点。他在水里像鱼一样灵活，看得汪海英心里一动，心脏某个地方掉下一片陈年老垢，双脚也不听话地漂浮起来，身体像只葫芦一样在水里翻。吓得她一把拉住了游过来的雷兴东。雷兴东说："原来你不会游泳。我来教你吧。"

汪海英惊魂未定，赶紧说："好呀。"

语声娇嫩，话一出口，她自己也吓了一跳。雷兴东对她的语声很敏感，慢慢贴近她，紧紧地盯着她。他们的脸上都挂着水珠，在泳池炽热的灯光下，显得神采飞扬。汪海英想："他不会就在这里亲我吧？要是他亲我的话，我怎么办？我要是没反应，那就是个傻子。我要是迎上去，会不会显得像个没见过世面的土包子？"

雷兴东朝后退了一步，对她说："你身材保持得很好，我知道自律是不容易的。"

她松了一口气，然后她忘了对自己的警告，控制不住地说："是呀，大家都说我身材保持得很好，这很难的。我十九岁那年的连衣裙，现在还能穿上。为了保持身材，我吃了许多苦呢。我有二十年没有吃过晚饭了。一天只吃两顿。三十岁开始，每星期跳三次有氧操，再做两次瑜伽。五十岁选择地中海饮食，吃了九年了……"

雷兴东一如既往，还是很有耐心的样子，对她的话不停地点头表示赞许，然后教她潜入水里，憋气。她抓着扶手，勇敢地把头埋进水里，就像她对待生活那样一往无前。可是她忘了闭上眼睛，一进水里就看见雷兴东健壮的身体。他中午吃饭时说过他六十岁了，他的身体让他一点也不像六十岁的人。她从水里冒出来，闭上眼睛，擦掉脸上的水。再次睁开眼，还是不敢看雷兴东，转头又去看窗外的晚霞。晚霞还在改变，妖娆的紫色覆盖了粉红和蓝色。雷兴东凑近了问她："你不高兴了？"

她说："没有。我就是生自己的气，怎么不会游泳呢？"

"你会的很多了。你对自己要求太严格了。"雷兴东说。这句话，他用了一种客观的口吻说出来，是对她的评价，却不是表扬。

她说："我看着你游吧。你现在浑身散发着光彩。"这是对雷兴东的表扬，却不是客观评价。雷兴东当然听得出来，他当即呵呵笑一声，一个鱼跃窜出去老远，而后他潜入水中，正当汪海英四处找他时，她的脚丫被人抓了一把，她吓得惊叫一声，雷兴东浮出水面，哈哈大笑。他这个玩笑开得冒冒失失的，汪海英生气地推了他一把。他说："游泳池里就我们俩，水又这么清，你怎么会看不到我？你真奇怪。"

汪海英抓着扶手爬上岸走了。她换好衣服出来，雷兴东在外面等着她，说："现在吃晚饭太早，那边大榉树底下有一张椅子，我们就坐着看看晚霞再走。你看晚霞，各种深浅不同的紫色，还有黄色、灰色……就是没有绿色，哈哈。你走慢一点，我穿着拖鞋跨不开步子。"

汪海英说："谁和你一起吃晚饭？"

雷兴东脸上讪讪的，停下脚步看着汪海英走了。她走过老榉树，树上的白鹭们一动不动，对她恍若未见。她狠狠地盯了它们一眼。雷兴东嘴里自言自语："她是有点奇怪。她可能有过很不好的经历吧。"

两个人就这样分开了，没有在一起吃晚饭。

晚上临睡前，汪海英在电视机前面做了一套瑜伽，做完后心里还是纷乱不堪。突然她心念一动，推开门走了出去，看见一轮清冷的月亮悬在头顶，月光清清楚楚地映照在大地上，她甚至能看清每一棵树的叶子。也许是山地的缘故，这里的树真是不少，柞树、白皮松、蜡梅树、老槐树、黄杨古树、大梓树……她围着民居走了一圈，纷乱的心有些定了。回到屋里，孙老师对她说："你不要慌，明天雷兴东会来找你的。"

她说："我才不管别人找不找我，我继续走我的路。明天回家，我就去重新学英语。我以后要一个人去国外旅行、居住。我要去看看国外的人工智能，我要见识更大的世界。"

孙老师说："你总是能化悲痛为力量。雷兴东这样的人，不要也罢，他一看就是优越感很强的人，表面上对人客气有礼，骨子里有一种傲慢。"

　　汪海英和雷兴东第二天也没有互相告别。雷兴东一早就去了高铁站回北京，汪海英一觉睡到十点钟，脸上和心里都很平静。离开雷兴东，她又恢复了内心的平衡。下午，她和大家一起坐车回到城里。她住的地方是一个环境优美的小区，她住在二楼的平层里，面对着外面的湖水，最主要的是，楼外有两株老树。一株是大板栗树，一株是紫玉兰树。它们都挂着牌子。紫玉兰树换了一个名字，叫辛夷。只要在家，她每时每刻都能看到这两棵挨在一起的树。

　　她刚回到家，四点多，突然天阴下来。暗无天日，狂风大作。她想起十九岁那年夏天，在巷子里碰到的那阵狂风。她庆幸昨天天气暖和，让她有机会在冬天里穿着十九岁的丝绸连衣裙跳了一曲《橄榄树》。她的世界里有许多树，它们全都挨在一起。挨在一起，一时就分不清它们的高低。

　　时间回到四十年前，五月一日这天上午，她从巷子底的大杂院里走出来。她十九岁，高中毕业，已经在丝织厂工作了。今天她不上班。她穿上了新做的米色真丝乔其纱裙子，裙子内衬的料子也是丝绸。裙子下摆那里印着紫玉兰花，她准备去相亲。丝织厂的师傅给她介绍了一位机修工，独生子，家里有两间房子，还有一小间厨房。缝纫机、自行车都有，听说马上要买黑白电视机了，条件属于很好的。她高高兴兴地走在巷子里，没想到快到巷口时，不知从什么地方刮来一阵大风，她的裙摆被刮得掀了起来，她的大腿暴露在风中。

　　那阵诡异的风瞬间就跑得无影无踪，她就在这时候看见路边那座民国式大宅里，一位小伙子站在二楼看她。小伙子向她抛来香烟头和紫玉兰花，她对这种暗示并不反感，甚至心里很高兴。高兴之余又心有不满，她不喜欢他抛来香烟头。不管怎样，这位小伙子与她见过的任何男士都不同，他身上带着一股见多识广的骄傲，他的身上打着前途无量的印记，他好像天生就属于大江大海，而她是小河小沟里的人。可是没关系，她有决心从小河小沟里游到大江大海里，成为一个与他平等的人。

这天她没有去见师傅给她介绍的对象，以后也没去见。她给不出拒绝的理由。大家看她这么不讲道理，都不给她介绍对象了。

而她开始了小巷姑娘的跋涉之旅。从十九岁那年到现在，她从没有停止过前进的脚步。她从大杂院搬出来，她参加过许多门类的考试，会计、数理化、天文、地理、电脑、经济管理、舞蹈、绘画、写作、服装设计、中医、营养学、心理学、园艺……她不断换工作，她紧跟时代潮流，她永远在学习和充实。她谈过两次朋友，一次也没有动过心。这一切都是为了小巷里的那次相逢。那位小伙子是她前进的情感动力，也是她停滞时的鞭子。因为只见过一次，她很快就忘了小伙子的面容。他对她来说只是一个崇高的象征物，一个神圣的目的地。这种感情有点像爱情。有点像竞争，也有点像人生的阴影。有点像无价值的某种自卑执念，有点像价值连城的自我实现。她塑造了自己，也限制了自己。无比矛盾的人生，源自小伙子当年向她抛出的两样东西：一样是香烟头，表明两人之间的差距，这差距让她的自尊心受了伤害，所以她要用尽全力拉平差距；另一样是紫玉兰花，花朵表明他对她的爱慕，来自高处的爱让她感到无比荣耀……在这卑微的情感中，她过了四十年。她今年五十九岁了，还穿得上十九岁那年的连衣裙。连衣裙下摆印着紫玉兰花……

她不知道，雷兴东就是四十年前把香烟头和紫玉兰花抛给她的人。四十年的岁月里，一切都改变了，一切都没有改变。

原载《小说月报·原创版》2024年第3期

"国脚"

薛忆沩

卡塔尔世界杯分组赛C组第一场比赛的结果惊动了整个世界。我因此在时隔四十年之后，又经历了一个与足球相关的不眠之夜。在这个不眠之夜，之前那四个散落在我成长过程中的不眠之夜与惊动整个世界的最新比赛结果里应外合、前呼后拥，对我的神经系统发起了一轮又一轮深度的攻击。整个夜晚，我的身心没有片刻的安宁。整个夜晚，我的身心没有丝毫的平静。而且在我的头脑里翻滚着的不仅仅是足球，还有死亡、时间、爱情、命运，甚至还有哈姆雷特提出的对人生的质疑，那谁都回答不了的永恒的质疑……直到黎明之际，进攻者好像已经疲惫，而我自己也终于感觉到了温馨的睡意。谁能想到那睡意只是昙花一现？！很快，一种新的激动就让我的神经系统再度亢奋起来。望着窗外被晨曦缓缓推动的云朵，我激动地意识到一篇题为《"国脚"》的作品正在我的大脑皮质上缓缓地展现。

作品的主人公是我最小的表舅。我母亲有许多的表兄弟，因此我有许多的表舅。他们不仅人数众多，而且散居全国各地：最北的住在哈尔滨，最南的住在五指山，最西的住在石河子，最东的住在连云港。可是直到十七岁那年离开故乡去北京上大学之前，我只对同城生活的最小的表舅有感性的认识。其他的那些表舅只不过是大人们（尤其是我外婆和我母亲）言谈里的语音符号。我外婆有惊人的记忆，她不仅记得我所有表舅的大名和乳名，还记得他们的出生年月日甚至时。她甚至还记得不少表舅儿童时代的出彩和少年时代的出格，比如那位住连云港的表舅小学毕业那年夏天被人拐骗到了台儿庄，如果不是在当地的火车站被一位去出差的邻居撞见，恐怕就永远"不知所终"了；又比如那位住在石河子的表舅初二的时候因为偷摘哈密瓜被农场的狼狗追赶着掉进了瓜田边的粪坑里，如果不是正好被那位在当地劳动改造的大"右派"诗人看到，恐怕就只能"遗臭万年"了……每次听到我外婆和我母亲谈起我从来都没有见过的那些表舅，我都会顽皮地模仿李铁梅在《红灯记》第二场里的著名唱腔，唱起"我家的表舅数不清"。第一次的效果最为显著，至今令我记忆犹新。我刚唱出"舅"字就触动了我外婆和我母亲的笑点。我母亲一边笑着，一边夸奖我说："你倒真会照搬生活。"而幽默风趣的外婆紧接着就泼下一瓢冷水。"可不能接着往下唱啊。"她提醒说，"越唱就会越离谱。唱到最后那句，就完全脱离了生活。"我母亲会心地看了她母亲一眼，然后转过脸来对着我说："李铁梅数不清的表叔'都有一颗红亮的心'，而你数不清的表舅却都是胸无大志的凡夫俗子。"

她这是大错特错！其他那些表舅的情况我不知道，但是我清楚地知道我最小的表舅从小就胸怀大志。不过，我没有反驳我母亲，因为我同样清楚地知道她在这里所说的"表舅"应该并没有包括我最小的表舅。是的，我母亲通常并没有将自己最小的表弟当成自己的同辈。这里面有一个表层和客观的原因，就是她与自己这个表弟的年龄差距是整整二十四岁。而这里面还有一个深层和巧合的原因，就是我母亲生第一个孩子的时候与生最后一个孩子的姑妈在同一天住进同一间产房，两个孩子出生也仅相差三个小时。可是，我母亲的第一个孩子出生之后不到两个星期就染上了伤寒，最后在满月的当天夭折。这生与死的巧合让我母亲不仅从一开始就将自己最小的表弟当成自己的晚辈，还在很大程度上甚至将他当成自己的孩子。这是亲友们都知道的巧合，这也是陌生人常陷入的误会。不记得有多少次了，在鞋店，在药店，在书店……热情的营业员都会用惊叹的语气评论站在她身边的两个男孩，说大的长得很像她，而小的却一点都不像。因为我母亲从来不纠正这种说法，我相信她对自己最小的表弟的确怀有非常特殊的感情。我从来都不嫉妒这种感情，这一方面当然是因为我一直到初中毕业的前夕都对自己最小的表舅怀有深深的个人崇拜；而另一方面也许还因为与我母亲的情况正好相反，年龄的接近（我们相差不到六岁）让我经常感觉自己最小的表舅就如同自己的同辈，就像我外婆经常说的那样，我们辈分的高低事实上已经被时间磨平：走在一起，他更像是我的表兄而不是我的表舅。

因为那种与母爱几乎可以画上等号的特殊感情，我母亲更关心的是表舅的日常生活，而不是他的远大志向，就像他自己的母亲那样。当然，她也总是将他的品学兼优挂在嘴上，不过这时候她想说的显然不是自己想象中的儿子，而是自己现实中的儿子。"他每天晚上睡觉都将脱下来的衣服折得整整齐齐，叠放在床边的椅子上。"她这显然是在说我总是将衣服乱扔，有时候甚至随手扔在地板上。"他将《雷锋日记》和'老三篇'放在枕边，每天临睡前都会认真地读上一段。"她这显然是在说我都已经长到了乘车要买全票的个头却还痴迷于《孙悟空三打白骨精》。"他字写得端端正正，一丝不苟。"她这显然是在说我字写得歪歪斜斜、马虎潦草，就如同鬼画桃符。"他总是在晚餐之前就完成了全部的家庭作业。"她这显然是在说我总是拖拖拉拉，任何事情都要拖到最后一刻才开始。"他过马路的时候，总是会先往两边看，等没有车了才会大步走过去。"她这显然是在说我一贯草率莽撞，缺乏自我保护的意识。"他特别善于安排时间，每天要做那么多事情，却每一件都做得从容不迫。"她这显然是在说我总是浪费时间，还总是抱怨没有时间。当然，她也总是不会忘记提起就住在表舅家后面那一栋的那位退休化学老师。他行动不便又性格固执，没有人愿意接近他，而表舅从小学三年级起每个星期天的下午都去给他搞一个小时的卫生，一直到他去世的当天，一共坚持了两年零五个月。"一个人做点好事并不难——"我母亲最后总是用著名的语录来总结。我知道她这显然又是在说我做任何事都是三天打鱼两天晒网，不能坚持到底，所以也总是抢着在这里切入，用"难的是像我这样从来都不做好事"替换她想说的"难的是一辈子做好事"。

像表舅的家人一样，在表舅面临人生的第一次重大选择之前，我母亲也只将踢足球当成表舅的业余爱好。她用"存在决定意识"的哲学原理解释说，我表舅会有如此的业余爱好有两个客观的原因。一是他就读的小学是全市唯一一所以足球为传统的小学。作为学校里品学兼优的标兵，这传统自然就成为他的爱好。二是他居住在他父母任教的中学校园里。这所当年由耶鲁校友出资捐建的校园是全市占地面积最大的中学校园，它拥有全市中学里唯一的一个四百米跑道的标准运动场。它的足球场因此也就是全市中学里唯一的一个标准足球场。如此的"存在"当然具有强大的决定作用。像我们这些没有机会被它决定的孩子，只能靠小得多的乒乓球一展身手、一决高下。不过，我母亲的理论并不为以表舅为队长的那支教职工子弟足球队里的男孩们所接受。他们居住在同一座校园又就读于同一所小学，与表舅共享着优越的"存在"，却无法像他那样在小学四年级就成为校队的核心和明星，在全市的赛场上叱咤风云。在他们看来，我母亲强调的那种"存在"根本就不重要，重要的是我的表舅有特殊的天赋和远大的志向。换句话说，他们都认为踢足球是我表舅的神圣使命，而不仅仅是业余爱好。他们也都知道我表舅的远大志向是从校队晋升到市队再晋升到省队，最后成为举足轻重的"国脚"。他们尊重他的这种远大志向，他们崇拜他的这种远大志向，他们相信他一定能够实现自己的远大志向。因此，这一远大志向就顺理成章地成了他的绰号，而教职工子弟足球队其他成员的绰号是清一色的低级动物名称，比如他最好的三个朋友分别叫"蚱蜢"（因为蚱蜢蹦得高）、"泥鳅"（因为泥鳅溜得快）和"蜈蚣"（因为他经常毒语伤人又曾经差点因蜈蚣的叮咬夭折，也因为他跑动的时候不仅手脚并用而且速度平庸）。与所有这些带有强烈贬义的绰号相反，"国脚"褒奖的是灵长目动物的激情和尊严。

通向远大志向的决定性机会在一九七一年的夏天（也就是表舅进入初中的前夕）到来。为了将来组建一支能够代表本省参加全国比赛的青少年足球队，省体校受命创办一个全日制（寄宿）足球特招班，从小学高年级和中学低年级已经有相当实战经验的学生里挑选二十名尖子进行高强度的专业培训。特招班学员的待遇相当于现役军人，衣食住行由省财政拨专款包办。据说表舅的名字一开始就排在录取名单的首位。对表舅和他的那些同龄朋友（用他父母的说法就是他的那些"狐朋狗友"）来说，这当然是巨大的机会和至高的荣誉。不过，它立刻引发了表舅家前所未有的剧烈危机。表舅的母亲倾向于儿子接受这个机会，从此跨入专业运动员的生涯。因为这意味着他的生活质量马上会得到显著的提高，而且他将来也不需要像普通的中学毕业生那样上山下乡。关于生活质量，我记得最清楚的有两个细节。一是表舅的母亲说特招班学员的粮食没有定量，而且"每天都有鸡吃"。这在当时的确如我外婆用半真半假的语气感叹的那样，是"神仙过的日子"。另一个细节就是球鞋。以前表舅的母亲总是抱怨踢足球太费鞋。而据她说，一旦进入特招班，就像鸡是敞开吃一样，鞋也是随便穿。她说将来她儿子淘汰下来的球鞋送给他的那些"狐朋狗友"估计他们都会如获至宝。但是，生活质量的猛然提高没有让表舅的父亲感觉到任何的诱惑。他坚决反对自己的儿子放弃正常的学习生活，接受专业的体育训练。他当时因为身患肝癌，已经停职在治疗，本来应该特别注意控制情绪，但是每次只要儿子或者妻子提起特招班的话题，他就会立刻暴跳如雷。我母亲其实也很不赞成自己钟爱的表弟将来只有小学文化程度，但是看到姑父的态度那么坚决，反而特别小心谨慎，不敢暴露自己的担心，唯恐火上浇油。那一段时间每次去表舅家里，我都感觉极为压抑，因为表舅的父亲变得闷闷不乐又一触即发，表舅的母亲变得郁郁寡欢又坐立不安，表舅本人也变得少言寡语又垂头丧气。那时候，表舅的母亲总是躲在厨房里向我母亲哭诉自从她上次哭诉以来表舅父子关系的进一步恶化。有一次，我偷听到她说在前一天争吵的时候，父亲先动了手，抽了儿子一个耳光，儿子接着动了脚，踢到了父亲右腿的膝盖。说到这里，她又失声痛哭起来。"他那一脚都可以把一个健健康康的人踢死啊！"她一边哭一边说，"我现在觉得足球是一种诅咒，最后会毁了这个家。"……这让我马上想起了我自己的父亲。我记得有一次被他痛打的时候，我奋力挣扎，也无意中踢到了他的腿，结果招来了一轮新的痛打。我想幸亏他已经被打成"走资派"，此刻正在两百公里以外的干校劳动改造，所以他打不到我，所以我踢不到他，所以我们的家暂时还不会被毁掉。我想这是我的幸运，也是他的幸运，更是家的幸运。

表舅没有能够用自己的力量克服通往远大志向之路上的天然障碍。他垂头丧气地走进了正规的中学。他完全变了一个人，从一个愿意承担一切责任的人变成了一个不愿意承担任何责任的人。班主任老师刚提出让他担任班干部，就被他断然拒绝。学校足球队的教练多次请求他加盟，也被他坚决拒绝。拒绝的理由是他要照顾生病的父亲，但是自从那一次"动了真格的"之后，父子两人其实就再也没有任何的交流；抵制的理由是他要专心学习，但是他对学习好像已经完全失去了兴趣，连家庭作业都做得马马虎虎。与此同时，省体校的领导却仍然对他抱有殷切的希望，甚至决定将他的入学资格继续保留到十月的最后一天。

谁也没有想到，奇迹居然会在十月的倒数第二天出现。这奇迹也让我经历了人生道路上第一个与足球相关的不眠之夜。

那一段时间，我整天都在想着（包括想象着）那架在蒙古温都尔汗附近荒野上坠毁的三叉戟。晚上关灯之后的想象更是惊心动魄。因此，我的入睡极为困难，睡眠也大受影响。注意到这种情况之后，我母亲将我的铺盖搬到她的大床上，让我暂时睡在她的身边。而且每天关灯之后，她还让我与她一起背诵毛主席诗词，以分散我的注意力。那天晚上也不例外。我们先各自背了一首《沁园春》，接着又一起背那首《满江红》。不过我们的背诵最后被一阵急促的敲门声打断。接着响起的是传达室老师傅不耐烦的声音。他叫我母亲赶快去传达室接电话（那时候，我们居住的中学校园里装有两台电话，一台装在学校的办公楼，一台装在学校的传达室）。我母亲打开房门的时候，传达室老师傅继续抱怨说电话那头的声音语无伦次，还哭哭啼啼，就好像是一个小孩子的恶作剧。他问了很久才知道对方要找的人原来是我母亲。

我母亲很快就回来了。不过她进门的时候已经是泪流满面。她的哭泣将我从想象的恐惧带进现实的恐惧。刹那间，我什么都知道了。但是更多的问题却从我的脑海里涌出来。我恐惧的目光跟踪着母亲那一个接一个的异常举动，直到她最后重新关灯，在床上躺下。紧随黑暗而至的寂静令现实的恐惧变得更加可怕，也令我脑海的翻腾更加激烈。我屏住呼吸，一动不动，只希望我母亲能够尽快开口说话，打破那好像深渊一般的寂静和恐惧。

过了很久，我母亲才深深地叹了一口气。"他自己的父亲也没有活到五十岁。"她接着说，"还有他自己的爷爷。"

我急着想问的一个问题是表舅的父亲会不会是被足球气死的，或者会不会是被表舅踢死的。但是我不敢问。

又过了很久，我母亲继续说："短命才是真正的诅咒。"

我另一个急着想问的问题是人在临死的时候会不会原谅他最恨的人。但是我不敢问。

没有过太久，我母亲又深深地叹了一口气。"他们家到底是怎么回事？！"她接着说，"一百年也没有逃脱这诅咒。"

我还有一个急着想问的问题，就是表舅将来会不会梦见他的父亲，或者会不会梦见自己和死去的父亲站在一起，或者为什么死人和活人可以在梦里站在一起。但是我不敢问。

我整个晚上都没有睡。我的问题不仅越来越多，而且越来越怪，我想知道表舅的母亲会不会亲自给死者洗最后那个澡，我想知道对死亡司空见惯的医生会不会觉得死者家属的悲痛欲绝非常可笑……第二天早上我母亲催我起床的时候，我唯一的感觉就是头昏脑涨。但是听说我们马上就要去表舅家，我起床的动作比出发去动物园的日子到来的速度都快。我很想知道死亡会给表舅家里带来什么变化，我很想知道死亡会给表舅自己带来什么变化，我很想知道……

　　我们赶到表舅家的时候，表舅的母亲正躺在床上。她说她整个晚上都在处理后事，刚刚才躺下。我母亲在床边坐下，抓紧她的手说自己昨天晚上接到表弟的电话之后极为悲伤，也是一整晚都没有睡着。表舅的母亲解释说她本来是准备白天再通知我们的，但是表舅坚持要马上通知，还坚持要亲自去打那个电话。"关键的时候最能够看出人的感情。"她稍稍停顿了一下，接着说，"你这个表弟其实就像是你的亲儿子。"我母亲瞥了我一眼，说："恐怕比亲儿子还亲呢！"我尴尬地坐到书桌边的椅子上。表舅的母亲接着说表舅一大早就赶往省体校报到去了。"今天是体校给我们留下的最后期限。"她说着长叹了一声。她说的"我们"让我感觉有点不安。我母亲掏出手帕为她擦去刚从眼角流出的泪水。"细想起来，这真是有点不可思议，"表舅的母亲接着说，"父亲要多活一天，儿子就会伤心一世了。"

　　我一边听着她们的交谈，一边想发现死亡到底给表舅家里带来了什么变化。那只印有红色"韶山留念"字样的洋瓷茶缸依然搁置在床头柜上，那是表舅父亲的专用茶缸。那件领口已经破损的毛衣依然折叠在旧皮箱上，那是表舅母亲织给表舅父亲的定情礼物。那个封面印有伟大领袖"实事求是"手迹的笔记本依然摆放在台灯下方，那是表舅父亲在重病期间也没有中断记录的学习心得……也就是说，表舅家里没有任何变化！这时候，一种奇怪的想法突然刺痛了我的心。我想眼前的这些物品此刻可能正在思念它们的主人。这奇怪的想法让我有点责怪表舅的父亲没有将这些物品带走，带进漫无边际的黑暗和寂静。不过我的疼痛很快被表舅母亲说出的一个特别的词止住。她让我母亲替她将还没有来得及挂上的遗像挂好。我这才注意到平放在五屉柜上的那个镜框。我母亲拿起它，看了一眼，然后问要挂在哪里。表舅的母亲说就挂在五屉柜后面的墙上，这样她躺在床上就正好能够看到。我激动地看着我母亲将遗像挂好。我想我终于看到了死亡给这个家庭带来的真正变化：房间里的一个人，一个行走的人，一个立体的人变成了墙壁上的一张像，一张静止的像，一张平面的像。

随后的那将近六年现在回想起来应该是表舅人生道路上最为风光的时期：随着年龄的逐渐增长，他迈向自己远大志向的事业也在稳步上升。而他的生活质量不仅让他的母亲引以为荣，也让他的"狐朋狗友"大开眼界。我也跟着他们占过表舅的便宜。我的脚不够大，自然穿不了他淘汰下来的球鞋，不过，他还有淘汰下来的足球，标准的比赛用球！最有戏剧性的场面出现在一九七五年的秋天。那时候，表舅那些刚刚高中毕业的"狐朋狗友"正在全省最贫困的山区舞铲挥锄，用当时流行的说法就是在"修地球"，而他却在第三届全国运动会的绿茵场上显露自己的足球天赋。以他为主力的省青年足球队获得了全国亚军的佳绩。他凯旋之后做的第一件大事就是将自己在首都获得的奖状悬挂在父亲遗像的旁边。

表舅的这一举动当时就让我感觉费解，后来更是让我感觉不祥：他这是向逝去多年的父亲示爱还是示威？那时候，我与我外婆一样，相信人死后会变成鬼。表舅违抗父亲的意愿，成为专业足球运动员，我相信这是他父亲变成的那个"鬼"永远都无法原谅的背叛，不管表舅取得的成功是多么显赫、多么辉煌。其实，我那时候对表舅的成功感到非常骄傲，但是我真的很不理解，他为什么要让那成功带上死亡的气味？这恐怕是我后来越来越不愿意去他家里的原因。因为每次走进他家里，我的第一眼总是会投向五屉柜上方的墙面，希望那里只有遗像或者只有奖状，希望死亡与成功不要互相惊扰。

表舅在一九七七年的夏天正式转入省成人队。那之后，我们见面的次数就更少了。这倒是很适合用我母亲认为是放之四海而皆准的哲学基本原理来解释。首先说我的情况吧。那时候，"攻关"（攻克科学难关）的激情正席卷全国。这前所未有的"存在"也帮助我这个初中生里的高才生确立了自己的远大志向。我迷上了爱因斯坦。绕过人墙飞进球门的弧线球对我已经失去诱惑，充塞在我头脑里的是巨大的黑洞和时间的弯曲。我发誓要在有生之年完成大师未竟的事业，为物理学建立起"统一场论"。而对表舅来说，来自"存在"的冲击更为具体：就在他转入成年队之后不久，社会上开始盛传即将恢复全国高考的消息。刹那间，他那些"狐朋狗友"的注意力从他吃不完的鸡转向了他们自己做不完的题。换句话说，表舅的现实不再值得刮目，表舅的未来也不再值得翘首。而就像表舅非常了解他那些"狐朋狗友"在球场上的水平一样，他也完全知道他们在考场上的实力。他清楚地意识到在今后的一年时间里，给他们居住的这个小社会带来惊叹和荣耀的将是他们而不再是他自己。他变得有点心神不定。他变得有点无所适从。

我母亲也高度关注社会上盛传的这条消息。而在十月二十一日当天晚上，也就是这条消息成为教育部的正式通知在全国各大报纸上刊出之后，我母亲带着自己订阅的《光明日报》和那套她早已经托一位在印刷厂工作的学生家长以"报废次品"的名义弄到手的《数理化自学丛书》去找"比亲儿子还亲"的表弟。从我母亲回来之后的两大表现，我知道他们的长谈最后是以失败告终。我母亲首先将《数理化自学丛书》摆放到我的书桌上，泄气地说："这套书今后就归你了。"然后，她坐到我父亲的身边，拿出那份《光明日报》，将通知又读了一遍。读完，她一边摇头一边叹气，最后说："真没有想到我的那位表弟是一个如此没有自信的人。"

"没有自信"的表舅对自己那些"狐朋狗友"的信心却完全符合实际。蜈蚣以从来不打无准备之仗为由，没有报名参加当年十二月恢复举行的首场高考。而泥鳅旗开得胜，被第一志愿华东师范大学数学系录取，不仅成为他们教职工子弟足球队里冒出的第一个大学生，也实现了他父母让他返回上海老家生活的夙愿。蚱蜢虽然落选，却是因为"蹦"得太高。他的考分相当不错，只是没有够到自己志愿的高度。志愿表是考前填写的。他在全部选项里填写的是同样的七个字：北京大学物理系。我相信，当年的志愿表如果是考后填写，蚱蜢同样会只填写这七个字。这专一的志愿填写很快成为传遍整个故乡城市的佳话，而这专一的志愿填写者也同时成为享誉整个故乡城市的奇人。不要说我这个爱因斯坦迷会深受震撼，就连他们小区附近粮店里那位漂亮的营业员也为之心动：那一段时间有人注意到她每次看到蚱蜢的父母走进粮店都会羞涩得面红耳赤。

　　整个一九七八年，我和表舅只有三次见面。而这三次见面都充满了戏剧色彩，至今都令我记忆犹新（或者应该说是刻骨铭心吧）。第一次见面发生在五一劳动节那天。那天我随母亲去表舅家，刚进学校的大门，就看到他一个人在足球场里颠球。我马上跑到他的跟前，兴奋地告诉他前些天我在报纸上读到一篇文章说《水浒传》里的那个高俅其实就是最早的"国脚"，也就是说，足球其实是发源于中国的运动项目。表舅没有停下来，却回应我说："发源于中国有什么用？！现在的三大球王都是外国人。"他这么一说，又让我想起了四年前就在这一个位置上发生的悲剧，我自然又有点紧张起来。那一天，我们走进表舅家的那一刻，他刚读完《参考消息》上那几乎一整版介绍球王贝利的文章。那是他第一次读到全面介绍贝利的文章。我的出现让他非常高兴。他说我来得正是时候，因为他正需要有人随他一起去球场。原来他需要别人协助他练习贝利擅长的倒钩射门。来到球场，表舅首先从球门出发，数着脚步，选定了自己的位置。然后他又数着脚步，为我选定了一个位置。他要我从他侧后方的那个位置给他抛出"越怪越好"的高球，供他倒钩射门。没有想到，我抛出的第一个高球就让那次演练在悲剧中结束。表舅夸张地做着抢点的动作，然后纵身一跃。不幸的是，他倒钩射出的球并没有飞进球门，而是直扑我的面部。我应声倒地……苏醒过来的时候，我发现自己正躺在表舅母亲的床上。我感觉眼前依然是金星飞溅，我也隐约听到我母亲与表舅的母亲在厨房里的声音，一个声音说"希望这不会造成脑震荡"，一个声音问"这孩子会不会从此变成一个傻子"。我的眼泪顺着面颊流到了枕头上。但是，我没有哭出声来。我不敢哭出声来，因为我突然瞥见了表舅父亲的遗像。我感觉他的微笑已经变成嘲笑。我也好像隐约听到他用嘲笑的语气说："这一下好了，你也知道'国脚'的厉害了。"我不知道他这是在嘲笑表舅，还是在嘲笑我，或者，也许这是在嘲笑他自己？他的嘲笑吓得我不敢哭出声来。

表舅的声音打断了我的回忆。"你看那是谁。"他将球踩在脚下，指着看台远处的角落说。我的眼睛已经开始近视，但是眯成一条缝，我还是马上就认出了那是蜈蚣。"他没有看到你在这里踢球吗？"我好奇地问。我知道蜈蚣是最缠表舅的"狐朋狗友"。当年他们在一起踢球的时候，每次要分拨踢，蜈蚣就坚持要在表舅这一拨。而蚱蜢正好相反，他总是坚持要在与表舅对抗的那一拨。那时候，我觉得三个好朋友之间的这种微妙关系很有意思，还曾经问过我母亲，蚱蜢和蜈蚣的选择为什么会截然不同。我记得我母亲当时不以为意地笑了笑，说："这就叫人各有志。"

表舅没有直接回答我的问题，而是说："他正在准备高考。"他的脸上出现了一种我从来没有看到过的表情：有点像是不满又有点像是不屑。但是，我不知道他那是对自己还是对蜈蚣不满，或者是对自己还是对蜈蚣不屑。

表舅奇怪的表情令我感觉非常难受。我决定去将蜈蚣叫过来，打破这令人寒心的局面。

表舅没有阻止我。但是从他嘴角闪过的那一丝讪笑，我知道他根本就不相信我具备那种实力。

我使用的是软实力。我走近蜈蚣，耐心地等他将眼前的那一页油印资料朗读完毕。"原来你们都在准备高考。"我装作若无其事的样子说。蜈蚣开始根本就不想搭理我，他翻开下一页，显然是准备继续自己的朗读。突然，他愣了一下，然后朝我刚才走来的方向望过去。"你说什么？"他问，

"你说你们？！"我严肃地点了点头，说："是啊，你们当年的足球队变成如今的高考团了。"蜈蚣将信将疑地看了我一眼，又将信将疑地望着我刚才走来的方向，说："我怎么不知道？"我笑了一下，说："我也是刚知道。"这一句话立刻将蜈蚣变成了老鼠，他三步并作两步地蹿到了表舅的跟前。等我赶到他们身边的时候，蜈蚣已经知道自己上了当。不过，他一点也没有生气，反而将计就计，开始劝说我的表舅要"一颗红心，一种准备"，立刻"弃球从学"。而我表舅沮丧地说自己跟他们不一样：他们都是高中毕业生，而他连初中的第一学期都没有读完。"你自己都不知道你是谁吗？！"蜈蚣说，"你只要拿出十分之一的时间来准备，就谁都不是你的对手。"这句话说得我都有点飘飘然了，而表舅看上去不仅不像是受到了鼓励，反而像是受到了更大的打击。他接着以语文为例，说自己连古文都没有学过，根本就没有报名的资格。听到他这么一说，蜈蚣更加起劲。"古文有什么？！"他说着，翻开手里的油印资料，"你看这篇出自《左传·庄公十年》的《曹刿论战》，"他用多少有点卖弄的语气说，"这可是最古的古文了，比我们当年能够倒背如流的'老三篇'都老了快两千五百年吧。可这又怎么样？！"表舅尴尬地瞥了一眼油印资料。"你看这必考的一句，"蜈蚣说着将手指按在油印资料上，摇头晃脑地朗读起来，"夫战，勇气也。一鼓作气，再而衰，三而竭。"我表舅尴尬地瞥了我一眼。"这里面的难点就是这个'夫'字。"蜈蚣继续说，"我开始还以为它是指大丈夫，原来它什么意思都没有，只是一个语气词。而且不读第一声，读第二声。"他稍稍停顿了一下，接着说，"就这么点名堂。这还能难倒你吗？！"表舅尴尬地瞥了一眼他踩在脚下的足球。这时候，我开始后悔将蜈蚣蒙骗过来了。

我和表舅在一九七八年的第二次见面发生在六月二十六日的下午。它的直接后果就是我与足球相关的第二个不眠之夜。而它与卡塔尔世界杯分组赛C组第一场比赛之间遥远又神奇的联系让我此时此刻对玄妙的天意和精妙的预设充满了敬畏。对于中国球迷来说，那一天有着特殊的意义，因为他们第一次从电视屏幕上看到了世界杯决赛的实况。我说的当然是极少数的球迷，因为当时拥有那种九英寸黑白电视机的中国家庭几乎可以忽略不计，能够看到那次实况转播的球迷事实上只是全国球迷人数的零头。但是，破天荒的实况转播还是为中国推开了一扇通往足球世界甚至通往整个世界的大门。我碰巧（其实应该说故意，因为我为此逃掉了下午的那两节语文课）成为这零头中的一颗微尘。在随后的漫长岁月里，不管它被吹到哪里，那眼界大开的一百二十分钟都是我生命力和想象力的牢固根基。

对我来说，那一天的意义其实更为特殊，因为震撼我的远不止一场球赛，还有一种人生。那时正值故乡城市的盛夏。南半球赛场上的激情拼搏让北半球火炉里的无情酷热变得更加难以忍受。开赛的哨声刚一响起，我就脱去了已经湿透的背心，并且开始用湿毛巾擦去身体上不断涌冒的汗珠。第三十八分钟，肯佩斯首开纪录，为阿根廷队攻进第一个球。现场观众的狂欢让我也忍不住在房间里走动起来。这时候，我听到敲门声。我不想观看受到干扰，并不准备开门。但是紧接着，我就听到了表舅在叫我。这让我觉得非常奇怪，因为我刚才还想到表舅也肯定正在省体委与他的队友们一起观看中国历史上对世界杯决赛的第一次实况转播。我马上打开门。"我知道你在看球。"表舅说着，眼睛根本就没有看我，而是直接把目光投向了我身后的屏幕。然后他急不可耐地走进来，在屏幕前坐下。我开始有点不好意思，自己光着膀子，但是看到表舅根本就没有看我，也就不觉得有什么不妥了。不过，一种新的不自在很快又开始影响我的观看，因为表舅不仅与我依然没有目光的交流，也不再有言语的交流。更特别的是，他好像完全没有受现场气氛的感染，始终是面无表情地盯着屏幕，甚至看到肯佩斯在加时赛上半场快结束的时候那精彩无比的第二个球，他都没有激动的表现，只是脚稍稍挪动了一下，好像是在体会那临门一脚的奥妙。表舅的没有激动让我也不敢激动，所以对我来说，这后面的八十分钟远不如独自观看的那前四十分钟来得开心、过瘾。终于，终场的哨声响起了。表舅伸了一个懒腰之后，终于将目光投向了我。"这才是足球。"他心平气和地说。还没有等我做出反应，他又接着说："我们踢的那叫什么啊?!"

我想起母亲对于表舅自信心的惊叹。我想，从第一次看到世界杯决赛实况的这一天开始，表舅的自信应该会继续下跌。我给他倒了一杯凉茶，他大口喝完之后就说要走。我匆匆穿上背心与他一起出门。我说我送他到雨花亭路口的公共汽车站。下楼的时候，表舅问我知不知道为什么克鲁伊夫没有代表荷兰队出场。我知道克鲁伊夫是表舅崇拜的三大球王之一，但是我不知道他为什么缺席（事实上，克鲁伊夫缺席的惊险隐情直到三十年后才由他自己向世人曝光，表舅应该已经知道也深有感触吧）。"如果他在场上，这场比赛肯定会更加精彩。"表舅低声说。我想，表舅或许还相信自己崇拜的球王能够改写那场比赛的结果吧。

然后，表舅说起他们球队其实在省体委集体收看这场转播。但是他说不知道怎么回事，最近一段时间以来，自己对球队越来越没有归属感，一开始就不准备参加这一集体活动。不过，如果不是前一天晚上做的那个怪梦，他还是下不了缺席的决心。他说他梦见了他的父亲。他说这是他从全运会以来（也就是将近三年）第一次梦见他的父亲。那是一个荒唐透顶的梦，他梦见他的父亲刚刚被任命为国家队的终身教练。他问我如此荒唐透顶的梦究竟意味着什么。我也认为他的梦荒唐透顶，但是我不知道它意味着什么。表舅说他知道。他没有等我追问就说出了梦的意味。"这意味着我永远也不可能进入国家队了。"他说。他的语气那么平静，没有恐慌，没有怨恨……而站在故乡盛夏的酷热之中，我突然感觉自己正在坠入冰窟的底部。

很显然，表舅完全没有将那个摧毁了他梦想的梦当成一个噩梦。我相信这也是表舅看到我的中学校门口那迎接高考的巨大横幅的时候表现得那么平静的原因。我们几乎同时看到了横幅上的那八个大字，与蜈蚣五一劳动节那天对表舅的劝导仅有一字之差的八个大字。"还有整整一个月他们就要上场了。"表舅平静地说。我知道他说的就是蚱蜢和蜈蚣他们。"你觉得他们拼得过应届毕业生吗？"我认真地问。"没有任何问题。"表舅用信心十足的语气说，"我太了解他们了。"稍稍停顿了一下，表舅又接着说："所以，蜈蚣才会将那横幅上的'两种准备'改成'一种准备'。他们志在必得。"这让我马上想起了蜈蚣说的那一句让我都有点飘飘然的话，想借机给表舅鼓劲。"他们也太了解你了，"我说，"所以，你真的可以考虑'弃球从学'。"表舅过了很久才对我的话做出反应。"他们不了解我，"他说，"而且太不了解。"

在公共汽车站稍稍等了一下之后，表舅说他想走着回去。然后，他说了几句鼓励我好好学习的话。"再过两年你也要参加高考了，"他最后说，"世界是你们的。"

我知道这"你们"也包括了"他们"。

望着表舅在尘土飞扬的马路上渐行渐远的背影，我也知道在接下来的夜晚，翻腾在我脑海里的不仅有在赛场上充满自信地奔跑着的肯佩斯和在考场上充满自信地疾书着的蚱蜢和蜈蚣，还会有表舅，永远不可能成为"国脚"的表舅。也许与我一样，他也正在黑暗中翻来覆去，想着肯佩斯，想着他的"狐朋狗友"，想着我。

暑假的最后一天，我母亲让我去给表舅的母亲送她急需入药的优质湘莲。那是我父亲不久前去洞庭湖区出差的时候特意为她访到的"贡品"。但是我赶到那里的时候，她刚好离开，因为她知道蚱蜢和蜈蚣已经约好来向表舅辞行，不想影响年轻人的相聚。我还没有坐稳，蚱蜢和蜈蚣就咋咋呼呼地进来了。他们将于第二天一起乘火车去北京开始他们的大学生活。与他们同行的还有一位比他们年纪稍大，平常又来往不多的教工子弟。他这次出人意料地考上了中央戏剧学院的舞台美术系。蚱蜢和蜈蚣考上自己理想的大学没人感到意外。不过，他们都没有能够被自己瞄准的专业录取。录取蚱蜢的是北京大学地球物理系而不是物理系，录取蜈蚣的是北京外国语学院法语系而不是英语系。看得出来，他们对这美中不足都并不在意。他们激动地回顾自己从知青点逃回城里来补习的曲折经历。他们开心地曝光自己在语文考场上看到作文题目（缩写《速度问题是一个政治问题》）时的第一反应（或者说是心灵感应吧）：蚱蜢笑这分明是在给蜈蚣出难题，而蜈蚣笑这分明是想让蚱蜢占便宜。最后，他们都说选择北京的一个重要理由是想着将来能够在那里与成为"国脚"的表舅团聚。听到他们的这种说法表舅当然不会高兴。他说他们这是在拿他逗乐儿。"你们的人生即将开始，"他严肃地说，"而我的人生即将结束。"他接着说他现在想得最多的就是退役之后怎么打发自己的余生。这时候，蜈蚣抛出了他关于足球的著名谬论。他说在准备高考的冲刺阶段，他还是忍不住偷看了世界杯决赛的实况转播。他说在布宜诺斯艾利斯绿茵场上纷飞的那些白色纸片就已经让他看花了眼，更不要说球员和球迷的疯狂。"足球是疯狂的运动。球员的疯狂加球迷的疯狂再加解说的疯狂的总和才能尽显足球的疯狂。"他说，"而中华民族一贯含蓄又实际，与疯狂绝缘，与足球无缘。"说到这里，他冲动地站了起来。"说得正式一点，就是足球这项运动不适合中国的国情。"他接着说。这就是蜈蚣从偷看世界杯实况转播的经历中得出的谬论。蚱蜢马上对此表示赞同。而一直表情凝重的表舅忍不住笑了起来。

蚱蜢和蜈蚣住得都不远。但是他们离开的时候，表舅还是坚持去送他们。他特意交代我说他马上就回来。我知道，哪怕是将住得稍远的蜈蚣送到家门口再返回，这"马上"也大概有七八分钟。而那天表舅却是在将近一个小时之后才回来。我不知道到底发生了什么，也许三个"狐朋狗友"在分手之前又找到了什么新的话题？也许在与他们分手之后，表舅自己又去了别的地方？更奇怪的是，表舅回来的时候表情更为凝重，也好像完全忘记了我的存在，更不要说我的等待。他直接站到五屉柜的前面，头微微仰起，面对着墙。我不安地盯着他的后背，好像又回到了六月二十六日的下午，好像又看到了他渐行渐远的战栗。突然，我感觉眼前的后背也正在微微地颤动。这是怎么回事？父亲的遗像已经在那里悬挂将近七年，自己的奖状也已经在那里悬挂将近三年，他为什么还会如此激动？正在我不得其解也不知所措的时候，表舅伸出了他的右手，将它伸向了墙面……在定格表舅足球生涯巅峰的镜框与墙面分离的一刹那，我感觉自己的身心也在微微地颤动。

我与足球相关的第三个不眠之夜和卡塔尔世界杯分组赛C组第一场比赛中的另一支球队有关。这也是匪夷所思的巧合（或者也是匪夷所思的预设？）。时间是一九八一年十一月十二日。那"另一支球队"与中国队在当天进行了一场对双方是否能够出现在西班牙世界杯赛场上都相当关键的比赛。开场不到十分钟，中国队就已经以零比二落后。这个比分一直维持到下半场已经过去一半的时候。这时候，中国队主教练决定换人：以左树声和陈金刚换下沈祥福和刘利福。看着两名"国脚"站在中场边线外等待入场，一种我自己完全没有将它当成幻觉的幻觉突然出现。我觉得与左树声站在一起的不是陈金刚而是我表舅（我后来想，也许是他们体形的相近和名字的谐声诱发了这种幻觉吧）。正因为这种幻觉，我立刻肯定主教练做出的是英明的决定，也马上就对比赛的结果充满了"中国必胜"的信心。也正因为这种幻觉，看着"我表舅"在下半场即将结束的时候头球将比分扳平，我一点都没有感觉意外。也正因为这种幻觉，我相信"我表舅"的那一次破门足以与一九七八年世界杯决赛上肯佩斯的第二个进球媲美。

定格于四比二的惊天大逆转让整个校园都沸腾起来。终场的哨声还没有响起，锅碗瓢盆的合奏就已经开始。很快，有人点燃了床单。接着，有人点燃了被褥。很快，游行的队伍已经在女生楼和开水房之间的空地上形成。一部分人坚持要去北大，一部分人坚持要去清华，而更多的人则坚持要向市区进发。向市区进发的大队伍刚从东门出去就遇上了来自其他院校的游行队伍，随后一路上又与更多院校的游行队伍会师融合。走到北太平庄的时候，巨大的游行队伍占据了整条马路。大小车辆都只能停下，司机们都在鸣笛助兴，乘客们都在挥手致意。那是我从来都没有见过的万众一心的场面。我们万众一心，高喊着"中国万岁！"和"中国必胜！"的口号，前进！前进！

走到新街口的时候，我已经感觉精疲力竭。坚持走到平安里之后，我依然兴致勃勃，与准备随残部一直前进到天安门的北京和陕西室友分手，挤上了那辆爆满的331路末班车，返回学校。

这时候，校园的气氛已经平静，宿舍里其他的四位室友也已经就寝。而精疲力竭并没能抑制我大脑的亢奋，在床上躺下之后，我一直翻来覆去，毫无睡意。开始的一段时间，我靠做梦来打发时间。湖北室友在磨了一阵牙之后，突然高喊："五比二！五比二！五比二！"显然是还在观看比赛，而且对最终的结果不满意。过了一会儿，江苏室友用带浓重口音的普通话急切地说道："我要射！我要射！"我左思右想，最后还是无法肯定他面临的情境，于是决定等他早上起来之后再与他对证，看他做的梦究竟是否与足球相关。然后我听到江西室友嘟囔了几声"苏格拉底"。这一点都不奇怪。他是铁杆的巴西球迷，估计他已经在梦中看到了苏格拉底医生在西班牙世界杯决赛赛场上的风采。而福建室友说的是闽南话，我一个字都听不懂。不过从那铿锵有力的语气，我估计他又回到了游行队伍之中。

后来，我开始翻来覆去地比较蚱蜢与表舅的未来。我不相信与我同住海淀区的蚱蜢此刻也像我这样亢奋。他甚至可能根本就没有关注这场不可思议的比赛，因为两个星期前在王府井新华书店意外遇见他的时候，他说他正在准备哈佛燕京奖学金的考试，学习非常紧张。他还告诉我，获得教育部赴法留学名额的蜈蚣半年前已经去巴黎的索邦大学就读。那一天，蚱蜢的女朋友就站在他的身旁。他介绍我们彼此认识之后说她已经申请到奖学金，很快将去哈佛攻读比较文学。我早就听说过与他同龄的女朋友是同校英语系七七级最优秀的学生，很高兴眼见为实。她手里拿着显然是刚买到的《庄子集释》，给我的印象用现在的标签说就是"学霸"。毫无疑问，将来的很多年里，蚱蜢和他的女朋友都将在美国生活，而他将来的家庭肯定也具有超高的知识含量。而表舅将来的生活空间应该就局限于我们的故乡城市。至于他想找一个什么样的女朋友或者能找到一个什么样的女朋友，我不清楚。但是我可以肯定，能够被蝴蝶梦见的庄子不可能进入表舅未来的家庭。

陕西室友直到第二天中午才回来。他说他们走到西单就没有再前进了。后来北京室友带他去了自己的家里。北京室友的父亲是在工业大学教机械制图的老师，也是一个球迷。他正在独自喝着啤酒，回味和庆祝中国队的大逆转。儿子在为足球狂欢之后带着室友回家自然令他喜出望外。他邀两个年轻人一起喝酒、侃球。三个球迷一直喝到破晓、侃到破晓。陕西室友对这个特殊的后半夜充满了感叹，或者用他自己的话说，是对"知识分子家庭里的父子关系"充满了感叹。他说他自己的父亲是一位普通的钳工，与自己没有任何共同语言，从来都不将自己当成朋友，也永远都不会将自己当成朋友。他的感叹将我迅速推回到从前那两个与足球相关的不眠之夜。我不想扫他的兴，所以只是提醒他说不要忘了家家都有一本难念的经，并没有具体提及我所知道的那本"难念的经"，那在他看来也许是例外的知识分子家庭里的父子关系。

经过这场不可思议的比赛，中国队已经站在"冲出亚洲，走向世界"的门口。挡在前方的只有一个低得几乎可以忽略不计的门槛：刚刚被中国队推入深渊的对手还剩下一场比赛。那场比赛的任何结果对这支球队本身都已经没有现实意义。但是，如果它输了，而且输得很惨，让对手净胜五个球，它的对手就会成为中国队的现实威胁，中国队就必须再赢下随后的附加赛才能够获得进军西班牙的入场券。没有人相信这"如果"的可能，更不要说那"而且"，因为这支必须输的球队不仅实力高于对手，还是主场迎战，占有天时地利人和。然而，三十七天之后的比赛恰好就以那没有人相信的结果为结果。当然，它肯定至少是始终占有场上主动权的负方在赛前就已经知道的结果。这么多年过去了，我仍然记得胜方那五次破门的细节：其中的三次是负方后卫逃之夭夭造成的一对一局面的产物，一次是负方两名后卫相继跌倒而门将不知所措的收获，最后一次是负方故意犯规而赢来的点球。更有意思的是，这五次破门都发生在上半场。整个下半场，胜方攻势不断，角球就达十一个之多，却毫无建树。负方如此"安排"，显然是要向世界炫耀它既放得下又拿得起的功夫以及它既能谋事又能成事的实力。

其实比赛之前电视屏幕上出现的那一则预告就已经令我极为不安。它说赛后将紧接着播出中国足球"冲出亚洲，走向世界"的专家座谈。这等于告诉观众，挡在中国足球前面的那个几乎可以忽略不计的门槛能够被忽略不计也已经被忽略不计。现在想来，这一则预告和它代表的那种急迫和天真的确极为荒唐。它不是对天的低估，而是对人的低估；它也不是对脚的低估，而是对心的低估。终场的哨声将与足球相关的义愤和遗憾永远留在了中国球迷的心中。大部分观众都等到屏幕上出现座谈会"因故取消"的通知才悻悻离开。回到宿舍，我们七个室友都挤在靠里侧的两边下铺上。开始很长一段时间，谁也不说话。然后，江苏室友打破寂静。"这沙特队真是无耻！上半场当够了婊子，下半场又立稳了牌坊。"他怒气冲冲地说，"他们踢的是百分之百的假球！"而北京室友不知道是点火还是灭火，用貌似平静的语气说："他们还算是'友好'的，没有白送对方六个球，还给中国队留下了一个'公平'竞争的机会。"

接着又是很长的一段沉默。而这沉默最后终于在福建室友的爆发中结束。他拿起一沓信纸用力往桌上一摔，接着发出了一声激动人心的怒吼："他妈的，写信！"

原来他是建议我们以全体室友的名义给中国足球队的全体"国脚"写信，鼓励他们怀着"中国必胜"的信心去准备和参与与新西兰对阵的附加赛。这个建议让整个宿舍顿时亢奋起来。我被推举为起草人。在我奋笔疾书的过程中，室友们也都忙着添油加醋，最后的定稿获得一致的认可。然后，全宿舍字写得最漂亮的湖北室友将定稿誊正。看着漂亮的定稿，我突然想起了我的表舅。我想这样一封不同寻常的信对他肯定也会有很大的启发，于是借口要留底，请湖北室友再多誊抄一份。接着，我最后审读了一遍全文，并将信交到陕西室友的手里。他是我们系足球队的队长。他将带领我们完成随后的仪式。陕西室友将信纸小心折好，装进信封，接着在信封上贴好邮票，在收信人地址处写明"国家体委"，在收信人姓名处写明"全体国脚"，在寄信人信息处写上我们学校的全称和我们宿舍楼及宿舍房的编号。然后，他带领我们来到副食店旁的那个邮筒前，默契地围着邮筒站成一圈。我们首先唱了一遍《国际歌》，接着唱了一遍《义勇军进行曲》。最后，我们一起伸出右手握住信封，缓慢地将它塞入邮筒。在那神圣的一瞬，我们相信中国足球一定能够冲破最后那道人为的障碍，出现在西班牙世界杯的赛场上。

与十一月十二日夜晚的激情相比，十二月十九日夜晚的激情是充满义愤和悲壮的激情。我以为紧随这激情的也会是一个难忘的不眠之夜。没有想到，那天晚上我却睡得很好，甚至可以说比那两个月里的任何时候都好。对我来说，这至今都是一个"生命之谜"。这些年里，我曾经查阅过大量有关睡眠的书籍和论文，也咨询过不少真真假假的睡眠专家，想弄清楚为什么在经历了那么剧烈的"创伤"之后的夜晚，自己的睡眠却没有遭受灾难性的影响。我从来都没有得到过十分明确的结论。而让我感觉比较靠谱的解释是，那没有人相信的比赛结果其实早已经被我自己预设在潜意识里。所以，当它终于浮出水面，成为现实和历史的时候，不仅不能够对我造成任何伤害，反而能够帮助我获得彻底的解脱。

在随后的三个星期里，我相信所有的中国球迷都有度日如年的感觉。我们就在这种感觉中迎来了新的一年。我们在这种感觉中迎来了一九八二年一月十日。这一天清早，我刚一睁开眼睛，度日如年的感觉就被大难临头的感觉代替。注意，不是凶多吉少，而是大难临头！就是说，经过三个星期的煎熬，量变（"多少"）已经引起质变（"临头"）。下午百无聊赖地坐在学校图书馆的期刊阅览室里，我突然理解了表舅在上一次（也是第一次）观看世界杯实况转播之前的那种焦虑。那种只有孤独能够缓解的焦虑。是的，在一九八二年西班牙世界杯亚太区最后那场意外附加赛（中国对新西兰）的过程中，我也恐惧与集体待在一起，我也拒绝与集体待在一起。事实上，我比表舅走得更远，因为对我来说，这个集体不仅是我全体的室友，还是中国全部的球迷。换句话说，我不仅没有勇气去观看这场比赛，也没有勇气去关注这场比赛。一个理想的"避难所"立刻让我的逃离计划带上了美感。我甚至等不及在食堂吃晚餐，在学校的副食店买了方便面和粉肠，回宿舍匆匆吃完，骑上向北京室友借的自行车，飞速冲出北校门，逃离了"大难临头"的校园。

对我来说，"黑暗将至"永远都是进入圆明园的最佳时点。那一天，大水法遗址也是在凄凉的暮色中进入我的视野。可是，我马上泄气地双脚撑地停了下来，因为我看到我的"固定座位"已经被人占用。那是我第一次在最佳时点遭遇如此的"僭越"。犹豫了一下之后，我知道自己别无选择，只能背向"大难"，继续前行。而在前行很短的一段路之后，泄气居然迅速逆转为好奇：怎么会是她？

她不仅是来自我们学校的女生，还是曾经打动过我的女生，用文字和想象打动过我的女生。两个月前，她投给文学社社刊的诗稿引起了我和文学社社长的极大兴趣。在刊物刻印之前，我们还特别登门拜访，听取她的创作心得。

我好奇，她为什么会在黑夜将至的时候独自坐在这阴森的废墟上？"天都快黑了，"我用有点不安的语气问，"你不怕吗？"

"我经历过真正的黑暗。"她平静地回答。

这回答令我不知所措又更加好奇。我重复说："真正的黑暗？！"

她望着远处，平静地说："就在这个忌日……"

我打了一个寒战，心想：这是怎么回事？难道她也是一个多愁善感的球迷，已经在为附加赛的结果悲伤？

"我母亲的忌日。"她接着说，语气依然显得十分平静。

我这才意识到她那首题为《母亲》的诗中的"你"原来就是她自己的母亲。在与我们分享创作心得的时候，她只是含含糊糊地说她的灵感来自一个家庭的悲剧。这一发现让我又顺口背出了在诗中重复过五次的那动人的两行："你跪在黑暗的边缘/回忆分娩的辉煌。"

她会意地笑了一下，说："那是真正的黑暗。"

接着，她就说起了自己与"真正的黑暗"相遇的那个清早。睁开眼睛的时候，她发现睡在身边的母亲已经停止了呼吸。她说那时候她还只是高中一年级的学生。她说她从来没有想到过死亡竟会如此快，如此近，如此悄无声息……她说她的母亲是一个大家闺秀，一个小学教师，一个远近闻名的美女。她说所有人都被她母亲开朗的性格和美丽的容貌蒙蔽了，都忘记了她母亲其实是一个需要精心照顾的病人，因为她的心脏有天生的缺陷。她说她母亲其实都不应该结婚生育，换句话说，她自己其实都不应该来到这个世界上。她说了很多很多。她最后说到她母亲还是一个美食家，尤其是鱼做得非常好，不管是清蒸的、油爆的、水煮的还是红烧的，都非常好。她说关于吃，她母亲发表过许多谬论，其中最好玩的一句就是："这个世界上只有吃是真的。"

自始至终我都只是一个充满好奇的听者——让我好奇的不是她的母亲，而是她关于她母亲的说法和想法，或者说是她本人吧。直到她看了一下手表之后提醒我到了什么时间，我才从沉醉的好奇中挣脱。我首先想到的是附加赛已经进入下半场了。但是，我马上又自然地以其人之道将自己的注意力从这种思维惯性中移开。"女儿失去母亲和母亲失去女儿的感觉应该是不同的。"我低声说着，跟她一起走到了我停放自行车的地方。

愣了一下之后，她迷惘地跟进我的话题，感叹说："白发人送黑发人。"

我意识到自己这其实是在反其道而行，是在淡化女儿的感情和分量，不知道要不要继续下去。

"也许更应该注意它们的相同之处。"她接着说，"永远的失去都是真正的黑暗。"

她的见解让我更加激动。"那是一个还没有长出黑发的女儿。"我说，"那是一个女儿刚刚满月的女儿。"

她将脸转过来，盯着我很久，显然是感到很奇怪，我会给出如此特殊又如此精准的例证，而且语气如此自然，如此诚挚。那是整个晚上她唯一一次盯着我，或者说那是整个晚上她唯一一次对我的表现表现出好奇。

然后我推着车与她一起步行了很长的一段。我特别提醒自己不要抄近路穿过清华校园，以免不小心又受到赛事的影响。在走了一大半的时候，我感觉她已经有点累了，但是我从来没有骑车带过女生，不好意思邀请她以车代步。最后打破僵局的是她自己。她望着天空妩媚地一笑，故意用充满疑惑的语气说："我什么时候能够坐上顺风车呢？！"她的幽默不仅令我开心，还令我得意。

一路上，我将车踩得飞快，而她因为用手紧紧地搂住我的腰部，又将头轻轻地靠在我的背部，坐得很安稳。我越踩越感觉飘逸，越踩越感觉畅快……最后，我情不自禁地用意大利语高唱起《今夜无人入睡》的结尾一句。那是对黎明和胜利的讴歌，那是对黎明和胜利的呼唤，真是十分应景。而她的反应更是非常奇特。"哈哈！"她说，"一个人的啦啦队！"我很喜欢她的这种说法。但是她错了！她完全错了！因为令我心潮澎湃的不是那场刚刚结束的附加赛，而是这场刚刚开始的附加赛——这场只有两个人参与的附加赛，这场在圆明园的废墟上意外开场的附加赛。

自行车在学生宿舍熄灯的一刻在女生楼前停稳。校园的正常状态等于在直播刚刚成为历史的比赛结果。有人会说那是不幸的结果，有人会说那是荒唐的结果，有人甚至会说那是必然的结果。总而言之，那是无法改变的结果。在自行车停稳的一刻，我当然并不知道那结果会将中国足球队获得第一张世界杯入场券的时间推后整整二十年，推到下一个世纪。不过哪怕知道，我也不会特别在意或者根本就不会在意，因为我自己的附加赛已经开始。有点尴尬的分手只是这场比赛暂时的中断。我们好像已经非常亲近，但是我们无疑又还相当疏远。我有点想问她要她贵阳家的地址，希望能够在即将到来的寒假里（那可以视为中场休息吧）通过文字与她继续交谈。但是，那无疑的相当疏远让我不敢开口。她耐心地等待了一会儿，终于知道不可能等到我精彩的结尾，于是转身向宿舍楼的入口走去。走到半路，她突然停下，回头用好像非常亲近的语气说："今夜无人失眠。"说完，她加快脚步，走进了宿舍楼。

这是她的调侃？这是她的伤感？不管怎样，这是一个可以结合当天发生的一切做出多种解读的诗句。但是我很清楚，任何解读都无法改变我必定失眠的结果。那是我与足球相关的第四个失眠之夜。但是，在床上辗转反侧的时候，我一点都没有去想被我成功逃避的"大难"，也没有去想其他与足球相关的任何事情。翻腾在我脑海里的是刚刚从我们的附加赛里走开的女生：她的文字，她的忧伤，她的宁静，她的黑暗，她的幽默，她的注视，她的好奇，她的妩媚，她的亲近，她的疏远……我最后想到的当然是她的未来。不！坦率地说，是她和我的未来……从自己的高铺上眺望着清冷的夜空，我知道明天将会是崭新的一天，我知道今年将会是崭新的一年。

在圆明园废墟上意外开场的附加赛延续了大约一个学期。寒假回来之后，我们经常在校园里巧遇和交谈，也多次相约一起去逛书店、逛景点、看话剧、看展览……但是暑假回来之后，我们的关系就越来越疏远。我至今也不清楚导致这"越来越"的真正原因，至少从暑假里的通信看不出任何问题。不过，我们双方好像都很平静地接受附加赛"没有结果"的结果。而到大三的下学期，我们不仅完全中断了联系，就连在校园里的巧遇也不再出现。这应该就是天意吧！想起来，这居然都是四十年前的事情了。也就是说，那个让我与"真正的黑暗"相遇的忌日都已经重复四十次了。不知道她是怎么走过这漫长岁月的，也不知道她此时此刻身在何处，心系何方。也许她都已经当上外婆或者奶奶了吧……她会不会遗传她母亲心脏的缺陷？也就是说，她会不会现在已经……如果这样，卡塔尔世界杯分组赛C组第一场比赛的结果与她又有什么关系呢？我与足球相关的第四个不眠之夜对她又有什么意义呢？对我又有什么意义呢？

我知道我最小的表舅依然健康地活着。但是我不知道惊动了世界的卡塔尔世界杯分组赛C组第一场比赛是不是也惊动了他平静的退休生活，是不是也激活了他沉睡多年的记忆，甚至让他像我一样经历又一个与足球相关的不眠之夜。他的那封回信不仅彻底埋葬了我对他的个人崇拜，也基本终结了我们特殊的亲戚关系。在决定将我们写给全体"国脚"的信抄送给他的时候，我就知道肯定会收到他的回信，他也肯定会谨慎地等到那场附加赛结束之后再给我回信。而我完全没有想到的是它竟会是那样的一封回信。这也是四十年前的事情了，回信的细节我当然不可能完全记起，但是哪怕再过四十年，回信里的三大要点也不会从我的大脑皮质上消失。表舅开门见山说的第一点就是中国足球"毫无希望"，来自球迷的支持不管多么强大都无济于事。这算是他对我们那封致全体"国脚"信的正面回答吧。我还清楚地记得说到这里，他还断章取义地搬用蜈蚣的谬论来做自己的论据。表舅回信的第二个要点涉及他自己。他说他最好的两个队友都刚办好了退役的手续，他也准备在年底退役。他的一位队友将去一家制造飞机发动机的大工厂当工会干部，负责组织职工的各项体育竞赛，而他的另一位队友将去我的中学母校当体育教师。这两种去向对表舅都没有太大的吸引力。他感兴趣的是去公安系统工作，说得更具体一点就是去当一名公安干警。这是他从儿童时代高唱"我在马路边，捡到一分钱"的时候就已经萌生的向往。而表舅回信里的第三个要点最令我感到难过，现在想来，内心都会瑟瑟发抖。他说他非常后悔当初没有听自己父亲的话，接受正常的中学教育直到高中毕业。不然，他现在肯定也像蚱蜢他们一样在中国的名牌大学里就读，甚至可能都已经出国深造。而说完已经去世多年的父亲，他居然还说起了不知何时才会出世的儿子。他的措辞专横，他的语气跋扈。他说如果将来他有儿子，他一定从小就对他的头和脚严加管束，绝对禁止他接触足球，哪怕只是当成业余爱好都不允许。

表舅直到第二年的年中才正式办好退役的手续。他选择从全市辖区治安问题最为严重的派出所起步。他坚持原则又通情达理，严于律己又善解人意，机智勇敢又任劳任怨，深受领导赏识，深受同事敬重，深受群众拥戴，经常被评为全市公安系统的标兵和全省公安系统的模范，甚至还两次被评为全国公安系统的先进工作者。他还曾长期担任市公安系统足球队的队长，后来又长期担任那支球队的教练。在他（从队长到教练）的率领下，那支球队一共十次获得过全市机关厂矿足球循环赛的冠军。

在派出所工作将满两年的时候，表舅与他父母抗战后期在中央大学的一位同学的女儿结婚。她是我们故乡城市里那家著名土特产食品店的会计。她长相漂亮却不苟言笑，还经常无缘无故地皱起眉头，因此我外婆背地里调侃说我表舅找的是"算盘西施"。结婚一年之后，表舅的人生遇上双喜临门：他被提升为派出所的所长，而他的妻子为他生下了一个重达八斤半的儿子。他儿子后来的成长更是完全不需要他操心。他从全市最好的中学毕业之后考入中山大学生物系。大学毕业后获得全额奖学金，到加州大学伯克利分校深造，获得博士学位后回广州工作和成家。

自从收到他的那封回信之后，我就再没有见到过他了。关于他后来的生活和工作情况，我都是从我外婆和我母亲那里零星听到的。三年前，他已经从公安分局副局长的位置上正式退休，现在最主要的消遣是练字和钓鱼。因为他妻子与他同样不苟言笑的儿媳妇相处不好，他们很少与儿子团聚。我想这也许是表舅目前生活里唯一的遗憾吧。而与人生带给他的两大安慰相比，这遗憾实在是不足挂齿。令表舅对人生充满感激的最大安慰是他自己已经打破困扰他们家庭长达一个世纪的"诅咒"，远远活过了他父亲、他爷爷和他父亲的爷爷过世的年纪，而且依然十分健康；而令表舅对人生充满感激的第二大安慰是他堪称书呆子的儿子对足球既没有天赋也没有兴趣。他们的父子关系因此从来不曾越界，因此也永远不会破裂。

卡塔尔世界杯分组赛C组第一场比赛的结果并没有影响那一届世界杯的

最终结果：那支不"该"赢的队并没有能够从小组出线，而那支不"该"输的队最后还是毫无争议地登上了冠军的宝座。从这个意义上说，这场比赛令人难以置信的结果并没有实际的意义。或者说，这场比赛的结果不过是让整个世界虚惊了一场。与之相反，那支不"该"赢的队在四十多年前那场不"该"输（更不要说以五比零输）的比赛却对中国足球产生了深刻的影响。而且我肯定，那令人难以置信的结果对我表舅的远大志向也是猛烈的一击，致命的一击……时间过得飞快，在义愤填膺地看完那场比赛实况转播的一刻，我用律师的说法还是一个"未成年"人，用诗人的说法还是"早晨八九点钟的太阳"。而此时此刻，我用《汉书》的说法是已经"日薄西山"，用《论语》的说法是已经逼近耳顺之年。当然，地球还在旋转，足球还在旋转，我自己的生活也还在难以耳顺的世界里继续。剩下的日子还有多少？这谁都说不清楚。我和表舅是不是还有机会见面？这也不能完全由我们自己决定。如果这机会终于到来，如果我们真能够从容不迫地坐下，将手机关掉，将辈分磨平，将回信淡忘……我一定会问表舅许多问题，比如他是不是也看过卡塔尔世界杯分组赛C组的第一场比赛；比如他是不是也由这场比赛联想到了一九七八年的那支阿根廷队，第一次登上世界杯冠军宝座的阿根廷队；比如他是不是也同时还会想到一九八一年的那支沙特阿拉伯队，撕碎中国足球几乎到手的第一张世界杯入场券的沙特阿拉伯队……而如果我们的交谈进行得十分融洽的话，我最后还一定会问他是不是愿意更详尽地倾听卡塔尔世界杯分组赛C组的第一场比赛带给我的不眠之夜，甚至品尝那不眠之夜结出的最不可思议的苦果，以他的远大志向为内核和品牌的苦果。

原载《作家》2024年第9期

灯光球场

艾　伟

到处都在传，地震要来了，整条西门街被弄得人心惶惶。

我倒是没什么惊恐。

有一天，郭昕问我："你怕不怕地震？"

我说："我像高尔基盼着暴风雨一样盼着地震到来，我希望最先震倒的是张光芒家。"

"他得罪你了？"

"是的。我希望他去死。"

两天前，张光芒揍了我一顿。那天我在公共汽车上没给一个老人让座。张光芒刚好也在车上。他把我从座位上揪起来，扔出了公车。他训斥我："老师怎么教你的？连给大爷让座都不会吗？"

我趴在地上，感到自己整个身子都被震裂了，骨头里面传来嗡嗡嗡的声音，仿佛是金属断裂声。我想，他妈的，一个在公共汽车上做小偷的人竟然像个正义的使者。我在心里面恶毒地咒骂着张光芒。我不敢骂出口。西门街的孩子个个都怕他。

"他容不得别人不敬重老人。他要求他的手下一定要对老人好。"郭昕说。

这事我听说过。张光芒的爹妈远在东北工作，是奶奶把他养大的。他奶奶前年死了，当时他哭得像个娘儿们。

"我都没有好好孝敬过奶奶。"张光芒一边哭一边说，表情幼稚得可笑，简直软得像一摊烂泥。

我们从来没见过张光芒哭成那样。我们平常见到的张光芒是个硬汉，即便在冬天，也只穿一件汗背心，手臂上文了一条龙，脸上永远是那种居高临下、随时准备教训人的表情。

后来，我经常看到他打发手下人帮助西门街的老人。

张光芒去得最多的是李家。李大爷身体不太好，有肺气肿，时不时喘不过气来。张光芒常来照顾他，帮他干点买米、搬运煤球等重活儿。

"张光芒奶奶活着的时候，老头儿对她特好，经常送东西给老太太。"郭昕说，"老头看上了张光芒奶奶，张光芒以前特烦他。"

对于张光芒敬老一事，郭昕佩服得五体投地，他竖起大拇指对我说：

"这才叫有腔调，大流氓都这样，敬老也敬出一股狠劲。"

李大爷身体不好，脾气也坏。有一天，不知什么原因，张光芒到他家时，老头儿拿出早已准备好的一桶水，泼到张光芒身上。那可是冬天，张光芒被泼得身上一下子结了冰。那一刻张光芒的目光也结了冰。不过他马上温和下来，微笑着对老头说：

"李大爷，您息怒，有事您随时吩咐。"

李大爷已激动得喘不过气来，只见他嘴巴哆嗦，说不出一句话。

事后我们听说了李大爷发火的原因，原来张光芒喜欢上了李大爷的孙女李冬梅。张光芒照顾李大爷是假，喜欢李冬梅是真。

"听说张光芒睡了李冬梅，被李大爷撞见了。"郭昕说。

"怪不得李大爷生那么大气。"

这之后，张光芒没再来李大爷家，他派了他的手下郭大来照顾李大爷。

郭大是郭昕的堂兄，一个瘸子。郭昕说，他的腿是小时候被其父弄瘸的。小时候郭大调皮，经常爬在西门街那两棵银杏树上，用石块砸过路的人，他父亲气不过，爬到树上，把他从树上摔了下来，留下了腿疾。

郭昕告诉我，郭大在江湖上现在排名第二，仅次于张光芒，手下的人都叫他郭二哥。

郭二哥确有二哥的派头，虽然他一瘸一拐走路的样子近乎可笑，但那目光有一股睥睨天下的劲儿。

我听郭昕说，郭大是神偷，什么人只要从他身边走过，哪怕是戴在手腕上的表，都会神不知鬼不觉落到他的口袋里。有一次，我和郭昕目睹郭大一瘸一拐从李大爷家出来，刚好酒厂的李忆苦路过，郭大的手中多出一只皮夹子。我们无比羡慕。

我们拦住郭大。郭昕说：

"哥，能教我们一招吗？"

"教什么？"

我们就对他低三下四地笑。

"你们多大了？"

"十三岁。"

"都他妈还尿床是吧？"

我和郭昕一脸正色。

"好好读书，准备做革命接班人吧，你们可不要不学好！"

说完，郭大摇摆着走了，瞧他这嘴脸，好像他指定谁是革命接班人谁就是革命接班人。见他走远，我问郭昕：

"郭昕，你尿床吗？"

郭昕骂了我一句："他是说你。"

我从路边拾起一块木炭，在李大爷家台门边的墙上写了几个大字：

"郭大不但是个瘸子而且尿床。"

我对自己用"不但……而且……"造出这个句子感到满意，我决定把这个句子写入暑假作业本。

第二天，我看到郭大拿着石灰在粉刷那个句子。刷毕，他找到我和郭昕，让我们脱了衣服，用石灰在我身上写了一个"尿"，在郭昕身上画了一张床。他得意地看着我们的身体，好像占了天大的便宜，笑得像娘儿们一样花枝乱颤。

正是夏季，学校放假了。漫长的暑假，我们整日无所事事。地震这事虽然弄得人心惶惶，却也让我们内心涌起一种身处事件中心的激动。好像革命的风暴即将来临，一切令人窒息的旧秩序将在地震中灰飞烟灭。这也是近来我热衷于读高尔基《海燕》的原因。我研究过"让暴风雨来得更猛烈些吧"的三种读法。郭昕说这三种读法都像憋了一泡屎，听起来像是肚子即将胀裂。

我们在永江泡了很久才把身上的石灰洗干净。我说：

"我改变主意了，地震来了应先把郭大震死而不是张光芒。"

我们发现灯光球场搭起了地震棚。这让我有一种怪异的感觉。天空湛蓝，烈日当空，我盼望的地震毫无迹象，可他们竟搭起地震棚来。

灯光球场不轻易开门，只有在一年一度永城各厂之间的篮球比赛期间才开门。篮球比赛通常在晚上进行，球场内的白炽大灯就会开启，整个球场被照耀得像白天一样。从远处看，球场内的灯光像西门街开出的共产主义花朵，好像人间天堂降临破败的西门街。

但现在灯光球场大门洞开，随时准备接纳逃难的人。不过夜晚那白炽灯并没有开启。灯光球场变得热闹起来。我们成群结队在一个个类似蒙古包的地震棚内钻进钻出。

我和郭昕决定在地震棚里住上一夜。我们的父母都很忙，要么加班，要么参加各种政治学习。我们不回家他们根本发现不了。我和郭昕找了一个靠近看台的地震棚躺下。我说：

　　"要是今天晚上地震，那只有我们俩活着。"

　　郭昕说："这样我们就自由了，再没人管我们了。"

　　我说："这想法不错。"

　　我们免不了畅想一番，要是整个西门街只剩我俩，或者整个永城只剩下我俩，我们会怎么样？郭昕说：

　　"我们可以找到很多金银财宝，我们会发财。"

　　"那算偷窃吗？"

　　"张光芒这样才算，我们那叫捡。"

　　我点了点头，转而又说："我还是觉得张光芒这样比较来劲。"

　　"你崇拜他？你不是想他死吗？"

　　后来，我们太困了，睡了过去。再后来，我和郭昕几乎同时被蚊子咬醒。夏天蚊子太多了，灯光球场的蚊子都是饿死鬼，我们的身体都被叮咬得起了无数的肿块，奇痒难熬。

　　就在这时，我们听到了奇怪的叫声。我们以为是地震的声音，因为声音有点儿摇摇晃晃的。不过我们马上意识到这种叫声曾在西门街的烂货郭兰英那儿听到过。我们明白这是什么叫声——在深更半夜，在地震棚，一定是有人偷偷摸摸地搞腐化。我们睡意顿消，一下子提高了警惕，阶级觉悟陡然增强。有人竟然在地震之乱时还这么胡搞。我们决定捉个现行。

　　令我们吃惊的是，压在女人身上的是郭大，只见他的瘸腿像坦克的履带那样在转动，身底下的女人随着瘸腿的转动而尖叫，就好像瘸腿成了唱机指针，那声音是唱机发出的音乐。

　　郭大意识到地震棚外有人。只见他抖动了一下，提上裤子，鬼鬼祟祟地从棚里出来，见是我们，镇定了些。我们往里望，想看清楚那女人是谁。郭大身子宽，故意挡住我们视线。我还是看到了那女人，已穿好衣，背对着我们，坐在地震棚的角落里。她不停地搔着自己的身子。我猜想，她刚才赤身裸体，一定被蚊子叮咬得够呛。

"你们想学几招是不是？"

郭大盯着我们。

我和郭昕不再去注意那女人，而是看郭大。郭大说：

"跟我来，我教你们。"

我们跟着郭大，来到郭大家。正是半夜时分，郭大母亲已睡了。郭大用热水壶把开水倒到一只脸盆里，然后把几枚硬币放入盆中。只见郭大迅速把两根手指（食指和中指）插入滚烫的水中，一眨眼的工夫，他手指从水中抽出来时，中间夹着一枚硬币。动作快得令人眼花缭乱，像在变戏法。

一会儿，沸水中的硬币悉数被夹了上来，哪怕微小的一分钱硬币都一次成功，干净利落。我突然觉得郭大像课本里的英雄人物那样，变得高大起来。

郭大神情骄傲地说："这是基本功。"

"能教教我们吗？"

"想练？"

我们使劲点头，恨不得跪下磕头拜师。

我和郭昕趁大人们在上班，开始关起门来偷偷练。比我们想象的要难得多。我们的双手差不多被沸水烫肿了。郭大说，不受点苦练不成真功夫。我们牢记郭师傅的话，被沸水烫伤了手指也要咬牙练。

间隙，我们谈到那晚郭大究竟和谁搞腐化。

我们都猜不出是谁。地震棚太暗，看不太清。后来郭昕小心地向我求证：

"你说会不会是李冬梅？"

"李冬梅？"

我吓了一跳。不是都在传张光芒喜欢李冬梅吗？郭大敢偷老大的女人吗？他不要命了？不过李冬梅做出这种事不令我们惊奇。以前西门街曾盛传王福把李家闺女肚子搞大一事。这事我不太相信，因为王福可能是"太监"，但李冬梅那阵子确实失踪过一段日子，听说去乡下流产了。总之，李冬梅"随便"可能是真的。

"我觉得像她。"郭昕说。

"你看清楚了？"

"我看见过李冬梅洗澡，动作像，身体也像。"

"偷看？"

郭昕说："哪里用偷看，她洗澡都不关窗。她骚着呢，喜欢男人看她。"

我和郭昕来到李家，看到李冬梅家的台门紧闭。

"你说李冬梅会在家吗？"

"应该在。"郭昕说，"这时候她应该在睡觉。"

"你怎么知道？"

郭昕没回答我。他带着我绕到后院，然后移开一块砖，让我往里瞧。那是李冬梅的闺房，李冬梅穿着睡衣躺在床上，两条腿雪白，像两盏白炽灯一样刺眼。

"她就在房间里洗澡，用脚桶。人整个儿坐在脚桶里，屁股很大。"郭昕说。

我为郭昕一直没告诉我这秘密而生气。我不以为意地说：

"女人都一样，屁股比男人大，因为她们要生小孩。"

郭昕严肃地点点头，好像我们正在探讨一个严肃的科学问题。

我们听到里面有人叫："两个小色鬼给我进来。"

是李冬梅懒洋洋的声音。我们吓了一跳。毕竟做贼心虚，我们本能地逃离后院。

在窜过李家台门时，李冬梅正在台门口等着我们。她说：

"站住。"

她拦住了我们。

"刚才是你们？"

我观察李冬梅的脸色，似乎并没有不高兴，相反一副很欣赏我们的样子。我们倒想看看李冬梅想干什么。我们保持着警觉，随时准备逃跑。

李冬梅一脸灿烂的笑，向我们招手。我们跟着她进了台门，然后来到她的卧室。卧室相当简单，是楼梯间。楼梯下面及墙壁上都糊上了报纸，我看到有一张报纸上面有一斗大的标题：《翻案不得人心！》。

在那糊着报纸的墙上，还贴着芭蕾舞电影《红色娘子军》的年画。我家里也有。剧中的吴琼花穿着短裤，身材修长，是我当年见过的最美的女性身体。有一次我还偷偷亲过吴琼花的身体。

"这个动作我也会。"

李冬梅忽然劈开腿，一腿上翘，脚尖绷直。李冬梅穿着睡裤，红色的，上面有白色碎花。她的腿正对着我，我透过裤管，看到她的肌肤雪白，心里热了一下。我想起那天在郭大身下那双上翘的紧绷的腿，觉得郭昕说得没错，那天可能真的是李冬梅。

郭昕打开了李冬梅的一只抽屉。里面有一块手表。郭昕拿了出来，嚷道：

"哇，上海牌表。"

我们都知道上海牌表，说里面装着21颗红宝石，号称21钻。这表当年相当名贵，属紧俏商品，一般人买不起，即使买得起也买不到，得凭票。据说表票只发到行政十一级干部。

李冬梅有点急，她扑到郭昕身上抢表。

"张光芒戴过这表，是他送你的吗？"

"小孩子别管这种闲事。"

郭昕意犹未尽地把表放入抽屉。李冬梅迅速把抽屉往里推，郭昕的手指被夹住了，他啊地叫了一声，抽出手来时，中指夹出了血丝。李冬梅用嘴在郭昕的指上吹了几口气。

"怎么可以随便翻别人的东西？"李冬梅抱怨。

"他们都说张光芒把你睡了。"郭昕说。

"胡说，张光芒很害羞的，他都不会碰一下我的手。"

"那你爷爷为什么拿水泼他？"

"我爷爷听了谗言。"

李冬梅显然不愿多谈这事，她转了话题：

"听说你们跟郭大在学偷技？"

我们就笑了起来。

"怎么样？"

"没问题。"

"真的？"

"真的。"

李冬梅不信，她拿来热水瓶把水倒入脸盆里，放入两枚五分硬币。

"你们把它们夹出来。要是夹出来就归你们。"

一角钱。可以买四支棒冰。这对我们来说是天大的诱惑。先是郭昕试。

"郭大是不是很厉害？"郭昕一边试一边说。

"什么很厉害？"

"那事儿。"

"你们这两个小流氓。"李冬梅意识到郭昕在说什么，一下子变得轻浮起来。

郭昕没有成功。他的右手刚才被夹了，所以一入沸水就痛得喊爹叫娘，如那晚地震棚里叫床的女人。

我也试了一下。令我吃惊的是我竟然成功了。这是我练习此法以来第一次成功。

李冬梅赞叹道："看来你是个天才。"

她在我脸上亲了一口。脸上那滑腻腻的味道，在后来的两三天里没有消失过。

我和郭昕迷上了练偷技。往往是在午后，大人们都去上班了，我们就烧沸了水，把水倒入脸盆。沸水下的硬币明晃晃的，发出安静的光芒，充满诱惑力，好像水里面那个圆形的东西是李冬梅的屁股。我在李冬梅那儿成功地夹起过硬币两次，但不知怎么的，这会儿又不灵了。我相当沮丧。

郭昕的手即使被抽屉夹肿了，他还是坚持练。我都有点同情他，我说：

"郭昕，你这样手会不会煮熟啊？我都闻到香喷喷的肉味了。"

"不会。"郭昕相当自信。

一会儿，他又说："我爷爷新中国成立前吃过人肉，他说人肉的味道有点甜。"

听了这话，我都被恶心到了，酸水直往上冒。我说：

"求你，别说这个了。"

郭昕的表情一下子变得十分神秘，他说：

"知道郭大为什么教我们吗？"

我摇了摇头。

"你想想，好好想想。"

我最讨厌郭昕来这套，什么事都要卖关子。我说：

"他大概发现我在这事上有点儿天赋。"

"不是，郭大不是伯乐，你也不是千里马。郭大是害怕了。"

"怕什么？"

"怕张光芒。郭大这是在封我们的口。"

我想了想觉得有理，但又觉得郭大似乎胆子没那么大。我问：

"你那晚真的看清楚了吗？"

郭昕感到奇怪地看了我一眼，冷冷地说："你为什么把李冬梅想得那么纯洁？是不是李冬梅亲了你一口，你爱上了她？"

"你他妈才爱上了李冬梅，每天还偷看人家洗澡。"

郭昕被呛着了。

这时，张光芒出现在我家的门口。光线打在他的背上，我们能看清他手臂上的那条龙，但看不清他脸上的表情。不过我猜想他的表情很难看，脸上大概像阴影那么黑。他说：

"你俩刚才在说我坏话？"

我和郭昕不自觉地用身子挡着盛满沸水的脸盆，不让张光芒看见。我们清楚张光芒容不得孩子学坏。

张光芒好像早已掌握了我们的秘密，他把双手伸在我和郭昕中间，拨开我俩。那盛满沸水的热气腾腾的脸盆出现在他面前，他仿佛不怕烫，伸手从沸水中捡拾起三枚硬币，对着门外的光线端详着，好像三枚硬币是三块金子。他背对着我们问：

"郭大教你们的？"

郭昕一脸媚笑，使劲摇头，说：

"不，我们自个儿学的。"

"你俩不学好。"张光芒转过头来。

我看清了他的双眼，眼中有刀子，锋利地从眼睛里伸出来，好像随时要把我俩削了。

"听说你俩还偷看女人洗澡？"

我看了郭昕一眼。我知道我这小动作很不地道，其实在向张光芒暗示这事是郭昕干的。

"没有。"郭昕抵赖。

"小子，西门街的事，我都知道，逃不过我的眼。"张光芒说。

我们不再吭声。

张光芒用手按住脸盆的边沿，动作很轻。沸水从他的手指上流了下来。有几滴从地上溅起来，击中我的脸，我脸上像被芒刺扎中，火辣辣地痛。

脸盆的水倒完后，张光芒一手一个，把我们提起来说：

"你们别跟郭大练这个，再让我看见会宰了你们。"

他把我俩扔在地上。我的身子落在一条小板凳上，硌得骨头都痛。我想起那天这家伙把我从汽车上扔出来，恨得牙痒痒。我因此再次改变愿望，要是地震来，我希望最先震死的还是张光芒。

见张光芒走远，我说：

"他以为他是谁？他一个强盗倒管得像警察一样宽。"

我们垂头丧气地来到灯光球场。

我和郭昕爬上灯光球场更衣室的屋顶，那是一个露天平台，用水泥浇筑而成。我们在上面发现一个气球模样的东西，郭昕很内行地说是避孕套。我想起有一天看到李冬梅从屋顶上爬下来，也许这东西就是这娘儿们留下的。

我抬头看了看天空。天空云层奇特，布满了鱼鳞片状的云块。天也热得要命，空气一动不动，好像盛夏提前来临了。

"你说地震是不是真的要来了？"郭昕问。

我听到远处出现狗叫声。也许狗一直在叫，但这会儿听起来格外刺耳，好像狗儿被注入了某种令它疯狂的药物，变得歇斯底里起来。

"也许。"我说。

那天黄昏下起了瓢泼大雨。天地变色，巨大的鳞片云层的颜色变得越来越深，最后成了绛紫色，十分可怕，就像一只受惊的恶兽露出了狰狞的面目。街区的狗变得越发疯狂，所有的狗都叫声凄厉，上蹿下跳。我们真正领略了"狗急跳墙"这个成语的情状。蚂蚁搬家，鸡从鸡窝里飞出来，飞到院子的树上。不久前，陈庆茹阿姨组织街区居民看过关于地震的宣传片，我们都知道这是地震的先兆。大家开始往灯光球场搬。

西门街——不，整个永城都停电了。停电看起来比暴雨更可怕。黑暗是如此深不可测，仿佛每个人都掉进了深渊。西门街的居民开始往灯光球场的地震棚聚集，等待地震的到来。灯光球场也没电了，球场的发电机年久失修，怎么也发动不起来，那巨大的白炽灯暗淡无光。

张光芒带着他的手下把西门街的老人们都接到了灯光球场。有的老年人年岁大得走不动，张光芒一伙便背着他们转移。他们让老人们住最好的帐篷，就是球场中心的位置，那儿即使球场看台震倒也没有危险。张光芒把原本住在里面的人赶走，原住下的人虽然不服气，但迫于张光芒淫威，只好搬走。

我们家就是被驱赶的家庭之一。我觉得张光芒这么做非常过分。我爸在酒厂是工会干部，也算是个有头有脸的人物。看着我爸忍气吞声的样子，我非常瞧不起他。

晚上，张光芒的手下都穿着雨衣，冒着瓢泼大雨和滚滚雷鸣往看台下的更衣室涌。我知道有事儿，和郭昕挤了进去。里面漆黑一团，只有更衣室墙上挂着一盏油灯，发出微茫的光。张光芒坐在油灯下面，张光芒的边上站着郭大。他的脚一高一低，使他看起来左右肩膀严重倾斜。郭大看上去脸色苍白。

只见张光芒使了个眼色，有两个人上前，把郭大按住，放在刀案上。其中一个人拿出一把匕首，割郭大右手的食指和中指。也许是郭大手指的骨头不易切割，好久，两个手指才被割下来。整个过程郭大没喊一声。

我看到血液从断指处汹涌而出，恍似喷泉。郭大似乎并没在意，他冷静地从地上捡起两个指头放入口袋。

张光芒环视了一下四周，对手下人说：

"郭大破坏了家法，擅自收小孩做学徒。谁坏了家规谁就是这个下场。"

我和郭昕不敢再看下去。我担心张光芒发现我们在场会把我们的手也剁了。我左手紧握着右手，向外逃窜。

这个夜晚，地震并没有来。第二天早上，暴雨突然停止，天放晴了。大家都没回家，好像他们在地震棚里找到了意想不到的乐趣。当然，外在的原因是街道干部不让大家回去，怕有不测；再说家什都搬了出来，万一今晚又狂风暴雨，搬来搬去实在麻烦。都想见机行事。

我们从灯光球场溜出来，看到郭大正坐在西门桥边上，他的右手缠着纱布，纱布上渗满了血，他的左手心里放着他那两个手指。在清晨的阳光下，郭大的脸上布满了疑惑，好像他手中的那两个指头就如这世道，让人看不明白。我们满怀同情地过去，坐在他面前。我说：

"是我们害了你。"

"同你们没关系。"郭大说。

但我还是觉得和我们有关系。我说：

"还能干活儿吗？"

"什么？"郭大的目光刺向我。

"我是说……你的左手还……"我瞥了他一眼，"还……可以从沸水中夹出硬币吗？"

郭大的脸一下子黑了，他狠狠地把那两个手指砸到我脸上。我的脸被砸得火辣辣地疼，就好像手指上的指甲在脸上锋利地划了一道。

我从地上捡起两个手指，想起这两个灵巧的手指曾那么出神入化，我想，要是这两个指头接在我手上，我是不是会变成神偷？

郭大见我发愣，一把从我手里夺走那两个指头，放入口袋，走了。他的背影是怒气冲冲的。

"他的手指还可以接上去吗？"郭昕问。

"接上去也不会那么灵活了。"我说。

郭昕看了看天空。天空晴好。郭昕问：

"地震还会来吗？"

"我不知道。"

"你还希望地震来吗？"

"我不知道。"

李冬梅从灯光球场出来。一会儿，她来到我们跟前，问我们郭大去哪里了。我说：

"你找他干吗？"

李冬梅说："郭大的手指真的被割掉了？"

"岂止是手指，他们还割了郭大的命根子。"郭昕说。

李冬梅白了我们一眼，扭着屁股向西门桥走去。她大概找郭大去了。看来郭昕说得没错，那晚郭大身下真的是李冬梅。

我对李冬梅看上郭大感到不可思议。我在脑子里过了一遍和李冬梅有关的男人，似乎都有残缺，马哲是个酒鬼，左眼快瞎了，而王福睾丸肿得像气球，据说已是"太监"……这样一想，我觉得李冬梅喜欢郭大也不值得大惊小怪了，也许李冬梅就喜欢残缺不全的身体。

晚上又下起了暴雨。开始来势凶猛，后来雨突然停了，夜晚的天空慢慢明亮起来，令人想起某个雪夜。夜空中竟然有一层少见的紫蓝色光晕。

瞬间降临的宁静让我明白地震应该不会再来了。

这天晚上，人们不再担心家园的安全。他们打算好好睡一觉，明天一早就杀回西门街。整个灯光球场犹如一个巨大的摇篮，睡梦中的人们脸上呈现初生婴儿般的安详，充满了满足感和幸福感。

半夜时分，灯光球场的大灯突然亮了。那巨大的白炽灯射向更衣室上面的平台。人们最初以为天亮了，纷纷从地震棚里钻出来。他们被那白炽灯刺痛了双眼，眯着眼望向灯光的尽头。

我也从地震棚里钻了出来。我看到在雪亮的灯光下，一对男女在更衣室上面的水泥平台上赤身裸体地纠缠在一起，雪白的肌肤十分耀眼。白炽灯的照射让两人惊慌，两人蜷缩成一团。但灯光一下子熄灭了，刚才所见犹如惊鸿一瞥。

虽然没看得太真切，但人们都明白发生了什么事。无论如何这种行为在当年都绝对是禁忌，简直是大逆不道。

有人高叫了一声："不准耍流氓，抓住他们。"

张光芒的手下迅速爬上屋顶。一会儿，一个男人被反扭着手臂，从屋顶拖了下来，架到篮球架下。我和郭昕挤到前面，一眼认出那人是郭大。

"怎么只有一个人？"郭昕问。

我也疑惑。我问：

"你认出女流氓了吗？是不是李冬梅？"

我本能地回头在围观的人群中寻找李冬梅。人群黑压压地聚在一起。

灯光球场的白炽灯再次亮了起来。只见郭大被赤身裸体倒挂在了篮球架上。由于白炽灯是从背面打在郭大身上，我看不清郭大脸上的表情。

张光芒和他的手下这时已站在大灯的对面，看着这具肉体。

我心跳如擂鼓，好像地震正从沉睡的地底下滚滚而来。

这时郭昕让我看张光芒手中的手表，是那块上海牌手表。一会儿，他利用手表上大灯的反光照射郭大的身体。那反光先在郭大的腹部停了片刻，然后移到了郭大的下身。郭大那两颗睾丸和粗壮的阴茎倔强地倒挂着。当手表的反光移到郭大脸上时，我看到郭大的脸上呈现的不是痛苦，而是神秘的微笑。

原载《野草》2024年第4期

时髦灰姑娘

徐皓峰

一

一九五五年二月，伦敦破获一个他国情报据点，未抓到人，有份未烧尽的电报底稿。月底，香港五人被拘，涉嫌接收伦敦密电。其中一人叫陈识，抓捕地点在律师何镜如家，当时陈识正在教何镜如女儿何思思打木人桩，他是位拳师。

只有付较高学费，拳师才会去学生家教授。陈识有自己的拳馆，事发突然，即刻被带走，拳馆托付何思思，名义为代理馆长，别提受拘捕，怕学员忌讳不再来，拳馆就散了。

"那我说什么？"

"编吧。"

"代理馆长，您给个凭证。"

眼前局势下，留任何东西，即便是写几个字，都会被怀疑传递暗语。

陈识："空口说吧。"

拳馆已搜过，没有发报机，毫无情报行为迹象，评估为掩盖身份之用，最多是其组织派新人来港的最初接头点。恢复室内原样，派位便衣在附近监视。拳馆九十平方米，木板隔出八平方米为陈识卧室，生活用品有限，一览无余，也可说一贫如洗。

陈识外出，钥匙会留给租户互助会张姐，由一位能给新生做示范的老学员负责开门锁门，放学员们进来练功。白天没人来，生源全是劳工阶层，要上班。

拳馆在贫民窟，一路恶臭，何思思后悔吃了晚饭。陈识教的拳术传自乘船流浪演出的戏班，演出招流氓，戏子得会打，戏子多聪明人，打多了酿成绝技。

甲板狭隘，挪到陆上练，不占地儿的特质保留下来，练功不是原地不动，便是围着根木桩打。馆内小二十人，密密麻麻，何思思忍着眼晕，宣布师傅遇上紧事，状况不明、归期不知，自己为代理馆长。

没人知道她。

拳馆弟子和登门教授的弟子，学费差距大，师傅不让两者认识。何思思说师傅冬天御寒，有条西班牙绒毯，那是她三个月前送的，讲出花色。

学员们说师傅就这一件值钱东西，远近闻名，一打听就能知道，没法证明你身份。见有木人桩，何思思说我打几下吧，拳假不了。

木人桩共八节，属于高阶课目，仅负责开门锁门的老学员一人学全，其他都停滞在第四节，师傅说不练到质的飞跃，不能往下学。练得旷日持久，不少人已超过两年。问何思思学到哪儿，回答第八节；问学了多久，回答一月教完。

学员们哗然，对师傅的区别对待愤愤不平。锁门老学员哈哈笑，说你们眼瞎呀，这些个是富家仔、娇小姐，吃不了苦，哄他们练武，可不得怎么有趣怎么来嘛，师傅活得够苦了，你们就容师傅骗点钱吧。

大家释然，起哄叫何思思从第五节开始练，锁门老学员喝止，叫打前四节。何思思打了，跟拳馆教的招数一致，多出细节。大家练功久，能看出不是糊弄外行胡编的花招，更吃功夫，攻击性更强。

锁门老学员："这些普通，要显出师傅特色，得看第四节以后。"

何思思听话，打到第八节。

众人傻眼，锁门老学员请她去一楼的租户互助会张姐那儿坐坐，容他们商量商量。没多久，最多一刻钟，把她请上来。

锁门老学员硬说她是骗子："所打木人桩技艺不真，可以和我动手，真假一试便知。"何思思："你们这儿有什么能让我骗的？"锁门老学员："要能知道骗子想骗什么，就没人受骗了。"

何思思："打！"

除了跟陈识对打，她没打过架，从小到大都没。上街有用人陪着，父亲是大律师，学校忌惮，有坏学生稍显欺负她的意图，老师即安排更坏的学生震慑。

纯粹是给气得，发小姐脾气。

一打便结束，锁门老学员用第三节的第五个动作，击中她腹。她眼睛看到，防不住。第一次挨打，疼得新鲜，趴地不敢起。过去六七分钟，锁门老学员慌了，说："我留着手劲，肯定打不坏你，你是富家小姐，别学底层流氓讹钱，我可没钱。"

其余学员帮腔，说别装啦，我们一个个都没钱，你一点油水刮不到。何思思起身指向挂在木人桩上的碧绿女士手包："我有钱，你们叫救护车吧。"说完趴下。

贫民窟路况差，救护车开不进，护士抬担架进来，得走小两千米，耽误时间。约了车，得提前把人送出去，老人容易跌伤，租户互助会备有担架。七手八脚抬何思思下楼，楼梯转弯处求稳难，有学员问："还痛吗？是不是好点？"

想暗示她下担架，走两步。

何思思说挨拳在脾区，她有经验，小学开足球课，体育老师一脚球闷在一个男生身上，男生没脾了——脾跟橘子般软，破裂缝不上，只能摘除。学员话没了，动作加倍小心。

到医院检查，挨拳处不在脾区，在肝区。肝没事，开了些保健药。何思思不甘，请医生再查查，说打她的是习武人，拳头有后劲，现在没事，三五天后发作，能死人。锁门老学员大叫自己没练出后劲。医生说既然三五天发作，那就三五天再来吧。

小二十个学员，救护车挤不进，仅两位跟来医院，是锁门老学员和一个精壮小伙子，随车医生见他俩抬得好，说别换担架换人手了，车内担架就没打开。出医院，人要散，何思思喊住他俩，说付了车费诊费，钱包里还有钱，想请吃夜宵，慰劳他俩。

锁门老学员表示，你大小姐，我们苦劳工，吃不到一块儿，您计划花多少钱请客，直接给钱最好。何思思说了数，小伙惊呼给多了。何思思说就是给多了，因为还要你俩办件事——用担架把她抬回家。

锁门老学员："还疼啊？这钱不能收，该是我负责。"

她说其实从拳馆抬到二楼楼梯拐角，就不疼了，但看你们吆喝，前后搭手地转担架，干活儿干得太好看了，想多看看，就没打断。

老学员问什么意思，拿钱耍人？

她说绝无你想的意思，别想啦，我给钱是为了不解释。小伙子帮腔，说咱俩干活儿拿钱，没吃亏，小姐出钱，没亏心。

老学员说也对，打开担架。

路远。

她家院有草坪，凹字形三面连体楼，二层高。

上楼梯时，用人离得远了些，老学员用仅何思思能听见的音量，嘀咕句

"你得原谅我"。以她这家底，没必要行骗，拳馆里说她是骗子，为维护师傅，陈识教她的比拳馆里精细，没法向学员们交代。

担架抬入她房，两人就走了。

惊动了管家，没惊来父亲。

父亲回家少，前几日因小儿子染病，赶回来住。何思思是长女，母亲病逝，父亲续弦生了两子。她跟继母关系不佳，平日不一起吃饭，父亲回来跟继母吃，不叫她来。今晚便如此，她一人吃过，呵斥用人，叫他别跟着，去了拳馆。

被担架抬回来，父亲也没来。管家说，你小弟弟的病，怕是新一轮流行的朝鲜感冒，刚四处喷杀菌剂，父亲认为有隔离必要，一家人少碰面，叫她在西侧楼待着，别往东边去。

三个月前，她生日，父亲正好在家，想起来，给个红包，说让自己买礼物，晚餐到书房吃。案头工作紧时，父亲一人书房吃。生日，得到陪着吃顿饭，这个生日值了。

仅她和父亲，她很高兴。父亲话不多，预留的用餐时长为三十分钟，到点后让她走。她五岁生日，还没有弟弟，父亲没这么有钱，她生母还在，父亲在欧洲进修法律，携母女俩游巴塞罗那，挑中条当地绒毯做生日礼物。临出门她问："您还记得五岁生日送我什么吗？"

父亲说："忙，别聊了。"

她出去，次日陈师傅登门教拳，绒毯送给了他。

二

没再去拳馆，何思思病了。听说父亲也病倒，同为感染者，该不用设防隔离，她想去看望。管家传话，父亲说她想法错了，医学上叫交叉感染，更糟糕，你在西边老实待着，所有人都好利索了，再说吧。

五日后，何思思退烧，父亲在前一日退烧，已离家。

第八日，她体力恢复，想起自己是代理馆长，一阵烦，代理什么，师傅也没说清。管家敲门，说："师傅来了，在往日练功的楼后花园等你。"

八日调查，陈识解除了间谍嫌疑，上午释放，公共浴池洗了个澡，没回拳馆，先到她这儿。何思思有愧，说自己只去了一天，拳馆什么样了，实在不知道。

陈识还是和气样，说："你给我讲讲这一天吧。"

何思思自责："给您露了底，登门外教比拳馆里教的高明，学员们知道了。多大麻烦？您不好收拾吧。"

陈识表情淡，似是笑意。何思思有疑问，说："想不明白，高的为什么打不过低的，一动手，我就趴下啦。"

陈识说："拳技是拳技，身手是身手。拳馆学员都是底层人，生来受欺压，躲不开坏邻居、坏哥们、坏老板，从小要打架，拳技比你糙，反应比你快，你不挨打，没天理。但你不用像他们花那么多时间磨身手，你补点身手，拳技的优势就显出来了，他们打不过你。"

似乎有理，没太听懂，何思思说："您给补点身手。"话出口，又忙问，"您刚放出来，是不是急着回拳馆？"陈识说："拳馆事不大，我来一趟，是要上课的。"

还是以前的对练模式，陈识手快了些，快些就不同，何思思还不上手，每下都挨打。她康复了，还未有能习武的体能，汗湿衣衫，洗过一样。陈识叫停，说："怎么虚成这样？年轻人少熬夜。"

她没交代刚病过。陈识说："你今天练不成了。"聊聊拳理，未完课时便告辞。

隔两日，又是课时。陈识来了，再次请她做代理馆长。她叫："代理什么，这回您得说清楚。"陈识要离开香港，如果一月不回，不用续房租，让何思思主持关闭拳馆，把练功器械、家具给几位老学员分了。

递上个名单，写清分的东西，何思思看到有自己名字，分的东西是西班牙绒毯。她送的东西还她，惊得叫："您是遇上大事了吧，出行的钱够不够？不够叫我爸给。"

陈识说："够用，多亏了你，你在拳馆露了登门外教的内容。拳技和身手是两回事，学员们多是打架老油条，也知道。没怪我吝技，反省后觉得是他们做人不到位，把拖欠的学费补上了，我现在很有钱。"

拳馆里，只有新人交学费，来了半年以上的老学员仗着跟师傅熟了，或觉得介绍新生来，就等于自己交了。

何思思："呵，您够不容易的。"转念说："上次让我当代理馆长，是算好我会露底吧？"

陈识笑，终于承认。以间谍嫌疑受拘捕，他第一念就是误会了，于是随机应变，没这理由，大小姐不会去贫民窟。

何思思："第一念就是搞错了，除了自信清白，还得对间谍行当很熟，才会不当回事，有闲心谋划别的。"

慌张一闪即逝，陈识感叹："以你这脑子，学拳能学出来。"

装作是分析出来的，其实是听父亲讲。抗日战争期间，陈识在广东的家因豪门豪院，被日军征用，全家空手给赶出，一日成赤贫。当地抗日地下组织，有人是陈识的中学同学，手握发展情报人员的经费，让陈识占个名额，每月发工资，保证全家温饱。拿钱须办事，曾去山区接受培训，被重庆下来的教官认为人聪明，粗心大意的少爷秉性可要了命，贸然安排他任务，会造成组织损失。

是聘陈识来做家教前，父亲跟她当笑话谈的，不知真假。

真的是，父亲也是陈识中学同学，当时广东富户子弟为受全英文教育，流行来香港上中学。战乱过后，他们人到中年，聚在香港的人里半数落魄，几个境遇好的同学发起成立同学互助会。

父亲聘陈识教女儿，是互助会撮合的。上学时两人不熟，中年再见，成互助关系，父亲怕尴尬，逢陈识上门，基本回避。陈识也是，不嫌父亲失礼，见不着更自在。

想引陈识讲当年经历，陈识没接话茬。何思思再逗："刚放出来两日，就要离港。这事蹊跷，我都怀疑您真是个间谍。"

"漏网之鱼，赶紧逃？"陈识笑好久，"我妻子小孩还在老家。"放出来，拳馆有封广东来信，要他回去一趟，看事情大小，或许就留下了。

何思思不再逗乐，有些伤感："你走了，谁给我补身手？"

陈识："拳技可以教，身手得自己打出来。"

"找谁打？"

"天会安排。"

一个月后，陈识没回来，何思思垫付一月租金。锁门老学员感谢，说其实大家学得也够了，可以自己练，但还是来这，大伙儿聚着练，心里感觉不一样，似乎长功夫更快。

何思思说怎么会，这么大点地方，眼瞅着你们是相互干扰。激得锁门老学员难过，说你不懂。

一个月过完，陈识还没回来。何思思关闭拳馆，让几位老学员去家具厂领取练功器械和家具摆设，全部新品，陈识名单上写了什么，他们就能领到什么。老学员感谢师傅情义，问屋里旧的怎么办。

何思思说师傅另有安排。

过了十来日，有学员怀旧，溜达回来看一眼，并没住进新户，锁着门，拳馆招牌没摘。问租户互助会张姐，说是何小姐续交了一季租金。

一季是仨月，为何锁上闲置，不让我们用？

学员们聚集商议，开锁老学员总结："有钱人的想法，我们很难懂。何小姐对我说过句话，我印象很深——别想了。咱们别想了。"

<h1 style="text-align:center">三</h1>

拳馆维持原样，包括盆花。

何思思隔几天来浇花，有时来了即走，有时对着搁在床头的绒毯说话，坐一下午。一日来了，对床头绒毯说："师傅，您话对，天安排了。"

香港的游泳馆都设在酒店内。一家新开酒店送给她家几张游泳卡，男女共泳是禁忌，每周有一日为女士专场。为避免流氓骚扰，女士场时，会聘拳师守门。不是开拳馆的师傅，是当打之年的小伙子。

守门人气质打眼，没读过书，但狠人内敛，显得有文化。何思思认为陈识年轻时该是他的样子，向酒店经理询问他的背景，在酒店餐厅请他吃饭。

他叫周家勇，说的并不比经理多，来自小岛渔村，为防海盗，渔民代代都能打，从广东流行的两三种拳里摘出十个招，创出新拳，称为"三七手"——三加七等于十，易练易使。

何思思介绍，自己练的拳传自乘船流浪演出的戏班，咱俩的拳都来自水上。周家勇说："这个近乎套不上，您那是戏子，我这是渔民，大家脑子不一样，发明的东西也不同。"

何思思被逗笑，觉得他耿直，说我喜欢你这人，表示自己拳技学全，要补身手，聘你来对打，价格你提。周家勇说："聘可以，钱给够就行，但你们富家小姐，喜欢人的话是可以随便说的吗？"

我喜欢你这人——是跟父亲学的，对雇员、下级、晚辈这么说，表示对其人品和工作能力的认可。

何思思没解释："我就喜欢你这人，怎么啦？"

周家勇脸大红："千万、千万别这么说，再这么说，我不好挣你钱了。"

回到家，临睡前脑子控制不住复显他说话的神色，何思思担心延续到梦里，那样会半夜笑醒。

用餐后，酒店经理约谈周家勇，说酒店业流传着富豪女儿看上泊车员、餐厅侍者、行李员的传闻，只要小伙子长得精神，就会阶级跃升，"我告诉你，这种事从未发生，一件都没有，是酒店老员工编来逗新员工的，你不要受误导"。

周家勇回答："我只为挣钱，挣钱给女友花，您知道是谁。"

经理结束谈话，说："我喜欢你这人。"

周家勇的女友，是酒店中餐厅大厨的女儿。大厨名气招客，经理亦给面子。女儿是大厨助手，没练出厨艺，负责购食材。周家勇脱离渔村，来酒店先是做清洁工，干了一周，大胆应聘从大厅送客人去房间的行李员，被部门长评为"长得不错，可以见人"。他接触到客人，拿小费，觉得达到人生顶峰。

顶峰之上还有顶峰。行李员都是帅小伙，餐厅女侍者们听说来了新人，一起哄去大厅观望，回来都说特别精神，超过之前。

大厨女儿也去看，回来跟大厨说，我喜欢上这个人。大厨也去了，回来说："咱们潮州老家的男人漂亮成这样的多了，你是在香港见得少。在老家，脸这样的男人没人要，女人见了就躲，这是薄情相，害老婆的货，女儿你别糊涂。"

女儿回答："我就犯糊涂啦。"

大厨无奈，求经理将周家勇调进厨房，给女儿当购食材的跟班，说我让你接触，是为了让你明白这种人不能接触。女儿觉悟差，接触上了，就离不开。

酒店闲房多，听闻两人常约会，已有男女之实。大厨怕人说闲话，让他俩先订婚，嫌食材采购员的身份低了点，教他厨艺。他比女儿聪明些，仍是没有厨艺天赋。大厨无奈，问："你除了会撒网捕鱼，还有什么本领吗？"

他打了套拳。

惊了大厨，说："难怪你在人堆里扎眼，是个高手哇。"

酒店保安地位高，大厨求经理，给孩子弄个保安轮班的小组长当，订婚仪式上有面子。经理为难，保安技能近乎警察，是多面手，你准女婿光会打套拳，难以服众啊。终还是经不住磨，放他看泳池女场，之后再找借口升职。

女场一周仅一天，为维持他保安身份，大厨不再让他帮忙采购食材，闲天多，他接了何思思的活儿。听介绍是大律师女儿，大厨父女都觉得有面子。

周家勇不解："富家女有名校上，学校里羽毛球、排球等西方时髦玩意儿多，干吗看上底层人玩的拳呢？"

大厨笑，说："你见识浅了吧，前些年香港大火的美国电影《灰姑娘》，把这事说明白了，穷人才向往时髦，富家公子小姐对时髦早腻了，他们的时髦，是跟底层玩，所以脏脸姑娘吸引王子、公主爱上穷小子。"

大厨女儿吓一跳。

大厨注意到，知道她想什么，瞄了眼周家勇，说："没事，家勇不入何小姐法眼，他长得像家境好的孩子，不够穷苦相。何小姐习武，应是另一种情况——富人家孩子都习武，甚至是祖训，因为钱不是好来的，仇家多。何小姐当律师的爹，亏心事应做了不少。"

仇家真寻来了，习武也没用，能寻来就是全算计好了，一定能报复你。但富豪家还是执着于让孩子习武，是以防万一，万一能用上，不就捡条命吗？

周家勇感叹，何小姐因家里孳债，学习干扰了。

大厨笑："你个没上过学的人，还替他们愁上了？平民孩子上名校，才努力学，富人孩子上名校是不上课的，常年旷课四处玩，照样毕业有文凭，找好工作，因为名校有他家股份，好工作是他家公司的。"

女儿问："何小姐雇你，练什么？"

没说对打，说是要学他那套三七手，一个示范一个学样，没身体接触。

他说到身体接触，女儿方想到，顿时敏感，说毕竟是女生。大厨笑："说咱家是不穷，人家是富豪，用人至少十五六个，人前人后都是眼，你真想多了。"

富豪办家宴，一般是家用厨师，也会聘酒楼的厨师来，大厨受聘，女儿随着见识过，信了。

对练，在陈识武馆。

进贫民窟，周家勇没想到；仅她和他二人，亦没想到。香港的春季，女子衣服已薄，何思思说对打别打脸，身上可以打。

他十五岁经的人事，妓女不定期来渔村，村里也有收钱给睡的寡妇。跟大厨女儿第一次购食材，她蹲下看鱼盆，起身时，他摸了她腰一把。她带他去酒店闲房，进门后是他主动，她软得要休克，说从没人这样对过她——

何思思取出一堆牛皮物件，陈识教她对练时，拿去她家的，增收了学费。她说她师傅是文化人，心思活跃，发明了护具，胫骨、小臂骨、肋骨、锁骨最容易断。

他说这些地方我都断过。她心疼，唉了声。

肋骨、锁骨的护具是一整片，从肩披下，将前胸、胃部也蔽住。她说这里面积大，不好防，不多挨几下，防范意识起不来，你多打。

似休克的窒息感觉，约会到第四次不再有，大厨女儿高兴，说原以为自己不顶用——周家勇猛醒，回到现实，两套护具，何思思叫他也穿一套，说自己会还手。

他收着劲，歇歇打打，打过两小时，她说她再打不动了，今天结束。卸护具，得互助，摘下她前身甲片，冒出股热。他忍住，告辞。

之后三天，天天打，第四天、第五天休息，她说累，第六天开始，又打了四天，他已不需要收劲，她总能打上他。他赞她厉害，她不以为意，说拳好。突然上来股狠劲，他急踹一脚，将她放倒。

她一时起不来，他没上前，由她爬起。没像在鱼档扶大厨女儿般扶她腰一把，不后悔，为能控制住不扶，而佩服自己。

又打了两天，她说明天休息，家里办同学聚会，请他也来，不用西装，草地午餐，大家穿得都随便。

草地午餐，没想到父亲会回家，不少同学的父母他认识，过来说了会儿话，作为家长表达友好。没见过周家勇，问谁家孩子，周家勇说是小姐雇员，南丫岛人。不料勾出父亲话题，对周家勇格外亲近。

父亲在伦敦拿的法律学位，之前在香港大学没上完，二年级辍学，受左翼思潮影响，跑到南丫岛改造底层民生。南丫岛是个连杂货店都没有的地方，他开了杂货店，不断向政府写申请信，引入邮差送报纸、拉线设公用电话。耗去半年光阴，扛不过家里责难，去了伦敦。

未完成理想，学成归来后，再没去南丫岛，怕看了伤心。

有同学敬酒，说叔叔佩服您。父亲问周家勇，杂货店还在吗，当年是选了位村民接手。周家勇说杂货店没了，小时候听说，村人总赊账，经营不下去，送报纸和设公用电话是政府负责的，还有。

父亲说回家是取文件，有一事要应急，离开后，有同学说叔叔难过了。

之后拳馆里对打，周家勇几乎不说话，沉着脸，不知有什么心事。

四

轮到泳池女场的一天，何思思找同学玩，周家勇回酒店当班，丢掉了工作。

一个醉酒洋人闯女场，门口打了周家勇。挨打，因为不敢还手，等缓过来，见洋人追得女生在泳池边乱跑。他冲入，打得洋人满脸血。

洋人捂嘴往外跑，血滴胸前，面积大，看着严重。大厅里洋人多，见了，喧嚣成大事。醉酒洋人不是住客，登记本上无此人，那就是来二楼就餐的食客，但餐厅侍者说没见过，咖啡厅、酒吧、雪茄吧、会议室等散客场所的侍者也没见过。

虽然人不知哪儿来的，迫于影响，经理还是开除了周家勇。

大厨在家设宴请他，他以为见自己没了前途，要取消订婚事，好说好散。坐上饭桌，先得个红包。敢打洋人，大厨赞赏，说自己在各行各业都有朋友，拿钱带女儿玩十天，见喜欢东西就买，体面体面，十天过后，你准有新工作。

周家勇当晚醉了。

次日，大厨女儿找不见他。留了封信，说对城市失望，回家乡当渔民，更适合自己，红包拿走了，来生再报。女儿要死要活，怨他志气小。大厨说哭个没够，你是打算不找他啦？这小伙子是好汉，别错过。

女儿去了南丫岛。

周家勇陪她吃饭，让她在家住，晚上他消失，不知睡在村子谁家。第二天没露面，让个村里哥儿们给她带话，他是不会回城了，家你随便住，想清楚，这辈子要不要过这种日子。

房子是石头垒的，枪子打不透。窗口小得像射击的枪眼，白天半个屋子黑如夜。地面撒了灰，仍掩不住海腥味。周家勇父亲是闷酒鬼，不撒酒疯，总睡着；母亲老得说不清话，咿咿呀呀地一直说。

待了两天，女儿走了，随身钱留给他爹妈。

在陈识拳馆，等不来周家勇，何思思去酒店问，周末寻来南丫岛，路边见到个杂货店，店主是周家勇。何思思感叹："你有金子般的心。"

背来了护具，对打一下午。乘船不便，计划是来一趟打两天。杂货店租的是砖房，夜里支床，何思思在这睡。周家勇回家，留给她串鞭炮，说村里没坏人，但你是大小姐，瞅着你稀罕，万一有人变坏撬门，你点鞭炮，听响我就赶来了。

她问："屋里东西多，着火怎么办？"

他说："咳，你没事就行。"

睡着前，一丝乱想，希望有坏人来。

次日，醒得迟。

周家勇持早餐，门外等到十点半，终于喊她。夜里没褪衣，她下床抽插销开门，又坐回床。知道海岛没旅社，怕他家卫生条件不好，来前自备床单枕巾，抄了拳馆的西班牙绒毯。

裹上绒毯，她叫他就近坐，有话讲。

他没坐，站近一步。

她说她心肠坏，父亲续弦生了俩儿子，大弟弟没在乎不同妈，很缠她。五岁时，父亲给他买了个儿童足球，皮革味好闻，棕色纯正得像名牌包。他央她陪他玩，两人来回踢，她一脚失误，踢到他身上。他跌倒，没事，爬起时憨得像头熊。

她又一脚，故意往他身上瞄。

想看他再跌一下，不想脾脏破裂，做了摘除。父亲没骂她，但对她从此冷淡。十五岁之前，她认为是父亲不原谅她；十五岁后，她迷上照镜子，一次照了三小时，蓦然发现自己有凶相，想父亲是不是怕她呀。

面对周家勇，她说："你知道了吧，我人就是这么坏。"裹在她身上的绒毯，花纹是层叠菱形图案。

眼前一刻，是抱上她的契机，按经验，她不会躲。周家勇还是忍住了，原地不动，说："你确实有一点凶相，得看半天才能看出来，没点凶相，怎么习武？"

看到她发蒙，他继续说："生而为人，就是人伤人，看久了，每个人都有点凶相，但你干吗要看那么久？"

她起身，披绒毯近一步，盯住他。他嘱咐自己，要经得起看。她说："你会劝人，你没有凶相。"

庆幸她说话，差点抱上她。

杂货店挂了暂停营业的牌子，两人在片避人的空地上对打，护具响动还是招来三四个小孩观看。练到下午三点，他说你要赶在退潮前搭船走。她把护具和床单枕巾留下，说下周末还来，不往回背了。

她上船前，从背包里掏出绒毯，说："海风刮得夜里冷，我不在时你盖它。"他没说谢，她问："你杂货店开多久？"

他说："这辈子。"

她说："你比我爹强百倍。"

过三日，给小岛送报纸的邮差送来封信，她说周末家里办草地酒会，名流多，父亲记着你，想你来。

之前忍耐，得到回报。暗叹好险，她住杂货店的夜里，他曾冲动想撬门进去。只怕她和大厨女儿不一样。

五

周末下午，周家勇到何家。

见他穿西装，何思思不觉奇怪，说："精神，你该穿西装。"他说："你留的绒毯，我天天盖，习惯了。"含情一笑，她带他去草坪。

有银行行长、土地交易所官员、船王的二公子、警司夫妇，周家勇努力说话。下午四点，客人走后，何父也没出现。

何思思说："是我约的你，你开杂货店，感动不了我父亲，还会讨厌你。"周家勇想想，说："也是，人对没实现的志向，嘴上伤感，心里讨厌，我够讨厌的。更感谢你了，引我见名流。"

何思思说："你生活圈子小，最多想到这。我爸在你这年纪，圈子大，开杂货店不是他志向，是他赶时髦。那年代大学，平民学生专心学习，富家子弟关心社会，热衷于讨论底层民生，说得热闹，仅是去工厂参观、节假日在养老院当义工。

"敢退学，去小岛服务渔民，简直是壮举。富家子弟也分三六九等，一位父亲之前与之说不上话的同学，赶来海岛，倾谈之后，成父亲崇拜者。这位同学家境比父亲家高出几个层次，父母倾向左翼思想，要求孩子了解本土人民，计划是上完大学二年级，再转去伦敦留学。

"等他去伦敦，亦给父亲办理了留学手续。父亲回港渐成大律师，亦是仰仗这位同学家势。"

周家勇听得神往，赞"善有善报"。

何思思："你不想想，也许他办杂货店，是为钓这位同学。他当年是假的，所以他根本不会因为你办杂货店而认可你！只会讨厌。"

周家勇："这么想自己爹，不好吧？万一钓不上呢？还把学业毁了，底层人才会这么铤而走险，你家本是富户，不至于，不至于。"

何思思："富人为了财富提一档，比穷人更敢拼。哈哈，第一次见你说话这么慌，是不是证明我爹不假，也就是你不假？"

周家勇："我是受你爹事迹感动，觉得我就生在这海岛，没为本岛老小做过一点好事，大惭愧呀。你爹假，我也不会假。"

何思思："你酒店打洋人，失去工作。那洋人好奇怪，冲出门就不见了，香港这地界，挨了华人打而不报复的洋人还没有，除非不是洋人。"

上次离开南丫岛，逢到艘归航的渔船，渔民里站着个金发白人。她问同船村民，答是个混血儿，小时候还有点华人样，大了偏洋人。他是个扔到岛上的婴儿，村民做善事，集体养大。

律师办案，会雇侦探找证据。去家里律师所叫了几声"叔叔"，三日里，她收到挨打洋人的染血西装，染的是塑料瓶红药水，街头药房可买到。更逼真的是用针管装鸡血，但血易凝固，得加上防凝的化学品，搞不到化学品，说明不是江湖人。

行骗者是穷人，红药水染衣洗不掉，舍不得丢弃，送去估衣行换钱。估衣行收旧衣，清洗剪裁后升价再卖。对红药水，家用的肥皂、白碱洗不掉，估衣行能，有化学品。

金发混血儿显眼，去卖衣的是周家勇。见衣上有假血，老板让伙计盯梢，查出他身份。来估衣行找破案线索，是警察、侦探的秘诀，会付钱。

伙同混血儿演戏，为尽快辞掉酒店工作，跟大厨女儿了断。费这么大周折，何思思表示不理解，其实知九分。

周家勇证实，是为了她，感叹："想用个杂货店，当上富豪女婿，我傻到天了。下层人看上层人是胡猜，你们看我们是门清。"

不知何思思怎么报复，他求放过，说会去南洋，永不回香港。超出何思思预想，生气于受骗，办酒会当面戳穿他，为解气，谋划到这一步，想着痛快，就没再想。暗叹自己还是个中学生，思维短了。

侦探汇报中，大厨女儿对他情真意切，且有男女之实，于是说不用去南洋，好好待大厨女儿，老老实实度一生。周家勇千恩万谢，表态一定做到。

办得圆满，何思思倍感欣慰，跟他碰了一杯。抿酒后，反应过来，严禁他再找大厨女儿："你这人品，还会害她。"

周家勇承认，刚才表态是假的，为早点离开，出了门就会去南洋。何思思感觉奇怪，咱俩阶层差得远，我不找你，你够不着我，香港很大，为何非要去南洋？

他解释："你放过我，大厨会报复。"没有一步登天成富人女婿，那就还是要从劳工职员干起，在这个层面，香港很小，一个厨师的社会关系足够压死他，一辈子出不了头。

何思思："我不说，大厨不知你坏心眼。"

周家勇："不用知道，跟他女儿分手，他就会报复。除非跟你好上，差开阶层，那时我去酒店用餐，他会笑脸相迎，跟同事吹牛，说我落魄时得过他照顾。"

说得她一阵羞，叹"我坏了你事"。

他说："没事没事，去南洋前会把你留在岛上的护具、绒毯送来，不用你出门接，我交给用人就好。"她说："不用，你今早离开海岛，侦探就进你家把东西取了。"

吓着他，说跟你们没法玩。

送他到大门，他说虽然知道让他参加酒会，是为了最终羞辱他，毕竟见到名流，还是感谢她，今天是他最愉快的一天，这辈子不可能再这么体面。

他出大门，为躲车，缩路边走，越走人越小。

想到这辈子不可能再见这人，何思思越门而出，边跑边自怨，身为女人，真是太善了，跟这种人还有什么可说的？追上，她说：

"你为我回海岛开杂货店，是彻底想错了。明白地告诉你，从始至终我没对你动过一点心，你对我而言，就是个对打陪练，给我练手的。以后，你不能想，如果不是阴谋败露，就会跟我好上。"

他战战兢兢，说："您放心，保证不会这么想，我再傻也知道，不是差一点没好上，是差得远，根本好不上。"

她满意，往家走。走几步，似还有什么不满意，急转身，见他还站在原地。一股怒，酒会服装薄短，显体形，底层男子可悲可恶，被骂成那样，还要贪看女人背身。

周家勇原地鞠躬，说："何小姐，你觉得我人狠、有心机，其实我这类人的狠和心机，也就够办一件事，一受挫折，精神就耗光了。我这类人，我从小见多了，拼一次，拼不成，就都成了小心挣口饭的老实人。"

没听懂，但明白不能再跟这人有任何对话，何思思转身，收敛步态，别太女性化，走回家。

又一次去陈识拳馆浇花，对着摆在床头的绒毯，她说："师傅，身为女人，还是太善了，草坪酒会上的名流是从话剧团雇的演员，我没告诉他。"

原载《中国作家》2024年第9期

彼　此

哲　贵

倪笑依在微信群里喊：老大，你吱一声会死啊？

那天下午，倪箫耳和倪笑依在群里聊了半个小时，艾特了十几次，老大没动静。这是三姐妹组建的微信群，群名"三岔口"。家里家外有什么事，就在群里喊一声。当然，有策略的。通常情况是，其中两个人先微信私聊，达成一致意见后，再转移到三岔口。这就有意思了。两个在暗处一个在明处，反过来讲，也是两个在明处一个在暗处。你来我往，兵来将挡。这种游戏，她们三姐妹以前是在日常生活中玩，现在转移到微信上了——微信也是日常。她们乐此不疲。好玩极了。

她们彼此间的称呼也带有游戏成分，大姐倪笑依称大哥，倪箫耳排行老二，被称二哥，小妹倪桓卿称为老大。为什么这么称呼？当然是好玩，大概跟她们没兄弟也有关。三个人依次各差三岁。别小看这三岁，有时就是两代人。老大出生时，大哥已经读书了。倪箫耳读高中时，大哥已经卫校毕业，在信河街妇幼保健站当护士了。而这个时候，老大还在读初中。老大的心思不在读书上，整天和一帮不良少年混迹网吧。在很长一段时间里，大哥和老大是一对冤家。她们是两个极端。大哥读书好，成绩一直是班级前三名。老大不读书，成绩是班级倒数第一，连倒数第二都没拿过。大哥话多，却不喜欢动，她可以一个暑假不出家门。老大喜欢一天到晚在外面晃荡，话不多，但她有一句口头禅：另辈。大哥喜欢管老大，老大却不服管，两人经常打架。大哥毕竟大了六岁，气势占优。老大一咬牙，剃了光头，一方面是向大哥示威，另一方面也是为了方便跟她打架——打架时，大哥喜欢揪她头发，这招很灵，头发被揪住，老大像蛇被踩住七寸，只能低下脑袋，双手乱舞，嘴里不停低喊着"另辈"，最后只能乖乖投降。剃了光头，大哥没法抓她头发了，势均力敌了。一直到老大去读第五档专科，她们才停止打架。手脚上的动作停止了，嘴巴上依然你来我往，在微信上你一句我一句。大哥的方式是碎碎念，中间夹杂一两个"屁"。老大的方式是快刀斩乱麻，要么不吱声，要是开口了，肯定是斩钉截铁的。

大哥倪笑依在群里喊老大"吱一声"，是因为老爸倪捷丕，他出问题了。也不是什么大问题，绝食而已。他绝食有段时间了。不吃主食，光喝酒。严格说，酒也是食物，所以，也不能称之为绝食。现在的情况是，酒也不喝了，已经两天了，粒米不进，滴酒不沾。躺在床上一动不动，一副等死的姿态。

关于老爸绝食的问题，倪箫耳和倪笑依在微信上私聊过，让不让他死？她们的一致意见是"坚决不让"，不是舍不得，而是不能让他说死就死，太随便了，太任性了，七十岁的人了，又不是三岁小孩，生死大事，哪能由他一个人潦草决定？不可能的。他自己决定是一方面，还必须经过她们三姐妹商量裁决。在这件事情上，是没法和老大商量的。她巴不得他早点死掉呢。所以，这个事，只能她们两个人意见统一后，再找老大。那就不是商量了，是通知，是通牒。上三岔口之前，倪箫耳和倪笑依在微信上还有一段对话。

倪笑依：老爸不是最听你的话吗？你陪他喝酒，把他灌醉，不就屁事没有了吗？

倪箫耳：你酒量好，你来试试？

倪笑依：他不听我的。我也不跟他喝酒。

倪箫耳：我试过，这次不灵，他不理我。

倪笑依：你跟他谈古文啊，他不是最喜欢跟你谈吗？

倪箫耳：他不跟我谈了，《古文观止》都烧了。

倪笑依：你对他发嗲呀，他以前不是很吃你这一套的吗？

倪箫耳：大哥你说话要有证据，我什么时候对他发过嗲？对你发过吗？

倪笑依：你们两个人的屁事，我不管，也管不了。

接着又发一条微信：找老大，这事必须老大出马。

她们上了三岔口，两个人演了半个钟头戏，老大一点反应没有，好像老爸死不死跟她没一毛钱关系。所以，倪笑依才会爆出一句粗口，不过，对于倪笑依来说，不存在粗口不粗口的问题，她在妇幼保健站工作了那么多年，从见习护士当到护士长，每天跟屎啊尿啊打交道，说话难免"有气味"。

见老大还是没吱声，倪笑依又跟了一句：老大你是不是蜂蜜吃太多，嘴巴被堵住了？

倪箫耳有点想笑，大哥这句话缺少逻辑：在微信群里说话不是靠嘴巴，而是靠手指头。

其实，倪箫耳和大哥一上三岔口，老大倪桓卿就看到了。她没空。她是第一批开淘宝网店的人，曾经被评为首届全国十佳网商。近几年，网店生意蓬勃，好像所有人都涌到网上购物了。她忙得恨不能长出三头六臂。当她将手头订单处理停当，在三岔口上回了一句：吵什么吵？马上召开家庭会议。

这就是老大的风格，雷厉风行，一锤定音。她是这个家的老末，很多时候却充当老大的角色。

召开家庭会议，这事倪箫耳不是没想过，她没提出来，因为她不是主动的性格。更主要的是，她知道，她不提，肯定有人会提，不是大哥，就是老大。你看看，老大一开口就明确方向了，这就叫气魄。

家庭是个严密组织，更是一个温暖团队。一个融洽的家庭，肯定是在严肃和温馨之间达到平衡的。一般事情都是在商量之下决定和完成的，很少使用会议这个概念。

在倪箫耳的记忆中，他们共召开过三次家庭会议。逢年过节，一家人坐在一起，吃海鲜，喝老酒，谈天说地，嘻嘻哈哈，商量各种琐事，但那不是家庭会议。那是家庭聚会。

如果倪箫耳的记忆没错，第一次家庭会议是因为大哥的婚事。结婚才一个月，她提出离婚。老爸说，胡闹，结婚酒才吃完就喊离婚，你以为这是小孩子玩过家家？大哥说，你喝你的酒，我离我的婚。老爸说，说结就结，说离就离，还要不要廉耻啊？大哥说，离婚跟廉耻有什么关系？老爸说，不行，召开家庭会议。大哥说，开就开。那个时候，老大经过四次复读，终于收到一张第五档专科学校的入学通知书。她不想再复读了。出去读书之前，她也参加了这次家庭会议。会议是在九月初那个周末傍晚召开的，正是东海海鲜大批量跳上餐桌的时节，老妈烧了一大桌菜，鱼类有清蒸小黄鱼、葱油鲳鱼、家烧带鱼、咸菜烧子鲚，贝类有辣螺、香螺、蛏子、花蛤，虾蟹类有江蟹、小黄虾、虾蛄、赤虾。贝类和虾蟹类都是盐水煮法，最大程度保留原味。都是下酒菜。都是老爸喜欢的菜。这分明是一次欢乐的家庭聚餐嘛。可不是，一坐下来，老爸就频频举杯，他喝，让大家也喝。三姐妹中，大哥和老大不喝酒，不是没酒量，是不愿意陪他喝。老妈酒精过敏，一碰就浑身发痒。只有倪箫耳会陪他喝，可能也是这个原因，三个女儿中，老爸对倪箫耳特别照顾。哪里是照顾？是百依百顺，是言听计从，是溺爱。酒过三巡，所谓的"三巡"，是指老爸喝过半斤六十四度的信河街老酒汗后，终于切入正题——家庭会议开始了。其实就是投票，五个人，不同意离婚的举手，同意离婚的不用举手。老爸率先举手了，老妈紧跟其后。倪箫耳见老爸的眼睛看着自己，她知道老爸的意思，她也从来没有违背过老爸的意志。但是，这一次，不知什么原因，倪箫耳没有举手。辜负了。背叛了。老大也没有举手。

大哥更不会举手。三姐妹难得结成了同盟。老爸是个讲信用的人，言出必行，愿赌服输，他同意大哥离婚。不过，他那天晚上喝醉了，背诵了一夜《古文观止》，从第一篇《郑伯克段于鄢》直到最后一篇《五人墓碑记》，二百二十二篇，一篇不落。

第二次家庭会议是因为老大，也是因为婚姻。这次不是离婚，而是结婚。老大离婚后，要跟一个比她小十岁的男人结婚。老爸故技重演，又一次召开了家庭会议，结果还是二比三。这是倪箫耳第二次违背老爸的意志。

第三次家庭会议跟倪箫耳有关。不是倪箫耳的结婚或离婚问题，倪箫耳未婚，也没有要结婚的念头，当然，也没有打死不结婚的决心。她只是无可无不可。这次会议主题是倪箫耳的职业选择问题。倪箫耳信河街医学院毕业后，在信河街第一人民医院当内科医生，已经是副主任医师了，再过两年，科室里有个主任医师退休，就轮到她了。这时，老爸想让倪箫耳离开医院，到他的诊所来。老爸退休之前，是望江街道卫生院院长。专业是呼吸内科。退休后，他申请了营业执照，在家里开了一家诊所，名字叫倪氏儿童诊所。他结合中西医经验，用蜂蜜和几种中草药，研制出一种专治儿童咳嗽的偏方，上门求医的人，每天都要排成一条长长的队伍。说诊所门庭若市，一点也不过分。他想让倪箫耳接班，是因为专业对口，更因为对倪箫耳的偏爱。这一点，他从来不掩饰。他的偏爱是明目张胆的，理直气壮。本来，这件事是不需要召开家庭会议的，但他坚持要开，大概也有故意做给大哥和老大看的意思。他就是偏心，怎么啦？

倪箫耳来诊所，还有一个原因。一年前，一个儿童吃了老爸开的药，出现肺气肿，家属每天来诊所，不闹事，也不诉苦，只是坐在门口哭哭啼啼。上班来，下班走，无比准时。导致肺气肿的原因很多，家属一口咬定是吃了老爸开的药。前后哭了近一年，最后赔了一笔钱了事。这事让老爸动了关闭诊所的念头。倪箫耳知道，老爸不是心疼钱，他不能接受的是家属的无理取闹，更不能接受的是有人怀疑他的医术。可是，有人怀疑就不开诊所啦？倪箫耳劝他继续开下去，开下去才是最好的证明和还击。老爸确实是心灰意冷了，他说自己不会再给人看病开药，但他不反对由倪箫耳来接手诊所。对于倪箫耳来讲，无所谓。医院相对稳定，诊所比较自由。各有各的好。

菜还是那么丰盛，该有的菜一个没少。都是老爸喜欢的下酒菜。还是酒过三巡开始举手投票。让人没有想到的是，这一次，是四个人举手同意，唯一没有举手的人是老妈。老爸问她，凤仪，你为什么不举手？她说，这下好了，你们可以天天喝酒谈古了，天下都是你们两个人的了。

哈，这就是老妈，她的名字叫阮凤仪。老爸叫她凤仪。在这个家，她们三姐妹私下里叫老妈四妹。四妹眼里没有倪箫耳，也没有大哥和老大，她眼里只有老倪。老倪是她的天，是她的地，是她的全部。她买菜只有一个标准：老倪喜欢的，她买；老倪不喜欢的，她看都不会看。在倪箫耳的印象中，这是四妹唯一一次没有挺老爸。不过，她举手不举手，无关紧要，四比一，顺利通过。让倪箫耳感到有点意外的是大哥，她知道老大会举手的，老大有自己的事业，她网店开得很好，号称"信河街马云"。她用赚来的钱买了十一套房子，信河街五套，杭州三套，上海三套。因此，她还有一个绰号，人称"信河街房姐"。她的人生有自己的轨道，也有自己的追求，一家小小诊所，入不了她的法眼。再说了，她对老爸没好感，眼不见为净。大哥不同，她是医护人员，年龄也不小了，孤身一人，退休后，总要有点事情做做的。这种情况下，由她来接手诊所是合情合理的，虽然她不是呼吸内科专业，但老爸可以带她呀，当了那么多年的护士长，什么病没见过？上手很快的。倪箫耳觉得大哥应该不会举手，然而，她却第一个举手了，比老爸还快半拍。倪箫耳看不懂大哥的地方就在这里，在很多时候，她显得没心没肺，简单直接，她说的话，她做的事，几乎都是出自本能反应。她是无所顾忌的，也是无法无天的。然而，仔细一想，也不对，看起来，她整天将脏字挂在嘴上，对什么事都毫不在乎。不是的，倪箫耳发现，在老爸面前，她从来没说脏字，也从来不吐粗话。倪箫耳接手倪氏儿童诊所第二年，大哥提前办理了退休手续。倪箫耳跟她商量，让她来诊所上班，她一口拒绝了。她的理由很简单：当了半辈子护士，早当够了，退休后什么屁事也不想干，只想开着越野车到处浪荡。倪箫耳不能肯定这是不是大哥的真实想法，但有一点是肯定的，大哥离婚后，没有再婚，她加入一家汽车俱乐部，一会儿说去新疆，一会儿说去青海。至少从表面看，她是快乐的。

倪氏儿童诊所就开在家里。他们家在丁字桥巷，有一个独立小院子，大约有五十平方米。小院子里有两间三层楼房，左边是诊所，右边住家。

倪箫耳接手诊所后，老爸每天会到诊所看看，给她打打下手，但不会坐下来，更不开药。他主要管理院子里的蜜蜂和两畦花。花的品种繁多，有大波斯菊、薰衣草、报春花、迷迭香、紫菀等等。在倪箫耳模糊而又清晰的印象中，老爸是在老大出生那年开始养蜜蜂的，也是那年开始研制偏方。当时只养一箱蜜蜂。开了诊所后，增加到两箱。现在变成三箱。作为一家儿童诊所，是不适合养蜜蜂的。蜂蜜很甜，可蜜蜂会蜇人，大人小孩都怕。三姐妹中，老大从小胆大。倪箫耳记得，有一个夏天傍晚，快吃晚饭的时候，院子里爬进一条扫帚柄那么粗的菜花蛇，大哥和她吓得拼命往楼上爬，四妹吓得不停喊老倪，老大嘴里喊一声"另辈"，冲到院子，一手抓住菜花蛇的尾巴，一把甩了出去，那条菜花蛇飞过院墙，啪的一声，摔在墙外的水泥路上，很快游进路边的草丛里。整个过程，老大冷静又果断，动作一气呵成，没有丝毫的惊慌和犹豫，要知道，她那时才读小学四年级啊，已经是丁字桥巷一带的孩子王，上树掏鸟窝，下河抓田蟹，没她不敢干的事。倪箫耳是后来才知道，跟她一起玩的孩子中，有个会讲闽南话的，在闽南话中，"另辈"是"你爸"的意思。天不怕地不怕的老大，却怕蜜蜂，怕得要命，怕得毫无道理，看见蜜蜂就像倪箫耳和大哥看见蛇，吓得腿都软了，嘴巴喊不出声音来。老大第一次想烧掉那箱蜜蜂是读小学五年级的时候。那个春天的周末，田野上的紫云英开得正旺，老大又一次被蜜蜂蜇了。她哇哇大哭，哭着哭着，突然从家里点了一根火把，冲到院子里，要将那箱蜜蜂烧掉。她还没有冲到蜂箱，老爸已经从屋里冲出来了，一把拎住她的后衣领，将她整个人提起来，一把夺了她手中的火把，一脚踩灭。大家以为，这下老大惨了，那箱蜜蜂可是老爸的命根子，他从来不让别人靠近，包括四妹也不行。"镇压"是肯定的。然而，老爸将老大拎回屋后，并没有立即"行刑"，而是将她交给四妹，他对老大说，你这笔账先记下来，过几天再算。说完之后，出门办事去了。这是老爸惯用的伎俩，他不是不处罚，而是暂时"挂账"，他要将处罚的气氛营造起来，要将处罚的悬念制造出来，要让老大一直处于煎熬之中，要让老大一直处于坐立不安状态。更要命的是，老爸每一次处罚的手段都不一样，有时是面壁思过，有时是背《古文观止》，有时是唱信河街童谣，有时让她辨认各种草药，总之，老爸肚子里有无穷无尽的处罚手段，花样翻新。老爸这些处罚手段，只针对老大，从来没对大哥使用过，更没对倪箫耳使用过。他对老大是"青睐有加"。老大对他是"恨之入骨"。那天下午，老大又试了一次，她还是想将那箱蜜蜂烧掉，反正要处罚，烧不烧都一样，为什么不烧？但是，她还没有走到院子，就被四妹发现了。四妹用一条编织绳，绑在她的腰和老大的腰之间。老大趁她午后打盹，偷偷剪了编织绳，拿着火把冲出门去，她还没有冲出家门，四妹就已经惊醒过来了。

那几天里，老爸一句没提处罚的事，也没提老大第二次想烧蜂箱的事。

执行处罚是在第二个周末吃晚饭前。

老爸处罚老大基本是在吃晚饭前，吃晚饭时间就是他喝酒的时间，这段时间是神圣的，是不容干扰的。这段时间很长很长，似乎又很短很短。他很专注，很投入，沉醉在喝酒的氛围里，沉迷在喝酒的状态里。有时，他会长时间注视着手中的酒杯，注视着杯中的酒，似乎酒杯里有另一个世界，一个引人入胜的世界，一个人间仙境。

这一次，老爸抓着老大的手臂，将衣袖捋上去，露出她的小胳膊。他将老大从屋里拖到院子里，慢慢往蜂箱方向走，他好像是自言自语，又好像是对老大说：来来来，被蜜蜂蜇一下，可以提高免疫力，还能益智。

太意外了。

最吃惊的人应该是老大。她肯定没想到"敌人"会出这一招。倪箫耳也没有想到，老爸会想出这种处罚方式——他是怎么想出来的？倪箫耳坐在门边的椅子上，手里捧着《古文观止》，她正在看《酷吏列传序》，最后一句是：在彼不在此。她身体没动，脸上也没有表情，心里却是震惊的，老爸，你下手也太狠了吧，老大最怕蜜蜂的，这不是要了她的小命吗？还是让她背《古文观止》吧，她每一次都背得磕磕绊绊，可好玩了。同时，倪箫耳也发现，自己内心居然有一丝兴奋——这种处罚方式太新奇了，太惊心动魄了。老爸你太有才了。倪箫耳有一种难以言说的幸灾乐祸，她知道不应该有这种心理，可就是有。

再看老大，她没有哭，也没有喊叫，而是奋力将双脚顶在地上，将身体和老爸的身体拉开，斜成四十五度，斜成五十度，斜成六十度，她的手臂被拉长了，拉成了一条细细的绳子。她用脚去顶老爸的脚，做着无声的抗争。两股力量太不均衡了，如果老爸是只大象，她就是一只小鹿。确实悬殊。然而，正是因为这种悬殊，才产生了力量感，才产生了悲壮感。倪箫耳差不多看不下去了，她很想对老大喊一声：哭吧，大声哭出来吧。可她没有喊。老大也没有哭。她转头去找四妹，四妹在厨房里没出来，仿佛根本不知道院子里发生的一切，仿佛什么也没有发生。让倪箫耳意想不到的是，这时，大哥炮弹一样从屋里射向院子，什么话也没说，一把抱住老大的身体，她的身体也跟着老大的身体斜成了六十度。她跟老大抱在一起，紧紧地贴在一起，做出无声的抗争。有了大哥的加入，力量似乎发生变化了。僵持不下了。倪箫耳惊呆了，她没想到，这一切发生得太突然了，太不真实了。倪箫耳也发现老爸眼睛里的惊奇。她很确定，不是愤怒，不是恼怒，而是惊讶，甚至还有一丝惊喜。双方的僵持只有一刹那，大哥和老大的力量，还不足以完全与老爸抗衡。当惊讶之后，老爸不失时机地朝倪箫耳这边看了一眼，两人的眼神对了一下。那是一个什么样的眼神？赞许？失望？求援？制止？好像都是，又好像都不是。倪箫耳赶紧避开老爸的眼神。他们更加靠近蜂箱了。此刻，她看见老大和大哥投来的眼神，她很确定，那是求助的眼神。她还看见，老大的嘴唇在不停翕动，发出无声的声音，她能判断出来，老大发出了一连串的"另辈"。她还隐约看见，老大的眼睛里似乎含着眼泪，但她始终没有让眼泪掉下来。倪箫耳赶紧将视线转移到手中的书本上来。是的，她在看《古文观止》。她正在看《酷吏列传序》。她正在看最后一句：在彼不在此。她终于听到老大发出嘹亮的哭声了，她知道，蜂针已经刺进老大的手臂了，可是，她却觉得，蜂针不是刺进老大的手臂，而是刺进她的整个身体。她抬头快速地扫了一眼院子，老爸已经回屋了，院子里只有大哥和老大，大哥将老大抱在怀里，撮起嘴，对着老大的手臂，不停吹气。老大像一只小猫，一动不动躺在大哥怀里。她们躺在院子里，身体变得很小很小，却又变得很大很大。

多少年过去了，倪箫耳一直记着那个场景。随着年岁渐长，那个场景越来越清晰，每个情节、每个人的表情，甚至连每只蜜蜂扇动的翅膀都记得一清二楚。但是，倪箫耳再没有提过这个话题，大哥和老大也没有提。老爸也没有。仿佛那事根本没发生过，一切都是她的想象。但她知道，那事真实发生过，就在昨天，就在眼前，就在她的脑子里。

细想起来，倪箫耳后来选择学医，一方面是因为老爸的建议，这是最重要的；另一个隐秘的原因是，她一直有一个疑问，老爸让蜜蜂蜇老大时说，被蜜蜂蜇一下，能提高免疫力和益智，她想了解到底有没有这个理论。在医学院里，倪箫耳专门查阅了关于蜜蜂毒液的资料，蜜蜂毒液的主要成分是多肽类物质和酶类物质，没有任何资料表明，这两种物质有益智作用。蜂蜜确实能提高人的免疫力，可是，能提高人体免疫力的食物何止蜂蜜？

她没有对任何人提过这方面的疑问。不提不等于疑问消失，相反，她觉得疑问在滋长，在蔓延，在发酵，终有一天，会变成一道闪电，或者一场海啸，天崩地裂，摧毁一切。倪箫耳甚至有一个预感，那个时刻越来越近，越来越紧，可能就在下一次家庭会议。

好了，第四次家庭会议来了，就在今晚。时间是老大定的。开网店的人是没有时间概念的，因为不存在开门和关门问题。却又是极有时间概念的，对于他们来讲，时间是真正能够兑现成金钱的。所以，这也养成了老大争分夺秒和干脆利落的做事风格。这也是她的性格。

家庭会议是从晚上六点开始的。六点是下班时间，网店订单相对少，老大在三岔口宣布：两个钟头内搞定。紧接着，她又补一句：我会设置闹钟的。

遇到一个小问题。也可以说是大问题。老爸不愿意参加家庭会议。信息是四妹反馈过来的。四妹向老爸汇报了召开第四次家庭会议的决定，老爸毫不犹豫吐出三个字：不参加。

这辈子，四妹一直以老爸为中心，老爸做得对的，她支持；老爸做得不对的，她也支持。或者说，对于她来讲，老爸做任何事情都是对的。老爸向东，她跟到东；老爸向西，她跟到西。老爸是她的太阳，她是老爸的向日葵。老爸说什么她都同意，包括老爸拿蜜蜂蜇老大。事后，四妹安慰老大说，你爸是为你好。老大不同意，她含着眼泪问四妹，你说的好就是拿蜜蜂蜇我？蜇你一下试试？四妹说，你想想看，你爸收回来的蜂蜜都让你一个人吃了，为什么不让你两个姐姐吃？老大说，另辈才不稀罕吃那些破蜂蜜。四妹叹了口气，摸摸老大的光头说，你生下来就咳嗽，你爸说吃蜂蜜对你身体好。老大将光头一扭，避开四妹的手，哽咽了一下，反问道，给另辈吃蜂蜜，为什么又拿蜜蜂蜇另辈？这个问题问得太尖锐了，超出四妹的回答能力，她只能重复地告诉老大，你爸都是为你好。老大的回答是，另辈不信。另辈不听。你走开。

老爸这次绝食，四妹出乎意料地生气了。不是生老爸的气，而是生自己的。她不敢对老爸说，而是等诊所关门之后，找到倪箫耳，像犯了错误的孩子：妞，倒霉死了，你爸不要我了。

倪箫耳吃了一惊,说:关你什么事?

四妹说:怪我没照顾好。

倪箫耳想对四妹说,老爸不想活,是他自己做的决定,也有他的理由。她没说。她对四妹有这样的念头也不奇怪,对于四妹来讲,她是为老爸活着的,老爸是她的全部,更是她活着的最大动力。同样的道理,四妹大约也认为,她应该也是老爸的全部,老爸也应该为她活着。现在,她发现,老爸不是这么想的,他撇下她,想独自离去了。四妹当然应该生气。她有理由生气。老爸欺骗了她。不仅仅是欺骗的问题,她应该也愿意接受老爸的欺骗。她不能接受的是,老爸将这个骗局揭穿了。她不愿意接受。她不能接受。可是,即使如此,四妹也没有直接对着老爸生气,而是将所有责任揽下来。她生自己的气。这就是四妹的性格。倪箫耳开导说:我们都让他失望了。

四妹一听,立即摇头说:都怪我,都怪我,跟你们无关。

停了一下,她靠前一步,几乎贴着倪箫耳的脸,压低声音恳求道:妞,你爸听你的话,你能不能劝劝他?

四妹说的也不全对。在这个家,老爸确实对她很好,专业可能是一个原因,但不是最主要原因。大哥也是学医的,老爸几乎没有跟她交流。倪箫耳觉得,更主要的原因可能是他们性格中相似的软弱和坚强。作为医生,与一般人相比,他们更能体悟到生命的流逝和严寒,他们排斥温暖,同时,也更需要温暖。老爸对她好,可能是在寻找温暖,可是,倪箫耳又觉得不是,老爸只是在怜悯她。老爸知道她的孤苦伶仃。他们互为镜像。两个人在一起时,既看见对方,也看见自己。所以,从内心里,老爸并不想跟她交流。她也不想看见另一个自己。可是,他们却又不能避而不见,就像不能对自己视而不见。家里人都知道,她和老爸关系最铁,老爸最疼她。他们不知道的是,这种关系是表面的,在这个家里,她可能是内心离老爸最远的人,她表面上对老爸唯命是从,老爸对她是有求必应。他们就像一个人。实际上不是,他们都知道,两人唯一相同的是孤苦无依。然而,他们心里很明白,不需要相依。他们一个人就是一个独立的世界、一个自洽的世界、一个完整的世界。这个世界可以自给自足，也可以自生自灭。正是由于这个原因，倪箫耳不会去问老爸为什么绝食，更不会劝他不要绝食。不需要。她隐约能猜到原因。如果换成她，大约也会这么做。她不会劝老爸的，劝也是白劝，老爸不会听她的。这也是她当年愿意接手诊所的原因之一。她对四妹说：这事要老大出面。

事实确实如此。

五点五十八分，老大进了家门，老爸还躺在床上，她对着楼上喊：老爸你再不下来，我一把火烧了那三箱蜜蜂。

老大的话音刚落，就听见楼梯响动，接着，老爸出现在吃饭间了。

还是以前的座序。他们家的餐桌是可以坐六个人的小圆桌，面对大门口的位置，是老爸的固定位置，他的右手边是倪箫耳，大哥坐他左手边，老大坐他对面，在倪箫耳和老大之间，是四妹的位置。但四妹除了履行厨师职责之外，还是服务员，一顿饭下来，她要么在厨房，要么给老爸添酒，要么给大家清理桌面，她的位置几乎是空置的。大家习以为常了。

冷菜已摆好，分别是花蛤、小黄虾、辣螺、鱼饼、鸭舌，等等。第一个热菜鮸鱼汤端上来，鮸鱼汤加芫荽和白胡椒粉，有开胃作用。信河街人喜欢吃鮸鱼，喜欢将鮸鱼做成鱼丸，也喜欢做鱼丸汤。不同之处在于，信河街鱼丸的形状不是圆的，而是不规则的。信河街的菜场分为早市、午市和晚市，早市和午市卖的大多是昨天晚上或今天凌晨上岸的海鲜。晚市卖的是黄昏上岸的海鲜，相差大约十来个小时，这十来个小时，对海鲜来讲很重要，不是新鲜不新鲜的区别，这种区别，只有靠近大海的人才能品尝出来。是时间，更是口感。口感有时是不可言传的。晚上的菜，是四妹从晚市采购回来的。都是老爸喜欢的菜。其实，哪里只是老爸喜欢的菜？倪家所有人，包括滴酒不沾的四妹，谁不喜欢吃？无形之中，大家的口味被老爸同化了。然而，讽刺的是，老爸现在绝食了，对这些天下美味视而不见了，无动于衷了。

四妹在老爸面前放好餐具，也倒满了一杯老酒汗，二两。除四妹之外，每个人面前都有一杯老酒汗。老大事先声明：我要开车，不能喝酒。

四妹立即给她倒了一杯白开水，将老大那杯酒推到倪箫耳面前。倪箫耳看了一眼老爸，他眼睛微闭着，气息平稳，面无表情。如果在以前，当他闻到老酒汗酒气后，呼吸会急促起来，眼睛发亮，不停搓着手掌，跃跃欲试。现在不是，他坐在那里，对面前的酒菜毫无反应。好像这一切跟他没有任何关系了。

四妹给每个人打了一小碗鲃鱼汤，老大第一个将汤喝完。她看了老爸一眼，见他还是纹丝不动。大哥第二个将汤喝完，放下碗后，她先看了一眼老爸，接着，看了一眼老大，嘴皮动了动，没有发出声音。倪箫耳从口型能够猜出来，她对老大说的是：你有屁就放啊。

老大没有听大哥的。四妹端上来的第二个热菜是江蟹炒年糕，老大吃了，还是没有开口。四妹端上来的第三个热菜是清蒸小黄鱼，老大吃了，也没有开口。四妹端上来的第四个热菜是葱油鲳鱼，老大吃了，依然没有开口。四妹一直上，老大一直吃。老大吃，大哥和倪箫耳也跟着吃。只有老爸岿然不动。他好像睡着了。不过，他们心里都清楚，他没有。他是在跟她们对峙。好像也在跟自己对峙。这时，四妹端上第十个热菜蜂蜜汤圆了，这是每次家宴的保留节目，也是四妹的保留手艺。这个菜上来，说明这次家宴接近尾声了。

按照正常程序，蜂蜜汤圆上来之后，四妹上桌了。她的晚餐都是从大家结束时开始的。但是，这一次，四妹没动。她没有像往常一样，也给自己盛一小碗蜂蜜汤圆。她坐在位置上，空着双手，眼睛一动不动看着老爸，又好像不是看着老爸，而是看着她自己。是直视，也是逼视。眼神是平静的，又是汹涌的。是寂静的，又是呼啸的。四妹今晚有点反常了。

一阵沉默之后，大哥问四妹：你不吃吗？

四妹的眼睛依然看着老爸，又像看着自己，摇摇头说：我跟着你爸，他不吃我也不吃。

大哥又问了一句：老爸如果一直不吃呢？

四妹接着说：我也一直不吃。

倪箫耳感到有点意外，但也不算意外。四妹还是那个四妹，她是老爸的凤仪。不同的是，四妹今天的做法，在顺从老爸的同时，多了一份威胁，更多了一份决绝。这不是原来的四妹，却又是原来的四妹。她眼里只有老倪，心里也只有老倪。老倪活着，她不敢死。老倪想死，她跟着去啰。

倪箫耳看看大哥，大哥撇了撇嘴，似乎想说屁！倪箫耳看看老大，老大还在低头吃蜂蜜汤圆。她吃得出乎意料地慢，似乎不是吃，而是将每一颗汤圆放在嘴里吮，慢慢融化。这不是老大的风格，她从来都是雷厉风行。再看老爸，他依然像一尊雕塑，似乎根本没听见四妹的话，或者，四妹的死活根本就与他无关。

突然安静下来了。只有老大吃蜂蜜汤圆的声音。很慢很慢。很轻很轻。这种慢，却在这时被拉长了，变得无比漫长，变得没有尽头。轻却转化成了重，老大每一次吞咽汤圆的声音，都像一声响雷，就在屋顶、就在头顶炸开。

这是一段漫长的时间。雷声阵阵，只等大雨。

终于，老大吃完蜂蜜汤圆了，连汤也喝光了，她还用舌头在嘴唇上转了一圈。放下手中箸后，她先看了下手机屏幕上的时间，再看了老爸一眼。

倪箫耳知道，家庭会议正式开始了。

老大开口了：这次的蜂蜜汤圆特别甜。

老大在说到"蜂蜜"两个字时，故意停顿片刻。倪箫耳注意到，老爸的眼皮跳了一下。倪箫耳还注意到，老大也捕捉到这个细节了，她紧接着说：老爸你不尝一下？

大哥不失时机地跟了一句：用的是你刮来的蜂蜜哦。

倪箫耳发现，老爸的眼睛居然睁开了，他先环视了一下大家，再看了一眼面前的老酒汗、鮸鱼汤和蜂蜜汤圆，微微摇了摇头说：我不吃。

他的话音刚落，老大立即说道：不吃可以，你给个理由。

老爸没有立即回答她的追问，而是低下头，看着面前的蜂蜜汤圆，沉思了一会儿，才轻轻说道：我没用了。

老大马上说：什么有用没用的，我看你是古文读太多了。

停顿一下，老大接着说：你还养蜜蜂和种花呢，怎么就没用了？

听见老大这么说，他抬起了头。他的眼睛从每个人脸上看过来，很仔细，像寻找，更像探究。先是大哥，接着是老大，再过来是四妹，最后是倪箫耳。一圈之后，他又低下头，像对大家说，又像自言自语：作为医生，我没用了。

老爸一说，倪箫耳立即明白他这句话的意思了，更明白他为什么要绝食了。她觉得第一次理解了他，第一次真正靠近了他。倪箫耳突然有点心酸，有点想哭，又有点想笑。她甚至想站起来，抱一抱他，哪怕伸出手，拍一拍他的肩头。她没有这么做。她只是木木地坐在位置上，一动不动。

老爸还是低着头，缓慢地说：我完成任务了。

没想到的是，大哥突然冒出一句：完成个屁，还有老妈呢！你这时丢下她，还要不要廉耻啊？

老爸身体颤抖了一下，并没有接话，而是犹豫了一会儿，轻轻地说：作为医生，我报废了。

然后，他又抬起头来，看着对面的老大，像请求，又像喃喃自语：那三箱蜜蜂交给你了，记得每天泡一杯蜂蜜水喝。

接着，他看了看大哥，又看了看四妹，再将视线转到倪箫耳这里，嘴唇动了动，最终并没有发出声音来。

就在老爸眼睛转向她这里时，倪箫耳脑子里猛地跳出一个画面，是《酷吏列传序》最后五个字，但这一次不是"在彼不在此"，而是"在此不在彼"。也不对，是这两句话一直在交叉对换，来回闪现。她很想将这五个字念出来，甚至大声喊出来。可她没有念出来，更没有喊出来。她似乎触摸到老爸"报废"的意思了。作为一个医生，他放弃了病人，病人也放弃了他。他们互相放弃了。现在，他成了一个病人，无药可救，也拒绝施救。他放弃了。没有兴趣，没有意义。无所谓了，却似乎又有所谓。

老大手机设置的闹钟铃声骤然响起，她选择的是敲门声，一声又一声。所有人都坐着没动，也没有出声。敲门声一直在响，是从手机里发出来的，又像有人在院子外敲门。

这个时候，倪箫耳看见，老大用牙齿咬住下唇，咬了一会儿，嘴唇开始翕动。在敲门的铃声中，隐约听见老大不断地说：另辈另辈另辈另辈另辈……

原载《长江文艺》2024年第10期

鸡蛋道士

李宏伟

壳 内

小区西北角，也就是8号楼，住着一个鸡蛋道士。确切点说，是8号楼3单元501室，即门禁老是被某个嫌麻烦的男人弄坏，物业维修了多次一仍其旧，且安排人守候或翻查监控录像都找不准肇事者，因而无奈放弃，只能听之任之的那个单元；即电梯上到5楼甫一打开便有一团粉色扑上来，让人脚步慌乱，趔趄着稳住身形后，才能看清是因为左侧门上贴着的粉色剪纸，剪纸上纷纷开且落的桃花雨下正回头的粉色猛虎作祟，进而让人又发噱又忍不住上前敲门的那个房间。

再确切点说，是501室朝南的卧室，靠近窗户的书桌上的鸡蛋里，住着一个道士。501室是偌大的城市中最常见的那类小区里的一个两居室。小区坐落于城市的西南，位于一条前些年腥臭，清理后水流清澈了很多却也瘦小了不少的小溪的北侧，这一事实并没有对它的内部结构带来什么影响。一梯三户，门正对着洗手间，进门的两侧分布厨房与客厅，再往里进，两个卧室南北相对，一个略大一个略小。略小的卧室朝南，半掩的门上贴着几张粉色打底、图案夸张的贴纸。推开门，右侧是粉色的以Hello Kitty为主图案的上下铺床与衣柜，左侧空荡的墙上，挂着一张拼音表，这次是白色打底，不过上面的声母、韵母都是粉色的各种花的变体。

拼音表与衣柜相对，从它们中间再往前一点，就是书桌。书桌靠近右侧，挨着竖立的暖气片，原本由两块板分作两个区域，内侧可以升降，此刻左右齐平。在齐平的白色书桌面上，在外侧这个矩形区域的中央，铺着一块浅粉色手绢，手绢上稳妥地放着一个鸡蛋，鸡蛋里面住着一个道士，也就是第一个鸡蛋道士。鸡蛋道士不清楚自己什么时候醒来，或者说什么时候开始有意识的——这是自然，尽管他是个道士，仍旧要遵循事物基本的运转法则，不能决定自己的起点；如果说"何为起点"有争议，至少他也不能决定起点之前的那一点。

鸡蛋道士对这种争辩有些不耐，就此打住。说回他有意识的那一刻，那是砰的一声，伴随着空气细微的震动，震动以震颤推搡着他。他还没来得及仔细分辨，一串金属相互撞击的声音，紧随其后，一种金属插入另一种金属的声音，接着是锁簧顺从地收敛的声音。门随之打开，脚步声将一个人带到桌子面前。隔着蛋壳，鸡蛋道士感受到清澈的目光的抚触，要不是尚未成人形，尚不具备人的完整能力，他几乎要起身回应了。

"你好好待着，我会找机会再来看你的。要是你孵出来，一定要来找我呀，我给你留着最好吃的饼干。"

那人说完，伸出两根指头，在鸡蛋上面摩挲几下。然后，她转身往外走。到卧室门口，她还停顿了一下，不过没有回头。鸡蛋道士还在那几下摩挲的余震中，随着整个鸡蛋的摇晃，他对自身与自身的处境有了更多更清晰的认知。这让他恍惚进而惶惑，以至于并没有给予正在道别的场景、道别的人更多的注意力——他不知道，这将是他与这个小女孩的最后一次接触。不过，这并不重要，尤其对于一个道士而言。

重要的是，他知道了，自己在一个鸡蛋内，但这个鸡蛋却并不完全与他有关。如何才能说得更确切？他并不知道。他只知道，蛋壳包裹之内，就是他的世界，但并非他的世界内的一切都是他。这仍旧不完全对。因为蛋清、蛋黄、蛋壳膜，乃至组成它们的全部可见的可分解的部分，都属于他，都是他，但它们蕴含着不属于他不是他的东西，那东西目前只是可能，并无实在。或者，借用小女孩的话，从比喻的角度而言，如果他寓居其内的这只鸡蛋，被孵化了，一只小鸡唧唧唧地钻了出来，那将是一只独立于他的小鸡。当然，这仅仅是从比喻的角度而言。

比喻都有其自身无法约束的力量，鸡蛋道士深知这一点。为了不让这个比喻落在实处，以免一切滑向不可控的地方，他决定守住鸡蛋的边界，守住一个居住在鸡蛋内的道士的本分。他决定，让这只鸡蛋永远只是鸡蛋，永远是现在的样子。为此，鸡蛋道士称得上殚精竭虑、朝乾夕惕。立足于现有，他让自己更加分散，散至混沌的蛋清的每一个最小构成部分，散至蛋黄柔软的澄澄的每一次呼吸。是的，蛋黄在呼吸，它上面的黑点在呼吸，它的呼吸是最大的隐患。鸡蛋道士不能根绝这呼吸，他的意识也有赖这呼吸交换来的信息维系。为此，分散的同时，鸡蛋道士平行地聚精会神，将注意力放在壳内小小的空虚之所，那个不时移动，但总是朝向更大的一方的气室。

气室让鸡蛋道士很烦恼，偶尔又在烦恼中生出甜蜜。如果没有它，如果彻底与外界隔绝，他就不需要这么战战兢兢，提心吊胆，没有一刻得到完全的宁静。可如果没有它来安置壳内冗余、废弃的时间，再等待时机，将它们一点点贴着蛋壳，化整为零地放逐到外面广大而空虚的世界，再带回来新鲜的绒毛如初生春水般微微飘拂的时间的幼雏，那鸡蛋内的生活将是无法忍受的。到后来，鸡蛋道士甚至掐着间隔的节奏，不时地将意识聚拢在气室周围，在那里屏气敛息，让自己拟同于气室，拟同于蛋壳朝向外部的那一面，并随着这种拟同，贪婪地揣想那一个世界。

鸡蛋道士深知这里面潜藏的危险，因而在贪婪中又体现出极度的克制。

严守时间的间隔不说，外界有任何让他感到不安的变化，都会让他从气室周边逃离，并在逃离的当下，让自己的意识更加分散，更为混沌。那些变化都是微不足道的事情，譬如光影在蛋壳上的流动过快或过慢，譬如风抚慰蛋壳的动作过大或过小，譬如楼下或天上过客般传递的声音过高或过低。鸡蛋道士对这一切并没有恒定的标准，但他有他的感知，这感知就是行动的唯一的准绳。

也有例外，那便是那个人临走前的摩挲的回响。这回响只在鸡蛋道士的意识里添油加醋、开枝散叶，并不引发后续的行为。从她的动作、语气，还有她说出的话，鸡蛋道士猜想，那多半是个稚气未脱的小女孩。及至后来，当他逐渐修习出自己的方式，能够对鸡蛋外面的世界有更多的感知，并且能将感知到的东西还原其在世界中的意味时，他几乎能从室内室外如此浓重的粉色中确证这一点。但鸡蛋道士还留存着一线别的猜想——如果那是个成年人，一切又意味着什么？这并不是说，他有所偏好。没有，他仅仅是好奇心起，仅仅是对顺理成章感到乏味。既然不关联任何行为与后果，鸡蛋道士索性放任自己的好奇心，以及随之而生的想象。

在想象的一条岔道上，那是一个成年女人。为了不横生枝蔓，她独自居住在这个房子里，过着寻常人的生活。上班、下班，购物、消遣，享受美食、运动健身。她的烦恼不超过这城市中的人均量，她的快乐亦然。略微独特的是，她对粉色多了一些偏爱。无关乎幼年的缺失、成年的补偿这类俗套，仅仅是喜好那颜色带来的轻微的欢愉。她对此并不贪婪，克制地提高了它在卧室里的比例，并不将这偏爱往外延伸。门上的桃花与猛虎，是极其偶然的产物，既然在那里，自有它们的道理。事情到此似乎绕了回去，展现出乏味的封闭，其中暗藏着的小小的矛盾，又多少暗示着不周延的缝隙。鸡蛋道士对此心知肚明，可他也没那么在乎。既然如此，那就把注意力再往外挪，挪到鸡蛋下面浅粉色的手绢上，挪到这一切所源出的那两根手指。那手绢与手指，会不会是一体的呢？

那手绢与手指，会不会是一体的呢？鸡蛋道士为这个念头眩晕，眩晕之后是努力才勉强抑制住的欣喜。也许，它们本就是一体的。不，没有也许，它们就是一体的。不必分辨，是手指的余响长留，做了铺垫；或者是手绢借助风力，局部扬起，拂动了蛋壳。反正温暖与柔软同在，反正柔软与温暖共生。想到这里，鸡蛋道士有些窒息，而窒息的根由在于激动。因为与蛋壳外的世界并没有那么隔膜而激动，因为并没有完全被遗忘在这里等待荒废降临而激动，于是他用尽心力，仿佛有了皮肤与具象化的感知，从鸡蛋的内侧紧贴住蛋壳膜，隔着蛋壳与外面的手绢与手指相依偎。作为回应，那温暖与柔软愈发强烈，且绵绵持续，无间无息。这让鸡蛋道士生出依赖，他渴望一直这样下去，以至于忘却了鸡蛋的边界，忘却了道士本分。仿佛饮了千年窖藏的醇醴，醉亦是梦，梦亦是醉，与天地大同，与万物混一。

等到再有意识，周围已是一片澄明。不是光的澄明，而是意识的澄明。不是意识的澄明，而是身体的澄明。再返回去，落到实处的，又是光的澄明。那光从一小块缝隙间漏进来，并不显得颠顶，并且"毕剥"有声，而那声音源自一只细嫩的新鲜的喙，尖尖的一下一下地啄动。啄在蛋壳上，啄在那缝隙的周围，以便放入更多的光。啄也不是永动的，一阵紧一阵松，松紧之间，伴以停顿以唧唧啁啾。然后是尝试在局促的密室里站稳的声音，是振动尚且稚嫩、毛羽不全的翅膀的声音。

在这啄动与声响中，鸡蛋道士明白过来，鸡蛋得到了孵化，鸡雏迎来了世界。这并不意味着他的消亡，但他的确无法再以鸡蛋道士的方式存在。在告别之前，他凝聚了最后的精力，得以看见，在啄空的鸡蛋壳的外面，在书桌的另一块木板上，站着一只缤纷的母鸡，她正开屏般参起浑身的羽毛，仿佛要填满整个空间。

不过，鸡蛋道士也许是借助鸡雏的眼睛，看见的这一切。

壳　外

　　小区中间的塔楼，13号楼2003室，住着另一个鸡蛋道士。本来，这个鸡蛋道士是要加引号的，因为这只是他的自称，只是他视频直播的名字。他直播的内容挺乏味的，不过是拿鸡蛋玩各种噱头。一开始是生吃，在数量、方式上下功夫，可在那么多凶猛的同行衬托之下，显得过于小打小闹，没吸引来几个粉丝。一度朝恶心演变，毛鸡蛋、臭鸡蛋……想到的想不到的，挨个尝试，统统安排，局面并无多大改观，他本人先受不了了，借着平台的警告，停了这些项目。沉寂了一阵，鸡蛋进一步道具化，玩起了一系列小魔术。比如从矿泉水瓶口跌落进去，比如在手绢下面忽然消失，比如一支红芯的铅笔穿过蛋壳而鸡蛋完好，诸如此类。观众倒是多了些，在留言区予以解密、拆穿的人随之而来，冷嘲热讽不绝于耳，"就这？""那么好的鸡蛋，可惜了""还没吃饱呢，就撑了"……说得起劲，干脆在留言区互动起来，一个赛一个地抖机灵，鸡蛋道士倒好像成了观众。

　　痛定思痛之后，鸡蛋道士决定尝试点新招，从没人试过的。他开着直播，端着手机，上菜市场、进超市，买来两打新鲜的生鸡蛋。"是新鲜的吗？"面对这个近乎白痴的问题，超市的售货员爆了粗口，话到半截，意识到手机正对着自己，伸手挡住嘴，连着点头；菜市场的贩子首先注意到了手机，二话没说，摸起一个鸡蛋在手掌边缘一磕，色泽、质地分明的蛋清蛋黄滑进掌心，举了过来。鸡蛋道士手指在里面蘸一蘸，收回来闻了闻，尝了尝，冲着直播间里十来个观众，大声肯定。

　　"新鲜得一股热乎乎的鸡屎味。"

　　就从这鸡屎味中，鸡蛋道士选了大小、形状完全相同的两枚鸡蛋，将它们置于自己的脚下，如同哪吒的风火轮，开启了这一轮不间断的两个手机、两个账号的直播。其中一个手机，固定在房间里，取全景，全景的核心当然是他，吃喝拉撒睡，一点不遗漏——当然，拉与撒以及洗澡时，需要选择角度、方位，保证观众能看清是他，同时不至于出现违规内容。另一个手机则用在他活动或者有人提出疑问时，镜头对准双脚与脚下的鸡蛋，保证消除任何观众的疑虑，平息任何好事者的起哄。

重中之重当然是脚底的鸡蛋。它们并不紧贴，而是与地面与鸡蛋道士的脚底保持着大致相等的两三厘米距离。鸡蛋道士活动时，两枚鸡蛋跟随，悬浮于地，托举着他。要是他直来直去时动作过猛，它们还会落在后面一点；要是他转弯过快，它们还会在惯性的作用下向前冲出一点。两个鸡蛋仿佛有着意识或自主性，甚或可以说具备人工的智能。它们尽忠职守，绝不擅自离岗，绝不嫌弃压在上面的一百来斤。它们灵活多变，绝不死磕硬碰，绕着每一处可能的陷阱与坚固之物，及时止步、回身。它们还有几分调皮，偶尔玩出一点花样，由横卧变成竖立，由静止变成绕着一个点自转。这些都被镜头一一捕捉，不但在直播间引起了连番的惊叹，更是以一种独特的萌感，吸引来专门的粉丝——他们不仅以"道长"称呼他，以示认可，还给两枚鸡蛋取了不同的名字，并为相应的追捧者再取出新的名字，更进一步分化成喜欢左脚下的那枚或右脚下的那枚，或是两枚不可分割都是心头好，这样三个吵吵闹闹、似假似真的群体。

鸡蛋道士对此毫不热衷，他知道，要是他也再往前走，去关注两枚鸡蛋的名字与生活，尽管会迎来更大的流量，但事情就会变味，与他的初衷大相径庭。何况，他现在还有两个问题需要解决。一个很简单，关涉出门，他只需要买几条足够长、下端足够宽的裤子，在他出门时可以挡住鸡蛋，不让人窥破玄机就成。另一个则比较复杂，关涉占去每一天多则三分之一，少则四分之一的时段，即睡眠时间。

一天中，总会有那么些时段，人的神经松弛、注意力涣散。别的时段还可以用喝咖啡、喝茶这样的辅助性方法帮助维持清醒，或者上一些类似头悬梁锥刺股的物理手段。可一旦双眼闭上，进入梦乡，一切都可能抛诸脑后。那时候，两枚鸡蛋还会坚持在岗，不折不扣地执行它们的任务吗？那时候，它们的任务是什么？保持与脚底的距离，还是继续托举？前者未免形式主义，后者似乎又过于苛刻。拥入直播间的观众对此分歧很大：有的认为后者是必然的，就算鸡蛋道士不能站着睡觉，至少两枚鸡蛋也应该转移到背部，将他托起。为什么要担心他会压碎它们，站着与躺着难道不是一样沉吗？有的则认为，保持一个距离就行，这倒不是因为沉不沉的问题，难道鸡蛋就不应该休息，享受一点"蛋道关怀"吗？

让鸡蛋在睡觉时转移到背部，鸡蛋道士不能同意。他无法确信，人在入睡时，体重会如清醒时那样保持稳定，何况背部的受力与支撑面积迥异于脚底，更何况他难免翻身起夜，仓促间他与鸡蛋未必能同时反应过来。可就那样让鸡蛋顺着脚底往下滑，显然又少了点意思。思来想去，他给出的解决办法是，睡觉时再找两枚鸡蛋，垫在原来两枚鸡蛋的下面，托住它们，使它们与脚底保持平常的距离。笨是笨了点，可这个办法确实有效，无论是观众的反馈，还是翻看回放，效果都完美地达到了预期。意料之外的是，这个办法达到了字面上的"危如累卵"的效果，因而另外吸引了一批观众，他们专挑鸡蛋道士入睡的时刻，来到直播间，全神贯注地盯着视频，提心吊胆地为鸡蛋的每一次变动而屏息敛气与欢呼雀跃。很快，这两枚只在夜晚站岗的鸡蛋也有了自己的名字与追随者。

鸡蛋道士对此难以理解。如果说，前面的两枚鸡蛋因是这件事的缘起，自始即在且"身负重任"，有人对之移情尚有可理解的地方，那这两枚鸡蛋的吸引力在哪里？就因为它们的备用性质而让人代入吗？这委实超过了事物间应有的道理。他甚至猜想，莫不是在他睡觉期间，另有奇迹发生？可翻看回放，并无所得。鸡蛋道士并不在可有可无之事上执着，对此稍稍追究，没有理出什么头绪，也就算了。再说，那些追捧这两枚鸡蛋的人，除了在直播间留下暗语般的只言片语外，并没有造成别的干扰。

况且，鸡蛋道士有更重要的，独属于他的事要操心——这件因他一时兴起而产生的事，该如何结束？现在，他的粉丝数量增长了不少，虽然还算不上一炮走红，虽然还不至于吸引来广告投放，但已经远超过他启动这件事时的想象，令他快要摸到五光十色境地的门槛。这么多的观众进入直播间，观看且寒暄、嬉笑，仿佛进入了一场聚会，至少也是到了咖啡馆、茶馆之类的所在。总之，这一切都让鸡蛋道士懂得了直播是什么样，它可能通往哪里、达到何等程度，这些可以想象，但他也只要它们限定在想象中。

那么究竟该如何结束呢？这方面可想象的空间并不大。耗费一番心神后，得到的不过是顺理成章的答案：变化即转机——正在进行的事出现变化，就将迎来结束的窗口期。鸡蛋最大的变化，当然就是孵出小鸡。至少，这是唯一一勃发生机的变化。那么就照此办理吧，鸡蛋道士做了决定。他并不知道自己能不能孵出小鸡，但至少得尝试一番。至少，在尝试的过程中，他会感觉到终点就在前方迎候。

这个决定不能说出来。不然，它将成为直播间的强心剂，成为新的更大的噱头，与他的初衷背道而驰。多半，还会让事情朝着失控的方向发展。不能说也就意味着，要采取的行动不能那么明显，不能让人猜中意图。这倒还好，因为他连要做什么都不清楚。只能依靠并相信网络，相信它告诉他的一些条件。可把这些条件用"不能让人猜中意图"的筛子一筛，也就剩下温度这一条了，而这温度唯一的来源也就剩下他的身体。准确说，依靠他的两只脚来传递给两枚蛋，身体的温度。

首要的一点，是保证两枚鸡蛋受热均匀且恒定，再也不能像以往那样，白天黑夜两个样。白天向夜晚看齐不可能，夜晚将蛋收起放入恒温的环境保护起来更不可能。能做到的，是以脚底覆盖，将它们始终置于他的保护之下。换句话说，夜晚向白天看齐。一天半天的短期操作，靠意志力靠物理刺激，鸡蛋道士做得到。现在这样还不知道尽头何在的相持，需要外在辅助。好在，只要想得到，总有解决办法。他从网上买来类似双杠的运动器械，设定高度刚好至腋下，再以护具护住双手，确保他可以在每个晚上架着入睡，脚下的鸡蛋与白日一样，悬在地面与脚底之间。重中之重，则是确保温度达到孵化的程度。人体的温度本就较低，脚底尤甚。更为难的是，他还无法借助外力，哪怕是一双厚厚的袜子。只好将体内持续燃烧的火炉下移至脚，只好祷念鸡蛋内生命的胚胎充分向阳。

这燃烧与祷念传递下去，鸡蛋道士感知到了鸡蛋内的变化，若有呼应。十来天下来，生命在按照应然的顺序，逐步成形。这让他喜悦，这喜悦多少消除了悬吊着入睡的疲惫。又过了几天，那过程却又暂停了。当然，说是蓄势也好，只不过不容旁观，留出的余暇也倒计时般，紧迫地逼近于空。是落空的空，是竹篮打水的空。鸡蛋道士对此心知肚明，遍用穿厚衣、喝热水、灌姜汤等招数而无果，那鸡蛋内就仿佛一壶停在九十八度的水，差一点火候，只差一点火候，就差一点火候。

没有办法，鸡蛋道士沿着直播的边界，戴上皮帽、打开窗户、开着空调、脱去外衣，自冰箱里取出冰块，倾倒进背心扎住的腰腹部位。抽空根本的蓝色火焰腾腾若实若虚，点着了浑身上下与内外，极力将它们向下引导，包裹上两枚鸡蛋后，鸡蛋道士进入了一种非己的状态。他能看见屏幕上观众的诧异与议论，不少人窥破了他的动机，赞叹或阻止、谩骂或无言，都统统入了他的眼。但他就是无法给出回应，无法让这些稍稍停驻，他就像身体已死而魂魄尚存，残留着一点余温。

终于，赶在余温消退之前，世界有了新的动静。细碎的声响后，跟随着稚嫩的扑棱的动作，是在挣扎，亦是在平衡。是在破壳，亦是在召唤。顺应着它，鸡蛋道士挣脱了身上无形的枷锁，慢慢向自身回落。

感觉恢复的第一下，是脚底板的瘙痒，他往回一缩，落在了实处。对，是悬空的实处，是知道下面再没有托付的实处。他来不及从器械上下来，让双脚踩在地上。因为在他双脚挪开的原处，摇摆着两只绒毛黄而浅的活物，它们发出的声音细碎而连续，仿佛在饮水、啄食。

第一眼看去，那居然是两只扁嘴的小鸭子。鸡蛋道士苦笑着摇摇头，定睛再看。那分明是两只，嘴巴尖尖的鸡雏。

蛋

还有一个鸡蛋道士，他不住在某个具体的房间。这并不是说，他凭空而来。不是的，他的根源在小区东南角的4号楼201室。问题在于，他所存身的那枚鸡蛋坏了。在买回家忘了放进冰箱的1个月又18天后，居然就坏了。不是因外在的磕碰坏了，是由内部散发出一种独特的臭味，大张旗鼓地声明着败坏。带着点恼怒，屋主将它扔进了垃圾袋，顺势拎起垃圾袋，出了门，沿着楼梯下一楼。

过程中，坏了的鸡蛋在垃圾袋里重新落位。它沿着一片蔫了黄了的白菜叶子，落到一层土豆皮上，又一次颠簸，卡在一个苹果核上。出单元门时，苹果核上的牙齿印就势咬了发臭的鸡蛋一下。无法脱离苹果核的牙齿自然咬不破鸡蛋壳，可这个动作本身，甩出一滴甜丝丝的苹果汁，正好落在鸡蛋气室所在的地方。得到感应般，鸡蛋内部，气室那通常被忽略的小小空间里，鸡蛋道士醒了过来。说醒并不确切，可鸡蛋道士又并非无中生有，他一直在，至少有了这个鸡蛋的时候他就在，但此前他并不以这种方式在。

以哪种方式呢？鸡蛋道士自己也有这样的困惑，但在由单元门至垃圾桶这短短的路程上，他想明白了——或者说，他对此赋予了自己的解答。他以道的方式而在，再要继续，就属于不可追问、不必回答的范畴。道并不局限，也不拘泥，端赖每个具体的存在撑起。至少，撑起道落在这一个上面的这一部分。这样说，并不意味着，具体的存在只能领受道的一部分……还要再辩下去时，一阵凌空的失重感攫住了鸡蛋道士，随即是更强烈的震动。鸡蛋颠了几下，再度落位。鸡蛋道士知道，他短暂地安居在垃圾桶里了。鸡蛋道士还知道，他所在的整只鸡蛋都是他的眼睛，只要他需要，就能用它一睹周遭世界的样貌。鸡蛋道士也知道，此时此刻，这不是最重要的——看从来都不是最重要的，在看之前，他已经先行知道，不止样貌，更有样貌内里的败坏、待发的蓄势。

至少，对于小区里的另两个鸡蛋道士的前世今生，这一个鸡蛋道士一清二楚。作为后者，他有些伤感，因为另两个都已很难再称作鸡蛋道士，他们的鸡蛋已经孵化成鸡，鸡雏已经满地走动，占据了这个世界划定给他们的部分。没有了鸡蛋，自然不能再称为鸡蛋道士。另一重伤感，更深的伤感浮上来。毕竟，由鸡蛋到鸡雏，怎么说都是进了一步。不再称作鸡蛋道士，但属于他们的道仍在。可他自己呢？显然没有这个可能。不过是废弃之物的一部分，随时都可能消散，消散时甚至留不下丝毫痕迹。想到这里，鸡蛋道士决定打住，这不是一个道士该有的。与此同时，他还决定，切断对另两个鸡蛋道士的关注。

　　这是偌大城市里，最常见的那种垃圾桶。一米出头高，近乎柱体，下面略窄，上面略宽，四个角略有弧度。绿色的塑料的，挨着几个黑色的同类，站在暮色里。确定这晦明难辨的辰光是黄昏时，鸡蛋道士稍稍感到宽慰。如果是清晨，垃圾车将很快到来，一番折腾，他将随垃圾被倒入车内，运走，然后迅速得到处理。不管有多幸运，鸡蛋都必然会在这个过程中破碎。尽管破碎未必意味着气室的破裂，但那概率总归太小，不能寄希望于此。黄昏意味着，离那决定性的破碎时刻还有一点距离。拿这时间来做什么呢？逃逸吗？如果能成功，想必会是个动人的童话。修炼成形，待时机来临时，破壳而出，从此得享真正的逍遥，这是个近乎胡说的神话。或许有，但不是一个鸡蛋道士可以奢望的，至少不是这里的故事——鸡蛋道士对此心知肚明。那么剩下的，就只是平静下刚刚苏醒的意识，以便顺受后续的一切。

　　鸡蛋道士想明白这一点，吁了口气。小小的一口气，让他更加意识到自己的存在。小小的一口气顺着鸡蛋并没有那么紧致的壳，透到了外面，交换进来一口新的空气。忽然间，鸡蛋道士就闻到了不可阻遏的臭味，是外在的各种厨余垃圾混合而成的味道，它让人作呕，却不过是一个引子，再度引出了鸡蛋内部的恶臭，辐射般，一阵强似一阵地涌入小小的气室，势必将它挤满，要将鸡蛋道士排挤出去。这不是我的寄生场所，它是我的生身之地……

鸡蛋道士抗议道，浑然无视这话里不真实不自洽的部分。如果非要容不下我……会引起什么后果，发生什么不可预期的事——鸡蛋道士还没有想明白、说出口，就被猛地往上拖拽，随即悬停，然后加速下坠。下坠的时间长过往上，却无质的区别，反倒是落地的动静大过所有，坠落不过如是。

"有个鸡蛋！"一声欢呼。顺着声音，张开鸡蛋的"眼睛"，鸡蛋道士看见一个男孩，正望着鸡蛋，如同对视。路灯下，难以看清更多细节，可以确定的是，男孩有十一二岁，即使在暮色里，依旧白皙得超过平常人。来不及看得更多，男孩的手伸过来，手里有一张湿纸巾，覆盖住了整个鸡蛋，擦去了上面的污渍。

"哎呀，这么臭，还能吃吗？"仍旧是男孩的声音，并没有得到回答。这并不意味着，男孩是一个人，鸡蛋道士得出这样的结论。湿纸巾拿开，他果然看见了另一张脸，一个女孩的脸。她比男孩黑了不少，在路灯下轮廓有些模糊。女孩打开手里拎着的塑料袋，男孩小心翼翼地将鸡蛋放进去。

"可以啦，别把菲利普撑坏了。"女孩说着，吸吸鼻子，"这个蛋真是臭，菲利普会愿意吃吗？"

"说不定菲利普喜欢得不行呢。"男孩停止在垃圾桶里的翻找，扔掉手里的木棍，"要不是我奶奶看得紧，我直接就从冰箱里拿了，哪至于来翻垃圾桶。"

"就是，要不是我爸老说菲利普有病……"女孩回身望了一眼，就此打住。

接下来是一段晃荡，几百米吧，鸡蛋道士放弃了借助鸡蛋来看，重新回到气室内。塑料袋的晃晃悠悠让他有点晕，本就没成形的身体快要散架，也可以说，一团小小的气体快要被颠荡得左冲右突，挤破蛋壳膜与蛋壳的限制。很快了，鸡蛋道士这么告诉自己。他还无法确定他们说的菲利普是何方神圣，可他知道，谜底很快就会揭晓，从垃圾袋里装的全是垃圾桶里挑出的食物，且以荤腥为主来看，菲利普多半是个凶猛的家伙，它就是他的劫。

事实正是如此。男孩和女孩停下来，塑料袋停止晃荡。男孩先喊一声："菲利普。"女孩接着喊："菲利普——菲利普——"一声低沉的汪传来，塑料袋扔在地上，一串爪子落在地上又抬起的声响由远及近。那声音不紧不慢，矜持中带着犹疑，稳重里藏着谨慎，将一条呼哧呼哧个不停的狗送了过来。

鸡蛋道士忍不住再次张开鸡蛋的眼睛。这是一条拉布拉多，皮毛肮脏，已有几处光秃，面相与躯体都掩饰不住颓唐，是年龄已至的必然，也是生活境地的加速。牙齿仍旧完好，闪现出慑人的冷光；喘息间，伸出的舌头裹挟的湿热之气，反而有着浓烈的死亡意味。

"菲利普——"男孩唤道。

拉布拉多菲利普没有停顿下来以作回应，它等不及，扑上前来。鸡蛋道士陡然意识到，菲利普知道了他的存在，这让它感到意外、恼火、兴奋。扑上来的菲利普用长长的舌头舔了鸡蛋一下，舌头边缘正好刮过鸡蛋道士置身的气室一侧，仿佛一把肉锯试了试刚磨砺好的锯齿，让整只鸡蛋不寒而栗。菲利普却没有趁势将鸡蛋卷进嘴里，它郑重其事地上前，上下颌微微一合力，咬住鸡蛋，往上一甩，甩过头顶，仿佛一颗小小的卫星发射升空。没有等待，菲利普借着那一甩，身子上蹿，追踪着鸡蛋，在鸡蛋到顶滞留，转换着势能意欲下坠的一瞬间，一口将它吞了进去。

不是囫囵着咽下，是在嘴里一磕，上颌与舌头合力，牙齿从旁边协助，压、挤、咬，让鸡蛋碎在嘴里。破碎的蛋壳、混浊的蛋清、黏稠的蛋黄，混沌成一团。涎水在两旁牵引，空气在后面推动，空空的洞穴般的咽喉底部在前头召唤，那一团混沌便这样翻滚着，直往下坠落。

在坠落之前，在压迫、挤弄、咬合之下，鸡蛋已然破碎。蛋壳与蛋壳膜共谋的那小小的气室勉力撑得一时，终究露出破绽，开了口子。鸡蛋道士顺着口子而出，在菲利普喘息之际，在空气灌入的瞬间，找到了缝隙，滑出了拉布拉多的嘴巴。

清气上升，浊气下沉。来到广袤的、无遮拦无阻隔的外面，直面着繁忙而空荡的世间，鸡蛋道士毫无停留地飘升。飘升的同时，四肢百骸成形，又在成形的同时，向四外扩散。他知道，自己正在进入世间，正在等同于世间。

实现这一点之前，鸡蛋道士还来得及上下张望一眼。向上，他看到天色青蒙，如同蛋清。向下，他看到地面沉重，如同蛋黄。

蛋黄的这一角，小区里的草坪上，三只小鸡正叽叽叽，追逐嬉戏。

原载《山花》2024年第7期

寻 烬

鲁 敏

桥头大市场的火，也没烧太狠，说是凌晨三点多就扑灭了，烟势却相当嚣张，悬于城东南半空持久不散。早起送小孩的，买菜的，晨练的，上班的，都还拍到了呢。只见那粗大的浓烟，长长地蜿蜒着，由铁黑至墨灰至深蓝，衬映着金中裹红，红中又泛紫的明媚朝霞，有如光芒万丈中的一条乌龙，煞是好看。许多人发朋友圈，顺带抒发几句对桥头大市场的怀旧与悼亡之情。

算算这桥头得有三十年了，也批发也零售，位置是偏一点，可挺红火，那时人们还用自己的腿脚跑着买东西。厨房家伙，被套窗帘，皮带皮鞋，喜糖喜帖，小孩尿不湿红领巾书包，姑娘的裙子丝巾头花，老人的护腰热水袋，出门要用的四轮箱。啥都有。宽宽大大五层楼，每层都曲里拐弯挨挤着两三百个铺面，家家都便宜，便宜了也还能再讲价。但凡会过日子的，谁去商场挨刀子？桥头就是所有小户人家的大仓库，能管男女老少的一辈子，要什么跑一趟就是。当然，能说这话的，起码是四五十岁的"小老人"，就算这拨子人，也早都不用腿脚而用手指买东西啦。小老人们在微信里睿智地发表拟人化的想法，认为这场因线路老化而起的大火，等于桥头大市场的一种自决，就此烟尘遁去，也算顺应大势了。

董野没发朋友圈，听到消息后他去了父亲房间。父亲当年，或者说他大半辈子，可都是靠着桥头市场那个319号的铺面养家，并一路供着董野。老头正鼾睡呢。他就坐在老头边上，刷了一会儿火场视频，画质很渣，摇晃着的火光外层，能听到有人在号哭。当夜跑去的耿大中回来后跟他电话，说根本近不了前，安全线拉出有几个街区呢，甭说他家只是卖画卖画框的，四楼那些卖首饰卖家电的，五楼卖羊绒卖皮草的，也都给拦得死死的，就眼睁睁看着烧哇。

隔了两天，耿大中又讲，通知商户们去做登记了，有没有的赔，谁来赔，怎么赔都还不知道呢。过了火，又透了水，啥都没用了。还是你家老头子精啊，当初转手给我，可是价码最高的时候，看看我这几年，真的倒贴都来不及的。董野顺着话头，略微劝了几句。我老头当初是精，瞧现在，这不都傻了嘛。人哪，两头一拉，都一样。

耿大中这人也有意思，其实跟老头就是上家跟下家的交易关系，却像是抱养了一只狗过去似的，但凡桥头市场319号铺子那边有啥情况，涨税、营业时间缩短、上面大老板换人、隔壁家两折抛货、一楼改游戏厅等等，都要跟老头说道几句。当然老头也特别喜欢听，还追问，还大放厥词，还胡乱支着儿。老头痴呆之后，耿大中就转头跟董野说。其实董野跟他也就见过两三次，但听听也行。毕竟，董野打小就在桥头大市场长大，假如说，每人都得认一个老家或故乡什么的，那桥头这里，对董野来说，就是。

眼下这桥头是连碗带锅都烧了，耿大中以后怕是不大会打电话来了吧。董野一时感到悬空——其实铺子那边，他这里，还有件未了之事。小事，没太上心，主要也是提不上筷子，电话里讲，显得太重，最好是哪天路过，随口问一句才合适。可桥头位置偏，哪里又会路过？除非专程跑去。就一直耽搁了。

傍晚，董野去玄武湖跑步，一路都在想他那"老家"。跑满十公里，刹住脚，叫个车就直接去了。

已不是桥头，是桥头废墟了。小时候觉得硕大无朋的L形大楼，前半片整个缩成一副歪歪扭扭的焦黑骨架。曾经灰蓝天空投映其上并沾着无数鸟屎的外层玻璃幕墙，成了黑洞洞的巨型大嘴巴。楼板裂缝里裸露着缠绕的钢筋，凶器般刺向仍有烟雾弥漫的垂暮的天空。两架橙色拆楼机正分头挥舞着长胳膊，咬牙切齿地发出击打之声，加速着桥头的消亡。已有小道消息，说这里会改成立体停车场，也有说要建胶囊旅社什么的。总之，就连这焦黑骨架，也快要没了。

围着大半人高的绿色围挡，董野慢吞吞地绕到背街的后半边，他有点拖延。这半边类似于后场，进出货都在这里，东西乱，场面更乱，简直崇山峻岭，是桥头铺子半大小孩们待得最多的地方。一楼那时还没改成游戏厅，全是简餐区，挺实惠，铺子小老板、逛市场的都爱来吃。记得外墙面是仿竹林式的装饰，现已熔成一片片黑胶状的糊片，乱七八糟翻翘着，像扇面儿大的鳞片。当初这里有个麻脸厨子是老爹同乡，常给刚放学的董野，端一碗只有油和葱花没有蛋但依然特别香的炒饭，不要钱。

从一层的简餐区慢慢抬眼向上，如耿大中所说，这边果然还能看出大概样子。三楼，从左边数，第七个隔断，七隔断的中间窗台，这都还能分辨出。那里就是老头子的319号铺面。原来哪里要数，想不看到老头那一大片难看的粗绿条窗帘都不行。不知耿大中接手后换了没。反正此刻什么都不在了。只见横梁半塌的窗台，熏得乌亮。附近一排行道树，全是半枯半绿的阴阳脸。

摸摸后兜，没带烟。脚有点酸，慢车道上找个隔离桩子，董野坐下。小车子，电动车，行人，自顾来往，已没人驻足望了。刚才转了大半圈，也没见着有警察或看管的，兴许是下班了。那过会儿直接翻围挡进去？他拿出手机，拍了几张全景，又重新数了下，拉近，定到三楼左边第七个，拍那窗台的特写。回家不会给老头看的，都不会提这事儿。突然有人走近，拍他肩膀。

"行，我这就删。"董野嘴里先服软，心里想着，那正好问一问管事儿的。一回头，却是位大妈，岁数不小了，脑门上缠着块花头巾，"爱拍不拍，谁管你这？我呀，是劳驾你，也给我拍一张。就站这，带上后面这黑麻麻的一大片桥头"。

董野接过她的手机，依言而行。手机滤镜真是个好东西，再怎么的，透过它一看，都没那么残酷了。头巾大妈这张照，上半截像是个大型后现代装置，下半截的绿色围挡，则又像是框起了一处什么古迹。

头巾大妈嘴里叼着烟，在手机上扒拉着放大，挺满意，董野没忍住，管她讨要了一根。"您老，是在这有铺子呢？""真没眼力，我像做买卖的？我旁边小区的。可瞅你好一会儿了，你刚才拍个啥？"

两人这就扯上了。董野大概地说了他吃过炒饭的简餐馆，老爹的319号铺面和那不存在了的粗绿条纹窗帘。大妈冲满是逆鳞的墙面抢一圈胳膊，看遍桥头起落的样子，"简餐馆，那都哪年的皇历了，你起码七八年没来了吧。游戏厅关了之后，又改成健身房，生意不行，也倒了。直到弄成大药房和棋牌室，这才凑合，附近小区老人多，正好有个去处"。随即开始吹嘘，说她是棋牌室元老人物了，长年风雨无阻，哪怕有个小毛病，每天下午也要来这里大战一局，嘿，病都能好三分。

头巾大妈讲到这里，突然停下，瞪着董野："哎，你给分析分析，我琢磨好几天了。都说这后半片，烟大火小，离烧透还远着呢。那你说，有些火烧不坏、水泡不怕的东西，应当还在吧，能不能去翻翻哪？"

咦呀！一下问到董野心尖上。他刚才没展开讲，主要是觉得，何至于跟大妈说呀——他一直念之难忘，以至终于还是跑到这片废墟之地，确实，也是想来找样东西的。是他小时候的一样东西，就在这铺子里，老头亲手所藏。东西太小了，老头又藏得好，他都没找到，耿大中更不可能发现。理论上说，应当还在。

董野煞有介事又抬头张望了一会儿对过的桥头骨骸，站起身，把头巾大妈让到隔离桩上坐下："您这，是落东西在棋牌室了？"心想不会是金戒指金镯子啥的吧，就算真金不怕火炼，那镯子戒指，也得有碗口大才行。心里想到自己的惦记，起码，他那东西体积还行，好扒拉。

头巾大妈许是看出他脸上有点发笑，不悦地掉开脸，凹下腮帮子，吸她的烟。董野也没吭声。

隔一会儿，大妈却碎碎叨叨地讲起她的牌搭子。徐会计，张工，还有钱委员，这是最近的基本班底。几年前，张工和钱委员还没退休，对家则是赵画家和赵师母。再往前，她刚退的时候，赵家老两口还没搬来，是童校长、段书记。她来之前呢，跟蒋院长打对家的是满主任。她报出的好像都是挺大人物，董野打岔问了几位，原来这只是他们相互间的一种叫法，总之会挑一个跟原来工作或兴趣相关的最大名头最好听叫法，彼此喊着，图个开心。比如童校长，是一位退休地理老师。段书记，原来是个政工干事。张工，是做电器售后的。赵画家，是业余喜欢涂几笔。再问什么，就没有了。感觉他们除了一起打打麻将，似也没别的交情与了解。董野听得有点不耐，忍不住打断，说这样吧，要找东西，不如陪你找人问问。

头巾大妈使劲哼了一声，抱怨说她都找过了，都问遍了，说出于安全考虑，连桥头正经商户都不让进，更别说她这打牌的了。"敢情你，也来找东西？"大妈又把眼神戳过来，料定他不会是助人为乐。

这大妈真可以的，董野只得又交代了几句。

要找的，是他的玻璃弹子。一个大饼干筒，积到大半筒，小学二三年级时的宝贝。当然，这是可以买到的，可他这一筒，没有一枚是买的，买的有啥意思？当然得是赢来的，无数场大战小斗，一颗颗自己挣来，这才金贵。

最早的两颗，是老头子给的，可能也是哪里顺手抓的，却正经八百地，说这是一个奖励，那次董野破天荒地，考进班上前三十。不大不小的一对三号珠子，里头没花纹，对准阳光一照，透亮，董野没见过钻石，可他觉得，这就是钻石。他爱惜它们甚于爱惜眼珠子，但又得靠它们去出征，不久即输掉一只，仅剩的一只，撞得满是坑，却打遍操场、巷子、野园子、周边大院、桥头停车场等各处，一场又一场地立功扬名，成为一只相当于皇太后那样的老龙珠，替董野赢球无数，直至装满大半个饼干筒。

其实那回考到前三十，是撞运的，只撞了一次，后来又跌回到倒数十名，老头也没啥反应，主要是顾不上。老头很算计，从来不雇帮工，从开张到落门，铺子就全靠他一个人盯着。挑货、进货、理货、上货、换货那些，就得赶早或趁夜，自家忙完了，有时还要帮别家铺子。

桥头有这个风气，尤其是女摊主或手脚不利的或年纪大的，吆喝一声，大家一起出力气。忙完了，就几个小老板坐在纸箱子边上，拆几包豆干或咸鱼，分一瓶高度烧酒，直喝得七横八竖。反正董野每天放学回来，在麻脸厨子那里吃一大碗没蛋的炒饭，就到后院去耍，鼻尖贴地，屁股朝天，尽情地拿弹子大战。桥头院子的小孩彼此熟悉，每个角落和角落里的野猫也熟，甚至停着的小货车也都熟，装货卸货的男人们在不远处发出忽高忽低的吆喝，一处处的麻袋纸箱堆得小山高，有种热气腾腾、兴旺发达的样子，叫他感到一种集体感般的安心甚至富足，这是董野一天中最巴望，也是最快活的时段。总要玩到天黑透了、弹子看不见了才回319号铺子。

柜台后面，有他一个做作业的小角落，大小刚能坐下，头上一层层悬着各样领带，周围堆的全是衬衫盒子，像个掩体。董野挺喜欢，在这个掩体里，他得对付最讨厌的没完没了的作业卷子，可是不怕，边上有他最心爱的一大罐玻璃弹子。这就能挨过了呀。他只用一只手忙功课，另一只手呢，就搁在那罐子里头，无意识地拨弄着，偶尔随机地掏摸一颗出来。嘿，这五彩旋儿的，前主人是隔壁班那小结巴。这只傻大个儿光板珠，丑是丑，体量大呀，当初能赢到手也是侥幸，轮到他打珠子时，对方正好在斜下方，就力借力，出界喽！有时也会摸到老爹给的那只老龙珠，满是坑洼嘛，他不拿出来，只握在手心里，捂一捂，再轻轻地感激地埋到罐子最深处。

"你要找的，是一筒玻璃珠子？"大妈这回也还了他一刀，笑得直咳，连脑门上缠着的花头巾都有点歪。

"我查过，玻璃起码到600度以上才会变软。你看这半边的窗户，都是掉下来碎的，不是烧化的。再说，我装在铁皮盒子里，铁的，更扛烧，得1500度以上。"

"不是说化不化的，你这，一盒玻璃球！"大妈理理头巾，把笑好不容易收住，重新皱起眉，"那骨头呢？你帮我查下，牛骨能撑到多少度。"

牛骨头啊？董野实在难掩惊讶。大妈这岁数，总不会没熬过肉骨头汤吧，功夫到了，骨头都是能嚼成渣渣的。

"是一副牛骨麻将，牛头骨。你玩过牌的吧，手感是最最重要的。市面上卖的那种树脂，可太没劲了。黄金玛瑙翡翠的呢，咱也没那福分。玉石的玩过几副，我嫌沉，冬天还冰手。瓷的呢，瞧着讲究，可容易磕着碰着，不尽兴。嵌竹片的虽耐实，却又轻了一点。怪不得说，最上手的得数象牙，那牛头骨，也差不离。满主任的这副牛骨牌真是不赖，大小轻重都特别称手，养得润润的，全是我们这些年的手汗手油呢，它这是祖上老货，还有老一辈儿的人们盘弄出的包浆，哈哈。牌盒子也好看，上面刻着几道山山水水，赵画家说是鸡翅木，值大价钱，满主任怕人惦记着，就换成个铁皮盒子，哐里哐当的特难看。现在想想倒好，你说得对，铁皮盒子更耐火……满主任那人哪，特别不好相处，可就凭这副骨牌，大家可都认他。"她又开始扯回到麻将搭子们身上，说徐会计总跑厕所，还不爱洗手，讨厌吧。童校长胃不好，零食不离嘴，弄得到处黏糊糊的。钱委员是悔牌最多的，还把牌掉桌子底下呢。赵师母啥都好，就是太冲鼻子，你说打个牌天天见的，全都老得嚼不动了，还喷香水做啥？

董野一边听一边分神，敢情她想去灰烬里捞的，非金非银，是满主任搁在棋牌室供大家玩的一副牛骨麻将，虽是所谓老货，说到底，跟弹子一回事，都是个玩意儿。再说，他心里替自己辩护，后来他那罐弹子，早就跟玩没关系了，反倒成了"玩不了"的。

还是跟老爹有关。那天很平常，没考试，没闯祸，不是新学期开学，不是妈妈忌日，铺面生意也正常，连周末都不是，冷不丁地，动作很大，喝酒归来的老头子，一把将董野从他的小掩体里拽出来，他正右手捏着笔左手攥着弹子自得其乐呢。明晃晃的日光灯下，一时吓住。老头子倒是没揍没捶，只是开口训了一段，也无甚新意。就是叫董野要好好地搞作业搞分数，得玩儿命地弄，这话他以前喝过酒也会咕哝两句，今天却展开来，讲一长段，却又毫无体系，更像是扯闲话——你看看137号的黑秃头，看看145号的韩二姐，205号的高低脚，还有楼下炒饭的老麻子，他一口气讲了一堆桥头男女，挨个儿地数他们，还配以长吁短叹的感慨，听起来，他们个个是活闹鬼苦命鬼，简直没有一个人的日子是值得过的。董野垂着脑袋，听得稀里糊涂。你要再玩下去，你跟我，跟他们，就一模一样了。老头咬着牙关说。本来就一模一样啊，董野心里想。桥头铺子的这些黑脸黄脸，瘦男胖女，真的都差不多，有人经过，就扯着嗓子笑容满面地吆喝，没人了，就灰不溜丢地落眉耷脸。董野经常从他们铺子前跑过，从来分不大清谁是谁。他只留意弹子，谁谁有什么特别的弹子，惦记着下次要打进自己手中。一想到弹子，左手里捂着的弹子忽然被汗水粘住了。一下子想到，老爹怎么就不凶他不打他，语气怎么这么平淡，甚至可以说是抒情——果然，老头正弯下腰，在他的小掩体里掏摸，嘴里平平淡淡地下着死命令：这个拿来，再不许碰。从此，你只许搞作业搞分数。

那还不如捶死他算了。要没弹子，别提做作业了，放学都没劲了，回家都没劲了，活着都没劲了。这一大罐都快满了呀，多少心血，跪着爬着，膝盖上都磨出茧子来了呀。董野感到自己呼吸都快接不上了，极像要淹死一样，嘴里勉强冒出半句争辩：可最早也是你给我的……

老头子听到这句，笑了。正是呢，解铃还须系铃人，该着我拿走啊。

眼睁睁瞧着，心爱的铁皮罐子，被老爹从他的小角落，一下子抓提出来，暴露出来。老爹晃荡着，像要倒一盆脏水，弹子发出闷闷的搅动声，听来像被捂住嘴的啼哭与叫喊。

那能不能，替我好好地留着？我保证不碰，但你得留着，一颗都不能少。你给我说个任务，我完成了，你就还我，好不好？董野手脚冰凉，小腿发晃，胡乱请求。搞分数就搞分数，他也考过班上前三十名的。真要把珠子全散了，他一定会马上就死掉。

老头儿盯着他，看了一会儿，又原地转两圈，四处打量他们这个十四平方米的铺子。行，我替你收着，就搁这铺子里，你不许找。我保证替你留好。然后等你，嗯，考上个好中学，就还给你。

弹子总算给保全了。三年后董野并没有拿到——老头儿一摆手，对着面前的录取通知书，自斟自饮地敬一大杯酒，喜滋滋的。看看，亏得我一把头截住，你这不考上育才了，区重点哪小子！看看，这一年，老爹让老麻子给你在炒饭里加上俩鸡蛋，也不是白给的。儿子，接着冲，一口气地冲，整个重点高中，把这正道给走稳了！到那时，我真没话说，肯定给你。为了强调他的承诺，还伸出胳膊上下左右地指着铺子虚晃了一圈，放心好了，就搁在这里头，大铁皮罐子囫囵着呢，珠子个个都好着呢！

其实董野当时的玩心已经淡了，真要还给他，也未必会碰，就算想玩，也找不到伴儿了，外头也不大流行了。他只是怪想那些弹子的，好像是他身体的一部分，老悬在外头，整个人总觉得不全乎。那晚趁着老爹酒醉，他仔仔细细扫了一通铺子，连绿条纹窗帘杆子上面都寻摸了一遍，愣是没找着。思来想去，只有头顶没找过，他盯着日光灯，反复看，它后面那块天花板似乎有条松动的缝。肯定在那里，只会在那里。但这就得架起个梯子，动静有点大。作罢。最最主要的，是他想让老爹自己拿出来，正儿八经地亲手交还给他，那才像一回事。不就重点高中嘛，考来就是，他现在不怵考试了。

什么前三十，前二十，前十，他早把碰巧变成了必定。

……耳朵边一直叨叨着的头巾大妈也不知讲到哪里，她突然停住，扭过脸来冲着董野："两人一起更好，我们再去找找什么部门，没别的要求，咱就是去翻一翻，他们派人盯着也行。但你不要跟他们讲是玻璃珠子，我也不讲是麻将。或者你再向别的铺子打听打听，万一有人想翻找金银财宝什么的。人多了，东西值钱了，那就好去讲话……"她劲头很大，不达目标不罢休的架势，接着又主动扔给董野一根烟，显然是想巩固他们这个同盟，"要不拉上你老爹，我们两个老不死的冲在前面，哼，他们就更不敢拦了！"

"我老头早痴呆了。他天天早上睁开眼，浑不知天上人间，都不晓得铺子早转手了，顾不上拉屎洗脸吃早饭，只一条，急急忙忙地要让铺子开张，嘴里还高一声低一声吆喝呢。"

就算没生病，老头子怕也早就忘掉弹子了，这无所谓，包括董野自己，也有意无意地按下这事不表。中考他也干得很漂亮，桥头几百个铺子的小孩，统共就两个考到市重点，另一个还是在外头借读的。打那之后，麻子大厨炒饭时不仅加鸡蛋，还加虾仁了。董野自然也越发地自矜自爱，那个暑假，只歇了一周，就报了补课班，老头掏学费时可利落了。当然，他一丁点儿都没有忘记弹子，甚至比三年前更强烈地想拿回到自己手边。但就这样吧，就让它们还在铺子里远远地悬着浮着好了，像是一个已经中了，可他偏不去兑换的大奖，就算老头子忘了，只要他没忘，就一直在、一直有效。

不急的，还没忙完，也没法当真歇口气，过了这一程还有下一程，总有新的任务在前——高中完了，就是冲"211"大学，四处投简历找份工作，做小伏低拍马屁喝大酒，争取一步步晋升，最好能一年赚他个十来万，总归要攒出首付买上房，这样才能找个好人家的媳妇——这都是老头整天挂在嘴边跟他叨的。反正老头是死守着319号铺面，肉嗓子喊累了装小喇叭，名片没人要了就发彩页广告，衬衫卖不动了就做T恤做运动服，有起也有落，大部分时候将将就就，有时赔本，也有两年赚了不少，总归能托着董野一程程地往前奔。

到哪一年才收手的？对，是白内障实在太严重，得做手术了，而董野这里儿子快要出生，家里需要人手，老头这才不情不愿地把铺子出手了。他开了个很高的价码，一会儿嘴松，一会儿口紧，把个耿大中给谈得筋疲力尽，连卖不出去的发黄了的老款衬衫都统统接手了。老头子啊，确实是精明过头了。就比方说这弹子，当初带给他玩儿，等于一只小胡萝卜，害他上了瘾，后来突然夺走，又歪打正着地，把这弹子的瘾头变成了一个想头，或者说，一个引擎，轰隆隆地从小学三年级一直响到现在，拖着董野一直跑一直跑，直跑到现在，董野都开始让他自己的儿子跑了，双语幼儿园，重点小学，重点初中……

不想跟头巾大妈扯这许多，只吐露了一点懊恼，要是当初铺子一转让，他直接去耿大中那边拿回来，不就完事了嘛。也怪那阵正忙着考会计证，又想着那耿大中是个没主张的，估计不会改造铺子，没几年整个桥头市场人气衰微，铺子主们谁还会整修？董野总想着，等忙过这阵子再说。可事情嘛，总是忙过这一阵，又要忙下一阵。固然时不时地，某些深更半夜的阑珊之中，会闪过他那罐悬浮在外的弹子，又巨大又微小，像一粒粒小行星，在银河中缥缈转动，如沙如霰，肉眼难见。想想就会疼痛，空落。那是他的小时候，是他的一部分，是他空空的左手，是什么也没握到的那部分。

"你真要这样看重，那是立时三刻，也要拿回去的。所有没做的事情，都是因为你并不是真的想做。"大妈毫不留情地指责，用的是手机短视频那种诲人不倦的口气，"我其实不恋旧，要是我自个儿的东西，没了也就没了，拉倒。早晚有一天，连人也要没的，我才无所谓。关键哪，这副麻将，是人家满主任的。"

头巾大妈又回到她的主题上。他们这群麻将搭子，说是固定的，其实也不是，差不多相当于流水席，有的来得早，吃得长，有的走了，空出位子，又有新来的。但这些个人，无非属于几种情况，她简单地用数字来讲。一、

木棉或鲐鱼

退休了，刚刚加入。二、稳定相熟的老搭子，欢声笑语，每日一聚。三、得病了，身体弱了，隔三岔五，慢慢就来得少了。四、进医院了，没声没息，走了。差不多人人都是这样的。反正有人前脚空出打牌位子，也就有新人后脚来了，不断轮转。牌桌是天天开天天满，人呢，是常常换常常新。

说的这位满主任，其实大妈并没有跟他打过牌。只是听前面人讲，他四十出头就内退了，得的是什么老慢病，全靠补养撑着，但是特能熬，在别的棋牌室已玩了好些年，这里一开张，他就带着几位老牌友转场至此。他呢，嘴碎，还有小脾气，并不招大家喜欢，可就凭着这副滑溜顺手、油光锃亮的祖传牛骨牌，俨然成了桥头棋牌室的半当家。头巾大妈来之前，他早已去康复医院等死了，没住几个月，也就没了。关于这副牌，他住院之前就絮叨叨地，正式交代了其他几位，说要留在桥头这里，人不在，牌在，并且要他们接手后也要好好地过手，不断茬地往下传留。牛骨这东西，没了汗血气养着，就容易焦干开裂，那也等于人物两误，可惜了的。

头巾大妈初到桥头棋牌室，跟童校长、段书记还有一位赋闲在家的小浪哥，摸的头一局，就是这副牛骨牌，大家一边摸，一边说着刚刚没了的满主任。后来，段书记回滁州老家了。童校长发了心脏病。接上来的呢，是新搬来的赵画家、赵师母。他们两口子太恩爱，走了一个，另一个就不再下楼了。张工和钱委员，在大妈看来，都能算晚辈儿。嘿，以前我说赵师母香水味太冲呢，谁晓得张工，别看是个男的，他不用纸巾，擦汗擦嘴擦手都用手绢，每天换得不重样，掏出来一晃，我真个要打喷嚏的……

好像按下了一个循环按钮，头巾大妈又开始点评起诸位新老牌搭子的各种毛病，就好像他们都在那废墟里，还噼里啪啦地摸着牌呢，就像大水里冲不走的顽固石头一样，随便怎么样，这个走了，那个来，总归四人一桌，稳稳地坐在废墟里，坐在流水里，继续推摸着满主任的那副牛骨牌。

董野闭了下眼睛，重新抬眼看看马路对过的蓝色围栏。敢情，真应当帮一下大妈，把那副牛骨牌捞出来，得让大妈和她的搭子们一直打下去。他点点头，表示他愿意跟她一块儿去找找人。

"真不嫌丢人？我可是要去闹一闹的。我就不信了，还不让人拿自个儿东西了！人说趁火打劫，这都成灰了，我们还能怎么的？最好能有个管事的小头目出来，我立马就势倒地打滚，你到时可不要拉我。"一路走，她扯开头巾，露出大光脑袋来，略带得意地亮出底牌，"我可特意把病历揣身上了。这都晚期了，化疗两个疗程了，哼，我把报告扔到他们脸上。就不信了！反正满主任这牛骨牌，不能在我手上没了。你小子啊，就等着沾我的光吧。"

她想到什么，马上又精明地补一句："丑话说在前头，我这把年纪了无所谓，你现在还是好时候，有头有脸的。万一给拍照了，拍视频了，搁网上了，网暴了或怎么样，你可得想好了，现在打住还来得及——反正不就一罐玻璃豆子嘛，真要舍不下，你把地方给我说清楚，到时我，顺手帮你去翻翻也没问题。"她有意说得难听，一会儿玻璃球，一会儿玻璃豆，怎么都瞧不上的口气。

头巾大妈的体贴让董野有点伤感。他早不在好时候了，也没头没有脸了。

差不多从老头儿脑子不行开始，他这里也不行了。过去这三两年，更是集齐了各样的荒谬与悲剧，鬼打墙般地滑稽，他一样样拼来的，又一样样没了。一起创业的合伙人，突然不哼不哈掏空余存跑了路。两个大项目回不了款。妻子闹分居。儿子总不肯起床不肯开门不肯上学不肯说话，一查已是重度抑郁。贷款的两套房子烂尾。哪儿都破绽百出，四处漏风。唯一好的，是老爹啥也不知道，每天晚上还打小呼噜，每天一睁眼还以为他的桥头铺子开着，还以为儿子董野仍在向前奔着——

春节前，董野把儿子送到医院进行阶段治疗，把房子让给妻子，把公司卖了折现，大家分分，散了员工。董野现时是无家无业，光溜溜回到起点了。一个人拖着箱子搬回老头这边住的时候，他有种奇怪的感觉，似乎，他又回到了当年桥头大市场319号铺子后面，回到那个挂满领带、塞满衬衫盒、站不直只能坐着的小掩体里了，他甚至想，自己怕是就要在这里活埋了。

直到桥头市场这一场半夜火起，董野才一个热烈又冰冷的激灵，突地想起那罐远远飘浮着的弹子，想起小时候，一只手苦哈哈地对付那没完没了的作业，一只手甜蜜蜜地在罐子里头抓摸着玩——他惊醒似的，急不可耐地，怎么也想去找出来。他感到，在这个世间，他手上已没有任何东西了，同时，他好像也没别的想要的，或者说，没别的是他能要到的了。就这罐弹子。他只有这罐弹子，他只要这罐弹子。他想把这罐弹子再放在手边上，他会又变成孩子吧，弹子还会是他的小甜头与小盼头吧。他还给老头子看看，说不定，老头子也能变回去，有了脑力和体力，重新能说能干。再说不定，等儿子从医院治好回来，他就找块地儿，拉着儿子趴下来，趴在灰的黑的粗泥地上，两个一起玩。玩累了，就躺下，拈起一粒来，给儿子看，对着光，看，哪怕丑丑的什么花纹也没有，只要对着光，就跟钻石一样闪哪。

董野抖抖上衣，抬脚在前面带路："为这两样小东西，咱也不至于真要撒泼打滚吧。您老人家把头巾缠好，别着了凉。那不有俩开推土机的嘛，直接去商量试试。他们就没个小的时候嘛，就没个老的时候嘛。您等下，我先去买几包好烟。"

原载《十月》2024年第5期

木棉或鲇鱼

李修文

即将登陆的这场台风，菲律宾给它起的名字，叫作木棉。可是，这名字冒犯了老挝的一个少数民族，音译过去，恰好与他们膜拜的一位神灵同名，因此，老挝气象局打破惯例，自行给它起了个名字，叫作鲇鱼，意思是，这场台风，就像河底的鲇鱼，以淤泥、腐殖质和小鱼小虾为食，是不洁和令人厌弃的。不用说，于慧的新婚丈夫，老欧，喜欢第一个名字——木棉，想当年，释迦牟尼在灵鹫山说法，又拈花示众，众皆默然，唯有迦叶尊者破颜领会，于是得传金缕袈裟，这金缕袈裟，另外一个名字，就叫作木棉袈裟——自打中风又恢复以后，老欧便信了佛，也不光是信佛，道观、关帝庙、龙王堂，甚至杭州西湖边的岳王庙，只要见到，他便一定会长跪不起，为的是他那没有好利索的半边身体能赶紧彻彻底底地好起来。直到今年春天，机缘殊胜，老欧认识了一位上师，这上师，开设了一门课程，名叫悉达吠陀，真是神奇啊，自从上了这门课，老欧的半边身体，竟然一点点好转，不用说，也是因为上师的开示，老欧和于慧，这对新婚的夫妻，才横穿了小半个中国，来到这座岛上。但说实话，关于那场即将到来的台风，要是问于慧的意思，在木棉和鲇鱼之间，她更喜欢鲇鱼这个名字：上岛以来，各条海岸线上，浊浪拍岸，海水穿过一道道防浪堤，不停地灌进岛内；还有那些塑料做的沙滩椅，被狂风卷上半空，一遍遍拍打着他们租住的酒店式公寓窗户，这不是成千上万条鲇鱼精从大海里爬上岸来作魔作妖，还能是什么？再说了，这岛上的淡水湖里，原本就出产一种鲇鱼，但满身都是剧毒，那剧毒的名字，叫作金黄色腺体脱氢鳞状细胞毒素，早些年，好多人吃过它之后中毒，送了性命，一度，这种鲇鱼，还上过好几种药学辞典，后来，岛上的人对它们展开了灭绝式的捕捞，渐渐地，就再没有人见过它们吃过它们了。

其实，老欧非要来这座岛，和于慧还是有关系的。自打他们相识，她就没少跟老欧说起这座海岛，年轻时，她来过这座海岛十几二十次，怎么能不对他常常提起这里呢？她的第一个丈夫——小田，对，她一直叫他小田——就在这座岛上当兵，那时候，作为一个炊事兵，每隔几天，小田就要去几十海里外的另外一座小岛上，给在那里驻守的战士们送菜；只要她来探亲，便会陪着小田一起去。通常，他们会在晚上出发，小田开船，她就坐在新鲜的蔬菜中间，看着天上的星星，海面上涌起的白雾，还有偶尔从海水里跳出来的鱼，再闻着海风的味道、茄子西红柿的味道和小田身上散出的汗味，每逢这样的时候，她总是忍不住，搂住了小田，在他脸上，在他身上，不要命地亲，到了那时，小田便将船停下，也去搂她亲她，甚至，他们会将自己脱光，做爱，海浪溅在他们赤裸的身体上，凉凉的，却只能让他们缠得更紧。可惜的是，自始至终，她都没能给小田生个孩子，是她的问题，多囊卵巢综合征，她却一直不死心，每一回，他们在船上做爱，最后的时刻，她都会把两条腿夹得紧紧的，生怕错失了怀孕的机会，小田却总是笑着，让她平缓下来，又对她说："没孩子就没孩子呗！这辈子，我给你当儿子，你给我当闺女……"

俱往矣。现在，她已经五十好几，和小田早早断了缘分，当她以为自己注定孤身终老之时，传说中的黄昏恋竟然来到了她这里：经人介绍，她嫁给了老欧。想当年，老欧绝对算得上名动一时的人物——倒回去二十年，作为国有机械厂的厂长，他雷厉风行，一手主导了企业改制，几乎一夜之间，他让两千多工人下了岗；然后，自己从银行贷款，买下了工厂；再经过多年经营，企业起死回生不说，还连年都是利税大户，各种荣誉称号，什么什么突击手，什么什么时代先锋，就没有哪一年他丢掉过，他唯一的女儿，早早移民到了波士顿，要不是突然中了风，他给自己定下的，是干到七十五岁再谈退休。事实上，他也真是有一颗虎胆，哪怕中了风，也丝毫都不信邪，医生和女儿叫他卧床静养，他偏不，咬着牙，硬是从床上爬起来，报名参加了悉达呋陀课程，渐渐地，奇迹发生了：除了右侧的半边身体还没有那么灵光，试问当初那些跟他一起住进医院的中风病人，谁比他恢复得更好？也就是在这个时候，老伴去世了六年的他，全不管女儿的反对，一心想要再婚，于是，有人给他介绍了刚刚从一家民营医院退休一年的护士于慧，两个人认识还不到两个月，火烧火燎地，老欧就娶了于慧，大概的原因是，于慧根本不像之前跟他接触过的别的女人，别说惦记他的钱了，她连过去的他是何等人物，竟然一点都不知道。不光他，医院之外的任何事情，她都像是不知道，他跟她说起当年自己如何九死一生才安排好好几千号下岗工人，她睁大了眼睛，又可怜他："这样啊！"他跟她说起自己为了使企业重新上路，跑到广东别开新路，出了车祸差点死掉，她又睁大了眼睛，还是可怜他："这样啊！"更别说，中风之后的恢复期内，没有哪一回不是于慧搀着他去上悉达呋陀课。按照上师的开示，下了课，他还要勤练吐纳打坐慢跑等等，于慧更不拦着，专门找僻静的地方，陪他去吐纳打坐慢跑，这样一个女人，不赶紧把她给娶了，还等什么？

　　老欧自己也承认，在于慧面前，他根本不像是比她还大十多岁，反倒变成了个小男孩，一会儿见不着她，他就急得快跳脚，一刻也忍不住地打电话对于慧撒娇："你怎么还不回来？再不回来，你就别回来了……"

还没过多大一会儿，他又给她打去了电话："我饿了！"

以中风为界，跟过去相比，老欧的确变了个人，苏东坡的诗、戏曲频道播放的歌剧《洪湖赤卫队》选段，尤其是一周三次的悉达吠陀课程，如此种种，都令他伤怀不已：这一辈子，错过了太多好东西了。现在，他再也不想错过了：那天，他和于慧，一起看一部冗长的泰国连续剧，看到男女主人公去普吉岛结婚旅行，他当即便攥住了于慧的手，告诉她，他也要带她去结婚旅行，不去别的地方，就去她经常说起的那座岛，于慧吓了一跳，脱口说："这样啊！"紧接着，老欧拨通了上师的手机，向他报告了可能的行程，得到了上师的肯定，然后，他放下电话，再坏笑着去看于慧："我得去感谢一下小田，要不是他，你还说不定在哪儿呢。"如此，这件事，就这么定下来了，距离出发的日子还有三天的时候，老欧的女儿打来了电话，打算紧急叫停他的荒唐，女儿先是历数了他身上残存的一样样毛病，又告诉他，她查过了，一场史上未见的巨大台风，正在太平洋上生成，它恰好要经过他和于慧要去的那座岛。"到了那时候，有命去，没命回来，看你怎么办。"哪知道，女儿的话彻底激怒了老欧，挂掉电话之后，老欧命令于慧，赶紧把订好的三天之后的票改掉，一刻也不等了，明天一早，他们就走。

第二天，他们坐的是早班机，当轻微的颠簸结束，飞机开始平飞，老欧问于慧："九九八十一难，你知道吗？"

"八十一难？"于慧没明白老欧的话是什么意思，茫茫然再问他，"是唐僧西天取经的八十一难吗？"

"正是。"可能是中风之后太久没有出过远门，老欧的脸上，笑嘻嘻的，"实不相瞒，我就是唐僧，我也有八十一难。"

"……"显然，于慧越发不知道该如何去接老欧的话了。

"不过呢，都快渡过去啦。"老欧下意识地动弹着右侧的半边身体，"盘丝洞的妖怪，火焰山的魔王，都他妈被我打倒了，我他妈的，不对，还有你，咱们两个，离木棉袈裟护体的时候，不远啦！"

没想到的是，一上岛，老欧就吃起了小田的醋，先是在废弃的军营里，老欧非要去他和于慧当年住过的营房里看一看，结果，真找到了那间结满了蛛网的营房，又听于慧说起，在这营房里，她和小田，一起学跳过水兵舞，做过麻辣火锅，有一回，还把床给睡塌了，老欧顿时就黑了脸，扔开她的手，一个人气鼓鼓出了营区。当他们路过海岛东岸的一块竖立起来的屏风般的礁石，于慧说起，当年，她和小田，往几十海里外的那座小岛上送菜的时候，每一回，他们的船，就是从这里下水的，老欧冷笑起来，手指着大海，他发了狠："几十海里而已，也没多远嘛，你再等我几天，等台风过去了，我也划船，把你送过去！"

　　到了晚上，于慧的偏头痛犯了，疼得要死要活，却发现自己这趟出来忘了带药，只好忍着痛，顶着大风，出门去买药，临出门，老欧撒娇，堵在门口，不让她出去，说要买药也应该是男人去。两人正僵持着，风刮得更大了，一只沙滩椅被风卷上半空，砸在了他们的阳台上，这么着，事情就没得商量了，她差不多算是生气了，冲他喊："你不要命了吗？"这才让老欧听话，乖乖待在公寓里等她回来。之后，她出了门，步行了差不多二十分钟，总算找到了一家二十四小时都开门的药房，回公寓的时候，却麻烦了：海水灌进了岛内，来时之路全都被海水淹了，不一会儿的工夫，那水就淹到了齐腰深，她只好再找一条路，可是，她的头疼得厉害，也晕得厉害，光是在一个空荡荡的美食广场里，她就来回转悠了半个多小时，死活也走不出去，刹那间，看着在台风季里歇业的那些黑洞洞的店铺——小湘厨、铁锅炖、三千里烤肉——她还以为自己来到了阴曹地府。最后，她总算是冲出了美食广场，风也刮得更大了，闪电一道接一道，雨水当空而下，几分钟就成了瓢泼之势。完了，当街站着，于慧一边冻得瑟瑟发抖，一边绝望地想，今天晚上，只怕是回不去了。哪知道，几分钟过后，远远地，她听到，老欧正在喊着她的名字，她仔细盯着前方，果然，闪电里，老欧朝她奔了过来，天知道他是怎么找到她的！一下子，她的眼泪都快掉了下来。接下来，老欧蹲下，让她趴到自己的背上，对，他要背着她，蹚水回公寓，她当然担心老欧的身体，执意不从，但老欧却发了大脾气，到最后，她只好乖乖听话，让他背自己回去，刚走出去没多远，老欧便快喘不上气来，她问了一句他还吃不吃得消。"小田，看见没，你老婆，我背着呢！"老欧却愣是将脖颈一挺，小跑起来，又对着茫茫雨幕大喊了一句："我的老婆，我背着，你就别瞎操心啦！"

回到公寓，老欧显然是冻着了，上下牙都在打战，四肢也哆嗦不止，于慧赶紧打开淋浴器，给他冲澡，冲完了，再手持一块干浴巾，将他的身体一点点擦干，擦到他的两腿之间，那里似乎有了反应，动了一下，她看见了，他更看见了。但只动了一下，他们也都只好装作没看见。突然，老欧右侧的半边身体，僵直着，再不动弹，舌头也打了结，说话一瞬间就变成了大舌头："糟，糟了，我好像……我好像又中风了！"这下子，她的魂都快给他吓没了，毕竟是护士，她一把拉开浴室的门，冲到客厅里去找药，临到要出门，老欧却又一把拉住了她，哈哈笑着，对她说："吓你的，我故意吓你的！"紧接着，他坏笑起来，看看自己的两腿之间，再盯着她："再过几天，我会让你知道厉害的——"没等老欧的话说完，于慧这回，是真的翻脸了，两只手在自己的胸口捂了好一会儿，这才没好气地，一把将他推出了浴室，老欧也知趣，不再纠缠，乖乖回到了客厅里。于慧关上门，先是打开水龙头，将水温调凉，拼命冲刷着自己的头，好半天，刀割一般的头疼才稍微减轻，她眼前的一切，也不再是忽远忽近忽明忽暗，她这才拉开窗户，拼命地朝着闪电和雨幕里张望，拼命地找着小田的影子。

是的，就在于慧和老欧短暂分开的这段时间里，一件断然不可能发生的事，发生了：天哪，她竟然，遇见了小田。遇见他的地方，不在别处，正是之前的美食广场：远远地，她看见一个人影慢慢走过来，和她一样，站在铁锅炖的屋檐和招牌底下躲雨，恰好，一道闪电，将他们两个人照亮，霎时间，他们看着彼此，各自难以置信，等到下一道闪电来临，转瞬即逝的光亮里，两个人再一次看清楚了对方——就这么一小会儿，他们的眼睛里，都淌下了眼泪：虽说过去了这么多年，他们都老了，但是，化成灰，她都认得他；化成灰，他也认得她。

最终，还是小田先跟于慧说话了："……我知道，你现在，过得挺好的。"

于慧完全说不出话来。

沉默了一小会儿，还是小田继续说："你们上岛的时候，我看见你们了……你们，过得挺好的。"

又有什么不能承认的呢？她干脆吸了吸鼻子，对小田说："是还行，挺好的。"

停了停，她反问小田："你呢？"

"我？"小田低头，看看自己的厨师服，那厨师服上，东一块油渍，西一块油渍，于是，不无凄凉地，小田笑了，"……我还能怎么样？"

于慧追问他："这么多年，你一直躲在这里？自己开店，还是给人烧菜？"

"对，躲在这里……在民宿里给人烧菜。"小田又低下了头，可是，再抬头时，眼神里却多出了一丝嘲弄，还不只是嘲弄，那甚至，是恨意，他的笑，也不再凄凉，而是像一支箭射过来，"为了嫁给他，没少下功夫吧？"

"不是你想的那样——"于慧慌忙回答他。真的是孽债，这一辈子，只要小田生气，她就会慌张，一慌张，说话时，就像她最早认识的老欧一样说不利索。

小田的嘲弄越来越明显："当初，你不是说好了，不管活到什么时候，都要守着我的吗？"

"是说过，"听小田这么说，一股巨大的委屈，还有愤懑，也迅速地攫住了于慧，她径直反问他，"那你呢，你又对得起我吗？"

如果不是老欧喊着于慧的名字远远找过来，两个人的争辩，只怕会无休无止地继续下去，所以，当老欧背上于慧，他又冲着茫茫雨幕大喊起来："小田，看见没，你老婆，我背着呢！"实话说，彼时彼刻，于慧的心，差点被这句话吓得跳出她的身体：要是依了小田当兵时的脾气，这下子，老欧还有命回去吗？奇怪的是，小田像是没听见，一点声息都没发出来。于慧趴在老欧的背上，头脑里倒是止不住地错乱，就好像她和小田，全都回到了年轻的时候，要是有人胆敢逗弄她那么一两句，要么像一把剑，要么像一块铁，或刺或砸，小田都会从各种斜刺里跳将出来，不要命地朝着对方冲杀过去。然而，今时不同往日，于慧等了一会儿，并没有等到小田跳将出来，便只好任由老欧背着自己，一步步往前蹚。也是，其实当年的小田，自打转业，进了工厂当厨师，他就不再是当兵时的小田啦。只不过，即使这样，于慧也知道，小田没离开，他一直都在跟着自己和老欧朝前走，这不，路东的槟榔树与槟榔树之间，路西的凤尾蕉与凤尾蕉之间，总有一个人影，忽而闪现，忽而消失，这要不是小田，还能是谁？

老欧是何许人也？打这晚开始，他便看出，于慧不太对劲，但是，看破却不必说破，第二天，于慧在床上几乎躺了一整天，老欧倒是跑进跑出，给她买吃的喝的，还专门找到岛上的医院，给她买了更对症的头疼药；第三天，一大早，天蒙蒙亮，他便叫醒了于慧，要和她去赶海。糊里糊涂地，于慧就被他拉扯着，来到了大风摧折了一晚之后肮脏的海滩上。一路上，头顶上的广播，正在播报着一则新闻：菲律宾和老挝，还在为几天后那场台风的名字争吵不休。她忍不住去想，还别说几天后，就现在，海滩都已经够脏的了，何止海滩，前后左右，无一处不像个垃圾场，这台风，不叫它鲇鱼，还能叫什么？老欧也听完了广播，却像是对昨晚的风级很不满意，甚至有些恼怒地问她："你说，这场台风，他妈的为什么还不来？"她哪里答得了老欧的话呢？她的头还在疼，世间万物，仍在忽远忽近、忽明忽暗，心底里，也禁不住暗暗疑惑：这么长的海滩，一个人都没见到，海面上，暂时也风平浪静，都没有一道海浪朝他们涌过来，他们两个，这是赶的哪门子海？做梦一般，不知不觉间，她被老欧拉扯着，来到了那块屏风般的礁石前，然后，老欧让她站着别动，当当当，当当当，他用嘴巴给自己奏乐，转而跑到了礁石后面，再现身时，于慧看到，老欧竟然拽着一条船出来了。天知道他是怎么办到的，可不管怎么说，他的意思，于慧却很明白：他要兑现自己发下的狂言，划着船，从这里出发，送于慧到几十海里外的那座小岛上去。显然，老欧的疯狂超过了她的想象，她愣怔着，站在海滩上，看着老欧将那条船推入海水，再看着他跑回来，攥起自己的手，并排朝着船走过去，临到船边，于慧如梦初醒，问老欧："你这是不要命了吗？"老欧笑答："谁说不要命了？我的命，硬得很，这点子海水，拿我有什么办法？"话音未落，老欧再将她往前一拽，她趔趄着，几乎是倒下去的，坐在了船上。

好吧，他们出发了，风平浪静的大海，真是好。薄雾正在散去，混浊的海水也在慢慢清澈起来，一点点细雨降下，打湿了于慧的脸和头发，使她差点觉得，自己回到了特别年轻的时候，那时候，她连小田都还不认识，一切都没开始，一切都像大海一样，空旷，无边无际。可惜的是，他们两个的船，并没划出去多远，就碰到了海警的巡逻船。一见到他们，巡逻船上的大喇叭立刻响了起来，喇叭里的声音警告着他们：台风就要来了，他们必须赶紧回到岸上去，否则，巡逻船就要动用强制手段驱离他们。老欧恨得牙痒痒，可是没法子，他只好挥动双桨，把船往回划。回到海滩上，老欧生着气，也不理于慧了，一个人，再去将船藏在礁石后面，以待来日，于慧想过去搭把手，哪知道，老欧却一把推开了她，她只好止步，看着他一个人忙活，只是，等到老欧消了气，从礁石背后跑出来，举目四望，却再也看不见于慧了，不用说，这是于慧跟他生气了，一个人先回了公寓，这下子，老欧认输了：罢了罢了，还是回去认错吧。于是，朝着公寓的方向，他先是小跑起来，然后变成了狂奔。

但是，于慧并没在公寓里，在公寓里等了好半天，老欧也没等到她回来，他不再等了，出门去找她，这时的他尚且不知，几乎大半天，自己都将奔跑在找她的路上。海滩边的树林、十几家餐厅、美容院和水疗洗浴中心，好几处网红打卡景点，以上诸地，他全都去找过了；中间，他甚至还哭了一场——经过他们早上分别时的海滩，看着空荡荡的海面，猛然间，他有了不好的预感：难道，就因为自己冷落了她，还推了她一把，她便想不开，一气之下，跳进了大海？果真如此的话，他该怎么办？接下来的日子，又该怎么办？一念及此，两行眼泪夺眶而出，怎么忍也忍不住，好在一阵伤情之后，他又转念想，无论如何，于慧总不至于去跳海，这才止住，接着去找她，终于，在那条人烟稀少的商业街，快走到头了，一抬眼，老欧看见了于慧。她也看见了他，像是被他吓住了，一哆嗦，消失在了路边的一条巷子里，但是，老欧却看得真切，不止她一个人，在她边上，还有一个男人，两个人还挨得特别近，近得就像是一对夫妻。

接下来，一个追，一个躲，他们两个，兜兜转转，跑遍了商业街和它周边的好几条巷子，在一家良品铺子的门店前，老欧终于截住了于慧，她身边的那个男人，却没了踪影，躲了这么久，于慧也跑不动了，好似待宰之羊，背靠在仿古建筑的粗大门柱上，喘息着，脸色煞白地看着老欧，老欧也不废话，上来就问她："他是谁？"

于慧避无可避，只好照实承认："小田。"

巨大的惊愕袭来，老欧的嘴巴都差点合不上："他，这些年，一直在这岛上？"

"对。"于慧点头，眼神却是涣散的，像是在看老欧，又像没看他，想了想，又补了一句，"我也是刚知道。"

猛然间，一阵眩晕，将老欧裹挟，他的眼前发黑了一阵子，这短暂的发黑，和他第一回中风之前的情形一模一样，顿时，他的心狂跳了起来，站也站不住，往前踉跄了两步，但他拼了命，活生生将自己给定住了，再看看四周，确定自己并不是再一次中风，这才问于慧："他，想让你留下来？"

"是。"于慧继续承认，"……他想让我留下来。"

"我问你——"到了这时候，老欧才想起那个要命的问题，"你们就这么，就这么逛了一个上午？"

见于慧不解，他便追问了一句："没干点别的什么，这一上午？"

这一次，于慧明白了，慌忙摇头："我头疼得厉害，走一阵，就要歇一阵。"

老欧放了心，巨大的怒意却没消退，天上下起了雨，不同于清晨里的细雨，雨珠粗硬得很，老欧干脆仰起脸，任由它们砸在脸上。可能是经受了不小的刺激，哪怕背靠在门柱上，于慧也站不住，想走，又怕老欧不同意她走，捂着头，看看老欧，再看看四周，身体一软，差点倒在地上，罢了罢了，看她这样子，老欧的心也软了，暗暗地，叹了口气，走到她身前，蹲下，让她趴到自己的身上，他要把她背回去，于慧也明白他的意思，听话地趴好，真是奇怪啊，按理说，这辈子，他也没少碰别的女人，可是，每一回，只要于慧挨着他，那两只乳房轻轻地蹭一下他的什么地方——他的胳膊、他的脸、他的后背——只要蹭上去，他便什么都忘了，哪怕早已无法做爱，他也只想着跟她待在一起。现在又是如此：在越下越大的雨里，满街的芭蕉叶，片片都显得碧绿肥大，还有那些蕉秆，直挺挺地立着，全都顶着一两朵瓣儿微张的芭蕉花，而它们，竟然让老欧脸色潮红，直喘粗气，他觉得，那蕉秆，是自己，那芭蕉花，是于慧。

老欧并不知道，实际上，于慧对他说的，是假话。在小田的出租屋里，小田推倒过她，也几乎将她的衣服给脱掉，她一直不让，双脚蹬踏不止，其中一脚，蹬在了小田的胸前，看她这样，小田也泄了气，站到窗前，抽着烟，背对她，嘿嘿冷笑："你也是这样踩他的吗？"她当然无言以对，小田却不打算放过她："你今年，五十几了？"小田扫视着她，又自问自答："五十六了。还好，胸还是胸，屁股还是屁股，腰粗了点，不过呢，他喜欢，人人都知道，他最喜欢骑大洋马，我没说错吧？"而于慧，从床上坐起来，将衣服整理好，也不敢看小田，低着头，盯着自己的脚，这双脚上穿着的鞋，是两个人拿证之前，老欧买给她的，产自意大利，漆皮，厚底，每只鞋面上都嵌着一只蝴蝶结，暗暗发着光，小田也看到了这双鞋。"嫁给他，你没少花心思吧？"小田拿自己的脚踩在她的脚上，踩着踩着，他突然喊起来，"对了，你他妈的，不会从那时候就开始想嫁给他吧？"他说的那时候，于慧自然知道是什么时候，她连连摇头，不知道她想起了什么，突然，眼睛就红了："那时候，我怎么可能认识他？"

"也是……"见于慧哭起来，小田也猜出了她为什么而哭，声调低下来，问她，"想起烧鞋子的那天晚上了吧？"

于慧抬起脸："你也还记得？"

怎么可能不记得呢？那天，是于慧从厂医院下岗之后的第一个春节，腊月二十八，再过两天，就要过年了，而他们，因为前一年小田的妈妈住院动手术，所有的积蓄花完不说，还欠下了不少债，越近过年，上门要债的人就越多，所以，哪怕已经是腊月二十八，他们两个，也还在火车站前的广场上卖衣服。衣服是于慧批发来的，最贵的不超过五十，最便宜的只有五块，下岗之后，她就一直在做这门生意。入夜之后，天上下起了大雪，他们害怕早回家会被债主堵门，就一直熬着，熬到半夜了，才敢往回走，他们的家，在郊区，从市区西北角出来，得翻过两座山，才能到达他们的厂区门口，这天晚上的雪下得太大了，山路上都结了冰，一开始，小田还骑着自行车，驮着于慧，于慧的怀里，抱着一堆没卖掉的衣服，渐渐地，冰层越来越厚，几乎寸步难行，他们刚打算推着自行车往前步行，一个打滑，连人带自行车带衣服，全都跌下了山路边的深沟里。那深沟，连同里头的树和灌木丛，全都结着冰，仅靠徒手，无论如何都攀不上去；而漫山遍野里，除了他们夫妻，再没有过路人，到后来，他们都快被冻死了，为了暖和一点，小田手持着打火机，想去点燃没卖掉的衣服来烤火，可是，它们早就都被大雪浸湿了，根本点不着，这时候，于慧想到一个法子，她找小田要过打火机，再脱下自己的鞋子，将打火机伸进去，点燃里面的人造毛，渐渐地，一整只鞋子都烧着了，起了火，借着火势，他们接着去烧那些没卖完的衣服。一件烧完了，再烧另一件，从五块十块的，直烧到五十块的，都快烧完了，总算来了一辆过路的货车，他们拼命地喊，那辆货车的司机终于听到了喊声，停下来，扔给他们一根绳子，才将他们吊回到了山路上。

"留下来吧，别跟他回去了。"小田的脸上，淌起了眼泪，他明明白白去求于慧，"留在这里，跟我一起过。"

"你也别骗你自己，我有这个把握，你还是想跟我一起过的。"停了停，小田继续紧盯着于慧，"要不然，在海滩上，我对你一招手，你怎么就乖乖跑过来了？"

于慧自然没法子去反驳他，是啊，真是贱啊，就那么一会儿工夫，老欧还蹲在礁石背后，吃力地将那条船系牢在石孔里，她也只是远远地依稀看见小田对她招了招手，便什么都不管，撒开腿，跑到了他的身边，再任由他将自己带到了他的出租屋里。可是，现在，时隔多年之后，她的合法丈夫，是老欧，她还怎么可能留得下来？隔着窗户，她已经看见了好几遍老欧在岛上来来回回地找自己，再不回到他的身边去，他要是动了雷霆之怒，事情又该如何收场？算了，该走了，她不再犹豫，起了身，要往外走。"你可别后悔，"小田冷声对她说，"我不会拦你的。"他话虽这样说，见她照旧出了房门，还是追了出去。

只是这么一来，老欧可就跟发了疯差不多了。之前，清淡饮食、适量运动、戒烟戒酒，这些中风病人恢复期内必须做到的，他一直都在坚持；现在，他更要坚持，唯有适量运动这一项，他下定了决心，不再遵守，而是擅自加大了运动量，以使自己早日变成和小田一样的"正常人"，是的，承认了吧，他其实还远远不是一个"正常人"：右侧的半边身体，那看起来的自如，都是他强撑出来的，一旦前后左右都没人，他便撑不动了，再往前走路时，多半只有左侧的半边身体拖拽着剩下的部分吃力地挪动。为今之计，除了加大运动量，还有什么别的法子呢？于是，除了早晚各一次的环岛跑，一有时间，他就要划船，对，那条藏在礁石背后的船，一回回被老欧拖拽出来，再推入海水，自己坐上去，挥桨，一点点划远，远到变成一个海面上的黑点，远到让一直站在公寓窗户边看着他的于慧手脚冰凉，心都提到了嗓子眼里，他才往回划。

这天晚上，天都快黑了，海面上的那个黑点，还没划回来，眼看着天上海上风浪大作，一整座岛上的树都被风吹得纷纷扑倒，海浪也在骤然间升高，一道道向海滩挤压，本地电视台中断了正常节目，反复播报着台风很可能今晚就将经过此地的突发新闻，于慧再也坐不住，攥着手机，冲出公寓，奔到了海滩上，再踮起脚，死命地朝海上张望，可是，茫茫海水间，怎么都看不见老欧和他的船，她给老欧打了几十次电话，每一次，听筒里传来的，都是"您拨打的用户已关机"，这可怎么办？这可怎么办？于慧全然没了方寸，除了对着大海连喊几十遍老欧的名字，她再也没有别的法子，只有在遍地的淤泥里来回地走，每走一步，鞋子陷进淤泥，要使老大的劲，才拔得出来，小田却偏巧像个鬼魂一般，悄无声息地，又站到了她身边。

"别喊了，说不定，他早就回去了。"小田提醒她，"这里的风太大，我敢打赌，他是换了个地方，上岸了。"

夜幕浓重，于慧看不清小田的脸，不过，听他这么说，她也好歹松了口气："……是吗？"

"在水库里捞鱼的那天晚上，刮的风也有这么大——"小田却不看于慧，幽幽地，去看被夜幕席卷的大海，黑黢黢的海面上，一点亮光都没有，足以说明，就连那条四处围追堵截的巡逻船，也回到了避风港，小田侧过脸，问于慧："我没说错吧？那天晚上的风，不会比现在的小吧？"

听见小田这么问自己，于慧的身体，猛然定住，不再左右走动，没敢继续朝着大海张望，也没敢去看小田，只是低着头，鼻子一酸，哭了："我当然记得，怎么可能忘得了？"

是的，只要她愿意，在水库里捞鱼的那个晚上，随时都能像她看过的那些电影一样，招手即来，在她脑子里飞快地过一遍，就像现在，当她抬起头，大海已经凭空消失，换作了当年的那座水库——这座水库，距他们当年的工厂并不远，却与四县接壤，仅水域面积就有六十多平方公里，因为它接纳的支流甚多，并且纳入了不少的潜流和暗泉，所以，出产的鱼种便格外多，在所有的鱼中，最被食客们视若至尊的一种，是产量极少的白甲鱼，此鱼其实属于鲤科，但因为常年主要吃水底岩石上的着生藻类，肉质便格外鲜美，直引得多少董事长、总经理竞折腰。这天，节气正是霜降，小田得到命令，非要去水库里捞几斤白甲鱼不可，只因为，第二天，好几位大人物要驾临工厂，厂长要招待他们，让他们好好吃一顿，来通知小田去捞鱼的人说，白甲鱼要是捞不回去，他便就地下岗，再也不用回去了。可是，那白甲鱼，一般只在春夏在水底的岩石附近游荡，十月即开始越冬，霜降时节，他有什么法子把它们捕到手里来呢？

晚上，于慧收了卖衣服的摊，便匆忙往那水库赶，风刮得那么大，小田一个人待在水库里她实在不放心，果然，等她到了水库边上，小田划着船去接她，大风袭来，她差点就一头栽进了水里。和她想的一样，船舱里，一条白甲鱼都没有，他们两个，瑟缩着，继续划船，来到小田之前布好渔网的地方，一道道拎起来，除了零星的杂鱼，根本没有白甲鱼的半点影子，时间一点点过去，风也大到了快将他们的船掀翻，又检查了好几遍渔网，还是一无所获，终于，小田下定了决心，吩咐于慧在船上坐好，他自己，则准备下船，扎猛子到湖底的岩石边上闹一闹，看看自己究竟能不能把白甲鱼们往水面上赶一赶，听他这么说，于慧一把拽住他的裤腿。"不行，"她失声喊起来，"这会没命的！"风太大了，哪怕她拼了全力喊出来的话，也一下子就被风送远了，但是，小田听明白了，他的身体，发了一下颤，苦笑着，问于慧："要不，你说说，还有没有别的法子？"于慧当然没有别的法子，只是拽紧了小田的裤腿，一点也不松开。"听话，"小田将她的手掰开，再轻声叮嘱她，"你坐好，我去去就回来，实在不行的话，咱们就认命。"说罢，他一把推开于慧，从船上跳下去，于慧再怎么阻拦，都已经来不及，下意识地，喊了一声小田的名字，眼睁睁地，看着小田从水面上消失，只剩下水面上扩散开去的波纹，在大风之中，迟迟无法聚拢。好在没让她等多久，离船不远的地方，小田现身了，他仰卧在水面上，一口口，吐出了灌进嘴巴里的水，于慧手忙脚乱，刚要挥动船桨朝他划过去，他却一个猛子，重新钻进了水下。

回忆至此，戛然而止，就像年轻时看露天电影，胶片烧着了，银幕上不再有什么画面，变作了一块白布，于慧的眼前，水库也消失了，取而代之的，仍是夜幕下的大海，现在，海浪冲破夜幕，犬牙一般，正在一点点向着她和小田奔涌。她刚要往后退避两步，突然，小田脑子里，也像是过完了好几部电影，又像是明白了一切，整个身体，都在止不住地战栗；他的脸，激动到了近乎扭曲的地步，然后，他一把抓住于慧的胳膊，脸都快贴到她的脸上去。"我知道了，我知道了，你一直都在守着我呢。"几乎是一字一句地说，他的眼睛，逼视着于慧的眼睛，"你带他到这里来，是想要他死在这里，对不对？对不对？"

"……"天大的秘密，就此被小田戳破，于慧的眼前，还有她的脑子里，全都又只剩下了一块白煞煞的电影幕布，她看着小田，又像是没看他，再转过身，去看一整座岛，这座岛上，全部所见，树和灯杆，公寓和商业街，灯塔和玻璃栈桥，齐齐地，像躺倒的巨人猛然站起身来，再往下倾塌，说话间，便要将自己和小田埋进海滩上的淤泥里，她赶紧再往后退，退进了大海，全身上下，都被海浪砸中，湿漉漉的，多亏了小田，一把将她拉回到身边来，而她，却在短暂的时间里经过了好几轮天旋地转，再也忍不住，蹲在地上，呕吐了起来。

小田放下被他戳破的秘密，着急地弯腰，俯下身去问于慧："你这是，生了什么病吗？"

好吧，也没什么好瞒着他的了，于慧抬头，告诉他："抑郁症……"

停了停，她又说："得了好多年了。"

小田迟滞地蹲下，抱着膝盖，看向扑过来的浪头："我知道，肯定是因为我，你才得的这个病。"

"对，"于慧下意识地回答他，"因为你。"

话都说到了这里，小田也就痛下了决心。"既然你都把他带到这里来了——"小田咬了咬牙，径直对于慧说，"剩下的事情，交给我吧。"

于慧的病，又犯了，头疼得厉害不说，眼前的小田忽远忽近忽明忽暗不说，之前，那些倾塌的巨人，树和灯杆，公寓和商业街，灯塔和玻璃栈桥，一根根，一座座，忽然起身直立，将她托举了起来，所以，她又眩晕着呕吐了，她明明还蹲在淤泥里，却觉得自己身在半空之中，一边吐，一边答应着小田："剩下的事情……交给你了。"

这天深夜，回到公寓，跟小田提醒过的一样，于慧果然看见，老欧早就回来了，于慧进门时，他正站在硕大的电视屏幕前，盯着电视新闻，一步也不挪，屏幕上，新闻主播总算宣布，经过好几天的争吵，在世界气象组织的干预下，菲律宾和老挝终于达成了一致，正在到来的这场台风，它最终被定下的名字，还是叫作鲇鱼，这名字当然令老欧不满。"鲇鱼！"见于慧回来，他一指电视屏幕，气恼地问于慧，"你说说，这是他妈的什么破名字？"而此时，那阵传说中的台风，果然正在到来，气恼是气恼，也不知道怎么了，这场台风的到来，却让老欧异常兴奋，也是，连日里，他一直都在抱怨，抱怨真正的台风还不来，现在，它总算来了。老欧握紧了拳头，呆立在原处，就像被殊胜的神迹给震慑住了，屏住呼吸，看向窗外，整个身体，纹丝不动，之后，他仍不满足，又牵着于慧的手，拖拽着她，一起站在了窗边：一整座岛上，连日里被风吹倒过的树，现在已经彻底匍匐在地，看上去，好似被踩踏过的奴隶们全然放弃了抵抗；狂暴的雨水击打在各处，都发出了轰鸣之声，这轰鸣声，由远及近，像是一旦开始就再也不会结束；比雨水声更加巨大的，显然是雷声，那雷声，每响一声，就如十万吨炸药在天空里炸开，不仅让于慧的耳朵嗡嗡不止，更让楼下街道上的两只不知去往何处的野狗完全没了方向感，屈膝，低头，蜷缩着，任由雷声一遍遍碾压着自己。然而，老欧的脸上，却越来越兴奋，当他看见一棵槟榔树被拦腰折断，树冠被风吹得东游西荡，迟迟无法落地，反倒飞奔到了自己的窗前，他笑了，闭上眼睛，早早张开双臂，就像是，隔着窗户他也能将它抱在怀里，当然不能，他深吸了一口气，睁开眼睛，告诉于慧："我这八十一难，快过去了！"

这不是于慧第一次听说他的八十一难，为了不影响第二天她和小田商量好了的事，再加上，她觉得，身边的老欧，兴奋得让她几乎不认识，她的心底里，顿生了巨大的不祥之感，所以，有那么一阵子，她想好好问问老欧，到底什么是他的八十一难，话要出口，她却变成了刚认识他的那时候，脱口就说："这样啊……"

一清早，刚起床，名叫鲇鱼的台风还在它拉开的序幕之中，于慧却头疼得连半步路都走不了，于是，按照前一晚她跟小田商量好的，她问老欧，他们两个，能不能换个地方住下，原因是，这栋公寓楼的地势太高了，他们住的楼层也太高了，自从住进来，她就一直在头疼；好一点的时候，头也在晕个不停。现在，台风又来了，眼睛一睁开，看到的全都跟地动山摇差不多，再住下去，她只怕真的是一分钟也活不下去了。哪知道，老欧听完她的话，一点犹豫都没有，连声答应了她，赶紧在手机上打开了好几个App，去搜合适的地方，没两分钟，他便挑出了几家中意的，再让于慧来选，于慧捂着头，选定了一家，那是一家紧靠着大海的悬崖上的民宿，其实，说是悬崖，那座山，不过才几十米高，民宿老板耸人听闻，将民宿的名字叫作"悬崖"，一刻也没停，老欧把电话打过去，定下了一间套房，然后，他便搀着于慧出门了。出门前，于慧问他，没有车，他们怎么走，他却哈哈一笑，回答于慧："放心吧，山人自有妙计。"的确如此，对于接下来的一切，老欧都成竹在胸——下了楼，老欧让于慧稍等一会儿，他自己则在倾盆的雨水里跑远了；再回来时，开来了一辆电瓶车，他便招呼于慧坐上来，一起向着那家悬崖边的民宿开过去。

离民宿还有一段坡路，大堂门口的那处网红打卡点——一座绿色金属做的风车，已经在望，电瓶车进了水，只好停下，老欧手里拎着两个人的箱子，却蹲下来，还要背着于慧跑过去，于慧跟他说，她完全可以走过去，老欧不听，非要伸出手去拽她，也不知道怎么了，老欧手上的劲，比往日里都要大，他轻轻一拽，她便倒在了他的肩膀上，老欧背好了她，起身，向前跑，一边跑，一边对着茫茫雨幕喊："小田，看见没，你老婆，我背着呢！"听他这么喊，于慧不禁打了个哆嗦，就连躲在那座风车背后的小田，也打了个哆嗦，于慧隔着雨幕，去看越来越近的小田，小田也张大了嘴巴看着她，但是，他们两个都来不及再多想了，说好的目的地，马上就要到了：离金属风车还剩下十几米。于慧差不多是在求老欧，说她在他背上实在头晕得厉害，这才让老欧放下了她。接下来，两个人一起往前走，快走到金属风车底下的时候，于慧故意放慢了步子，让老欧一个人走在前面。这时候，小田动手了，只见他，抹了一把脸上的雨水，后退两步，使出全身力气，再将金属风车推倒，那风车，受力倾斜，直直地朝老欧砸了下去，可偏偏，不远处，一根电线杆突然倒下，好几根电线先于风车下坠，又稳稳地兜住了风车，轻轻松松地，浑然不知地，老欧便逃过了这一劫，站在民宿门前，连连挥手，直招呼于慧走快一点，再走快一点，于慧只好看了一眼小田惊骇的脸，不自觉地加快步子，来到了老欧的身边。

此时，天空里堆满了黑云，黑云挤压着微弱的天光，加上屋外的电线杆又倒了，电就停了，因此民宿里到处都是黑洞洞的，明明是白天，四下里，却跟天黑了一模一样，老欧和于慧身上全都淌着雨水，在大堂里办理入住的柜台前等了好半天，模模糊糊之间，总算等来了小田——台风季节，民宿老板提前给员工放了假，自己则去了云南旅游，现在，一整座民宿，就只有小田一个人。小田给他们办入住的时候，于慧一直紧张得想挪动几步，又一步也不敢挪，是啊，她生怕老欧把小田认出来，好在并没有，一来是，小田也冷静得很，直到把房卡递给他们，他都没抬起头来；二来是，老欧只见过小田年轻时照片上的样子，毕竟，现在的小田，也老了。果然，一切都在正常进行，办好入住，小田帮他们拎着行李，走在最前头，领着他们，穿过枯山水式的庭院和一条长长的甬道，来到了他们的房间门口，临要进房间时，于慧回头，看见小田正握紧了拳头，又对她深深点头，她这才稍微安心，关上了房门。

并没有让小田等多久，于慧就动手了：房间里，通向阳台的滑动门开着一条不小的缝，不断有雨水透过那条缝射入房间，靠墙的桌子，挂在墙上的电视屏幕，还有一小块地毯，都被雨水打湿了，这些，于慧一进门就发现了，但故意装作刚刚看见，惊叫了一声，快步跑到门前，去将它关严实，门外，就是厚厚的玻璃做成的阳台，嵌挂在崖壁上，正对着大海，不过，小田早就将玻璃给偷换了，只要老欧站上去，那新换的玻璃，必然会马上碎裂，到那时，老欧便只有活活掉到崖底去的结局。于慧站到门前，使出全身力气，去拉扯着它，那门却像是被卡住了，丝毫也不滑动，这下子，就只能老欧上了，老欧见状，赶紧唤回于慧，自己上，还是不行，那门照样不滑动，于是，他让自己置身在那条缝中，一只脚还踩在房间里，另一只脚迈起来，打算落到阳台上，再对着那滑动门侧面用力拉扯——果真如此的话，老欧离掉到崖底下摔死，就只有一步之遥了，可是并没有，他的那只脚刚刚抬起来，一台空调的挂机偏巧猛然间重重坠下，擦着老欧的身体，坠向阳台，砸穿了玻璃，直直地奔向崖底，转眼，便消失在了空茫茫和黑黢黢的雨雾之中。

又落空了，于慧止不住地愤懑了起来，她恨不得对着不知身在何处的小田喊叫一通："你是个废物吗？你他妈的，到底还能干什么？"急火攻心之后，她不再管老欧了，而是一个人，气冲冲地，拉开房门，跑向了大堂，去找小田兴师问罪，再看老欧；即便是在这场台风里越来越兴奋的他，也呆呆地看着阳台，深陷在后怕里，后怕了一阵子，他从箱子里掏出了一尊小小的神像，这神像，是第一期悉达吠陀课程结业时，他的上师送给他的。现在，他将这神像供在桌子上，立马就跪下了，嘴巴还在不停地念诵着上师教给他的经文。另一边，穿过枯山水式庭院和长长的甬道，于慧跑进了大堂，来到了办理入住的柜台边，阴冷地，盯着柜台里的小田，不用说，此前在房间的阳台上发生的事，小田都看见了，此刻，他只有硬着头皮，告诉于慧："再过一会儿，就要开饭了，吃饭的时候，解决问题。"

于慧被他气笑了："你知道，有多少回，我都打算在他吃饭的时候解决问题吗？"

小田："……"

于慧也不再看他了，继续笑着，张望着刚刚离开的房间，房间里，桌子上的那一尊小小的神像，闪烁着微弱的铜光："土豆发芽了，生龙葵素；甘蔗发红了，长节菱孢霉菌；黄花菜要是不焯水，本身就带着秋水仙碱，对中风的人来说，全都要命。可他妈的，这些，我都做给他吃过了，还是不死，我才带着他到这岛上来，你他妈的，以为我嫁给他之后是白活到现在的吗？"

"我保证，他活不了了，"小田被于慧的神色吓住了，往后退了一步，又喃喃自语，"鲇鱼，我准备好了。"

"鲇鱼？"听他这么说，于慧又糊涂了，却咬着牙，"就他妈的这场台风吗？"

"你忘了吗，这座岛上，有一种鲇鱼，人要是吃了，只要抢救不及时，就得死。这些年，大家都以为它们被灭光了，其实没有，我捞了好几条，一直养着。对了，就刚刚，我还做了一条，端给狗吃，狗一吃完，就死了……"一边说着，小田一边弯下腰去，从柜台底下抱出来一条死了的狗，"今天，他要是还不死，我去死。"

"我查过百度了——"眼见于慧还在死死地盯着自己，小田对她举起了手机，"这种鲇鱼身上的东西，叫作金黄色腺体脱氢鳞状细胞毒素，真的是剧毒。"

可是，小田的话，还是落空了。正午时分，开饭之前，小田顶着大风，到屋外的库房里启动了应急的发电机，这样，偌大的餐厅里总算亮堂了些，但是，跟往日里相比，吊灯、餐桌、窗户上的纹饰，甚至桌上的菜，看上去，都还是影影绰绰的。老欧和于慧，刚刚在餐桌前坐下，就像准备了一辈子，小田便一道接一道，端上了他做的菜，尤其是那一条肥硕的鲇鱼，刚出锅，汤汁饱满，撒了紫苏和葱花，散发出浓郁的香气，被小田摆在了老欧的正前方，如此，根本用不着于慧劝他多吃两口，老欧的筷子，早已直直地奔向了它，一连吃了好几口，却一点事情都没有，不仅如此，于慧还突然发现，这才两分钟的工夫，老欧的脸，竟然一下子变年轻了，就好像，老欧一直都在等着的什么丹药，现在终于找到了，服下了。一场返老还童的奇迹，在于慧的眼前，就这么发生了。这到底是怎么回事？于慧慌忙转头，朝四下里看，去找小田的影子，小田却不知道躲在哪个旮旯里，全无踪迹，就在她张望了一阵子，再回头，去看老欧的时候，只一眼，她便呆愣住了：就过了几十秒而已，老欧的脸，跟刚才相比，更年轻了，还有他右侧的半边身体，也自如了，天知地知，自打中风，老欧都是用左手拿筷子，现在，于慧明明白白地看见，老欧拿筷子的手，变成了右手，这叫她怎么不被他吓住？莫非，这鲇鱼，这鲇鱼身上的金黄色腺体脱氢鳞状细胞毒素，不光要不了他的命，反而，恰恰是他对症的药？

实际上，即使老欧，看着自己自如起来的身体，也有点不相信，他放下筷子，起身，站在餐桌边，也不理会于慧，自顾自地甩动双臂，再原地踏步，结果却不由得他不信，他的右臂、他的右腿，全都恢复到了中风之前的样子，既然这样，他干脆先不急着吃饭，而是在偌大的餐厅里小跑了起来，他越跑，就越年轻；他越跑，于慧的眼前，就越像是在过电影一般，看见了好多个当年的他。那些他，是自己嫁给他之前的他：一时间，他在登台领奖，只见那领奖台上，两条红色的缎带被他斜挎在肩膀上，两条缎带上，都是烫金的字——什么什么突击手，什么什么时代先锋；一时间，在当年的机械厂会议室，企业改制工作会还没结束，他接了一个电话，于是中断会议，下了命令，要食堂的大师傅小田连夜去机械厂旁边的水库里捞白甲鱼，如果捞不到，小田就别回厂里来了。于慧的眼前还在过电影，再看老欧，不跑了，回来了，在于慧对面坐下，先是笑嘻嘻地看了一会儿她，然后，埋下头，专心地吃鱼，那条肥硕的鲇鱼，转眼就被他吃掉了一大半，那些袒露出来的鱼刺，一根根，好似什么怪物的獠牙，突然间，便要像老欧一样变身，再一口咬住于慧的脖子。

　　老欧真的变了身，这么短的时间，他已经年轻到了于慧快不认识的样子，再看于慧，眼泪倒是流了一脸，良久之后，她咬着牙，问他："……为什么，你就是死不掉？"

　　老欧却一个劲地，盯着窗外，看着看着，他从口袋里掏出了那一小尊神像，供在了快要吃完的鲇鱼边上，再双手合十，低下头，对着那尊神像，也是对着几千公里外的上师，大声喊起来："师父啊，台风过去了，我这八十一难，算是过去啦！"

　　听老欧这么说，于慧也忍不住，去看窗外，果然，窗外的一切，都令她愤怒：这场台风，居然就这么结束了，不知道从什么时候起，雨没再下了；之前的暴风也渐渐平息，一点点，变成了微风，悬崖边，那些没有被台风击毁的树，轻轻地，被微风吹动，逐渐伸展和苏醒过来——是的，跟老欧一样，它们都活下来了。"我明白了，你跟我到这岛上来，不是冲我来的，也不是冲着小田来的。"事已至此，于慧反倒笑了起来，"……所以，根本就没有他妈的什么结婚旅行，你来这里，就是为渡劫来的，对不对？"

　　"不然呢？"老欧笑着，老老实实地承认，"我师父说了，想要上九重天，就得渡这一劫，这场台风，躲是躲不过的。"

　　"不过呢，还是得谢你。"老欧将鱼汤拌进米饭，再将它们吃得一口不剩，"要不是你动不动就跟我提起这座岛，我哪知道这里就要刮台风呢？这八十一难，还不知道什么时候才能完。"

于慧环顾了一下四周，还是没看见小田躲在哪里，接着问："到底……什么是你的八十一难？"

到了这时，没有什么事还要再瞒着她了，老欧痛快地回答她："师父说了，我从中风到彻底恢复，要经过八十一难，八十一难都挨过去，我就能上九重天，上了九重天的人，都有木棉袈裟护体；只要穿上这木棉袈裟，从此以后，我就有十八罗汉跟着了——左边九个，右边九个，福来接福，祸来挡祸。对了，要不，我跟你说说什么是九重天吧？我们悉达吠陀，共分九个境界，就是九重天：第一重，叫小梵天；第二重，叫长净天……"

"土豆发芽了，你照吃；甘蔗发红了，你照吃；黄花菜没焯水，你还是照吃……"于慧打断了老欧的话，径直问他，"所以，自打我嫁给你，你就是在渡劫，这场台风，其实是你他妈的最后一劫，对不对？"

"可不是吗？"民宿外的天光渐渐明亮了，从窗子外探进来的一朵紫薇花也清晰可见，老欧对着它，深深地嗅了一会，再站起身来，对着于慧，伸出手去，"劫都渡过去了，木棉袈裟也穿上了，咱们两个，该好好过日子啦，走，我带你去划船，就划到以前你跟小田去过的那座小岛上去，咋样？"

"既然这样，"于慧终究忍不住好奇，继续问老欧，"你还不跟我离婚？还有，当初，你他妈的，到底是咋想的，非要跟我结婚？"

"离婚？我为什么要跟你离婚？"老欧笑出了一口白牙，反问着于慧，再蹲到她身边，攥起了她的手，轻声告诉她，"实不相瞒，这辈子，我还有一个劫，这劫要是来了，想渡过去，还是得靠你。"

于慧不自禁地仰起头："靠我？"

"非得靠你不可。"老欧捋了捋于慧散乱在脸上的头发，"咱们两个，都是稀有血型，Rh阴性，你说，哪天这劫来了，是不是还得靠你？"

至此，于慧也不再盯着老欧了，她先是几乎躺倒在椅子上，双目涣散地打量着四周，吊灯和餐桌，窗户上的纹饰和那朵蔷薇花，还有那条只剩下了鱼刺的鲐鱼，都被她来回看了好多遍。看着看着，她的嗓子像是被卡住了，她的鼻子也像是被堵住了，一口气都喘不上来，她只好仓皇起身，一把拉开窗户，把头伸出去，大口喘气，这才稍微好受了些，再回头时，眼泪又淌了一脸。"小田，你这个货——"不管不顾地，她扯着嗓子，对着厨房大喊了起来，"还不动手，你他妈的，到底还在等什么？"但是，厨房里，没有人来回答她，她的眼前，只有老欧那张年轻得让她快不认识的脸，那张脸，离她越近，就越是让她想手拿一把刀子，一刀一刀割上去，可是，刀在哪里呢？小田那个货，又在哪里呢？一刻也不忍了，她死命地挣脱老欧的手，三步并作两步，奔向厨房，去找刀子，去找小田，也不知道怎么了，当她一把推开厨房的门，倏忽之间，时空倒转，她猛然发现，自己来到了当年的水库上：已经是后半夜了，一直被云层挡住的月亮都出来了，她还蜷缩在船上，等啊等，等啊等，可就是等不到小田从水底下回到水面上来。她当然不想就这么等下去，有好几回，她顶着风，直起身来，挥动双桨，想往更远的地方划过去，但是没有用，风太大了，不管她划出去多远，风都把她和船顶回来，实在没法子了，她只好将头伸出船舷，徒劳地，对着水面喊小田的名字，喊着喊着，船身颠簸了一下，再缓缓荡开，她回过身去，这才看见，小田的身体，卡在渔网上，漂浮着，一动不动，到这时，她反而来不及喊他，赶紧伸出手去摸一摸他的脸，而小田，早就没了呼吸。

"这么说，"水库消失了，眼前所见，仍是一间辽阔的厨房，于慧看着满目的灶台、冰柜和锅碗瓢盆，也不知道是在问谁，"你早就死了？"

"十几年前，他就死了。"于慧转身，看见老欧站在自己背后，还是一脸的笑，又跟她说，"你忘了吗，你嫁给我，是为了让我死，好给他偿命的啊。"

停了停，老欧又说："别管他啦，你管管我，我过得容易吗？"

"是吗？"照旧茫茫然地，于慧脱口说，"这样啊！"然而，这一回，她不再指望还会有谁来做她的帮手了，暗暗地，她的手，从身边的橱柜里拿出了一把刀子，紧紧握住，然后，一刻不停，举起刀子，对准老欧，用尽所有力气，刺了过去，但是，老欧却像是早早就发现了端倪，她刚一起步，他便闪躲开了，再紧紧攥住她的手腕，现在的他，是恨不得比于慧还年轻的他，所以，她的手、她的刀，哪里还能动弹呢？"听我的，划船去吧。"老欧也没生气，只是轻声地提醒于慧，"别忘了，我都修到九重天了，木棉袈裟都被我穿上了。"只是，于慧怎么会听他的呢？再一回，暗暗地，她的左手，又在背后的案板上摸到了一把刀，闪电一般，她将那刀高高扬起，砍向老欧的脸，刹那间，老欧的脸上就多出了一条口子，这口子，不停地往外淌着血，老欧难以置信，抹了一把脸上的血，再朝四下里看，四下里，并没有十八罗汉跟着，这才惊叫着，又忙不迭地放开于慧的手腕，转而不要命地往外跑，跑出了厨房，跑出了餐厅，又跑过了枯山水式的庭院和那条长长的甬道，看样子，他是想跑回自己的房间里去，眼看着，于慧就要追不上他了，那一尊神像，却从他的口袋里掉了出来，他想捡起来，又怕于慧追上，只稍稍犹豫了一下，于慧便追上来了，刚一追上，她手里的刀，不偏不倚地，对准老欧的脸，狠狠砍了下去。可是，偏偏这时候，高高悬挂在墙壁上的一幅巨大的油画，可能是被台风刮了太久，砰地坠落，正好砸在于慧的头上，再看她，先是她手里的刀哐当落地，而后，她的身体一软，昏迷过去，跟随着那把刀，倒在地上，一点动静都没有了。

　　再醒过来，已经是第二天的黄昏，这家名叫"悬崖"的民宿里，空无一人，倒是不奇怪，台风季节，民宿老板提前给员工放了假，自己则去了云南旅游，现在，一整座民宿，就只有于慧一个人。醒过来之后，她躺在床上，往外看，一眼便看见了玻璃阳台上的窟窿，但是，她捂着头，想了好半天，也想不起那窟窿是怎么弄出来的，不过，她大概也知道是怎么回事：她在犯病的时候这么折腾，这一地的狼藉，除了她还能是谁弄出来的呢？电视还开着，屏幕里，主持人正在播报着关于台风马上要来的新闻：即将登陆的这场台风，菲律宾给它起的名字，叫作木棉；可是，这名字冒犯了老挝的一个少数民族，音译过去，恰好与他们膜拜的一位神灵同名，因此，老挝气象局打破惯例，自行给它起了个名字，叫作鲇鱼，意思是，这场台风，就像河底的鲇鱼，以淤泥、腐殖质和小鱼小虾为食，是不洁和令人厌弃的。

迷迷糊糊地，她起了床，顺手拿起桌上的药瓶，推开房门，信步往前走，一路上，她经过了两把躺在地上的刀，一幅从墙壁上掉下来的巨大的油画；再往前走，就走进了餐厅，餐厅里，桌椅翻倒，碗碟碎了一地，一桌没有吃完的菜正散发着浓重的腥臭味道。现在，她总算想了起来，她的名字，叫于慧，她有一个新婚的丈夫，叫老欧；而今天，正是老欧赶来这座岛上跟她会合，并且开始他们的结婚旅行的日子。这老欧，真是个急性子啊，悉达吠陀课程刚一上完，也不管什么台风，一点都不听劝，火烧火燎地，非要来这里不可，一想到这里，于慧也慌了，只因为，天黑之前，老欧坐的船就要来了，这么一来，她也就没再回去把自己收拾一番，而是一仰头，将大半瓶药倒进了嘴巴，紧接着，她冲出民宿，往码头上跑，一路上，大风不停地将海水的味道送到她的鼻子跟前，让她一边跑，一边想起了更多当年的味道：深夜里的船上，小田开着船，她就坐在新鲜的蔬菜中间，看着天上的星星，海面上涌起的白雾，还有偶尔从海水里跳出来的鱼，再闻着海风的味道、茄子西红柿的味道和小田身上散出的汗味，每逢这样的时候，她便总是忍不住，搂住了小田，在他脸上，在他身上，不要命地亲。

原载《花城》2024年第2期

郭梅六记

朱山坡

储风记

我家里有很多瓶子。各种各样的瓶子。装过蜜糖的、鱼肝油的、菠萝的、瓜子的、糖果的、药材的、烧酒的，还有装过汽水的，都是空瓶子。后来都被我装上了风。在我家的阳台，打开瓶盖，风便钻进瓶子里，然后我把盖子盖上，扭紧，封存起来。有时候，我去河边，去山上，去人群密集的街道，去高处，去隐秘的角落，去远方，去人迹罕至的乱坟岗……把风装进瓶子。给无家可归的风一个栖身之所，免受四处漂泊之苦。

我是蛋镇唯一的储风人。自从十三岁开始，我便开始收集并储存风。各种各样的风。不同季节的风。不同年份的风。晨风，午风，晚风，夜风。雨天的风，台风，阳光烤过的风，带着花香的风。我把它们储存起来，像存款一样。我还贴上标签。标签上写着日期、风的种类，还有其他标注。瓶子摆满了我的房子，床底、阳台、走廊，都是装满了风的瓶子。好壮观。

第一瓶风是台风。我记得那场台风叫"巨鲸一号"，海面风力十三级，一路吹过来，中途风走失了不少，到蛋镇只剩下八级了。我用一只白色的瓶子装了一瓶最早到达的风。它很凶猛，像鲸鱼一样，但还是被我驱赶进了瓶子。后来，我发现无论多么凶猛的风，一旦进了瓶子都变得很温顺。"巨鲸一号"台风早已经在世界上销声匿迹，但谁知道在蛋镇，在我这里，仍储存了一瓶子？我告诉它，你现在是无价之宝了。它含笑着在瓶子里转了转身。它是这里所有的风中最年长的，它经常以老大自居，对，像极一头巨鲸。

那些瓶子里的风一直活着。它们来自五湖四海，身上蕴藏着许多信息，有许多快乐和苦恼，它们经常在夜里窃窃私语，有时候会发出笑声，有时候也会哭泣。我能破译它们的话。它们的身世和秘密五花八门，真假难辨。它们喜欢夸夸其谈。按它们的说法，有的来自恐龙时代，有的来自美国，有的来自南太平洋，有的来自地心深处；有的见过喜马拉雅，有的刮过金字塔，有的被鲸吞过被鲨咬过；有的炫耀在伊丽莎白女王的寝室待过七年，有的声称知道路易十三的隐私，有的曾经发誓要为埃及艳后保守秘密，有的吹嘘说帮乾隆皇帝翻过奏折，有的说曾经亲自把"玛丽·罗斯号"葬送海底（"玛丽·罗斯号"事故发生于1545年7月19日，亨利八世在南海城检阅他令人骄傲的准备出海迎击法国入侵者的舰队。然而，他却目睹了一场灾难：满载的"玛丽·罗斯号"在一阵风浪里颠簸并迅速倾覆）……就没有谁坦承自己来自肉铺、厕所、臭水沟和穷乡僻壤。所谓旁观不语，我不忍心揭穿或反驳它们。热热闹闹的，像菜市场，像麻将室，也很好。我还把它们吹嘘的故事写到它们各自的标签上，一下子让它们的经历变得丰富和传奇，也给我增添了许多雅趣。它们从没有像现在这样安定，不再被别的风裹挟、撕碎、吹散，然后无影无踪。风一旦安居下来，不再漂泊，不再被陌生的风侵犯，是一件幸福的事情，只是没有了自由。像我一样。我有一个孩子了，而没有人愿意成为他的父亲。我已经把孩子送回乡下给他外婆带，但我也离不开蛋镇，当夜深人静想孩子想得要死的时候，我翻身下床就往乡下跑，必须保证下半夜能待在孩子身边。在独处的时候，我让那些风陪我。不知不觉，我也成了一瓶风，被困住了，成了它们中的一员。我跟它们说话，我向它们保证，等哪一天我自由了，它们也将获得自由。

可是，它们反问我：谁来解救你？

我不知道，真的不知道。有时候，我想挣脱瓶子，逃逸而去，以风的姿态融入风中，随风飘逝。

段颂是唯一能理解我储风的人。他是一个诗人，知道风的意义。他写过很多关于台风的诗。我抄录过一些，每每读起，我都泪流满面。除了我，他是最理解台风的人。他热爱风带来的一切。他是属于台风的男人，也是让我心怀好感的男人。只是他喜欢"半边脸"李旦。他曾经送给我一只玻璃瓶子，说里面什么也没有。但他在瓶子上贴上了一张小标签：1986年6月17日，台风过后，段颂幡然醒悟，追随而去。这一天，天朗气清，风中飘荡着忧伤的气息。

他嘱咐我，明天把风装上。

第二天早晨，我听到的第一个消息便是段颂自杀了，吊死在文化站的凤凰树上。这是一个令人震惊的噩耗，比十三级台风更唐突。那一天，风失去了它的歌唱者，万物从此静默。

我遵照段颂前一天的叮嘱，把瓶子的塞子打开，往里面装满了风。

卖风记

我需要钱。我曾经要卖掉一些风。

我瓶子里的风有些价值连城。比如，两瓶来自西伯利亚的风，我愿意出售其中的一瓶。它们是我千里迢迢亲自到风的源头西伯利亚收集的。我标价三百元，向镇上十三个人推销过。无一例外，他们都说我疯了。

我试图说服国营药铺的老中医黎守仁，让他收藏这瓶子风，像股票一样，它会升值的。黎守仁给我开过许多药方，赚过我不少钱。他不愿意，还威胁我说，他手上有推荐去高州精神病院的名额，只要他填上我的名字，我就可能被强制送往高州。

我还在大街上摆过地摊，出售装满了风的瓶子。每只瓶子都有故事。比如，哪一瓶子的风曾经见识过海盗，哪一瓶子的风曾经被刘邦写进《大风歌》，哪一瓶子的风曾经为李嘉诚刮来一屋子港币……

然而，贫困限制了人的想象力，更限制了人的购买欲。他们拿起瓶子，反复端详，然后给出一致的结论：什么都没有。

看不见并不代表不存在。像鬼神一样，像你们心里想的东西一样。

卖风？你当我们是傻子呀？

在风面前，蛋镇没有傻子。工商所的人还威胁我，不要在他们的眼皮底下行骗，否则不仅没收瓶子，还要罚款。

我的第一个顾客是荣秋天。他花了三十块钱买了那瓶曾在伊丽莎白女王寝室待过七年的风。后来，他贴上了新的标签，以风的视角描述伊丽莎白女王的美貌和销魂的裸体，仿佛亲眼看见，仿佛抚摸过。我多次叮嘱他，要好好待它，不要把它放在阳台暴晒，不要靠近脏东西，不要在它面前说粗话。它出身好，爱干净，高冷，瞧不起别的风。在它面前，要像优雅的绅士，甚至学会像王储那样生活。荣秋天按我的话去做了。他很努力。可是，一只猫毁了它。瓶子从桌面上掉到地上，咣一声碎了，风离开瓶子，被一阵饿汉一般的风掳走，从窗口逃脱，瞬间消失在空气中。我悔恨交加，跟荣秋天抱头痛哭。

有一天下午，金光闪突然出现在我的门口，摆弄我的风铃。当时我并不认识他。我问他，你是来买风瓶子的吗？

他说，不是，就随便看看。

他通过窗户朝屋子里看。瓶子真多。他说，你应该写诗。

我为什么要写诗？我不写诗。写诗的人都是傻子，或者是疯子。我说。

他说，你知道蛋镇诗社吗？

我说，不知道。

他又说，现在正开展一场"全民写诗运动"，你要参加。

我说，你吃饱了没事干？想逼良为娼？还是要劝妓从良？

他笑了，一脸青涩，还有些害羞，低着头，不敢抬头看我。兴许那时候我穿着睡衫，领子比较低，也没穿文胸。我有一间自己的房子，我有一处不需要穿文胸的小天地。我要使乳房和风保持最直接的关系。在清爽的夏夜，我解开衣服领口的扣子，敞开胸膛欢迎风。那天，有风。金光闪分明感受到了不一样的风。他在我的眼里，还没有男人的模样，就是一只小狗或小猫。

我说，没经我的同意，你不能动我的风铃，否则就是耍流氓。

金光闪惊慌失措，转身撒腿便跑。后来我想到这个细节就想笑。他究竟害怕什么呢？

听说金光闪号召人人写诗，他却从没写过一行诗。但阚振邦告诉我，其实金光闪曾经口述过三行诗：

> 荡妇的胸前有两只瓜
> 一只是木瓜，另一只是冬瓜
> 品种不一样，不能成一家

标题是：《致郭梅》。

我一直没有机会把他们两个人拉到一起对质。但我倒希望金光闪的诗是真的。两只瓜在风中摇晃，互相碰撞，却永远不能走到一起，孤独得让树都为它们可惜。虽然略显下流，但是击中了要害。金光闪是坏小子。

我的第二个顾客是一个大款。陆川县来的包工头，全县第一个万元户，现在已经身家百万。他刚死了老婆，有两个孩子。他要买下所有的瓶子，但有一个条件，要我嫁给他。

这是一个多么庸俗的男人：肥头大耳，又老又土，满嘴黑牙，像刚啃过牛粪。介绍人说，他就喜欢像你这种神经兮兮的女人，跟其他女人不一样，有文艺的味道，从上而下都洋溢着诗人的气息。

我断然拒绝了他，无论他出价多么慷慨。他承诺，用一座大房子安放这些瓶子，还要给我很多很多漂亮的瓶子，让我收集全世界的风。我说，我的风不同意。

我绝对不能让它们落到一个俗不可耐的男人手里。如果那样，它们会死的。

它们只能跟我在一起。

后来，我没有再卖出过一瓶风。哪怕穷得走投无路，孩子饿得呱呱叫，我也不卖。

我在心里告诉自己，宁愿自己卖身，也不能卖掉它们。

养风记

每一只瓶子都是密封的。瓶子有盖，有塞子。我还要用胶布缠紧瓶口。这些瓶子里的风，有旧的，有新的，一旦进了瓶子，就成了瓶子的主人。我得好好养着它们。夏天炎热的时候，我把它们泡在水里。冬天寒冷的时候，我用毛巾或布料缠绕着它们，给它们保暖。我还得经常用湿毛巾擦拭它们，用水分滋养着它们，使得它们保持温润。这些水，是干净的，而且是雨水，从天空中直接掉到桶里，不经过流淌。每天午后，我打开收音机，让它们倾听音乐和新闻。风暴来临之前，我得提前告警。风暴来了，拍打门窗，惊吓到了它们，或唤醒了它们的某些记忆，这个时候是最难的，瓶子里发出狂躁的叫声，挣扎着要逃离，要跟随风暴去远方。我得安抚它们，让它们安静下来。

我有两瓶西伯利亚的风。几年过去了，我还能感受到它们飕飕的寒气。它们像两头棕熊，对谁都不服气，在这里也水土不服，经常发出怒吼。有时候它们斗嘴，隔着瓶子张牙舞爪，龇牙咧嘴，要吃了对方。有时候，它们惺惺相惜，互诉乡愁，仿佛要挣脱，要越狱，然后抱作一团，连夜逃回西伯利亚。但我不允许，我怀念西伯利亚，它们寄托着我的无限哀愁和爱意，我需要它们的陪伴。我宁愿喂养它们，给它们最好的照料。你看，它们被我养得白白胖胖的，像一对鹤立鸡群的双胞胎。

北风呼啸的夜里，我也经常彻夜难眠。我也想着北方。

我养着风，也是风养着我。我们相依为命。我不会放它们出来的，自由并不一定都是好的。它们一旦逃逸，瞬间便稀释于风中，像一滴水消失于大海。灰飞烟灭，了无痕迹。我像一个严厉而负责任的母亲，不允许它们离家出走。

我在房间里、阳台上种上些花草，让瓶子里的风不至于那么孤独。我宁愿自己孤独，也不让它们寂寞。只有经历过孤独的人才理解风。

那些过往的风，熙熙攘攘，带不走它们。所有的花言巧语对它们都没有用。它们忠于瓶子。它们不应该认为瓶子是囚牢。我是一个善于倾听的人。我让它们说话，有什么要说的，直接说出来，不要遮遮掩掩。它们大多数对我感恩戴德，视若慈母。但也有喋喋不休埋怨我的，说无聊、压抑、痛苦，哀求我放它出去，回归自由。风只有自由才有价值，风在瓶子里只是空气。它说。我深以为然，但我不能给它自由。它是自由的种子，如果它自由了，它会传播自由，唤醒沉睡的风，解救被凝固被封存了的风，给自然界带来更多的风暴。所罗门把魔鬼封存在瓶子里是对的。我不仅是一个慈母，也是一个暴君。风的君王。

我愿意承受恶毒的骂，用爱用心把风养活，养好，将来万一人世间的风都消失了，我会把它们放出来，让这个世界重新有风，让万物重新晃动。

放风记

我并非一个不讲理的人。

我也放过风。心甘情愿放它走。

那是一瓶满怀愁怨的风。三年前，我在蛋河边的一棵橄榄树下将它捕捉。当时，春风浩荡，风还有点潮湿，有点香气，很安静，很和畅。我将一股拂面而过的风截了一段，装进一只蓝色的瓶子。我感受得到它的重量和挣扎。它有桃花的味道，有女人的气息。

我给它贴上了标签，写了一段文字："1984年3月11日，蛋河水开始泛滥，像女人的经期，沉渣翻滚。岸边草木葳蕤，花瓣灿烂。一阵风吹过，带来窃窃私语。我将它捕捉，像把一只蓝色的蝴蝶装进了瓶子。因而把它命名为'蓝蝴蝶'。"

"蓝蝴蝶"为我家带来了春天，满屋洋溢着春意，一下子让我烦乱的心情得到了平复。但好景不长，每当夜深人静时，我感觉到它在呼喊，声音充满了愁怨和哀求。开始，我并不很懂，后来，我屏住呼吸，耳朵贴着床板，终于听清楚。

它想念爱情了。

在这个春天里，它遇到了一场爱情，就在桃花和梅花混杂的河边，春风玉露喜相逢，它和对方一见钟情，在桃花和梅花的枝头缠绵，久久不愿分开。一阵风吹过来，它们分散了。它再回头已经找不到对方。它跟随一只蝴蝶来到了蛋河边上，准备在此等待爱情失而复得。想不到，它被我捕获。我听懂了它丰富而深情的内心自白，它对爱情很执着，哪怕对方已经消失得无影无踪，它仍然坚持要寻找。它恳求甚至哀求我把它放出来，让它追寻爱情。我安慰它，如果爱是天意，爱会回来的，你只需要等待。但它不依不饶，每天都闹着要离开。我担心它离开会粉身碎骨，被欺骗，被伤害，因而没有同意。

我从它身上理解了爱情，也憧憬着爱情。我羡慕它，悉心照料它。

那时候，我热烈地向往爱情。"蓝蝴蝶效应"把我内心的爱煽动起来了。它提示我说，爱情在北方。

我的爱也在北方，它在等着我。它说，我愿意领着你，去寻找爱情。

因此，我决定放了它，去往北方。

在1985年秋天，我离开了蛋镇，跟随着蓝蝴蝶前往西伯利亚，踏上了漫长而百感交集的寻爱之旅。

最终，我不知道蓝蝴蝶是否找到了丢失的爱情，因为出了蛋镇，它便加入了一阵疾风，在湖南境内我仍然能感受到它的存在，过了黄河，我和它便分道扬镳失去了联系，从此再也没有它的音信。

然而，蓝蝴蝶没有欺骗我。我在北方找到了爱情。在西伯利亚，寒风的故乡，我遇到了一个高大强壮的男人。而且，他蛮不讲理，让我怀孕了。

那年的北风，都怀孕了。无一幸免。第二年，在南方纷纷分娩。

如果不出意外，像我一样，蓝蝴蝶也当上了母亲。

捕风记

有些风放荡不羁，像野女人，也像野猫。有一年夏天，台风"桃红"光顾蛋镇，来得太急，让我措手不及。它夺走了我手中的瓶子，咣一声，瓶子碎了一地。风往西去，我沿着大街追赶。风将我摁倒在地上，脱我的衣服，仿佛要强奸我一样。我挣扎着站起来，风把我往前推。我双脚跟地面若即若离，像贴着地面飞翔。我感觉自己要飞起来了，有人拉了我一把。

你不要命啊？说话的是一个男人。风雨交加，我的眼睛看不见，不知道他是谁。是他把我抓住，拖回到屋檐下。我擦亮眼睛，才看清自己离镇上很远了，而离蛋河很近。一旦掉到河里，我必将溺毙。

那个男人自己奔跑在风雨中。在香蕉大桥上来回跑，仰面大笑。狂风将他撕扯，几次要将他掀起扔到河里。我以为他是疯子，仔细分辨了许多次，我终于确定他是段颂段诗人。我认识他，但很少来往。我读过他的诗，写得很好。瘦小的他在风暴中像一头野马在旷野里放飞自我，自由奔跑、疯狂呼喊、挥臂怒吼，仿佛在跟风博弈，又已跟风暴融为一体，让我目瞪口呆，又心潮澎湃。他是一个真正的诗人。

我差点忘记了自己。还好，我手中的瓶子还在，已经装满了风。我把瓶子密封好，命名为"桃红"。我丢下段颂，抱着瓶子，返回的路上风暴摧枯拉朽，我逆风而行，树枝和飞扬的垃圾打在我的脸上，划伤了我的额头。我十分生气，又非常害怕。我回到家里，把门窗关得紧紧的，无论风怎么拍打都不为所动。风唤起了风，房子里的瓶子开始骚动起来，我把它们摁在原地，等待外面风平浪静。

但旋即我又后悔把段颂一个人留在风暴中。

后来的事情大家都知道了。在后来的一场风暴来临前，段颂自挂树上，死了。大家都为他的死遗憾或嘲笑。但我认为他曾经让生命彻底爆发、绽放，已经足够了。我理解他。我也希望像他那样，让生命绚烂一次，哪怕像闪电那样只有一刹那。甚至我希望风将我撕碎，让我变成风，消失于风中。

我经常去野外捕风。菜地、稻田、树林、旷野、山顶，每处的风都不一样。气息完全不同。我像是一个猎手，把某个地方最好的风留下来。它们在我这里变得静止，不用四处漂泊，也没有四季和时间。它们成了风的标本。

在蛋镇，我成了人的标本。

骂风记

风骂过我。有时候它们怨恨我，把我骂得一文不值。骂我是破鞋、婊子、毒蛇、女匪、癫婆、魔鬼，咒我不得好死，祝我出门撞车，死于风灾、水灾，希望这幢楼突然坍塌……

我听过最恶毒的咒骂。

我听多了就习惯了，甚至有点得意。

你们被我控制在手里。由不得你们。你们得听我的。我才是你们的主人。我的权威不容动摇。

它们以为我听不懂它们说什么。它们多少次密谋造反，想把那些瓶子打碎，然后逃之夭夭。可惜，它们没能力自救，只能寄希望于地震。蛋镇是一块福地，一千年来几乎从没有发生过3级以上的地震。我理解它们的绝望。

我并非一味忍让，我也会生气。它们骂多了，我也回骂，以最恶毒的语言。

我呼出来的气有毒，唾沫有毒，声音有毒，连满脑子的恶意都是毒。通过镜子可以看到一个真相：我发怒的时候，像一只巨大的蟾蜍，面目可憎，肚皮里吐出来的能量能引发飓风。

我威胁它们：要让你们永远困在瓶子里，烂在瓶子里。让你们体会囚徒的痛苦。

你们怀念过去的自由了吧？你们为什么不珍惜自由？现在失去了才知道懊悔？

我变成了一个虐待狂。在房间里播放乱七八糟的音乐，发出各种怪叫，骚扰它们，让它们担惊受怕，不得安宁，让它们做噩梦，痛苦得满瓶子翻滚，如坠深渊，万劫不复，"风欲静而树不止"，直到它们低头认错。

它们总会在我面前一败涂地，低下卑贱的头颅，恳求我的原谅。

此刻，它们明白了，我才是大自然的主宰，是风的女皇。

我警告过它们无数次：我狠毒，千万别惹我！

宇宙浩渺，世事纷繁。最好的结果希望是万物安生，各得其所。

我想要离开蛋镇，到广阔、热闹的世界去，但放心不下这些瓶子。它们像是我的宠物。直到有一天，蛋镇诗社宣布解散，像是砸碎了一只装满了诗意的瓶子，天空中顿时弥漫着自由而浪漫的气息，我突然冒出一个想法：是不是应该将所有的瓶子都打碎了？

然而，一想到它们对我恶毒谩骂，我便收起了廉价的善心。

我宁愿不自由，也不给它们自由！

原载《天涯》2024年第6期

转移支付

阿 乙

　　出现在我眼前的这个男人，是我过去的领导。最早他叫桂铜柱、桂铜铸，和我同事时叫桂文博，现在叫库珀·桂。在那如今已经被草占领一楼的写字楼C座，在据说距赢利仅半步之遥的杂志社，他作为主持工作的副主编领导起我们整个编辑部，最后也作为失败的主要责任人被请出来反复问责，某次会议开到一半，他借故出去听电话，再未归来。后来传他去了上市公司，又办理西班牙（一说是塞浦路斯）移民，并等待获得美国身份。他到处放话，等拿到绿卡，就团结一班人在新大陆买地，买得越多越好。

　　在这次见面之前，我大概知道，他最早毕业于J市师专中文系，在来我们共事的杂志社之前，曾在几家市场类报社就职。这次见面丰富了我对他过去的认知，知道去报社工作之前，他还在和J市同名的J县担任了一学期的乡村教师。"你知道我执教的地方偏远到什么程度吗，阿乙？即使是我这个出生在本县的人，也没怎么听说它。"库珀·桂对我说。他记得拿到派遣证去那里报到时，总以为中巴车靠站就是到了，结果一连停了六次都没到。第七次，司机对他说，从这下去，往北行一里就是了。他大张两腿，一双手抓住握把，提起装满书籍、乐器、熨好的西服等物资的黑色大皮箱迈下车。天空淫雨霏霏。呈现在眼前的与其说是道路，不如说是一条浸满水的小浅沟。没有突出于水面的石头或砖块，有的只是一踩下去就朝大地扑哧一声瘪下去的冰激凌状泥团。他试图用肩膀扛起皮箱，他确实成功了，可也因此使身体重心向扛起皮箱的那一侧倾斜。他抢行几步，把它又抱回到怀里，并借助一棵树的帮助，用脊背背起它。此时皮鞋已经湿透，袜子和鞋帮之间填进泥浆，连脚趾缝也塞满它们。他心想鞋和下半截裤子总归弄脏了，那就牺牲它们成全这只皮箱，让它干干净净地到达目的地。可只走了十余步，他就听到一个惯于在坚持不住的人——比如双手紧紧抓住悬崖然而又攀爬不上去的登山者——内心出现的充满鼓励的声音：放手吧。他最后一次把皮箱往上提了提，接着听见一声闷响，泥水溅到他胭窝那么高。"算了，狗戳的，那就谁也顾不了谁了。"当时还叫桂铜铸的青年教师说。他从地上抓起沉重的皮箱，拽着它气喘吁吁走了一个小时，才看见此行目的地：一座背靠着山丘的小镇。镇上有七八栋房子，一字排开，建在山脚，那肯定是各单位。他要去工作的中学，只有初中部，建在山丘上，为树木所掩盖。在巴尔扎克的小说里，青年拉斯蒂涅在远眺巴黎的上流社会区时，说："现在，咱们来拼一拼吧。"我们的桂铜铸并不嫌弃这个叫老营盘的地方，也对它说："会会。"

"当时的我得有多么浪漫主义，多不切实际。"库珀·桂热情昂扬地对我说，之后他跟我说的所有话都保持这样一股高亢的腔调，根据我的记忆，在我们共事时，他和所有人说话就已如此。他有用不完的精力。他让我想起拿破仑，一样地充满激情，一样个子矮。这股激情今后看起来也不会消退。除非他这个人死了。清贫或困窘的乡村生涯带去的不是消耗，相反可能是某种滋养。诚如古人言，"天将降大任于是人也，必先苦其心志，劳其筋骨"。我们也可以说，他之所以在这没有一寸柏油路的乡下感觉不到消耗，是因为他和那些在乡政府、土管所工作的人一样，拿国家工资，受本地人尊敬和羡慕。每天感受到的都是这些半是尊重半是讨好的目光，一个人怎能不骄傲？就像坐牢，如果在里边充当的是牢头或者小负责人，自然也不会过多地被坐牢的处境折磨。"在老营盘，我只看到一次外地的高级人来过，是一位中年妇人，涂脂抹粉，十分冷漠、镇静，很像《红楼梦》里的王夫人或者什么夫人。她在这里小转一圈，一句话没撂下，又坐着送她来的三菱警车走了。"他说。在老营盘，他给在J市的同学也是女友（这是多么符合命运的安排啊：一个有志向、有想象力，同时不乏热情的农村子弟，拥有一个生活在城市的情人）写信。字里行间，他没有表现出任何的低声下气，倒像是在向对方通告和宣告什么。"我的小猫。在信里我这么叫她。"库珀说。这会儿他非常娴熟地抖开餐巾，让它一丝不差地叠在大腿之上，之后很自然地左手持叉，右手握刀，从面前整块牛肉切下自己需要的谦逊的一小块。但是他给人的感觉还是农村人。正如我们会判定那些穿戴最整齐的人是侍者。"我当时是这么认为的，她爱我的一个点是我身上有一股当仁不让的气势。"库珀说。"你确实如此，"我回应道，"一直认为眼前的一切就是你的，或者说眼前的一切你都能胜任。我想这就是咱们同龄，业务水平也差不多，而集团任用你当领导却对我想都不想的缘故。你更愿意去承担使命。""你说得对，这方面我比你脸皮厚得多，当时只有一个机会，孟总恰好在楼下和合谷吃饭，我端着餐盘直接坐到他对面，和他聊了半个小时。"他说。

他在J市的女友叫然然。本名王黎然。他至今也没搞清楚她家背景，只知道每临近周末，都会有一辆轿车驶到校门口接她。当时路面窄，那辆车行驶时差不多要占一个半车道。车漆极为光润，使得车身看起来像一块黑玉，而当时在一个县里，常委坐的还是桑塔纳，如若是黑色的桑塔纳，那黑色一定也是棺材板那样又粗又硬的黑。来接然然的司机戴着薄的白手套。"就凭这比我们学校党委书记配车还豪华的配车，就知道她家是什么级别了。"库珀·桂说，"但是，这么高级别的家庭，子女上的为什么又是一所地专？在所有大学里头，地专是最差的吧？我想这可能是因为她成绩确实不好。高考也就考了一二百分。她不像我们，她有条件也有资本不去好好学习。另外也有可能，越是这样的家庭，越容易在关键时刻顽固地表现出一股正气。认为不应当让人嚼舌头。还有就是他们和她都舍不得离开对方。对她来说，有什么比家还舒服的地方呢？对她父母来说，想见女儿随时就见得到，不也是美事吗？"库珀没有讲他和然然具体是怎么恋爱上的，就好像他自己也忘记了。"可能在我之前，没有人跟她表白过。我们知道，爱一个人是简单的，但是表白就难，何况是对着这样一位金枝玉叶表白。但我敢。另外，我们撞出火花，一定也和她生理、心理渴慕情感接触有关。也许我身上洋溢的那股可以说是上蹿下跳的活力让她一时感到新鲜。你看他们家的司机——我猜还有厨师、保姆——个个都是毕恭毕敬的，绝不多说一句话，多做一个动作。"他说。她对他的爱并不深，或者说她还不知道怎么去深切地爱一个人，但也绝不能说她就是虚情假意。她给在老营盘中学执教的他回信，语词大多如此："……你安心在那里锻炼，那里一定鸟语花香，充满自然气息吧。……你锻炼好了，就争取进城。"与其说是冷漠，不如说是不知道说些什么。库珀说寒假将至时，他再也等不及，利用周末，乘车到 J 县，又到 J 市。一共花去四小时。他和她约在她家附近见面。她走出那深闭的大院时，门警突然挺直身体，朗声说"敬礼"，并抬臂举起五指并拢的右手。第一眼他就看清楚她身上有种犹豫。要不然走路不是这个姿态。他一度想，是两种爱——同时也是两难——使得她如此。一边是对他的爱，一边是对父母的爱。后来他修正看法，他认为，使得她如此的，是她不知道怎么向他开口。她欲言又止，欲止又言，嘴巴反复翕动。很明显是想说：你叫我怎么办哪，你要我怎么办，我该怎么办哪。"她面对着我，因此可以说，她在说'你叫我怎么办'时，这个'你'指的是我，但我听出来，它也指她的父母。"库珀说。这是库珀——当时叫桂铜铸——第一次知道自己有一个不利于自己的身份。之前不是不知道，而是知道得浮皮潦草。或者说，那种知道，隐藏在一大堆知道里，容易让人敷衍待之。抑或，他不是不知道，而是回避知道。

这次，他深切、深入并深刻地知道自己和对方之间横亘着一种叫阶层差距的东西。如果说有什么差距比地球和火星的差距还大的话，就是他和她之间的这层差距了。"我感受到这个事实，就像牛顿感受到地球引力。我握住她两臂，仍旧保持着主导者的姿态，说：'我早知道有这一天，这不怪你。'"他说。他想再对她说点什么，却说不出来。这和他平时舌灿莲花、口若悬河可不一样。他觉得自己被什么抑制住，唯有缄口不言。也有可能，他是在借沉默发泄心中愤懑。或者说彰显自尊。"阿乙啊，一切如此显明，我不能再做什么。过去我只是想当然。现实既已如此清楚地教育我，我难道还要做无谓也是无聊的挣扎吗？"他对我说。在一位中年妇人走过来后，事情得以彻底结束。意外的是，这位贵妇人他认识。虽然只见过一次。他永远忘不了她坐三菱吉普去老营盘时遗留在当地的那股拒人千里的气质。她的一双眼像手电筒一样盯着他。他听到她用这世上最正宗也是最硬气的普通话说："这事不能再继续下去了，我查了地图，即使我们可以放女儿去那儿生活，你也不应该这么做，这不是一个男人应该做的。"接着又说："芍药和牡丹怎么区别，它们总得有个区别。"这话匪夷所思，但他当时就懂了。这是对方在用相对干净的话把"癞蛤蟆也想吃天鹅肉"这个意思表达出来。倒不是怕刺激到他，而是怕粗鄙的词语脏了自己的牙齿。他脸色涨红，牙齿打战，人就像最卑微的动物那样嗫嚅："阿姨，我，啊，然然。"话没说完他就转身走了。就像一个人再也经受不住冷库的严寒，不得不离开。"我以为她们会目送我，但今天想来，我刚转身，她们也就回头走了。因为不久我就听到大院的铁闸门为她们退向两边的声响。她母亲应该还哧了一声。"他说。

"很难形容我当时的心情，"他接着说，"所有的不幸、委屈、驱逐以及流放，都在我身上发生，应该说我遭遇到了人生最严重的挫折。我应该颓废下去，甚至大哭失声。可我却步履轻松，准确且富有效率地找到来时的车站。车站停车场与其说是停车场，不如说是一块烂泥塘。一台台中巴车停在那，正像一头头不知羞耻、醉心于打滚的猪。我早早坐上返程的车，稀稀拉拉出了点眼泪。咳，与其说是因悲伤出泪，不如说是从仪式上为这分手聊作祭奠。""你这有点像在车祸里受伤，明明内脏撞破，还能行走自如，从外表看一点事没有。"我说。"诚然，"他接着说，"我在车上坐着，陷入一种分量不重甚至可以说很轻微的悲伤中，或者说我感受到的只是简单的忧伤。就好像这件事终究和我无关。或者说，事情已经化为苦艾酒，让人可以享受了。雷声自远处隆隆而至，雨下起来，一会儿大一会儿小的。不久，车辆移动，我把脸朝向透过车窗飘进来的雨丝。城市的一块块墙壁、一间间铺面兀自倒退。之后车辆短暂停下，不是有谁上来，而是有个人缩着脖子，双手插兜，跳了下去。他不是跳到地面就了事，而是朝着和这条马路呈垂直关系的一条坡道继续往下跳。他穿一件发着暗光的栗色皮夹克，雨水打在上面淙淙作响，却根本不能把它打湿。我想到《西游记》里的宝贝盔甲，因为穿它，水火不能近身。就在车辆要驶离他的身影时，有人用指尖捅了捅我。我把身体移正。他就像梦境中人那样指指外边，又指向我。旁边人不住点头。我大惑不解，直到他抓了一下我被翻出的左裤兜。它就像一把锤子吐在座椅上。我一下明白了。我装在裤兜的三百元被偷了。下手的正是穿皮夹克的男子。我大力敲击车壁，怒喊：'停叉，停叉。'""停叉？"我说。"你不是懂我们那的方言吗？停叉，我狂喊，感觉找到生命的主旨。司机踩下刹车。车辆猛地前倾，与此同时，车门弹开一半，我把它推得大开，跳下去朝小偷消失的方向追赶。""我刚参加工作时月工资是一百六十元。"我说。"三百元相当于我当时一个半月工资，"他说，"你说我气不气？来到坡道，我沿着台阶飞速向他奔去，那简直不是奔跑，而是飞行，就像两脚踏上了滑雪板。他一双手仍插在衣兜里。应该说是下雨的声音变大，以及过于得意，使得他完全没有意识到有人追上来。你知道吗，我当时穿的是高帮皮鞋，鞋跟还钉了铁片，叮叮咣咣，动静不小。最后几步我把自己扔出去。他被一下蹐倒在地。他是那么高大，因为高大他这下可摔得不轻。我不知道为什么一个这么高大的男人要做小偷。也许这样的身材，可以像他们手里拿着

234　　木棉或鲇鱼

的报纸一样，起到一种掩护作用？因为人们很难相信一个高挑的人会干肮脏的营生。另外我们也不能排除，有些人偷窃不是出于贫困，而是因为心理有病。""这也解释了为什么有的富家子弟会犯盗窃罪。"我说。"应该说，再给一百次机会，我也不能放倒他一次。"他说，"但在当时，他被放倒并且在被放倒的同时就失去反抗能力是既成事实。他眼睛微微翻白。从口腔发出一阵难听的呼噜声。我翻爬起身，凭借愤怒的势能，高抬起皮鞋，朝他脸部踹去。一脚、两脚、三脚。太阳穴、面颊、腮帮。我感觉把他脸都踩烂了。这时他轻轻伸出手臂，示意我暂停。他这个让人感到意外的动作使我清醒过来。至少是迟疑下来。他一边抬着手臂，一边咀嚼什么，直到把一颗带血的牙齿费力地吐到嘴外。以后的事讲起来有点索然无味。我既觉得还应该惩罚他，又觉得自己不应该为此惹上事，于是只是扯脱他带血的皮夹克，对着他抽打。一些人——不是很多——远远围过来，我蹲下去找到自己的三百元钱，然后踢了他腰部四五脚。我一边说'你这厮偷走老子三百块钱，还在这里诈死'一边离开现场。之后我没有去车站，而是凭感觉瞎走，应该走到Y县去了。"

发生这件事后，叫桂铜铸的青年一连十几天没睡好。总是忽然醒来，汗出如浆。因为在梦里又看见小偷高大的身躯像被砍伐的树那样重重栽倒，头部在撞击地面后朝半空弹起。或者自己的高帮鞋朝人家面骨狠狠踩去，把那里踩平了。惊恐得以缓解是在春节前夕，他去了趟J市。在下雪的车站他见到脸部还没消肿的小偷。后者正夸张地用火钳试图把人家人造革提包里的一张"大团结"夹出来，而那人浑然不觉。有可能是真的偷窃，有可能只是开个玩笑。看见他还活着，桂铜铸大为宽心。让他更为宽心的是，对方的眼睛明明看到他，却未做任何停留。这说明不认识他。之后，桂铜铸没有回老营盘中学，而是南下广东，开启他不打招呼就辞职的先例。"这件事已经过去三十年，"库珀·桂说，"但是那种忧闷不安的感觉一直没有过去。我在想，我的钱——在当时那可是一笔巨款——被人偷走，那么我去追赶偷它的人并把他踹倒，就是正当的。既然正当，为什么还要忧闷不安？我想这是所有人都要考虑或者说要面对的问题。因为所有人都会为自己认为正当的事做点什么。后来，在重读莎剧时，我想到这种不安的根源。在《威尼斯商人》里，放贷者夏洛克有权向失信的安东尼奥索偿一磅肉，但他怎么做到只取走安东尼奥一磅肉而不让他流一滴血呢？我们为自己主持正义时，怎么做到只让对方接受他应受的惩罚呢？我们能称量清楚吗？然而，想到这里并不意味着话题结束。直到最近，我才能说看见这件事的本质。转移，你知道吗，阿乙？本质是转移。我发现我们人类有一种根本性的懦弱。这种懦弱使得我们去忍受那些我们对之无能为力的事，转而把怒火发泄往其他可以发泄的地方。我拿王黎然的家庭没有办法，就想一脚踹死小偷。小偷的脸就像湖水，王黎然母亲的影子在湖面上荡漾、变形。我这一踹，释放了一个人所能释放的全部的力量。"

原载《百花洲》2024年第3期

为张晚风点灯

东　君

　　起初，我们并排走着。阳光从侧面照过来，她脸上的汗毛和雀斑清晰可见。我跟她说，我们生活了这么多年，好像是头一回并排走呢。我把篮子换到一边，想腾出左手牵她的右手，她好像突然意识到了什么，故意放缓了脚步。就这样，我们又像从前一样，我拎着篮子走在前面，她在后面。我们走到人群密集的地方，就走散了。我一个人照旧买了萝卜、茄子、蚕豆、猪腰子等。可我提着有点沉重的篮子，步子也变得沉重起来，身边少了个人，究竟有些不习惯。我踅回菜场，扒开人群，找了个遍，还是没见着她的身影。天黑之后，也没见她回家。深夜，我跑到当地派出所报了警。警察说，一个大活人在闹市里不会凭空失踪的，也许是拐到哪条巷子里跟人闲聊去了。第二天一大早，我寻遍了闹市和巷子，还是不见她的身影。有人听说她是跟我在大街上走着走着就走失了，都摇起了头。他们说我真是糊涂虫。

　　我不甘心，又去更远的地方找她，依旧没见踪影。回到家，环顾四周，一切如常：里外收拾干净，碗碟归置得当，连我的鞋子都朝一个方向整整齐齐放着。我感觉哪里不太对劲，但又说不出来。我戴上墨镜，坐在阳台的竹椅上，朝东望西，心神拢不到一块儿。小巷尽头是一座山，山后是一团云，云上的天空蓝得有些幽深。这已是黄昏时分。整条巷子都回响着妇人催喊"吃黄昏吃黄昏"的声音，饭香也随之一点点弥漫开来。没有人喊我吃饭。我坐在阳台上，吃着空心烟。烟不管饱，但我也没觉着饿。

对面阳台上的晒衣绳上有一件白衬衫在飘动。我忽然明白不对劲的地方在哪儿了。

天黑之后，两名警察从巷子那头过来，正在路灯下向人问路，有人朝我这边指了指。我晓得，他们想再了解一点什么。警察还没开口，邻里已围了过去。我赶紧下楼，把他们拉到了自家屋子。一名警察指着我的墨镜问，你眼睛没问题吧？我说，视力正常。他又接着问，你平常都戴墨镜？我说，你是不是觉着我戴上墨镜看起来不像个好人？不，不，警察解释说，你戴着墨镜跟我说话，我总感觉隔着一层什么。我说，街坊邻里都晓得，我是个唱鼓词的，平日里戴惯了墨镜的。另一名警察掏出纸笔说，习惯了就好，你想戴着就戴着。这阵子，镇上没有人提供有效信息，我们就只能从你这儿再寻点线索。我的目光落在整整齐齐摆放的鞋子上，盯了许久，说，我的确发现了一条线索。警察问，什么线索？我指着鞋子说，这些鞋子里面居然没有她的鞋子。她的鞋子跟她一道失踪了，还有就是衣柜，我里里外外翻了个遍，就是没找着她的衣物，你们说这是不是见鬼了？警察随同我进了卧室，把衣柜打开验证了一遍。然后回到镬灶间，坐下来跟我继续聊天。我掏出烟问，你们吃烟？两名警察都摇了摇头，我独自点燃了一根烟。

你是什么时候跟你老婆认识的？

这就说来话长了。

十六岁那年，我辍学在家，干体力活嫌身子板太单薄，干手艺活嫌手不够利索，只有一张嘴，除了吃饭，还能讲闲谈，唱小曲，逗人一乐。但我那位干圆木活儿的老爹说，虫儿也会讲闲谈，雀儿也会唱小曲，算不得什么本领。我想我得学会一样本领，不然窝在家里又会被爹数落一番，说我是个没本事的。

这一天，村中来了一位唱词先生，穿对襟衣裳，着皮鞋，戴一顶呢子学士帽，帽檐下是一副墨镜，墨镜下是一张苍白的圆脸，下巴蓄着一撮山羊胡。他一路走来，举止跟说话一样不紧不慢，可他往高台子上一坐，精气神就来了。挂在檐下的，是全村最亮的一盏灯，那是汽灯，打了气之后，里面的纱罩就发出耀眼的白光，当头照着。唱词先生调好了琴，左手执拍，右手执一根小竹签，唱几句，便敲几下边上的一鼓一梆。他唱完词头，才开始唱正文《隋唐演义》。他一个人，可以扮演各色人物；一张嘴，一挥手，就能搬来人马，好不威风。故事讲到动情处，他把扁鼓一敲，突然打住，说是要等明晚接着唱。我离开祠堂后，意犹未尽，坐在板凳上洗脚时还惦念着秦叔宝胯下的那匹黄骠马。

第二天我起了个大早，从我爹的木器坊里借了一块长方形的松木板，抽了几根弹棉花的弓弦，截成十二根，做成了一张简易牛筋琴，随后又从箸筒里挑了一根竹箸，煞有介事地敲了起来。

我不会调弦，声音听起来总是闷闷的，再调，再敲，忽然听到身后传来一个声音：弓弦太松，声音就不够浪。我回头看，原来就是那位唱鼓词的先生，戴着墨镜，但没戴那种呢子学士帽，前额银光烁亮。听邻里说，他昨晚就落宿在后院一户人家。

你喜欢唱鼓词？

我点了点头。

识字？

我又点了点头。

唱两声给我听听。

我拿腔拿调地唱了几句。

不错，他赞道，有一副好嗓音便是嗓子眼里开出一朵花。

有人围过来，我把牛筋琴收了起来。

唱词先生说，我叫柳逢春，这一带的人都唤我柳先生，有纸笔？我进屋取了纸笔，递给他。他在纸上写下了自己的住址，还画了路线图，交给我说，你若想学唱鼓词，可以来找我。

半年后，我积攒了一笔钱，就鼓起勇气，坐航船去邻县的柳庄寻访柳先生。柳庄离我家少说也有百里，半程水路，半程陆路，陆路也不尽是平直的，中间得翻越两座大山，有几条陂陀路，这一口气走下来，日头已经西斜。从路人口中我得知，柳庄就在落日那个方向，抬头可见。沿途有位茶叶贩子听说我是要拜柳逢春先生为师学唱鼓词的，就跟我说，这边镇上有位人称东山松的唱词先生，是柳先生的师兄，你可以先去他那儿拜访，说不定也会给你指点指点。东山松啊，边上一个卖鱼干虾皮的贩子凑过来说，自打两年前收了一名女弟子，就不再收徒了。茶叶贩子嘿嘿一笑说，没想到，这瞎子临老还遇上一段艳福。二人搭上了话，也就把我晾在一边，我索性加快步伐，在天黑之前赶到柳庄。

见到了柳先生，他一眼就认出了我。柳先生说，我第一回见到你，就晓得我们以后还会相见。你学鼓词，是纯属玩玩，还是要拿来混个饭吃？

我说，我要出人头地。

好一句"出人头地"，柳先生随手拿起一根箸，在桌板上敲了几下，漫声念道，话说天地开辟，未有人民，女娲娘娘抟黄土造人，但因事务繁忙，只好拿绳子投入泥浆，然后举手一甩，泥浆便洒落成人。有道是，富贵者，黄土人也；贫贱凡庸者，泥浆人也。小子，你可听说过这《风俗通义》里头讲的故事？富贵贫穷，在女娲造人时，就已注定。你信也好，不信也好。

我先是点点头，表示自己没听过这故事；继而摇了摇头，表示自己不信这富贵贫穷是上天注定的说法。我祖上世代务农，既没出过秀才，也没出过商人，可我还是想着有朝一日出人头地。

后生有志气，师傅说，我就先教你几句入门的词文，听落肚了，再教你唱大部头。

学唱鼓词，得先学敲琴，再学打鼓。琴是牛筋琴，鼓是牛皮鼓。讲究点的，还要学会打拍，敲抱月。拍是黄杨拍，俗称三粒板，打法跟快板一样。抱月也是黄杨木做的，笃，敲一声，十分脆亮。把一琴二鼓三唱四白学全，再把《十二红》这部大词熟记，少说也要一两年时间。那年头，市区中山公园、大南门、小南门、西郭一带都设有词场，每天下午，闲来无事的人仅需花一角钱就能入场听鼓词。词场请师傅拉场子，几乎场场爆满。门票收入三七分，我给他打下手，也能叨得一点好处，解决食宿费。更重要的是，我能坐到前排，听他怎样唱，怎样讲白，怎样扮演生旦净末丑的角色。夏夜七点开场，十点静场；冬夜五点半开场，八点半静场，我每回都是从头坐到尾。有一回，师傅吃坏了肚子，唱《杨志卖刀》时突发内急，让我上场顶替。我没怯场，照着师傅的调调把这一本词一口气唱下来。散场后，师傅说，檀板歌喉都不错，只是少了点味道。这味道，不是苦学就能学来的，你呀，要多经历一些世事，学会在事上磨，在脸上做戏，日子长了，这味道自然就出来了。

我把全本《十二红》学会了之后，师傅又跟我说，你从我这儿学到的，只是我传授的词本和唱调，我这几十年在方圆几百里的地方唱下来，大家都耳熟能详，没新鲜货出来，听众容易腻味。你以后要唱一些新书，掺入自己的调调。我问师傅，我该怎么做？师傅说，多去热闹场里走走、看看、听听。

这一天是市日，师傅说要带我去赶会市，会老友。船到了，是乡下常见的那种两尺四的小木船。我对师傅说，你下先。师傅说，不能说下，要说上。师傅上了船，坐定，说，干我们这一行的，虽说有词本，但鲜活、地道的方言土语还是要从闹市里学得。你逛会市，要留意各色人等说话的腔调。

逛完主街，师傅让我看看牛羊交易市场。师傅说，你要注意了，这里边做买卖的，都懂切口，牛羊有牛羊切口，水产有水产切口。师傅指着一个正掰开羊嘴给旁人讲解的中年人说，他是牙郎，我的老朋友，你往后要向他多多请教。我说，牙郎是不是给牛羊拔牙的？师傅一听这话，笑得连嘴里面那枚大金牙都露了出来。师傅说，牙郎，古时称互郎，就是现在所说的中介。至于"互"字为何被人读成"牙"字以至将错就错，就不大晓得了，我曾问过本地学问最大的厚堂先生，他居然也说不出个所以然。师傅这样说着，就把一包牡丹香烟塞到我衣兜里说，你过去，敬一根烟，站在边上，听他讲话就是。我说，我是唱鼓词的，他是做买卖的，干吗要听他讲话？师傅说，人家牙郎的学问大着呢，什么物事、什么门道，都知晓一些，而且能说会道。去，你能从他们那里学到不少连师傅都教不了的东西。

正说话间，牙郎走了过来，笑眯眯地跟师傅打了个招呼，问，两寸有无？我转头看了看师傅，师傅说，"两寸"指的是烟。我从口袋里掏出一包牡丹香烟，递上一根。师傅说，敬一个人的烟，也要掏出一双。我又照师傅说的做了一遍。牙郎跟师傅讲起了今天的几桩买卖，还不停地打着手势。讲到饭点，我们也就散了。

夏日傍晚，师傅说，没事你就去桥头樟树下什么地方坐坐吧。你听他们讲闲谈，就晓得近来他们喜好什么话题。你只要听进去了，闲话不闲。

我又照师傅说的，去了桥头樟树下。

桥头的闲话果然多，他们管这叫讲闲谈。我坐在黑暗的角落，摇着蒲扇，有一搭没一搭地听着。偶尔也能听到有人讲师伯的闲话。师伯的闲话跟一个女人有关。他们说，东山松早些年只需要一根拐杖就能独自出远门，现如今有了个女弟子，就跟当年戴村的戴老爷一样，出门去村口买包烟也要她扶着。有人感叹，他现在要是离开了那女人，恐怕也要成废人一个。我把这些闲话一并学给师傅听，师傅沉默片刻，说，就当故事来听吧，我们编别人的故事，也允许别人编我们的故事。我点了点头。

临睡前，师傅说，这些闲话，以后不要传给外人。师傅说的"外人"，是指门外的人。我没见过师伯，但我可以想象他的样子，也顺便想象了一下师伯家那个女弟子的模样。在包围着我的黑暗中，我闻到了栀子花的香味。这一年夏天分外燥热。

跟师傅一起，我明白什么话该讲，什么话不该讲。但唱鼓词的时候，师傅总是鼓励我放开唱，想怎么唱就怎么唱，唱到痛快的地方，即便来一句荤口都不打紧。

满师那日，师傅送我一张自己用过几十年的旧琴。师傅说，这琴是改造过的，你敲一下，听声音是不是更浪。

我拿竹签敲了一下，才发现琴弦已从牛筋换成了钢弦。

师傅说，我再送你一个艺名。我正要道一声谢，师傅却挠了挠后脑勺说，叫什么，我还没想好呢。我说，我出生的村子叫旭光村，我爹就直接给我取名张旭光。结果我发现，学校里有好几个人都叫旭光。师傅说，旭光这名字虽然听起来响亮，但不耐品味。嗯，这一刻晚风多清凉，就叫晚风吧。

张晚风，张晚风。我的艺名就这样叫开了。

这艺名用在我身上，就仿佛新衣裳穿在身上，起初感觉有些生分，时日久了也就习惯了。

我离开师傅去老家卖艺，但没人喝彩。师傅说，外来和尚好念经，你得去远一点的地方卖艺。

我去了一个外县的祠堂，连唱三场，反响平平。后来辗转各地，也没赚得几声喝彩。那一年，我孤身在外，穷得叮当响，平常只穿春秋两用衫，天热时卷起袖子，敞开领子；天冷时就把手放进衣袖里，跺几下脚，抖几下肩。回到家里，我从来不会，也不敢向家人哭穷。只有师傅知道我的窘境，他把我喊到身边，帮他打打下手，再磨炼磨炼。

师傅说，早些年，你师伯跟我搭档唱大词，名动浙南，以后就指望你了。

谈起师伯，我又要多唠叨几句了。见到师伯之前，我就常常听师傅提起他。师傅说，师伯的看家本领其实不是唱《南游》，而是唱《西游》，本地人没听过他唱《西游》，就等于没听过鼓词。师伯能把唐僧师徒和妖魔鬼怪的七情六欲都唱出来，仿佛他们就是村里的张三李四王五赵六。师傅这么一说，我就越发想见到师伯本尊了。

有一天，师伯竟不请自来。我闻到他身上的尘土气味就晓得他走了很长一段路。他跟我想象中的模样差不多：身材修长，脸也修长，手里捏着一根长竹杖，连手指和指甲都很长。师伯身后站着一个年轻女子，身材瘦削，扎着一对小辫子，眼睛清澈，嘴角挂着一丝微笑。她叫阿慧，师伯转头说，阿慧快来拜见师叔。

师傅跟他们寒暄几句，就拉着师伯的手说，两年多没见了，没你搭档，我也索性不去接那唱大词的生意了，平常就在一些村镇里唱些平词。

这不，我东山松又出山了。师伯站在门口，发出爽朗的声响。

我想扶师伯进来时，阿慧给我使了个眼色。师伯摸进了门，就像在自家一样来去自如。他知道桌子在哪边，椅子放哪里。我给他端茶递烟，他伸手就接，好像什么都瞧在眼内。

师傅说，今年我接了几个大单，非你出来合作不可。

师伯点了点头说，我们南板《南游》这一脉不可断。

师伯会唱的，师傅也能唱。这几十年来，每逢陈十四娘娘寿诞，四乡八镇的人都会争着请他们二位，都说是一个做生，一个做旦，唱起词来同花开一色。他们拿到词资，七个铜板也要对半分的。

我问师傅，唱《南游》，为什么有的地方只唱三天三夜，有的地方要唱七天七夜？

师傅说，请我们唱七天七夜的，都是出得起钱的金主。

师伯接过话说，我跟你师傅当年还唱过十三天十三夜的《封神榜》。那时节，我们年纪轻，膛音大，底气足，把大词师赵岩先生都给惊着了。

我把菜夹到师伯碗里时，师伯说，我自己会夹的。说完，伸箸从盘子里夹了一颗花生米，丢进嘴里。师傅说，菜不用夹，酒还是要给师伯筛上。我提起桌上刚加热的一壶黄酒时，师傅又补充了一句，满上。酒快满时，我点了一下壶嘴，师伯的耳朵动了一下，立马伸手盖住杯口说，满了。此时酒刚好跟杯沿齐平。师伯喝起酒来，斯斯文文，给人一种润物细无声的感觉，不像师傅，喝酒时总是发出咕咚一声，仿佛有一块石头落入深井，有时还冷不丁发出一声酒嗝。

师伯在快活头上，随即唱起了《西游记》中的精彩片段。他开口一唱，我脑子里就出画了。师伯会模仿各式各样的动物叫声。他对我说，我这回来，也没带什么伴手礼送你，就教你口技吧。师伯学猪叫时，我也撮着嘴，尖叫几声。师伯说，新年的祝福、前人的忠告、长者的手艺，都是塞到你口袋里的钞票，你可要好好收着。师傅努努嘴说，还不快敬师伯？我举起酒来，向他敬了一杯。

师伯把头转向一边说，阿慧，你也给师叔敬一杯。

师傅见阿慧起身，也立马回敬说，阿慧，这些年让你照顾我松哥，难为你了。

师伯说，有了阿慧，我好比安上了一双眼睛。

阿慧干完一杯，双颊就涨红了。

我曾听师傅说过，阿慧是师伯从山沟里"捡"来的。她是外省人，十五岁那年死了爹妈，被一个人贩子从那边的山沟里骗到这一边的山沟里，转过好几手，受尽欺辱，才被师伯解救出来，做了他的女弟子。

师傅问阿慧，你可会唱两句？

师伯咳嗽了一声，阿慧就不作声了。师傅也没再追问。

这一顿酒后，师傅与师伯谈妥了瓣本生意，当场签订了一份协议。宾主尽欢，此处不必赘述。

那一阵子，师傅与师伯几乎形影不离，他们在台上唱《南游》，在场下闲聊，仿佛又回到了属于他们的那个时代。两场《南游》唱毕，师傅跟我说，你师伯大不如前了。以前他两眼虽瞎，但脸上有光，人也灵光，现如今，脸色灰暗，人也老拙了。我说，幸好有阿慧照顾着。师傅说，一个土埋半截的人还找了个二十上下的女人，不晓得是福是祸。

有一天，有位市文联的老领导送来两副黄杨拍。师傅让我把其中一副黄杨拍送给师伯。从柳庄到东山，要走十里地。我两腿健，一炷香工夫就走到了东山。东山有一座大山，师伯就住在山脚下。我过去的时候，见到了阿慧。我问师伯在否，阿慧指了指路边的一座茅坑。是谁呀？我听到了一个苍老的声音。我转过头，看到师伯坐在坑板上，满脸威严。我双手捧着黄杨拍，毕恭毕敬地站在他跟前，说，启禀大王，师傅特命我送来一副黄杨拍，万望笑纳。师伯咳嗽一声，阿慧，接拍。阿慧接过黄杨拍，笑得直捂肚子。

凳未坐暖，我就从师伯家出来。拐过一座石桥，穿过一片竹林，刚出村口时，忽听得身后有人喊我。回头看，正是阿慧。她说，你的墨镜丢我这儿了。我道了声谢，戴上墨镜。阿慧说，你戴上墨镜的样子的确有点像你师傅。我说，大概是我们相处久了的缘故吧。你呢，师伯教过你唱鼓词吗？阿慧说，我是外省人，鼓词听得懂七八分已经不错了，更不用说唱。我说，外边都传言，你是他的关门弟子。阿慧说，门是关着的，弟子谈不上。竹林那边吹来了一阵风，我望着一堵床单一样洁白的粉墙，问，师伯待你怎么样？阿慧撇撇嘴说，还能怎么样？他一天到晚都是面无表情的。不过，如果不是他当年收留我，恐怕我还在山里受苦呢。我又问，你有没有想过回老家？老家？阿慧说，老家离这儿有两千多公里，远得都不想回了。再说，爹娘都已经走了，回去之后也没有特别想见的亲人了。说到这里，她忽然咬住薄薄的嘴唇，莫名其妙地笑了。

阿慧喜欢笑，没心没肺地笑，我在她的笑声里险些绊倒。她的笑声能传很远，我回到家中，躺在床上，耳边还回荡着她的笑声。以后听着风吹竹林的声音，我会驻足多听一会儿。听久了，会恍惚觉得记忆中她的笑声也像是吹过竹林的一阵风。

　　一天，阿慧打来一个电话，让我转告师傅，说师伯一病不起，看来有点麻烦。我立马骑上一辆刚买的摩托车，带着师傅去看望师伯。师伯躺在床上，说近来食郁、乏力，得的是一种连本地一位老先生都无法诊断的怪病。师傅让师伯赶紧坐我的摩托车去县城医院做个检查。但师伯说，他不信西医。关于疾病，师伯有自己的一套看法，旁人是很难说服他的。

　　阿慧说，他昨天还能出门去买香烟的，今早回来，两腿就动不了了。

　　师伯说，今早我出门，听到一个刚学会走路的细儿冲着我莫名其妙地哭了起来，我就预感不妙了。

　　师傅问，这话又怎么讲？

　　师伯说，筋骨败了的老人大清早出门，若是听到哪个细儿莫名其妙地冲着你哭，多半是不祥之兆。

　　师傅说，你既然晓得自己身体出了问题，就得早就医，本地的西医若是诊断不出来，就坐民主轮船去上海大医院看看。

　　师伯摆摆手说，没用的，我给自己算过命，这个关煞是没法破除的。你们别笑话我是个瞎子，我看到的物事比你们要多。这世上有一些看不见、抓不到的物事，我已经在脑子里琢磨许多年了。

　　师傅说，你都在琢磨些什么啊？！

　　总之，我的寿数快到了，师伯干笑一声说，阿慧，你可以去街上给我准备寿衣了。

　　师伯在床上昏昏沉沉地躺了近半年时间。有一天傍晚，我又接到了阿慧打来的电话，说师伯快不行了，让我和师傅过去一趟，他有话要说。我们刚迈进门槛时，师伯就断了气。

　　师伯的身体在夏夜也是冰凉的。阿慧哭得很伤心。师傅把床头的闹钟取过来，往回拨了几格。

我问师傅，这是什么意思？

师傅说，我真想让时间倒流，再跟师兄唱两句。

说着，师傅就真的唱了起来。

送葬回来，我们坐在一起吃饭的时候，阿慧像盲人那样看着师傅。师傅问，阿慧，你这样看着我是什么意思？阿慧说，他平常就是这样看着我，我也是这样看着他的。阿慧所说的"他"即指瞎子师伯。师傅听了阿慧的话，忽然流下了眼泪。

师伯走了，阿慧没有去处，师傅把她和师伯的遗物一并接收过来。师傅说，阿慧是个可怜的孩子。

平常没活，我就回老家干点别的什么事。阿慧寄居师傅家，也没找其他出路。我再次见到师傅，发现他活络了许多。有一回，他忽然问我，他身上有没有一股老人气。我听了有些惊讶。师傅年过六十，身上有点老人气也不奇怪，可他似乎很在意这一点。后来我才晓得，他跟阿慧已经有了一层不同寻常的关系。师傅跟师伯一样，自此不再收徒。他原本跟我最合得来，后来也渐渐疏远了。

师傅和阿慧住在乡下，流言也多，后来不得不搬到县城的某个角落，过着深居简出的日子。直到有一天，阿慧给我打了一个电话，说师傅接到了一些唱鼓词的生意，一个人唱不过来，就念起了我。我嘻嘻一笑，说，难怪我近来耳朵痒兮兮的。

起初，我们唱的是五日五夜的《白蛇传》，下午，庙里开始"请佛"，师傅先唱词头，我唱正本。唱到三点半，这算是一日；到了傍晚七点，轮到我唱词头，师傅唱正本，这算是一夜。师傅下来后，阿慧都会递上一碗桂圆莲子汤。师傅对阿慧说，下回给我熬汤的时候，也给他熬一碗。就这样，我们唱了五天五夜。头家很满意，给了师傅一个大红包。那晚，师傅也很高兴，对我说，你师伯走了，往后你就随我一道唱大词。师傅说的唱大词就是唱《南游》。师傅以唱《南游》出名，人称"南游柳"。师伯还在的时候，民间有一种说法：唱《南游》，松不如柳；唱《西游》，柳不如松。但师傅说，他早年是跟师伯学唱《南游》，只是因为添加了一些当地的风土习俗和俗语，一下子吸引了大批听众，让他们就此记住了。

师傅接了几个大单，就把签订协议、踏查场地、购买经词纸马的事都交由我一手操办。一年间，他要带着我从平阳太阴宫唱到瑞安西山宫、温州市区东岳殿、乐清杨府庙、永嘉浮沙殿、青田石门宫、丽水大水门宫。《南游》照例要唱七天七夜。从开经、请娘娘到坛到圆经，但凡站着或跪着唱的环节，都由师傅出马，每每唱完，就会有一位头家递上利市包。师傅用手一摸，就晓得对方出手是否阔绰。

整本词唱完，师傅拿到词资，分我四成，然后他就开始大手大脚地花钱了。师傅出身于地主家，骨子里还有一些上辈人的印记。首要之事是吃。师傅吃饱喝足，就剔着牙，摸着相公肚，说胀煞，胀煞。肚子不会越摸越小，但似乎被他摸圆了。

阿慧，你给我拿一根牙签。师傅说着便伸出一只手来。那模样，像是关老爷让周仓去取青龙偃月刀来。

除了吃爽喝爽之外，他还要给自己添加一些家居用品或衣裳——他尤其喜欢买绸布，他说绸布做的对襟衣裳穿在身上很舒服。

中秋前夕，我提着一扇猪肉、两壶糯米烧，来县城看望师傅。门是虚掩着的。阿慧穿着一件丝绸睡衣，坐在客厅的沙发上。从天窗透进来的日光里有一片灰尘飘浮着，屋内的光线半明半暗。师傅的手摸着绸缎面料，就跟抹了洋皂似的。摸着摸着，五根手指就不听使唤，滑到绸缎里面去了。手滑，管不住了。师傅嘿嘿一笑。阿慧问，我的皮肤好，还是绸缎好？师傅说，受用，都好。

我在门口鞋垫上蹭了蹭皮鞋，师傅跟阿慧就腾地一下分开了。师傅的脸色青里带紫。

我后来回想，我那时把师傅脸上隐约透露的病色错当成了怒色。

有一天，师傅对我说，他上茅坑解手之后，发觉拖鞋上湿了一片。我说，这有什么打紧的？师傅说，我的身体已经出了问题。师傅说的问题就是无论使多大的劲，尿液都还是落在拖鞋上，打湿脚指头。

从此之后，师傅常去的地方就是医院和庙观。他说，他在庙观里唱鼓词赚来的钱都送给了医院。他想活命，就得赚更多的钱，想赚更多的钱就得拼命。他每回出演，都会带上我，他唱个词头，就没剩多少元气了，后面的正文就交给我来唱（当然，按老规矩，师傅即便出工不出力，也要分红的）。这一天，师傅同往常一样，跟我一道去太阴宫唱鼓词。出门走了一小段路之后，他就开始抱怨阿慧给他买的一双新鞋硌得脚后跟难受。我蹲下来，脱掉他的新鞋，发现他的脚背和小腿已经出现了水肿，我告诉他，问题不在鞋子上。他听了，突然咆哮了一句，就是鞋子的问题。他穿上了鞋子，决定回家把旧鞋换上。我也不得不紧紧跟随着。走到半路，我就看到他摇晃了一下，又摇晃了一下，接着就倒在地上。我记得师傅闭上眼睛之前，只是轻声哼了一句：那个老瞎子没骗我。

没想到他走得这么快。阿慧送走师傅后，还是不太相信师傅已经走了。

之后，她发烧整整一周。她总是说身上好冷，好冷。春天来了，也没让她改善怕冷的症状。我晓得她的心思，一怕床凉，二怕夜长。这一年初冬，我就把她从东门接到西门的出租屋同住。

第一晚，我用两层被子捂住她的身子，还是没能捂热。第二天清早，我从被窝里出来，生了煤炉，煮了一锅番薯粥。她露出一颗脑袋，用热热的目光望着我，不说话。

我坐在床沿，吃了一支空心烟，就把她的脑袋按了回去。她把我也拉进了被窝。这件事，她做得着实温柔得体，却让我无缘无故地倒吸了一口冷气。我有点累，躺在她身边睡了个囫囵觉。醒来时，发现她正跟我对望。我忽然觉着，她的眼睛里有另一个陌生男人的目光。

我对她说，我刚刚梦见自己进了一个黑漆漆的房间，里头是冷冰冰的，有个人影，时隐时现，感觉是遇到了你那个早夭的前夫。我没见过他，但我感觉就是他。

她突然流下了两行泪。她哭的时候我竟闻到了露水的气味。我把她搂在怀里，不晓得该用什么话安慰她。

她的身世，我是曾经听师傅和师伯讲过的，但有些细节（比如男女之事）还是她亲口告诉我的。十五岁那年，她被人从外省卖到浙南山区，三年后，她的男人年纪轻轻就猝死了，而且是死在她身上。于是，村里人都开始在她背后指指戳戳，说她脸上有苦泪纹，眉毛上有眉眼痣，这就是克夫相了。她不信这个邪，就当着众人的面找了本村一位会摸骨的老瞎子给她算命。老瞎子摸完头骨与手骨之后告诉她，这地方不宜久留。可她不晓得自己出了这座大山要去哪里。她说她不想走，死也要死在这里。老瞎子说，她要是继续留在这里，恐怕还会发生不祥之事。乡里有个老光棍也不信这个邪，在秋收过后的傍晚，把她硬生生拖到了稻草堆里，她没有呼救，也没反抗，只是默默忍受了。但那个老光棍越发放肆了，每每得手都会到处炫耀。一年后，另一个返乡的老光棍也看中了她，于是，两个老光棍就像是为了争夺交配权的野狗那样打斗起来，结果是：一个被一刀捅死，另一个被枪毙。冤碰着孽，想躲也躲不掉，村民们又把怒火发泄到阿慧身上，用石头堵死了她家的门窗。老瞎子可怜她，替她在村民面前好言几句，却没有人理会。老瞎子只好托人带了个口信，请来一位当年跟他学过摸骨术的唱词先生。某个夜晚，全村人都去祠堂听鼓词，老瞎子偷偷来到阿慧家门口，搬开石头，撬开铁条。他告诉阿慧，到了山下，就躲在公社旅馆里，此后会有人来接应。

后来果真有人来接应？

有。

谁？

就是那位唱词先生。

师伯？

是的。

师伯这人怎么样？

什么怎么样？阿慧翻了个白眼说，我明面上是他的弟子，其实是他的女人。那个老家伙除了两眼看不见东西，其他零件都很好使。他一大清早醒来，躺在床上，就晓得屋外是晴是阴。我偷偷涂了口红，他也晓得，还嫌我口红涂得太艳。他可不是一般的瞎子，他比那些双眼明亮的人更精明。他手里要是有一把枪，可以管住一个村的人。

阿慧躺在床上，也会跟我提起师伯与师傅的一些往事。她说，他们师出同门，表面相敬，暗地里却在较劲。师伯要在唱腔上下功夫，而师傅偏偏在讲白上下功夫。等到老了，他们反倒越发相似了：布鞋总是当拖鞋趿，解手后总是忘了系扣子，背心常穿反，还有一点就是，常常会在我面前说一些不正经的话。

师傅也贪那个？

没你师伯那么贪，但有时还是会提出一些奇怪的要求。

阿慧讲起师伯与师傅，口吻轻淡。讲起自己辛酸的往事，她也像讲别人的故事，甚至还会发出笑声，笑着笑着，我就流下了眼泪。她问我为什么流泪，我说，你的笑声让我想流泪。

她躺在床上就是我的女人，下了床她就把自己打扮得像在我家做客，说话也是客客气气的。出了门，她总是跟我保持一前一后的距离。我问她为什么不跟我并排走，她说，爹娘也是这样子的。

我们虽然没有领证，但我还是会在家里喊她一声"老婆"。她说，在屋子里你可以这么叫，出了门就叫我阿慧。我知道，阿慧是怕外人说闲话。

其实，活到这个份上，还会有什么闲话？

我今年三十九岁，阿慧四十二岁，再过几天，吃了冬至圆，我就满四十岁了。这个岁数给我的感觉就像是，一个迎着夕阳赶路、脸上满是霞光的人，忽然发觉自己走错了路，等他转身，身后已是一片黑咕隆咚。那个时候啊，一颗心也就慢慢冷硬起来了，像一块石头。

阿慧是不会回来了。我告诉自己，这一回她定然走得无比坚决。

我曾走访过阿慧当年待过的那座山村。那位老瞎子早已经下世，不过，村民说，那块青石墓碑还是阿慧出钱托人给他立的。阿慧对他一直心怀感激，这份感激之情也一直延续到另一位会唱鼓词的老瞎子身上。她说，她相信那个死鬼瞎子说的话，即便他说的全是瞎话。有一回，师伯给她摸骨算命，她也对此深信不疑。师伯先是摸头骨，接着摸手骨，把她全身的骨架摸了一遍。她说他老不正经，但他摸完了之后很正经地告诉她，四十三岁那年，她一定要离开身边的男人。否则？否则还会有一次无妄之灾。什么无妄之灾？师伯没有明说。

吃过冬至圆，阿慧正好四十三岁。

门前，新叶落在旧叶上，一条水泥路一直朝北伸展着。阿慧走了之后，我就感觉魂和魄不在自个儿身上了，邻居们说我像丢了官印的县太爷。是呀，这比丢官印的事儿还要大。

徒儿过来，问，师傅，你有好长时间没刮胡子了吧？

我摸了摸下巴，胡子的确已有寸把长了。这个年纪，也该像师傅那样留起胡子了。出了门，呢子学士帽和墨镜也是不能少的。

师傅，徒儿走到门口，又回过头来说，再过两天我们就要去杏庄唱大词了。

我晓得。

你没事吧？

我没作声。

船缆系在岸边，船便同猫一样温驯。柳枝随风飘动，远处已见炊烟。这里就是杏庄了。从前，师傅和师伯每年都会来这村子唱一回平词或大词。现如今虽说好景不再，但仍然留下了庙观、祠堂、戏台之类的旧迹。我和徒儿也要在这里唱上七天七夜。

村那头响起了闷闷的锣声。天色阴阴的，怪不舒服。

徒儿进来，告诉我，村里一位长辈找出了当年为我师傅和师伯点过的那盏老式汽灯，今晚特意为我再点亮一次，就挂在娘娘宫的戏台上。

我问徒儿，两寸有无？徒儿掏出两根烟，恭恭敬敬地递给我一根。

天黑之后，冬雨就在黑暗中飘洒着，路灯看起来犹如莲蓬。有人隔着雨雾喊着不远处一个人，声音飘得很远。

阿慧恐怕是不会回到我身边了。

我瞄了眼手表，忽听得炮仗的巨响滚过远山。嘴里点着的那根烟依旧冒着微小的火星。我越想越冷，直到烟头在手指间颤抖起来。

原载《当代》2024年第2期

春风凌乱

付秀莹

回芳村的路上，燕乔发来微信：哪天回啊。

燕乔跟我是发小，从小玩到大的那种。如今，她在县中学教书，我在北京瞎混。我们难得见面，平时联系也不多。但只要我回老家，她总要赶回芳村来，陪我说说话。私心里，我挺迷恋这样一种关系。确定的人，确定的地方，确定的友谊——生活中的不确定太多了，这点小小的确定，显得尤其难得，并且珍贵。不是吗？

照例是一群人等着，哥哥嫂子，妹妹妹夫，还有我八十岁的老母亲。早有孩子们通风报信，"来了来了"地喊着。大家都跑出来迎接。我心里惭愧，恨不能像个魔术师，立时三刻变出一车子礼物来。打发走出租车，他们过来跟我寒暄，仿佛我是远道而来的客人。嫂子哎呀一声，问我怎么又瘦了，太瘦可不好。女孩子到了这个年纪——话说半截，被我哥打断了，叫她去厨房看看，炖着肉呢。老母亲在人群里悄悄打量我，一眼一眼的。大半年不见，她似乎显得比先前瘦了，人也矮了，佝偻着，被高大结实的孩子们遮挡着碰撞着，又欢喜，又有点慌乱。我走过去，揽住她的肩膀，跟她贴一贴脸，她费力地挣脱，有点不好意思，不要不要，这么大个人了——

午饭颇丰盛，七个碟子八个碗，嫂子她们还在川流不息地端菜端汤。看架势，显然是待客的饭。老实说，我就怕这个。跟他们说过多少回了，甭费事，就家常饭最好——我在外头还吃不上呢。她们哪里肯听。看得出来，老母亲显得更为不安，甚至有点焦虑。她坐在饭桌的一角，不大说话，只是拿眼睛看看这个，看看那个，带着一种近乎讨好和歉疚混杂的笑容，还有暮年之人常有的茫然无助的软弱。母亲老了，说话做事，开始看儿女们的脸色了。当年那个风风火火性格强硬的"辣椒嫂"呢？屋子里弥漫着饭菜的香味，立式空调吹着暖风，电视柜旁边的那盆水仙开得挺好，白花黄蕊，散发出幽幽细细的香气。男人们另开一桌，喝酒划拳，吹牛斗嘴，关心着买卖和时局。女眷和孩子们就安生多了，吃菜，说笑，扯各种八卦。我从兜里掏出几个红包，给孩子们发压岁钱。一阵欢腾和喧闹声中，老母亲悄悄扯了扯我衣角，嘴角嚅动，似乎想要说什么，终究没有出口。我拍了拍她的手背，叫她放心的意思。她的手干枯，瘦，秋天的棉花秸秆一样。我夹了一个肉丸子，放在她碗里。

阳光挺不错，明亮而和煦，给人一种模糊的混乱的错觉，仿佛春天已然来临了。五九六九，沿河看柳。今年春节晚一些，马上就要六九了。树木倒还看不出有丝毫绿意，只是乡下的风里，似乎多了一些柔软湿润的气息。树枝微微摇动，也流露着温柔舒缓的表情，不似寒冬里那么冷硬倔强了。村庄静谧，偶尔传来一两声狗吠。

我们坐在院子里晒太阳，有一句没一句地说话。燕乔是午饭后赶来的。她穿一条今年很流行的米白色阔腿裤，咖啡色羊毛大衣。头发微微烫过，很随意地扎在脑后。她也说我瘦了，早先是圆脸，现在下巴颏儿变尖了。你看你这儿，这儿，就这儿——她摸着自己的脸，跟我比画着。我只是笑，不承认，也不否认。在北京讨生活，好比在荆棘堆里打滚儿。胖了或者瘦了，都是小事儿一桩，皮外伤而已。倒是内心里那些个沟沟坎坎，大窟窿小眼，旁人看不见的那种，才最是要命。不过，这话我没有说出口。不是不想说。

问题是，即便说了，有什么意义呢？如人饮水，冷暖自知罢了。这是我自己的选择。并没有人逼我这样。当初，我也完全可以留在家乡的县城里，结婚生子，过一种衣食无忧的安定生活。像燕乔这样。我怎么就一根筋似的，一心只想着离开，一心只想到大城市去呢？是我自作自受，怪不得旁人。燕乔说，我倒是胖了，你看我这腰——看上去，她确实比上次见面的时候胖了一些。从小到大，她一直是一个清瘦的姑娘，长胳膊长腿，单薄到叫人担心。而今，人到中年，她倒出落得比年轻时候更好看了。丰腴，饱满，称得上珠圆玉润，有一种到了这个年纪才有的成熟韵味。看起来，她的生活颇不坏。至少，比我混得强多了。

嫂子收拾好碗筷，过来打招呼。端过来瓜子花生，又倒了两杯水，递给我们。水太烫，一时喝不到嘴里。我抱着杯子，在两只手里倒来倒去。燕乔呢，干脆把杯子放在地下。热水冒出袅袅白汽，在新春的风里迅速消逝。嫂子问起县城实验中学的事，好不好考，怎么报名，要哪些条件。侄子马上小学毕业了，嫂子想让他去城里读中学。燕乔耐心地给她讲解起来。可能是由于多年教书生涯的磨炼，她已经拥有一副很好的口才。我记得，小时候的燕乔，是一个少言寡语的人，性格内向，一说话就脸红，甚至，有一阵子，还有那么一点口吃。尤其是她着急的时候，或者面对陌生人的时候，她的口吃会更加明显。什么时候，她口吃的毛病消失了？正月的阳光洒落下来，院子里仿佛铺上一层薄薄的金沙。天空是那种极浅的蓝，浅到发白，有几块云彩，一会儿变作一只狗，一会儿变作一匹马，变幻莫测。燕乔说的不是芳村话，也不是普通话，介于芳村话和普通话之间吧，夹杂着正式的书面用语，还有简洁有力的手势。她在讲台上应该就是这个样子吧。嫂子很认真地听着，不时点头，发问，眼神里满是信服和尊敬。嫂子，有啥事你就说话，咱都不是外人——我跟萍这么多年——小时候，我白天黑夜长在这院里——

我跟燕乔同岁，论生日，她还要比我小两个月。她性子温柔，安静懂事，不像我，出了名的疯丫头，顽劣淘气，什么坏事都干。在我母亲这里，燕乔是最受欢迎的。她的一句口头禅就是，看看人家燕乔——我是在多年以后，才似乎恍然悟出了生活的一些秘密，或者叫作命运的细微暗示。而今，几十年过去了，母亲也已经步入她的晚年，藏在她心底深处的那一句，恐怕还是这个吧。看看人家燕乔——当然，我怎么不知道？这是一个母亲的担忧。她那远在天边的闺女，漂泊在外，老大无成，并且，一个人，孤苦伶仃，并没有过上她的理想生活。我该怎么安慰她呢？

哥的鼾声从东屋传出来，打雷一般。他又喝醉了。他总是这样。酒量不大，还挺敢端杯。耳根子又软，听不得人家一句劝。心眼儿呢又实，人家给一点好处，恨不能立时三刻掏心掏肺，割头换脑袋。难怪嫂子老骂他。我早就看出来了，在我哥和我嫂子的关系中，我嫂子属于强势的一方，处处压我哥一头。怎么说呢，嫂子是个好嫂子，芳村出了名的好媳妇，贤惠，能干，孝顺——这后头一条最是难得。不说别的，就凭人家给老刘家生下两个欢蹦乱跳的大孙子，坐定江山，绝不在话下。芳村有句老话，媳妇越做越大，闺女越做越小。早些年倒不觉得。这几年回来，嗯，确实不一样了。

午饭过后，人们都散去了。打牌的打牌，串门的串门。孩子们也呼啦一下子不见了。院子里的喧嚣热闹，仿佛也被他们统统带走了。地下零乱扔着橘子皮，花生壳，烟蒂，一只红气球被丢弃在那里，落寞地飘来飘去。老母亲颤巍巍过来，端着一杯水，往东屋去。又喝多了——一喝就多——絮絮叨叨的。我想过去帮忙，到底忍住了。对于一个年过八十的老母亲来说，给喝醉的儿子送杯水，该是一种无人能够剥夺的权利吧。

我们都停下说话，齐齐屏住呼吸，看着母亲小心翼翼地上台阶，一磴，两磴，三磴。等她终于稳稳当当站在东屋门口的时候，才都轻轻呼出一口气来。都老了——燕乔说，语气里有着感伤、悲凉和无奈交织的复杂情绪。不知道是感叹母亲他们这一代老了，还是感叹我们这一代也老了。你还好，一点都不显老。我说的是实话。当然，我的实话里也有那么一点修饰的成分。我不知道自己为什么会这样。在燕乔面前，我是不需要任何修饰的。是不是，这么多年来，我已经对诸如真实啊诚恳啊这些所谓的人类美德，变得越来越麻木了？我有点讨厌自己。我讨厌自己这种熟练的话术。脱口而出，几乎没有经过大脑，更谈不上发自内心。问题是，我怎么以前从来没有觉察到呢？燕乔看了我一眼，笑起来。这一笑，她眼角的细纹被骤然聚拢在一起，变得明显。饱满的两颊微微凹下去，被散落下来的两缕碎发巧妙地遮住。她的头发还是那么好，蓬勃而茂盛，在阳光下闪耀着健康的光泽。别看了——染的。她再一次笑起来。仿佛这是一件好笑的事情。我还记得，燕乔天生一头好头发，发量惊人，她常常为此苦恼。梳辫子要分四股，橡皮筋最容易弄断，洗头发呢更是麻烦——要用一个很大的脸盆，头发满满铺进去，黑压压一把抓不透。伏天里，须高高盘起来，免得捂出痱子。她母亲常常不无担心地叹息，贵人不顶重发——在燕乔的头发这件事上，她母亲一直怀有很深刻的偏见。是啊，燕乔的头发确实过于茂盛了。她母亲把她的瘦弱单薄，统统归罪于她过于茂盛的头发。吃点东西，都让头发抢去了。这是她母亲的理论。还有一点，过于茂盛的毛发，总是让人产生过于丰富的联想，比方说，身体的某些部位。对一个姑娘家而言，这简直是一种羞耻。总之，少女时代的燕乔，为了自己一头过于茂盛的头发，吃尽了苦头。真的——我骗你干吗？燕乔说。燕乔的头发烫成细碎的小卷，一大蓬松松扎在脑后，令她看上去有一种慵懒的松弛的腔调，小城生活滋养出来的烟火气，家常而温润，叫人觉得和煦宜人。不像我。这么多年了，在外头跌跌撞撞，鼻青脸肿，浑身上下成天紧绷着，连睡梦里似乎都攥紧了拳头，仿佛随时随地就能身上长出刺、头上长出犄角来。我成天穿着厚厚的盔甲，化着严妆——不是为了美，而是为了，厮杀和抵挡，进攻和防御。然而，我最终得到了什么呢？

发现自己的第一根白发，是在去年。好像是个周末吧，早晨起来梳头的时候，看见鬓角有一根头发，半截已经白了。心里一惊。知道岁月这东西厉害，岂肯轻易饶过谁？后来，我又发现了第二根，第三根。我起先还细心拔去，后来，白的多了，就渐渐失去了兴致。我不是不想跟时间对抗，而是不敢。时间这东西，谁奈何得了呢？最是人间留不住，朱颜辞镜花辞树。自古以来，这样的感慨从来就没有停止过。何况我等碌碌之辈。这么多年了，我离开故乡，在别人的城市瞎混，幻想着有一天能够混出一点名堂来。有时候意气风发，有时候心绪低沉。有时候彷徨歧路，有时候又觉得人生有味、人间值得。总以为一生漫长，足够我挥霍。在故乡和他乡之间往返奔波，万千滋味，说不得。

然而，是从什么时候开始，我变得越来越不愿意回芳村了？奇怪得很。在外面倒不觉得。一回到芳村，我就深切地感到，我老了。我们正走在一条越来越短的路上，当然，你说越来越漫长也行。街上走着的年轻人，不认识的越来越多了。那些跑来跑去的孩子中，竟然没有一个我能叫出他名字来的。熟悉的老人，一个一个相继离开。每一回，当我提及某个人，母亲淡淡说一句，他呀，早走了。心下一惊。久久说不出话来。

你——还是找一个吧——燕乔说这话的时候，是小心翼翼的口气，还有一点不易觉察的迟疑。我没有别的意思。就是觉得吧，一个人，总归还是孤单。燕乔她为什么要解释呢？作为发小，作为见证过彼此童年和少年时代的伙伴，她不需要任何解释。尽管，在这件事上，我不愿意接受所有人的善意，或者叫作美意也好。没错。我年过不惑，还是单身。在芳村人眼里，我简直就是一个妖魔鬼怪，要么就是有什么问题。总之，我就不是一个正常的人。在芳村，跟我一般大的发小们，都早已经成家立业，儿女成行了，有的甚至还有了第三代，当上了爷爷奶奶或者姥姥姥爷。我不愿意猜测，在这件事上，我的亲人们，尤其是我的母亲，到底承受了什么，承受了多少。慢慢来吧。我说。这种事，没办法。燕乔没有说话。她把手上的戒指摘下来，戴上去。摘下来，再戴上去。反反复复。仿佛这枚黄金戒指是一个魔咒，戴上它，就会"从此过上幸福的生活"。然而，摘下它呢——这么多年来，这是她第一次跟我谈到这个问题。她算是早婚。二十三岁吧。当然，在我们这一带，也属于正常。结婚，生子，有一份稳定的工作——当老师，是我们这地方能够想象到的最适合女孩子的职业了。她住在县城，跟村庄保持着千丝万缕的联系。娘家在芳村，婆家在田庄，跟芳村相邻的一个村子。她在这个熟悉的人情世界里往返奔忙，如大雁在天上，鱼在水中。我从来没有问过，她是不是快乐，也不知道，她对自己的生活是不是满意。我的意思是，我自己混成这样，有什么资格对别人的生活指手画脚呢？阳光从燕乔背后照过来，可以看见她脸颊上细细的绒毛，被镀上一层薄薄的金色。她的耳垂圆润可爱，近乎透明。还有下巴颏儿上那颗美人痣，在光影交错中显得俏皮生动。有那么一瞬间，我恍惚了。仿佛眼前还是那个一头浓密发辫的小姑娘，被大人的梳子弄疼了，噘着嘴，眼睛里含着泪花。不知为了什么，却又笑起来，笑得弯了腰，笑声清脆，在时间的深处激起迷人的回响。阳光静静地照下来，我们坐着，吃花生，喝水。花生是自家种的，拿细沙炒过。水是白开水。我们这地方，大多没有喝茶的习惯。老实说，我挺享受这种感觉。两个人，安静坐着，即便不说话，也不觉得尴尬。风悠悠吹过，一点凉意也没有。暖阳之下，有一种时间静止、地老天荒的错觉。我这是怎么了？一回到芳村，我怎么就变得软弱了？

我哥的鼾声忽然停止了。东屋里传来砰的一声。母亲受到惊吓，瑟缩地看了我一眼，又小心翼翼看一眼东屋。东屋挂着丝绒门帘，大红底子，上头绣着莲和鱼，是年年有余的意思。我朝着母亲笑笑，叫她放心。她坐在廊檐下，离我们不远不近，安静地鼓捣她的那些干菜。燕乔也看着我，眼神里划过一丝紧张。没事。我笑。我知道，这是每次回来必须上演的一出。没有这一出，我的回乡就算不得完整。这么多年，我都习惯了。东屋里隐约传来争执声，极力压低了声音，依然能够穿过门窗，穿过寄托着年年有余的美好心愿的大红门帘，传到院子里来。母亲显然变得惊慌，她已经顾不上她的干菜，坐直了身子，警觉地盯着东屋的门帘。我用目光安慰她，不让她过去看。不痴不聋，不作阿家翁。我怎么不知道，这是一场无须劝说的战争，不见硝烟，莫名其妙地开始，莫名其妙地结束？每次回来，必定上演。我想，很可能，我就是唯一指定的观众，或者，叫作裁判，你叫作事件终结者也行。无论是主动还是被动，他们都通力合作，演了这出好戏，给我这个远方归来的不孝女看。我不知道，他们是不是对我的困境知情。也许，他们，尤其是嫂子，根本不相信，我在外头混了这么多年，真的是两手空空。没有房子，没有车子，没有钱，甚至，连个像样的家都没有。那我还瞎混什么呢，这么多年？很可能，我的那种死要面子活受罪的做派，打肿脸充胖子的臭毛病，容易给他们造成某种错觉。燕乔渐渐松弛下来。从她的表情看，她似乎也明白了其中的一些奥妙。以她的聪慧敏锐，人情通达，还有什么她不知道的呢？说过的。她在城乡之间往返，事实上，她自己就身陷在世俗人情的大网之中。她比我懂得多多了。小时候，玩过家家，她总是扮演那个当家的女人。做饭铺床，带孩子做家务，内政外交，她都能搞定。在那些童年游戏中，她就已经显示出某种过人的禀赋。这么说吧，燕乔她是世俗生活的胜利者。不像我。我是在经受了这么多年生活的捶打之后，才慢慢悟出了一些道理。比如，东屋的这场没有硝烟的战争，以及东屋门帘上的莲和鱼，它们之间某种不可言说的关联，千丝万缕，只能一点一点细细拆解。

　　燕乔的电话响起来，是任素汐的《大梦》。正月的阳光下，在芳村的老院子里，听这首歌，有一种百感交集的感觉。身边是迟暮之年的母亲，还有一生下来就认识的发小。东屋的鸡零狗碎，此刻也显得那么甜蜜，甜蜜而悲伤。这平凡而琐碎的人生，叫人爱恨交织的生活呀。燕乔接电话，不知是不是出于习惯，把身子略略向外倾斜了一下。日光下，她的影子落在连接院子和屋子的台阶上，被一段一段截开，歪歪扭扭，却富有某种韵律。她微笑的时候，有双下巴，可是奇怪得很，她的双下巴挺好看，有一种中年妇人才相配的雍容感。阳光从她的背后穿过，她的头发蓬松柔软，每一根都被勾勒了灿烂的金边，星星点点，金丝银线，有点雾鬟云鬓的意思了。她的咖色大衣敞开着，露出里面的米黄色毛衣，胸脯饱满，微微显出一点肚子。她饱满的胸脯，微微凸出的小腹，她的双下巴，她眼角的鱼尾纹，还有她右手无名指上那枚金戒指，让人觉得亲切有味，甚至让人隐隐生出一丝羡慕，我不想说出"嫉妒"这个词。没错。我一直在微笑着，我为我的发小，我的多年老友而喜悦，可是，我得承认，内心深处，我是有那么一点点嫉妒了。岁月偷走了她很多。然而，生活到底还是给予了她更多，或者叫作补偿也好。我这是怎么了？我为什么总是想起当年那个清瘦单薄的小姑娘呢？有点口吃，说话的时候，眼睛亮晶晶看人。阳光照在我的背上，暖暖的，熨帖温柔，包容万物，给人一种巨大的抚慰。强光下，我轻轻闭上眼睛。无边的黑暗包围了我，还有一种骤然降临的微微的眩晕感，世界仿佛在安静地旋转，旋转，耳边似乎有轻轻的鸣叫，夹杂着燕乔说话的声音，嘈嘈切切，然而也安宁妥帖。就这样大睡一觉多好。大睡一觉，醒来发现一切不过是一场大梦。电话那头应该是燕乔的丈夫，他们在说孩子上补习班的事情。燕乔叮嘱丈夫去接一下，别让他老玩手机。燕乔说我在萍家——跟你说过的——我睁开眼，燕乔冲我挤挤眼，小女孩一般，仿佛我是她的同谋，我们共同拥有一个不为人知的秘密。没事吧？我说。耽误你接孩子了。燕乔说，让他接去，正好让他干点活，省得老打麻将。关于燕乔的丈夫，我知道的并不多。就像燕乔对我的生活，也不见得有多少了解。我只知道，燕乔的丈夫当过兵，从部队转业到地方，在县城里工作。他们有一个儿子，正在读中学。这样的家庭，在县城里，算得上不错的人家。稳定，富足，体面，脱离了农村，而又跟乡下血肉相连。燕乔是她父母的骄傲，这种骄傲看得见，摸得着，骗不了人的。不像我，说起来在北京，可是，天知道在北京干什么。混来混去，到现在还没有一辆车——当然，房子也没有，只不过人们看不见罢了——更要命的是，连个家也没有。你还不能跟他们辩解，婚都没结，怎么能算有家？我常常乱想，在母亲眼里，尤其是，在哥嫂眼里，这么多年来，我是不是越来越成了一个不便提及的话题。这个让我日思夜想的家，我还能轻易回来吗？

正月里，白天到底还是短的。阳光一点一点收敛起她的金色光芒，淡淡的雾霭悄悄升腾起来，村庄沉浸在薄薄的暮色中。院子里有点冷了，杯子里的水也早已经变凉。我请燕乔到屋里坐，燕乔说不坐了，她还要回家去看看她母亲。我没有挽留。我已经占用了她一个下午。她的儿子，她的丈夫，她的母亲。正月里，她肯定还有很多家务琐事要应对。燕乔说，她母亲不知道她回芳村来，他们原来约定的是明天回来。东屋的门帘一动，嫂子笑眯眯出来，热情地留客，说晚上包饺子，现成的肉馅儿。你们难得见面，好好说会子话——燕乔说，今天就不麻烦了，下回再来吃嫂子的饺子。夸嫂子的羽绒服好看，气色真好，还是那么年轻，不知道的，还以为是萍的妹妹呢。嫂子欢喜得不行，脸上红扑扑的。两个人加了微信。嫂子说，孩子上学的事，少不得麻烦你。燕乔说不麻烦，不麻烦。笑眯眯的。

燕乔家早先跟我家不过隔着一户人家，后来搬了。她弟弟盖了新房，住在村子西头。她母亲跟她弟弟一家住。我眼看着她开着车飞快地向村庄深处驶去，汽车扬起淡淡的尘土，又慢慢落下来。天边的晚霞已经消失了。夜风吹过树梢，发出细碎的声响。门口的大红灯笼亮起来，暖融融的灯光，照着大门上的春联。又是一年春草绿，依然十里杏花红。门上贴着门神，怒目金刚，威风凛凛。母亲咳嗽一声，喉咙里发出一声类似于叹息的无意义的声音，蹒跚着往回走。此时，太阳早已经落山了，暮霭淡淡，笼罩着田野和大地。远处的树木变得模糊，只能看出个轮廓。而夜晚的村庄越发幽深，幽深而安静。我正要抬头看有没有月亮，燕乔的微信来了。萍，好好的。都好好的。一个拥抱的表情。

嫂子的饺子不错。猪肉白菜馅儿。是我们芳村最家常的吃法。我得承认，这么多年了，吃过千奇百怪各种馅儿的饺子，我还是最好老家这一口。你说怪不怪。

晚饭后出来，站在院子里，抬头看见天边的月亮，月牙朝上，细细弯弯的，金色镰刀一般，在蓝黑色的天上静静悬挂着。繁星点点，稠密极了，在头顶闪烁。那么远，那么近。而夜风浩荡，新的春天已经降临人间。

原载《花城》2024年第5期

思　凡

朱　婧

　　李婷电话过来时，是一个周五傍晚，我上完课，在开车从大学城返回主城家中的路上。

　　青灰暮色在车窗外渐渐降临弥散，路灯的光影投映车窗，有一种昏沉安详之感。我们久未联系，我与她高中时是上下铺，读研时会合在同一所大学。她毕业留校在校办，我去了外校做博士后又回来教书。两人虽不算熟络，但总比一般人了解彼此。接通后她清晰明朗的声音在车内响起，直截了当道出话题。

　　"郑老的事情你知道了？"

　　我停了片刻应声："嗯。"

　　"这件事情宣传部问到了学校。校长的意思是，要认真查，但不能采取一般形式。要接近真相也要保护学校和郑老。所以不走纪律检查委员会的一般程序，成立独立调查小组，直接对校长汇报。我就举荐了你。"

　　"我离开他们专业很久了，很多情况并不了解。"

　　"你读硕士跟的郑老。我想事关你自己导师，但又有一定距离，你会负责也会客观，所以举荐你。"

我沉默未作回应。

她却语气果断不容我犹豫，或也多少有几分因情势所迫，直道："相关资料我用邮箱传给你，你先赶紧看一下。"

跟随郑老读书已是十五年前的事情。大四时，我获得保送资格后选择跨校申请，因为目标学校等级高于我的本科学校，选择了冷门的戏曲专业。面试当日，现场有三位考官，一位形容清癯的年长者坐中间位置，显然主考。他先是问得极仔细。"昆曲《昭君出塞》和京剧《汉明妃》，它们之间有哪些相同，哪些不同？""对于鲁迅的《伤逝》改作昆曲你有什么看法？"我心下紧张，努力有问必答。渐渐，考官身姿松弛，问话近于闲聊。他问我："你喜不喜欢国画？"我说喜欢。他便又问："明清两代大画家的作品中，都欣赏过谁的？"我说爱看石涛、八大山人的画。他再问："对中国的瓷器懂不懂？"我说懂一点，青花、粉彩都接触过一些。他追问："你懂不懂中国的丝绸？"我迟疑摇头，他跟着摇头，说："中国戏曲的服装是很讲究色调搭配的，不研究是不行的。"问答到此，他面上已是愉快宽和的笑容。最终我被顺利录取，名次是专业首位。我后来才知那位主考即郑老，郑老是那一年被中文系引进的，我也成为他在本校带的第一届研究生。他当时声名正盛，后来终成巨擘。

回到家，孩子不在，室内安静异常。小猫在我的脚前脚后绕着走了两圈，我给她添了干净水和猫粮，去洗了澡。出来吹干头发，盘坐沙发，她过来卧在我旁边，我探手摩挲她，直至她发出愉快的连续呼噜声。我打开电脑，她绕到屏幕前来回走了两趟，肚腹毛发拂过键盘，拂我落在键盘上的手，我轻微施力引导她离开。刚准备工作，微信电话又响起，接通是孩子欢悦明亮的声响，喋喋不休讲起爷爷奶奶新买的清道夫如何占据了旧的清道夫的居所。安抚好孩子和猫，进入邮箱，打开李婷发过来的资料。浏览郑老出事那天晚宴宾客名单时，我看到了一个熟悉的名字。

周六中午，我与C老师约在避风塘吃午饭。我准时抵达，她却早已到了，正翘首以待，一眼看见我，向我热切招手。我与C老师认识多年，本科时给她当时所在的刊物写稿，一直得她照顾，她后来退休离开，我们也没有断了联系。C老师端庄秀美却多年单身，我年纪小时对她欣赏也好奇，也冒失问过她为何不去结婚，她总不置可否。是在退休前，她告诉我她结婚了，并很快去了异地奔赴丈夫一同生活。我因是后辈，细节总不好多问，只是祝福。十年过去，近期我才得知她的先生去世，她从外地搬了回来。再见到，她看着憔悴些，态度沉毅一如既往。我约她的信息里已说明事由，她也很快将谈话切入主题。

C老师告诉我，她是郑老的师妹，不过因不在高校，不做专业方面的事，就和他们联系不多。那次郑老回来，组织宴会的人邀请她，说是郑老点名的，她有点高兴，又有点惊讶，后来又想，那时候她的先生刚刚去世，许是郑老听到一二，是喊她出来见见人散散心的意思。

"那天聚会的主题是给郑老接风？"

"那次是他回你们学校参加博士论文答辩，他的一个学生安排了宴请，那个人博士毕业后在一所高校工作，出席的人员也是他安排的，多数是郑门学生。"

"涉事的女孩是什么身份？"

"其实有两个女孩参加了宴请，是郑老在你们学校带的最后两个博士，还没有毕业，不过郑老离开后转入了其他老师名下。"

"当时怎样的座次？"

"郑老在主位，左右分别是两位已经工作的男博士，那个女孩在右三，我在右四的位置。"

"所以您和那个女孩其实坐在一起？"

"是。"

"这个座位排得不太对。应该您的位置更靠近郑老。"

"一位男博士的位置是我让的，我不能喝酒，就让他坐近些陪着郑老喝酒。"

"郑老是能喝一点的。"

"对啊，他的酒量大家都清楚。网上说酒后失态倒不至于。"

"您和那个女孩的座次也不太对。"我指出。

"也不是。"

C老师简短回答，表情似有犹豫。再缓声说，出事后回想当时，自她礼让座位后，他们就再没有客套，宴会主人理所应当地将那个女孩安排在了右三。而另一个女孩被安排在最外面上菜口的位置。

"这两个女孩是同一级，但身份一开始就被认为有所不同？"

"是。"C老师抬头深深看了我一眼。

"她好看吗？"我直接问道。

"年轻人没有不好看的。在我这样的老太婆看来。"C老师笑道。

我止住她："老师您不能这样说。"

C老师却停下话题，讲起了其他。她第一次同我具体说起她的婚姻，讲了和丈夫交往认识，结婚相处到他生病去世的始末。

"我们结婚太晚，各有各的习惯，是很难改的。"C老师怅然说，"我们睡觉都睡两张床的。老虞去世前，那会儿住院，他老要我在病床前，不让我走。我一离开就要找我。老虞说，结婚十年，我总不愿意和他待在一起，我现在想起来，是很难过的。"

"其实不是这样的，我就是一个人待惯了。我一贯独立，不喜欢依靠别人。年轻的时候插队，建水库担土挑泥，男的挑多少，我就要求挑多少，走得也不比他们慢的。"

当时C老师有豪情写《水利歌》，"千军万马修水利，挑泥挖土快如梭"。诗登了报，她因此被选去了报社，后来又读大学到了省城工作。青年时一心向上，年纪大了过了适婚年龄，她原先就不打算结婚了。丈夫曾追求她多年，她退休前后才认真考虑和年长自己十岁的丈夫结婚，也是为了相伴过老。丈夫单身已久，经济情况很不错。结婚前，她为避人闲话，让丈夫把大部分房产和公司股份转给他前面婚姻里的女儿，只留下一套房子养老。她说她自己有房产，有退休金，不用贪慕什么。C老师说起，她在异地没有什么亲人朋友，丈夫原先圈子里的那些朋友，在他走了以后，多数还是很关心她的。但也有人无聊，深夜给她发些色情图片视频。她不好恼火，只好不作回复，后来到底处理了房产，搬了回来。我惊异于那些人何至如此无聊，C老师倒是淡然，说她这个年纪的女性，在男性眼里，其实已经是无性的。他们还肯花时间心思去撩拨你，是在恭维你。你去撕他脸皮，自己倒显得矫揉造作了。我压下郁结没有再说什么。

李婷传过来的资料中，有那个女孩在里面的各种合影，有数张郑老也同场在镜头里。照片中，那个女孩身量颇高，装束玲珑，眼神极好，凝定明亮，嘴角总有笑意。女孩自然是好看的，尤其那种坦然自信，独属二十世纪最后十年出生的青年，有充分的自我关注养成的骄矜，生在被科技和速度拉平的同一个世界，近在咫尺的蜃景亦容易催动无法拒绝的欲望和野心。郑老总是在照片的C位，第一排或站或坐的中间位置，他的轮廓样貌看着与多年前比没有太大变化。十五年前，郑老还不被称作郑老，我们见到他恭敬称一声郑教授。郑教授著《南北梨园史略》《中国戏曲论丛》，各剧种的发展和变化，各声腔的源流和走向包罗其中，为专业学生入门必读书。他勤写文章，著有数十册戏曲文集，文风朴实，造诣颇深。他讲课语声醇稳，游刃有余。中文系最大的阶梯教室，他的课每每安排在那里，也还常有学生站立着听，听满两个小时，似也不觉得累。

犹记得一个午后，戏剧选修课上，他讲《拾玉镯》。青年傅朋在孙家门口碰见了做针线活的孙玉姣，互生爱慕。傅朋故意遗玉镯一只以为试探，玉姣含羞拾起，二人行为心思为邻居刘媒婆窥见，与玉姣调笑一番，应允为之说合。郑教授扮玉姣做鞋，捻线抿线，举止皆似，或在眉目，或在鼻口。他说："这出戏怎样是好呢？调情拾镯，处处点到即止，绝不浪泼于台，足称大方才好。"他演傅朋,站在台上,目光四射,只道:"她若拾去,这姻缘就有八九了。"惊、喜、盼,因缘恩遇,情挑动人,台下低言嘈杂为之一扫,静可拾针。他有一头稠发,抖落在郁悒深目,半数已白。午后阳光穿过窗棂,细碎地洒落在他的身上,像贴了金的造像。

郑老前年从学校退休后,被H大聘作客座教授去了外地工作。一次回来,郑门弟子安排了饭局,赴宴的一个女孩,也就是C老师说到的他原先带的女博士,在微博发声,称郑老席间饮酒过量,行为失态,对她多有迫使,令她蒙羞。博文写道:"他第一次是在我面前半跪,对我背淫词艳诗。我很难堪,但碍于情面并没有说什么。后来他与我身边的男博士换了座位,坐到我旁,强行搂抱,更将我拖至包间外,意欲独处。幸亏有一位年长女性老师在席上,前去探看,带我离席,才没有发生更糟糕的情况。"

这事件初在微博上起,后来蔓延至各社交媒体资讯平台,引起轩然大波。郑老比那个女孩年长足有三十多岁,事件爆出后,舆论哗然,声音最大者即讲他"老而无德"是为贼。网民涌到H大和本校官微要求给出官方说法,学校调动各种方式控制舆情也不起作用。事情激化之处在于,郑老一反常态地强硬。事情爆出的第三天,他即接受媒体采访,称举报女孩多有谎言,其一,他和她并非她所说的普通师生关系,曾经一度联络密切,可称忘年交。她在考博申请阶段,也常与他交流,获取指导帮助,直至顺利入学。他以为是关系亲密的学生,所以才言辞放松。所谓淫词艳诗其实是耳熟能详的曲文,专业学生无人不知。其二,所谓搂抱强行带离包间,是她主动搀扶,他未拒绝,由她送至洗手间,因当时两人有一些私人话题要谈。然而郑老的解释反而引起更激烈的讨伐,网民多数并不相信郑老所言,郑老有一些客串剧照在网上,被人PS成白面丑角扮相。郑老恼怒,欲告那个女孩损害名誉,不料那个女孩先向学校提出对郑老的调查要求。说她并非第一个受害者,可与有类似经历的女生联合署名为证。正是在事件白热化中,学校组织了独立调查小组,李婷找到了我。

我硕士阶段跟随郑老做的明清戏曲研究，读博换到了文艺学，后来多年在新专业深耕，和原来专业疏远已久，人事方面更不清楚。读研期间我也不是活跃的学生，和同门师兄师姐几无联系，在场的竟没有一位我熟悉的人，情况与李婷的判断和预期，其实有所不同。我很难说能从名义上是我的同门的几位男性那里获得真实信息。所以寄望于当时现场唯一可以说立场独立的女性C老师。何况她也是举报的女孩口中的"拯救者"。而另一位在场的年轻女博士从最开始就立场明确地支持郑老，表示"现场没有发生任何不妥当的事"。

我继续问C老师："她后来联系过您吗？"

"其实并没有。"

"按说您帮助了她，她没有感谢您吗？当天您和她一起离开时，她情绪怎样？您有没有送她回去？"

C老师告诉我，她在卫生间门口见到那个女孩和郑老时，他俩并没有醉态，也没有身体纠缠，其实是站在那里说话。女孩一脸不悦，或者说是不耐烦，紧张害怕倒并没有。

"那您为什么要带她先走而不是把她带回席上？毕竟饭才吃了一半。"

C老师说，因为她看到谈话间郑老伸手去拍搂女孩，女孩敏捷地躲闪开了，郑老去拉她的手，女孩由他握了，并不显得生疏，但面有不快。C老师心里已经觉得不妥，就上前假意说自己有点头晕，又说女孩面有赤色，看起来也喝多了，不如一起回去。郑老没有挽留，只是嘱她们路上小心，就自行回了包间。C老师带女生回包间取了私人物品，与众人道别，他们倒是挽留了她俩，但也不坚决。到了饭店门口，她们站着等车，C老师是想拦出租车一起走的，不想那女生早在打车软件叫好了网约车。从饭店出来是快速路，不是很好打车，网约车更快到达，所以女生是自己先走的。

"现场还有什么让您印象深刻的事吗？"我追问。

C老师想了想，对我说："她不是淑女。"

我问这是什么意思。C老师说："你记得吗，你以前说过，郑老严苛，会在课上品评一些戏曲演员。比如某人念白动听，某人场面不得法。有一件让我印象很深，你讲过他说某女演员唱花旦却两腿丫叉，裆似城门，令人惊恐。"C老师说那个女孩就是这样坐姿，人的行为举止多有习惯，是很难伪装的。

"但郑老喜爱她。"

"是啊。别说郑老，我也喜爱她。"C老师感慨。她讲到那天女孩坐在她旁，着连衣裙，裙长合度，至膝下，且穿黑色丝袜打底，其实得体。席间，大抵是感觉丝袜有滑落之嫌，女孩捞起裙摆，向上拉抻丝袜。C老师停下片刻，继而对我说，她见女孩一截大腿露出，秾纤得中，动人心魄。女孩并不是故意的，但也并不忌惮这种种无意。女性见到尚且心颤，难以度量男性的观感。更兼说话间轻嗔薄恨，载起载伏，喜怒哀惧，由全身泄出，怕是顽石也要点头。

C老师说郑老犯下的是蠢行，他被她迷住了，陷入一种晕乎乎的状态。C老师以为这段关系里那个女孩是清醒的那一方，她说："算一算这个女生其实也年过三十，以我年轻时候的认知，三十岁是完全可以成熟处世的年龄。"她说她十六岁下乡插队，和另一个女孩寄住在农民放谷物的仓房，吃饭做工和乡人无有差别，从未自怜。"你们这代人，尤其更年轻一代，不管多大，自己把自己当小孩。于是要求越多，自己愿意承担的越少。"她指出如果那个女孩本意是就事论事解决问题，是完全可以找中间人与郑老私下交涉的，女孩根本就没考虑过这一步，只觉得自己遭遇不公，不认为自己有责任，才直接举报。C老师说席间她也看到听到，女孩不惮于玲珑交际，懂得以低姿态迎合，后来又控诉受到欺辱，未免矛盾。年过半百，著作头衔颇丰，门生中一众男学者，已化身权力制度的一部分，对所谓捷径背后的危险洞然明了，自当谨言慎行，步步退让的左右逢源只会姑息出害人害己的恶果。

C老师言谈笃定。我有一些话想说却不能说。我与C老师亲近，但多年与她相处其实并不敢松懈，怕言行有失让她失望。一些困境也很难对她道出，并非不信任她，而是知道她有坚定执拗的内在，故常作冷峻评判。年长女性是无性的，因为她的身体由性价值来判定；年轻女性应避免让自己陷入危险，因为她的身体作为欲望对象存在。我无法知道这必须寄居一世的身体，是否真的属于自己，也不懂得不能向在高位者说不，难道只是因为个人的软弱。

饭后，我送C老师回去。从饭店步行至她住的小区只需十分钟，小区背临一处城中河道，岸边垂柳，甚为幽静。周围是老城居民聚居地，生活极为便利，超市、菜场、医院一应俱全。我陪她上楼，见到客厅处处还蒙着遮挡灰尘的报纸，尚未整理好。她掀起沙发上的几张旧报纸，想让我坐下，我扫过报纸上的日期，已经是十年前。那一年夏季奥运会在伦敦举办。我记得开幕式上英国女王（实为替身）以"007"电影中邦女郎的方式从直升机跳伞出场，令人印象深刻，开幕式上也出现了百年前英国女性参政议政者的形象，求取平等的道路漫长，今日很多看似平常的权利不过是百年内所争得。也是那一年，"好奇号"着陆火星的沙丘，飓风"桑迪"席卷加勒比海，这个世界的厄运和灾难在两性之间并非不平等地抵达，如果存在希望和共济，从不是靠抑制带来的匮乏和伤害。客厅不在阳面，下午也略微阴沉。透过客厅隔断向内看去，卧室的阳光却极为明媚充沛。我问她："你怕不怕老？"她抚我手道："我已经老了。"我却心酸，摩挲她的手背，问她："老师，你怕孤单吗？"我们相识多年，似从未如此动情说话，师长面前，我总怕失仪，也养成了克制本领。她告诉我："我不怕孤单。"眼睛却并没有看向我，茫然投向某个远处。

到了周一，李婷又联系我，说情况有变，郑老那里提供了一些有效证据。包括在旧手机上找回的他前几年和女孩微信聊天的记录，包括他和女孩同去看戏的票根。那段时间，郑老在本校工作，女生在另一所学校读研，欲考本校博士，两人多有联系。

李婷将聊天记录转发给我，内容并无很多不妥，交流观戏感受较多。那个女孩极为敏悟，品评精准。比如说某个演员嗓音不佳，但口齿清脆，咬字清楚，能使字字送人耳中。我心下也极为认同。她趣味也较为殊异，称最喜《大劈棺》《双钉记》之类女性角色有强烈性格的作品。她很多见地得郑老激赏，与郑老是忘年交的总结，也不为虚。

但两人也不能不说亲密过度。网络时代的通信工具带来轻松快捷的交际模式，高效和隐蔽性也同时实现。表情符号这种社交润滑剂，更容易成为一种试探工具，一个来自表情的拥抱很难用来苛责越界也很容易成为某种关系演变的起点。表情符号可以送出后，语言似乎也就可以表达。现实中会警惕的界限很难在社交网络中坚守，而且底线轻易下滑。当看到郑老撒娇地向对方说"要抱抱"，对方回应"只能一下哦"这样的来去，我不知道当时帮着找回数据的郑老的儿子会作何感想，还是已经与时俱进地认为这不过是网络幻术的一种，总能轻易利用欲念调动幻觉。

如果网络聊天中可以抱抱，现实中是否可以？心领神会的默许和不甘不愿的敷衍哪个更接近已然建立了亲密关系的成年男女之间的真实？谁在说谎？谁在误解？谁在受辱？大量的羞辱性语言仍然每天抵达学校的官网，与戏剧相关的各种流量大一点的官微，如剧团剧场官微，甚至售票平台的官微都被攻击沦陷。在下一个网络热点到来之前，这是所有相关的人需要经历的煎熬。各种对女孩身份的猜测、曝光也开始大量出现。有人扒出来她出自某三本院校，却极为难得获得保送资格进入了一所"211"大学，直至因郑老的缘故，来我校读博，把她标签为"学术姐己"。不同观点立场的网民之间激战，则是这个事件的必然产物。H大迫于舆论压力，先行发布了公告，称与郑和玉教授是阶段性合作关系，目前客座教授的聘期已结束，不再续约。我校迟迟不出公告，站在了被骂的最前沿，网民种种智慧在愤怒中被激发，极尽嘲讽挖苦之辞。我联系了郑门的大师兄问情况，他告诉我郑老已从H大回来，停掉所有工作居家生活，他们也劝他远离网络，不要看留言，也不要再作任何回应，主要是怕影响他的健康。郑门无一人发声，集体的意见是越不回应事件越容易消歇。

我尝试联系那个女孩约着见面。她回复我为安全考虑，目前不想和任何郑门的人接触。我说我离开很久，谈不上和郑门有多少关系。她突然问我："你当时为什么没有跟着郑老继续读博？你回答我，我就和你谈。"我说："你同意见面，我就回答。"

见面地点约到了图书馆。因图书馆需要刷校园卡才能进去，外人不可入，我与她都觉得安全。寻求清静的说话地方却不容易，我们绕了几圈，找到馆内的一处隐蔽的楼梯，这是连接二层和三层办公室的内部楼梯，原是方便工作人员上下走动的。我刷了教工卡，从工作人员通道领她进去。

两人站在水泥楼梯间说话，我不算矮的，她却高出我大半个头，令人气短。见到细观，她容貌端正无瑕，一双眼睛尤其生动。C老师说她轻佻，在我看来，所谓轻佻不过是少些拘束，也有真率。

她直接问我："我从来没听说过你，同门中没人说你，郑和玉也没有说过你。你是十几年前跟他读硕士的，后来读博却换了专业，你为什么不跟他读书呢？这很不合理。"

"我就是更喜欢文学吧。"我简单回应。

她满脸不信地看着我，追问："听说你读博延期了两年才毕业，找工作也不顺畅，先去了一个小学校，后来才调入我们学校。何苦这么折腾？就为了读喜欢的专业？我不信。"

"你喜欢《大劈棺》，你应该知道《庄子休鼓盆成大道》，知道《叹骷髅》。你喜欢《大劈棺》，我喜欢《叹骷髅》，你问人性，我问生死，那么学戏剧，知程式、勘版本，对我来说就不太够了。我想更开阔地去学文学和哲学，所以我去读了文艺学。这是真的。"

她似乎勉强接受了我的说辞，同我说起了与事件相关的一些具体信息。

她是一次去听郑老的讲座加了他的微信。后来因考博事宜开始与郑老联系。她本以为大佬们都很忙，一开始与他说话也拘谨客气，很快发现郑老回应积极，会聊天，也爱聊天，全不像他这个年纪的人。当时两人在不同学校，只是网络聊天，并无线下交往，文字来去没有负担。渐渐就聊得密切了。其间郑老亦给她寄送不少礼物，包括他青年时代读书时用的《杏林撷秀》《旧剧丛谈》《名伶百影》这类古本，乃至早年在旧货市场收集的稀品全套《三六九》《立言画刊》等旧戏剧杂志都在赠送之列，后又有名家赠予郑老的书法等。她其实既不懂行情市价，也没当一回事，只是一味收下，免得扫兴。

关系的变化发生在一次线下见面。郑老约她一起看戏，从剧院大门进去，有一处宽敞方场，票友一般都从四周的边廊直接走去剧场，较为便捷，所以方场一般都很空寂。那日去剧院早，他们就散步到方场，因少有人走，地面砖石间长出一些荒草，夜空高阔，衰草虫鸣，他念着"鸣虫且勿想，双星有别离"，就将她向怀中揽去，她没有刻意抵抗，顺势而为。

"但是你知道吗，他的气味，他的身体，让我害怕。他的气味是混浊的，他碰到我身体的胳膊是松弛的，在他怀里只觉得羞耻。"

"我其实没有准备，也没有打算同意，但就这样被他抱在了怀里。靠得太近了，他脸上的老人斑，眼下的眼袋，太清楚了。越看得清楚，越觉得羞耻，我不是讨厌老人，我是讨厌和老人这样联系在一起，不应该是这样的。"

"你说的吃饭那天他说的淫词艳诗是什么？"我问。

"他带着酒气，靠近我说'到晚来，孤枕独眠'。"她答。

我心惊，那是《思凡》。

削发为尼实可怜，禅灯一盏伴奴眠；光阴易过催人老，辜负青春美少年。

> 小尼赵氏，法名色空。自幼在仙桃庵出家，终日烧香念佛；到
> 晚来，孤枕独眠，好不凄凉人也。

"他只抱过我那一次，后来再也没有。我举报他，不是因为那天晚上，是因为每一次和他聊天，他发'抱抱'，我就得给他回'抱抱'。每一次见面，他碰我的手、拍我的肩、摸我的背，我不愿意也没有反抗过他。"

"他都离开我们学校了。再回来，还像以前那样，那么多人见怪不怪，甚至还带着笑。"

"我要举报他，是为第一次，和后来的很多次，我不愿意的时刻。"

她越说越激动，让眼睛湿润光亮的不是眼泪，而是一种悍然之气。她吐字清晰，在最愤怒时，也稳定情绪不自伤，才能如此控制语言和气息。这大概是她最大的力量，她不真正关心俗世规条，她唯一关心的是以自己为中心的故事，也必须为自己的叙事找到逻辑，这是人日日生活下去的理由。

我追问："你说还有其他人有这种遭遇，究竟还有哪些？"

她却颓然："其实没有，我是故意放了话出来，想这样的话有这种遭遇的人就会来找我。郑和玉那样攻击我，我要让他再也抬不起头来，但没有人来找我。也许真的只有我惹出了这种事情。"

"并不是。"我同她说，"人有非理性，你看这么多戏，这个道理应该最懂。"

"这些话你会告诉他们吗？"她问。

"有的会。有的不会。"我答。

我们一起离开图书馆，暮色已落下，顺阶走下去的时候，路灯突然亮了，那一刻晃人眼目。我回头看她，灯光下她面孔上覆着细腻绒毛，我想起C老师说的髫年稚态，她非髫年，确实稚态犹存，漫长人世之途初启，很难说始终保持无咎。有远比她涉世深的人早将交易的两端昭示她，所谓轻媚的表演，也许不过是不知不觉走入步步为营的构陷。

回家之后，我的邮箱收到一封新邮件，标题为"一些真相"。打开看后，来信人一目了然，就是现场的另一个女博士T。T在第一次回应了"现场并没有任何不妥当的事"以后就隐没无声了。在这个邮件中，T说因为我是师姐，所以要对我说些真话，怕我被蒙蔽。T有个特别身份，与那个女孩的男友是初中同学，知道一些事实。女孩与郑老关系密切之后，生出很多不便。她与男友同居，因为夜深与郑老多有聊天，需要两处瞒哄，心内焦灼，想出一法。常将聊天记录做些删减，制造新的语境，用郑老发的消息哄住男友，说郑老纠缠需要应对，用男友发的消息哄住郑老，说追求者扰人总要应付。女孩也许原来想法简单，只为了方便，不料更引发郑老与男友的占有欲念，疑虑困惑，出事当日女孩在卫生间外与郑老争执正为此事。至于T为什么知道这一切，因为女孩的男友过来问T，是否自己的女朋友遇到狼师，气愤不过意欲揭发。而郑老又私下找过T，让T多陪着女孩上课自习吃饭，不要让她落单，以躲开身边的滋扰者。两边都给T看过聊天记录，以证所言不虚。T虽然由此知道事情全貌，却未向两边揭穿，觉得这是女孩的私事，没有必要。但女孩举报郑老后，T认为这是坏了师门名誉，一损俱损，不能容忍。T直道她作为近在咫尺的同学，很清楚女孩看似软弱，会讨好人，本质上又很难缠，事情的真相只会比自己知道的这部分更复杂。所以或替郑老掩护，或向我讲出"真相"，是为"多数人的利益"。再年轻一些时，我大概会喜爱知道真相，喜爱戳破谎言和虚伪。就像在中学时，数学考试总以满分为唯一目的，认为这是一种智识挑战。后来我知道和数学有奥秘一样，人性存在神秘，而我的局限注定我无法完全勘破，更不敢自认代表真理或正义。我给T回了简短邮件，表示无意纠结于此事，也认为再扩张复杂化事态引发不良后果，关涉的人怕是不能不承担责任。我相信以T能为"多数人的利益"考虑的心态，他应该也很懂得为自己的利益考虑。

　　我最后拜访的是郑老。

　　我去郑老的家中探望他。我不是第一次去那里，但我记不起那里究竟是在哪里了。我努力回想，十五年前，郑老开车载我去他家，再载我回学校的路途。我记得车开出学校，经过学校旁边的公园，经过城墙外的河道，郑老家所在的小区，正依伴着河道。师母去世后，他一直未曾搬离，是为纪念。人说师母为人无欺无伪，待物处事亦极恭顺，于他事业多有内助，更为他养育一双儿女，可惜英年殒命，郑老知天命之年即孤身，再未婚娶。十五年前的夏天，假期以前。郑老电话我，让我去他办公室帮他整理批好的作业，计算分数，载到登分册上。当时电脑还没有普及，都是用笔计算手写录入，颇为烦琐，这些工作也多是我们研究生承担。事情做得差不多了，郑老告诉我还有一部分学生作业遗在家中，让我跟他回去一起整理好，如此一日事毕不再拖延。他嘱我带好登分册，开车载我回去。我坐在了车的后排座位，没有落座副驾驶室，还被他笑过，说那是领导位。当时我已经跟随郑老读书一年，对他诚然既惧且敬，惧是因师道尊严，如父如子；敬是因学问修养，高山仰止。郑老为人随和，与学生不设距离，尤其男生，偶或带着他们小饮微醺，畅意谈说，总令我艳羡。到楼下，一层一层上到七楼，他家占了顶楼的两层。入得室内，午后阳光晒得厉害，他落下客厅的窗帘，客厅顿陷入一种昏暖。现代感的长沙发旁有几个藤书架，近旁是一个舒适的藤椅。这些书架与众不同，每架是四格，式样少见。他见我好奇，告诉我书架为先师所赠，并向我展示。书架上下每两格之间，有三个铁襻，顶上和脚下又有铁襻。原来打开来是书架，合拢来是书箱，顶上和脚下的铁襻扣拢来，再加上锁，就是箱子，搬动便当。如此存放阶段性工作材料时，既无须临时装箱，又无须仔细整理。书柜顶上还有铁丝，铁丝上有铜圈，铜圈系着布帘，可免书页被晒发黄。沙发前茶几上堆满了书，杂乱地摊着；还有小纸条，碎纸片，上面写着铅笔的草字，俨然是郑老平日的工作场景。仅看着这书箱茶几，也知他熬过多少苦读岁月，那也是我当时如此确信和渴望走的路途。

他简单收拾了一下，领我落座沙发，拿来作业放在茶几上，让我继续计算登记分数。他在一旁藤椅上看书。室内极安静，只余我翻动作业纸、他翻动书页的声响，午后的安详倦怠袭来，我忍不住打哈欠，眼泪涟涟。他抬眼看了我几眼，面有笑意。我知是不妥，倦意却难掩。他放下书，同我闲聊，讲起往昔。说他少年贪玩，看京戏，看曲艺，也看西洋电影，学过吹拉弹唱，也学了一手好琵琶，演过武生，扮过六旦。

忽地，他问我："你可看过《思凡》？"他说他青年时看过一位闺门旦演出《思凡》，再未遭遇，再难忘记。他说那是"七分觉醒，三分稚气"。

> 小尼赵氏，法名色空。自幼在仙桃庵出家，终日烧香念佛；到晚来，孤枕独眠，好不凄凉人也。

> 小尼姑年方二八，正青春，被师父削了头发。……

不觉，他坐到我旁，手伸过来触到我的面孔，他说："如你这般，亦喜亦嗔，如怨如慕。"他的手指修长轻软，很多次，我看着这双手将漂亮板书落在黑板，却不想此刻落在我的面孔，我几乎呆住，那手指抹去我脸上遗落的眼泪后，却停了更久时间。

> 他把眼儿瞧着咱，咱把眼儿觑着他；他与咱，咱共他，两下里多牵挂。冤家，怎能够成就了姻缘……

一年后，我面临毕业，郑老问我打算。我告诉他预备读博，但是想读回文学。他问我有无心仪的学校和老师，我告诉了他。他说他能联系上，可去拜托。那日说完话回去后，我收到了他的邮件，邮件这样写："你还是应该跟随我读书的。这是回归师生的唯一正途。我自信可以做一个好老师，你也应当相信我。"

最终我还是去了其他学校读博，也再没有和郑老有过联系。让我难过的是以共识作为狩猎的诱饵，是对珍视之物的背叛。当我作为被想象的对象存身的那一刻，我被迫脱离和世界所有的联系，我没有历史，也并不被考虑未来。后来漫长的弥合缝补，是极其孤独的路。我并非怕强权，却被压迫在体面的牢笼。再大声，也无济于已残破的内在。十五年过去，如隔世，又如只在昨日。

我开车按着记忆找寻，经过学校，经过学校旁边的公园，经过城墙外的河道，汇入车流安详前行也在时光里回溯。我把车停在小区外停车位，来到最近的水果摊，想选些水果带去。我正低头挑选，一位老人也到我近旁，伸出衰迈的手认真翻检尚未被虫蝇追逐的完好葡萄。老人佝偻着，一头白发出奇丰长，纷乱披到了额前，如雪一般遮住了半个脸孔。我只用余光就能识得他是谁，我转身一步步稳住走回车中，却不忍再回头。

行将就木，尤恋青春。思凡，只为一念，不愿成佛，不念弥陀，般若波罗。那场夜宴，是谁羞耻？是那个女孩，还是我师？

回去的车上，我接到李婷的电话，她声音轻快地告诉我，根据流量数据分析，郑老的舆情即将过去。因为某地街头刚刚发生热点新闻，已引发了新一轮热搜。

原载《青年文学》2024年第4期

飞鸟与地下

班　宇

愚人之链

十五天前，小柳从上海回来，我掐着手指头算日子，心情比较纠结，既怕她找我，又怕不找。张一天跟我提过，小柳也许要离。我听后有点紧张，问他，有苗头了？他说，多少有一些，最近没见她带孩子，老婆婆负责接送，吭哧吭哧，对孩子连踢带拽，很不优雅，观者胆战心惊。我说，未见得是感情问题，许是身体有恙。张一天说，我看不像，你认识她老婆婆吗？我说，我上哪认识去？又不是我妈。他说，挺有气质，将近一米八，一百六十斤开外，头发烫成大波浪，爱抹红嘴唇儿，以前是体育老师，南关区教师运动会铅球纪录保持者，后来改教物理，原理类似，都在琢磨重力、磁力、浮力、万有引力，跟你的研究范围也接近。我说，我的？他说，对，这么多年来，你首先是不自量力，其次是无能为力。我说，电话挂了吧。张一天说，情况就这么个情况，你看着办，据我所知，她马上到长春，保不齐会去找你。我说，具体哪天？届时我肯定不在。张一天说，可别装了你，多少年来就是个惦记，纯属回天乏力。

张一天跟小柳在上海住同一小区，前后楼，隔人工湖相望，日常来往密切。楼盘隶属奉贤区，住户以东北人为主，邻里关系和睦融洽，夏季均在室外进行烧烤活动，小炉子一架，三五好友，推杯换盏，烟熏火燎之际，旁边不锈钢盆里的丹东黄蚬子一张一翕，像是也要插上几句，个性开明。房子几年前买的时候二万五一平方米，现在二万三千五，不涨反降，逆势而为。张一天的那套是租的，主要是离单位近，二十分钟骑行路程，环保又健康，他每日精神头十足，心明眼亮，总在观察小柳一家的生活动向，不时向我汇报。小柳在此安家，买了小区最大的户型，建筑面积为八十九平方米，三室两厅，户型方正，南北通透，实用与享受兼得，且带一个U形厨房，具备更大的操作台空间。张一天跟我说这些时，我很不解，问道，要这么大的操作台干吗呢？她也不会做饭。张一天说，她不做，不代表没人给她做。我说，谁？她老公？不是脑出血了吗？张一天说，她小时候有她爸，之前有老公，现在有老婆婆，长大了有儿子做，一辈子吃喝不愁，要什么有什么，想什么来什么，你还不了解她吗？你对她一生连绵而壮阔的故事连这点预判都没有吗？你不知道她无论如何以身涉险最终都能立于不败之地并保持迷人的微笑吗？我想了想，说，不是不知道，话赶着话，唠到这儿了。张一天说，都多余了，朋友。

的确如此，在小柳的生命进程中，我早已明确自身的位置——有我不多，没我也不少。或者说，任何人在她身上都无法印证自己的存在，就是这么虚无，就是这么迷离，抵达她的旅程如同穿过烈日与荒地，不见影子的方位，亦无四季的植被。高中毕业时，我对小柳展开疯狂追求，不仅忍饥挨饿，为其办理黄钻会员，也通过外挂的使用让她在游戏里一时风光无两，备受敬仰。当然，后被官方发现导致永久封号。还在午夜时分发过六十多首表达爱意的流行歌曲。不过这些均未能溶解她的心灵，很遗憾，我们的关系始终没有更进一步。再后来，她对我说在大学里谈了男友，面庞白皙，金色长发烫成波浪式，如一位在暗舱里偷渡而来的水手后代，父母曾于全世界漂泊游荡，不过他说的却是东北话，男友的母亲会做新加坡肉骨茶，她去吃过一次，当即折服，彻头彻尾地爱上了南洋滋味，感受到了一种健脾祛湿的效果，身心通畅，灵魂进而丰沛起来。我听过极其自卑，别说吃，这三个字的搭配都简直闻所未闻，根本无从想象，如今他们分开许久，我却依然维持着惊诧，不知为何一顿排骨米饭能令其几度沉沦，将故土与故人轻易地抛在脑后。这一点我百思不得其解。

当然，也不要紧，这些年里，我不理解的事情还有很多，所以没那么在意。比如说，小柳结婚的前一年，我差点也结了婚，双方父母已见过面，日子选好，饭店订金也交了，甚至开始在刚装修好的新房里生活。我在阳台上种了许多少见的植物，比如西伯利亚远志、露珠草和青楷械，高低错落，郁郁葱葱，如同微缩的山林，还养了一缸金鱼，没怎么喂过食，里面的小鱼却越来越多，灵活游动，一切欣欣向荣。一个晴朗的下午，我在沙发上看电影，未婚妻从卧室里走了出来，红着眼睛说，她要走了，很抱歉，有那么一个人，她根本忘不了，这么多年了，就是没办法忘记，试了许多次，怎么也不行。我愣了一会儿，请她继续说下去，她没多想，滔滔不绝地讲了起来，说那人是她初中时的化学老师，大她十岁，当年刚毕业，她化学不好，总是记不住分子式，搞不清楚反应方程式，他就一遍遍地教，想尽办法，不厌其烦，她毕业后，对方也不教书了，回到学校深造，改做科研，如今博士毕业，在北京工作，自己建了个实验室，专接国外项目，收入可观，前途无限，但这也不重要。重要的是，数年以来，他们一直有邮件往来，前后几百封信，体量庞大，涉及天文、地理、历法、健康卫生等多方面内容。或可以说，这些是二人多年以来存在于世的不灭证据。他们总在彼此倾诉，从未间断，不止于情感，不止于人生，他知道她的每一步是如何走过来的，万念俱灰时，正是那些信件让她活了下来。她也只在面对他时，才有信任，才觉得轻松、自在，才觉得自己是在真实地、确凿地活着。与此同时，她也能明白他的一切选择，好的与不好的，背叛时的痛苦、遗弃时的孤独，当然，他更理解她，还为她的婚姻送上过祝福，不过她是拒绝的，她不需要任何人的祝福，她想，她的一生也就这样了，只能如此，也不过如此了。但，此刻她发现，已经没办法从一场精疲力竭、延绵不休的幻梦里摆脱出来了，必将深眠于此，既然这样，就不能再拖一个人进去，那等同于实施一桩罪行。我想了想，说，能让我看看你们的通信吗？这么多年，你们在说些什么呢？她说，不重要。我问，你们见过几次？她说，十二年没见了。我说，哦，十二年，我们认识几年了？她说，五年。我说，哦，五年了。

她坐在垫子上，矮我一截，垂着脑袋，没化妆，皮肤毫无光泽，讲完后，又哭了起来，说道，我们就这样吧。对不起，我们就这样吧。我说，你的意思是要分开？她说，我配不上你的感情，抱歉。我说，你要去找他吗？她说，明早的车票，我无法再忍受一分一秒了。我说，为什么啊？为什么忽然做出这样的决定？她说，我今天早上醒过来，读到他的最后一封信，向我告别，他写了很多很多，我却一个字也不认识了，躺在床上只是哭，一直到现在，完全停不下来，脑子里只有一句话，为什么我的生活如此糟糕？我没有任何一个对得起的人，包括我自己，为什么我的生活如此糟糕啊？它看似平静，但我知道，我无可救药了，不过是在扮演着另一个人，一个连我都不认识的人。我说，不至于的，一时情绪而已，你冷静冷静，好好想一想。她说，我不想了，想不明白，就这样吧，我哭得那么厉害，那么长的时间，你肯定听见了，刚才我想，如果你走过来，抱一抱我，我们抱上一会儿，兴许我能好一点，但你也没。我不怪你，不是你的问题，我知道你不想。我们就这样吧。

电视上放的是一部韩国电影，讲述的是1999年的故事，与回忆有关，一位站在荒地上的中年男性对着高架桥上摇摇欲坠的火车大喊不止，待他说完后，喝醉了的人们在户外唱起歌来，七扭八歪地搂在一起，音箱放在河边的石头上，溪水从桥下流过，歌声与水声此起彼伏，恍惚之间，我觉得我也身在其中。我想我本应愤怒，如蒙受欺骗，或是深深绝望，歇斯底里。可我只是很困，极为疲惫，我侧身蜷进沙发，一点精神也没有了，合上眼睛，双手抱在胸前，就这么睡了一整夜。第二天醒来时，她已经走了，房间空空荡荡。我看了半天缸里的金鱼，给我妈打了个电话，讲了这件事情，我妈听后很平静，跟我说，哦，知道了。我说，你不生气吗？我妈说，我为什么要生气？我说，你不去讨个说法？她说，跟我有什么关系？走的也不是你爸，你自己的事儿，自己看着办，别来找我，我可不管。我说，行。我妈又补了一句，该。我问，什么？她说，我说你活该，你根本也不爱她啊。

　　过了很久，我才发现，她对一切早有预计，从搬过来的第一天开始，就很注意，不让自己在我这里留下任何的痕迹。有段时间，我疯了似的寻找她存在过的证据，哪怕是一根头发、一丝气息也好，以证明自己的生活并非虚度。最后，我只在书架后面发现了一张小小的唱片，满是灰尘与划痕，播放起来断断续续。我怎么也想不起来它到底是谁的，从何而来，而那些曲目听来又是如此陌生，我只能将之视作一种密码，或许可以从中得到点什么启示。我反复听了很多遍，唱片名字是*Memphis Underground*，"孟菲斯地下"，取自录音室的名字，内页照片上那些堆叠起来的音响也如茂密的丛林，光与声音在此交错。唱片发行于1969年，共有五首歌，最好听的一首是*Hold on，I'm Coming*，但接下来的另一首我听得最多，叫作*Chain of Fools*，编制极其丰富，有颤音琴也有长笛，不知为何，听到后半段总会有点心碎。我查了它的源头，最早由一位女歌手演唱，讲述的是自己跟男友相爱五年，却一直蒙受欺骗，对于真相一无所知，别人告诉她要离开，她却怎么也走不掉，只因对方的爱太强烈而她又太过软弱，任凭一条愚人之链将其牢牢拴住。曲子差不多有十分钟，段落分明，叙事感强烈，笛声犹如一条小鱼，于雾气缭绕的白夜里游弋。在小柳婚前，我给她发过一次，她回我说，听了半宿，天亮了，我出发了。

新月城

我给张一天转去一篇分析当前经济形势的文章，半天后，张一天问我，小柳还没联系你呢？我说，没。张一天问，她回去多少天了？我说，我哪知道？谁记着这事儿？他怂恿我说，不行你联系她一下呢，别控制，不要给你的人生设限，二婚也有追求幸福的权利。我说，上次我也没领证啊。张一天说，那我搞错了，我告诉她你离了，对不住。我一下子有点惭愧，百感交集，打了一堆省略号。张一天说，她咋想的我是不知道，你咋想的，我还能不知道吗？自己的事儿，自己看着办，别来找我，我可不管。这话跟我妈说的一点不差，我放下手机，内心沮丧，对于小柳，我的感受颇为复杂。一方面绝不是想要借此缅怀青春，认为当年有过暧昧时刻，对方在余生里势必难以忘怀，那简直是一种令人作呕的自大；另一方面，当然也不是想跟她发展出一段什么关系来，即便我再愚昧、固执、迟钝，对于"物是人非"一词也有过深刻体会，更何况那对小柳也是极大的冒犯与不恭。我一直在想，为什么我对她总是怀着非同寻常的眷恋呢？想来想去，觉得或许与早年发生的一件事情有关。

我从未跟她提过，我想她也不记得，约二十年前，我跟小柳曾做过邻居，住在同一个家属院子里，不过她住一号楼，我在二号楼。小柳她爸叫柳承德，跟我爸在一个单位上班，她爸是工人，工作勤恳，有点技术，加上爱琢磨，1994年被派到乌克兰施工，穿行于科尔孙-舍甫琴科夫斯基区的茫茫夜色与泥泞道路之间，中途携带火腿回来过年，颇为风光，特意锯了一小块给我家送来，说随便尝一尝，外国风味，一般人吃不好，是个心意。我爸目睹柳承德扛着整只火腿招摇过市，对其体积有过盘算，掂量过后，认为送给我家的份额足以体现其重视程度，便盛情邀他来家里做客，当时我爸刚刚升任车间调度员，可谓如日中天，前途一片光明，多少有点飘，走路脚不沾地，总会产生一些不恰当的错觉。大年二十八晚上，柳承德领着女儿前来赴约，那是我跟小柳第一次正式接触，之前虽住得近，但也没什么联系，打个照面也不说话。柳承德跟我爸在屋外喝酒，开始时很羞涩，相互试探，但俩人都没什么量，六点开始喝的，七点半已经满嘴胡话，我爸在对车间的未来发展进行全盘规划，低声与柳承德诉说自己的愿景：造一座楼房那么大的变压器，满足南关区全体居民的用电需求，你在家用洗衣机，她看电视节目，孩子打开台灯读书学习，一点问题没有，在同一片天空之下。柳承德比较严谨，皱着眉头问，这几样同时进行，现在有什么问题？我爸说，还是有隐患，规模不够，无法矫正输送电能的电压，也就不能免除电力系统中的电压波动、电压谐波等致命故障。柳承德说，我看未必，规模大小不重要，主要还是调节模块是否有效，未来社会电力的核心任务，在于提高电能使用效率和改善电力质量，电，好比是水，有的足够纯净，有的有杂质，家用电器好比是人，喝了不干净的水，早晚要生病，所以说，保卫电的质量，就是保护我们的健康，捍卫共同的未来。我爸说，你是领导还是我是领导？柳承德说，你是，你是。我爸说，错了，我们都不是，厂长说了，我们单位没有领导，只有互敬互爱的一家人，你切记，你有困难我来扛，我住隔壁我姓王。柳承德说，王哥，还是你有水平，敬你一杯。我爸说，柳兄，你有洞见，能举一反三，我看往后你还有步儿。

小柳猫着腰钻进我屋，穿了件通红的小棉袄，小臂箍着两只油亮的花套袖，整体有些耀目，像是个点着了的灯笼。她不跟我讲话，我也不跟她说。她先是站着，看着我，后来站不住了，一屁股坐到地板革上，问我在干吗。我说，下棋。她说，自己跟自己下啊？多没意思。我说，有意思，看着好像是自己在玩，其实有四个人，甲乙丙丁，或者说，中国队日本队英国队美国队，规则我自己定的，跟你说不明白。她说，现在谁领先？我能代表中国队吗？我说，不能，你不会玩。她说，瞧不起谁呢，中国第一，美国第二，英国第三，日本第四，我早看出来了。我心里一惊，对于几个颜色的棋子，我一直在心里计数，从没说出来过，她怎么知道的呢？我故作镇静，说道，不对，你别干扰我，看会儿动画片不行吗？我把电视给你打开，辽宁教育台正在演《神探加杰特》呢，穿风衣拿放大镜探案，每天两集，惊心动魄，比较过瘾，也有教育意义。或者看看《黄金一刻》，快乐问答，马上大年初一了，初一的月亮你知道叫什么吗？叫新月，跟太阳同升同落，站在地球上看不见月亮，都是知识，你多学一学。小柳说，我妈不让我看电视，她跟我说，傻子才看电视，越看越傻，我家电视就摆在那里，没怎么开过，只有我爸回来时才看一会儿，我挺害怕变傻的。我说，胡说八道，我奶天天看电视，我妈说她比猴儿都精。小柳说，可能因为你奶属猴，你属啥？我说，我属虎。她说，我也是，你几月份的？我说，四月。小柳说，我六月的，你比我大，我得叫你一声小哥，小哥好。我听她这么一说，心里有点热乎，态度也就变了，问她，你吃饱没？我还有一盒蛋卷，想吃的话，我给你拿出来，咱俩分一分。她说，小哥，我不吃，你留着，小哥，你喜欢魔术不？我给你变一个。我说，电视上见过，美国大峡谷，万丈深渊，一个人拿把雨伞走在钢丝上，大风呼呼地吹，他在上面连吃带住一个礼拜，睡觉也没掉下去过，心里有数，我很佩服。她说，小哥，那叫杂技，我给你演个厉害的，你保准儿没见过。

说完，她站起身来，把板凳搬到窗边，蹬了上去，撕开窗缝的胶条，又用手敲几下，把窗户顶开，一阵冷风灌进来。我打了个冷战，哆嗦几下，赶忙去把门关严，我爸在外面瞄了我一眼，没说话。转过头来，我看见她半跪在窗台上，就有点急，小声说道，你下来，下来啊，多危险。玻璃上的冰花缓缓褪去，她没理我，一手扶着窗框，另一只手掐着放在嘴前，朝向黑夜吹了个口哨，声音不大，却相当清晰、圆润，然后又是三下，总共四次，音调、长度各不相同，最后一声十分响亮，像是一道闪电呈U形滑过，下降之后又上升，也如在对谁讲话。第一句是，你好啊。最后一句是，我在等你啊。半响，一颗魔术弹熄灭在空中，月亮弯成一道铜褐色的弧线，细而坚韧。她把脑袋向外再伸出一些，我担心她掉下去，一把从后面搛住她的双腿。小柳穿着一条褐色的棉裤，面料滑溜，据说也是乌克兰带回来的，比我们的棉花弹性好，也更保暖，抱着感觉软软的，有点惬意。她撑着阳台，向前探身，我用力往后拽，她回过脑袋，跟我说，小哥，没事儿，你别拉着我呀，它该找不到我了。此时，光线隐去，一只鸟不知从什么地方飞了出来，速度极快，堪比刚射出来的箭矢，以残月为弓，直直向下，它尖尖地叫了一声，像是对逝去的哨声做出回应。鸟比我平时见过的要小，虹膜发棕，翅膀和尾巴为褐色，覆羽有辉光，如锡铁所制，刚上紧了发条。它飞过我们的头顶，消失在下方，接着又返回来，向上冲击，往复几次，忽然闯入窗内，直奔我们而来。我吓了一跳，连忙闪开，它在屋内绕了一圈，最后轻轻地落在日光灯上，眼目鲜艳，望向我，偶尔啄着湿润的颈部，室内光线摇晃不停。我惊出一身冷汗，看看小柳，她已被我拽到地面，我俩靠在暖气片上坐着。她喘着粗气，满怀期待，抬起脑袋，慢慢递出一只手来，张开手掌，朝着那只鸟儿点了点头。小鸟如同会意，振开翅膀，嗖地一下跃至近前，以洁白的羽缘拂过她的指尖，先是左侧，接着右侧，偏着脑袋，反反复复，像一位妈妈抚摸着她那快要长大的孩子，满是不舍与爱意。之后跳到窗台上，啄了几下玻璃，发出咚咚咚的声响，半转过身来，朝着我们眨了眨眼睛，一跃飞出窗外，消失在无尽的黑夜里。此时，有人在对面放了一挂鞭炮，竹竿从窗口伸到外面，落在地上，引信点燃，万响争鸣，半扇楼被映得比白天更亮，从下往上，爆炸声愈发迫近。小柳哇的一声哭了出来。

坚持住，我来了

　　婚前的房子只我一人住，我总是将它收拾得一尘不染，像是为了迎接谁的光临，或者等待一个人的回归，其实谁也没有来过。金鱼都死掉了，只剩一缸清水，我也养着，每隔几天一换。阳台上的那些植物长势很好，叶片葱郁、饱满，没有一点枯败的迹象。浇水时，我必须挪动几株，才能对每一盆都有所照应，很像在玩华容道，我扮演的是曹操，来回移动兵阵，以求顺利突围。那盆巨大的梅笠草如同关羽，一夫当关，不可逾越，每次我都会为自己设计难题，通过不同的解法来实现逃脱，有些耗神，考虑到通常情况下也没有什么特别要紧的事情，待在阳台上反而是一种享受。

我在心里默念此次的移动次序时，电话在屋里响了起来，我犹豫了一下，没有接，继续摆脱封锁。半小时后，我全身而退，长舒一口气，拿起手机，发现是张一天的电话，我拨回去，他问我在哪里，我说在家呢，刚在浇花，等我拍几张给你。张一天说，别拍了，不愿意看，跟你说个事儿，小柳不在长春了，走了。我说，哦，这样，好吧。他说，失落吗？我说，有点儿，不多。张一天说，你再装。我说，也不至于，好不容易回来一趟，人来人往，见不上正常，都能理解。张一天说，得了吧，别人不了解你，我还不了解吗？我没说话。张一天顿了顿，说道，小柳刚给我打电话了，聊了一个来小时，问我你在哪里，在做什么。我说，你怎么说的？你俩怎么那么多的话？张一天说，我哪知道，你想知道自己去问呗。我说，什么意思？张一天说，我把你地址给她了，她要去找你，可能快到了。我说，太突然了吧。张一天说，谁让你不接电话的。

挂掉电话后，为了平复心绪，我连忙把家从里到外收拾了一遍，之后抽着烟等她。临近午夜，我本以为她不会来了，小柳忽然打来电话，跟我说就在门外。我深吸几口气，故作镇定地开了门，小柳站在走廊里，瞪大了眼睛，歪着头看我，也不说话。我对她说，欢迎来访。她默默进了屋子，脱掉鞋子，斜着摆在一旁，坐在门口的凳子上，看了看室内，跟我说，奇了怪了。我说，什么？她说，我怎么感觉你早就知道我会来啊？我说，是，张一天给我打电话了。小柳说，不是这意思，我是觉得，你好像等了我很长时间啊，许多许多年，此处原封不变。我说，做梦吧你。小柳说，果然啊。我说，你到底想说什么？小柳说，果然跟我的预测一致，见不到你吧，不怎么想，见到了吧，也不觉得多么亲。我说，是吧，那你过来图啥呢？小柳想了一会儿，说，可能还是想看看你吧，也不知道。我说，大可不必。

小柳嗽起嘴来，满脸的怨愤，没几秒钟，又转了脸色，亢奋地对我说道，我跟你讲个事情，刚去上海时，我在一家影楼上班，专门给孩子拍周岁照的，我给摄影师当助理，有天来了一个小男孩，可能住在附近，家长送过来就走了，说是拍完再接回去。小男孩四五岁吧，名字叫辰辰，或者程程，没听清，穿着一身卡其色格纹风衣，戴个圆圆的灰色礼帽，手里拿着一柄放大镜，长得很机灵，像是一位明察秋毫的侦探，表情比较冷漠，不爱说话，也不大愿意被拍摄。我一下子就想到你了，感觉你们有点像。我说，你来找我，就是为了说这个？她说，不全是，反正那天摄影师命令我把他逗笑嘛，我想了很多办法，开始举着一只氢气球，上面画着一只傻乎乎的卡通狗，我不时松手，任其飞高，在狭小的空间里跑来跑去，假装抓不到，他无动于衷，压根儿没怎么看我。接着我把小黄鸭泳帽套在头上，匍匐在地，四肢乱摆，脑袋上下起伏，大口喘着气，假装奋力游泳，以至于自己真的有些缺氧，他看了看我，伸出一只脚来，踢了踢我的胳膊，说道，这是陆地。我说，你着急要走吗？不如先进屋，喝口水再讲。她说，真像你啊，你记得吗，毕业那年，我没考好，特别正经地跟你说，想从楼上跳下去，当一只鸟儿，乘风飞走，还在你家里比画了一次，你跟我说，这是陆地，注意重力。太冷漠了，说着我又有点记恨你了。

我想了一会儿，没记起来这一幕，问她，后来呢？小柳说，你说你还是他？算了，一回事儿，我拿了个摇铃背歌谣，他也不听，烦得很，反正怎么也逗不笑他，那阵子我遇上点事情，情绪本来就不好，把道具丢在一旁，自己跑出去哭了，外面正下着雨，路人行色匆匆，有人穿着羽绒服，有人穿短袖，我就想，这到底是哪里啊？现在又是什么季节啊？真的不明白，我生活里的一切我都无法理解了。没过多久，小男孩也出来了，许是想透口气，挨着我站，我赶忙擦去眼泪，俯身问道，你就这么不想笑吗？他没说话，看了看我，举起了放大镜，直直地摆在眼前。就这么一个动作，让我想起来了一部没看过的动画片，我当时就想，天啊，我得回来见见你。

小柳说有点饿，我在厨房煮面，她在我的屋子里来回蹿动，毫不见外。每隔一会儿就拿过来一件东西，问我这是什么，做什么用的，有什么来历。这时，我忽然发现，对于很多事情我都记不清了，想了很长时间，也无法确切告知，上升的水汽覆住我的思维，万物朦胧一片。小柳很兴奋，像一只追逐火圈的羚羊，跳着走路，我说，半夜了，小点儿声。她假装低头赔罪，一步一步撤至茶几边上，又栽倒在沙发里，望着我的那一缸清水。

她吃饭时，我问她是否明天要回上海。她擦了擦嘴，对我说，可以回，也可以不回。我说，我建议你回去，全家都在等你。小柳说，等我干啥？我说，等你啥也不干，就跟过去的日子一样。小柳说，我就这么差劲儿吗？我说，实际情况，是不是吧。小柳说，是。我说，那还说啥？小柳说，我来找你，有两件事儿，第一件刚才进屋时说完了。我说，小男孩长得像我？小柳说，对，我想了好几年，生怕忘了，我得来告诉你。我问，第二件是？小柳说，我有我妈的消息了。我皱紧眉头，问道，你妈不是在桂林路管委会上班吗？张一天他爸卖烤淀粉肠的摊位还是你妈帮忙租下来的。小柳说，放屁，那是我姨，我爸后找的。我说，抱歉，对你的家庭构成不是十分了解。

小柳说，很小的时候，我妈就走了，快三十年了，我都记不得她的样子了。我说，肯定好看，不然生不出你来。小柳说，从进门到现在，你总算说了句人话。我说，我这人有一点不好，撒谎冒虚汗，不信你现在摸摸我后脊梁。小柳说，你怎么还是那么招人烦？我说，到底什么消息呢？小柳说，之前我爸跟我说过一点点，我没放心上，人都走了多少年了，前阵子在上海，小区业主聚会，我遇见一位阿姨，二道白河的，以前在科学研究院上班，退休后过来的，儿媳妇要生了，伺候一段时间，但俩人老闹矛盾，跟我认识后，她一生气就来找我聊天，我俩有时候还喝上一口，喝得高兴了，她就跟我讲讲以前在山上的事儿，主要是那些植物，她什么都认识。我看你养了不少花，金露梅听过吗？长在岳桦林边缘，叶子能入药，还有茅莓，开起来特艳，穿个花裙子似的，有活血散瘀之功效。我说，你挑重点说。小柳说，有一回，我把我爸的事情讲给了这位阿姨听，她听后想了半天，跟我说，柳啊，我在山里走了几十年，住过多少个夜晚，见过的植物不计其数，看过的鸟儿也什么品种的都有，有百灵也有云雀，其中有一种鸟儿，最有意思，每年春天来到山里，成群结队，夏季鼎盛时，栖息在村舍屋顶、屋檐和房前屋后的湿地上，九、十月份时迁走，比较规律，但是，每年都会有那么几只，回到山里后，就再也不走了，十一月份还在低空飞着，翅膀冷得发硬，一边飞一边叫，声音虚弱，实际上，它们在山上是无法过冬的，找不到吃的，也没地方藏，漫山遍野都是大雪。到了最后，只能钻到树洞里去，听伐木工人说，冬日去地下森林里采伐时，总会在洞里发现这种鸟，每个洞里只有那么一只，这种鸟儿见到一个地方被占，就继续寻找下一个，绝不再结伙。可是，山上实在太冷了，这些鸟在洞里也冻僵了，直挺挺地伸开爪子，眼膜上结着一层薄冰，工人有时看着死状觉得可怜，就把它们焐在手里，带回家去，室内暖和几日后，忽然有一天，鸟儿又活了过来，宛若新生，尖尖地叫着，灵巧而迅捷，迫不及待地飞出窗户，如闪电一般擦水而过。你妈妈的事情我不懂，但就有这么一种鸟儿，在山里与山外，在一年的四季里，各有姿态，甚至分不清它是死了还是活着，或者说，活过来的还是不是原来的那一只，谁都不知道。我说，没听懂。小柳说，我也是，这不是关键。我说，你妈妈跟这种鸟儿有什么关系？小柳说，还不知道，我想去看一看，冬天就要来了。这是我来找你的第二件事情，陪我去一趟山里吧，就现在。我说，去不了，你吃完了吧，我要休息了。

小柳接着说，我知道所有泉水的来源，记得全部的山林，地图我都背下来了。在上海时，我一遍一遍地看，平面图看出来立体效果，所有的直线与曲线，高与低的颜色，那些草木、洞穴、苔原、瀑布，我比谁都熟悉，它们也是我的家人。我说，没懂，我们去了到底要做什么？找那种鸟儿？她说，是，也不是，我错过了很多个冬天。我爸也走了，就剩我一个人了，你知道

294　　木棉或鲇鱼

我为什么来找你，我来之前你就知道。有那么件事情，只有你和我经历过，我们打开了一个现实，从那时开始，一切走到了现在。你跟我一样，什么都记得，什么也忘不掉。毕业时，你给我的留言，你对它还有印象吗？你跟我说：上升的路和下降的路是同一条路，就这么出发吧，我们总会在同一条道路上。在此之前，我绕去过很远的地方，匆匆前进，无视风景的暗示，其实是为了回避，为了不与之对抗，可这没什么用，夜晚照亮过我们的眼睛。现在我回来了，同一条道路上，希望你也在。

你们会遇见我吗

小柳坐在我的身旁，我驾车驶过乌云，路上无光，车灯辐射的距离有限，我们如在漫游，很难确认方位。音响接连放了许多首老歌，小柳都会唱，每当我觉得她要睡着了的时候，她就会张开嘴来，哼上那么两句，有时唱完了会笑，有时则很委屈，像是马上就会哭出来了。我想到许多年前的一个夜晚，那时她在我家里，我们即将分别，奔赴不同的城市，小柳说，你不能忘了我吧，我的话还没讲完呢。我说，那你快说。小柳说，不是现在，在未来，我跟你还有很多的话没说呢。那天的黎明也如今日，人们想要拼命拖住这个失落的夜晚，使之长于任何的时间，可清晨终将到来，最初的光落在一滴露水上，之后是另一滴，满地的闪烁与晶莹。加速，再加速，如同不息的演奏，经过月光、岸与峡谷，我把车开到山下，摇下窗户，凉风将黑夜彻底吹散。小柳前一秒还在梦里，现在已经醒了过来，晃晃脑袋，开门下车，舒展身躯后，立即警觉起来，脊背微弓，眼目发亮，如野兽归巢。她对这里无比熟稔，无须辨识，引领着我，沿溪流走去，从清晨直至正午，岳桦林在不远处庄严地望着我们。

穿过风口与瀑布，向下的道路如约而至，出现在我们面前。那是一望无际的森林，生长在断陷谷地之中，数万年前，火山喷发，山口断裂切割，地表塌陷重塑，进而形成，谷壁悬垂，古树错落有致。

　　入口的小径旁斜放着一辆破旧的自行车，后座驮着个泡沫箱，无人值守。我看向四周，除我和小柳外，一个人都没有，此处已非游览区。自行车是飞鸽牌的，主梁生锈，挡泥板短了一截，当年我妈也有一辆，后来丢了，那天她哭着回的家。整个晚上，她坐在厨房里，不开灯，一直念叨：就放在商店门口，也锁上了，怎么就没了呢？前后不到十分钟，买瓶胶水的工夫。胶水是我要的，第二天上课要用，软塌塌的塑料瓶装，不小心就挤满一手，很难洗去，干了后才能弄掉，像一层层透明的新皮，怎么也蜕不干净。到后来，我妈换了一句：我锁车了吗？你说，我锁了吗？真记不清了，老了啊，我老了。我爸听不下去了，一瘸一拐地从屋里走出来，牟拉着眼睛，打了我妈一巴掌，我妈这才闭嘴。那是我第一次看见我爸动手，打完之后，他又慢慢挪了回去，躺在床上，拧开收音机，里面全是杂音，什么也听不清楚。

　　我跟小柳说，我不怪我爸，我妈也不记恨，那时他刚办了残疾证，还不太能接受。小柳问，你爸怎么回事？我说，没怎么，厂里搞改制，工人聚众闹事，其实也不算，就是搬个小板凳静坐，不开工也不动弹，安安静静，遍布灰尘，像一株株将死的植物，他反而急了，拎着大喇叭爬上吊车顶，对着大家喊话，劝大家冷静，不要意气用事，目前的这种行为属于破坏生产，留个案底犯不上，务必放心，厂里一定会给个说法。其实他心里明白，哪有什么说法，无非缓兵之计。喊到一半，有人偷着晃了几下车子，他身子一歪，从上面摔了下来，好在不太高，底下有线圈拦着，只落了个残疾，不然不好说了。他倒在地上，半天没人管，喇叭还握在手里，他想说点什么，拨动几次，里面传出来一段悦耳的音乐，"我的情也真，我的爱也真，月亮代表我的心"。多少年了，我喝完酒跟朋友去唱歌，但凡有人点了这首，我听后立刻上头，一步也走不动，就是吐，根本止不住。小柳说，我想起来另外一首，对我也有类似效果，以前你发给我的，里面有句歌词写得好："是谁出的题这么的难，到处全都是正确答案。"我老在琢磨，是谁呢？你说说，谁呢？

我翻遍裤兜，掏出全部的硬币，丢入自行车筐，从泡沫箱里取来两个雪糕，一个递给小柳，另一个自己吃，我们向着深处走去。林间栈道狭窄，两侧树木密集，不时拦住去路，我们辨不清方向，只感到一直朝下，指示牌越来越稀疏，没多久，就见不到了。小柳走在前面，我跟在身后，雪糕吃完了，她叼着棍儿转过头来，跟我说，我记得你爸。我说，是吧。她说，你都忘了。我没说话。小柳说，小时候我连你家都去过，玻璃柜里摆着一条狮子狗，手掌大小，毛茸茸的，还会眨眼睛，睫毛弯弯的，特长，没错吧，你未必记得了。我说，我也老了。小柳说，我妈就是那天走的，我永远也忘不了。春节前几天，我爸要领我去你家吃饭，说厂里领导接待，我妈给我换了好几身衣服，穿了脱脱了穿，那天暖气特别好，我热得一脑袋汗，临出门时，我妈还给我化了妆，用口红在脑门儿上点了个红点。我说，庄重。小柳说，我问我妈，你不去吗？我妈说，不去，她还有事儿，我说，妈，我要是想你了咋办？能回来吗？我妈说，想我了，你就吹个口哨，还记得吗，我教过你，楼前楼后的，我听见你的口哨，知道你待得没意思了，我就去把你接回来。我说，你妈会吹口哨？她说，吹得特好，不管什么歌儿，她听一遍就能吹出来，可聪明了，学什么都快。我说，你得到遗传。小柳说，我可比不了，一辈子赶不上，我爸带着我去了你家，没过多久，俩人就喝多了，听不明白在说些什么，我去屋里找你玩，你也不跟我说话，我想看会儿电视，你不让，硬说费电，我家没电视，我特别想看一会儿动画片。我说，哦，原来是这么回事儿。

小柳说，那天我待得实在没意思，就在你家窗户上用手指头画画，玻璃上结了一层霜，按上去有点凉，我先是画了一个太阳，边上有几朵好看的云，太阳底下是棵大树，还有座小房子，上面竖着一个烟囱，一朵朵地往外吐着烟雾，跟云彩融为一体，然后我又画了一只大眼睛的小鸟，在云雾里飞行。我说，我一点印象也没有了。小柳说，你看我画得高兴，自己不乐意，爬上窗台，硬是把窗户打开了，没过一会儿，我画的就消失了，玻璃也花了，结上了一层厚厚的霜。我看着我的画，气得不得了，哭了半天，再也不想跟你玩了。我说，对不起。小柳说，当时我很想我妈，想回家，记起来临走时我妈的话，朝着外面吹了好几声口哨，我心想，等我妈来了，我跟她告你一状。可惜，等了半天，我妈也没来，忽然，我听见了一声哨响，屋里飞进来了一只鸟，天啊，跟我画的一模一样。那只鸟是我想象出来的，根本不知道居然有一模一样的，我看了半天，也不哭了，有点害怕，就往你身上偎，这时候你表现还行，挡在我前面，不让它靠近。我说，大是大非面前，一贯立场坚定。

小柳说，那只鸟先是落在日光灯上，又落到地上，绕着我们俩来回跳，好像要跟我们说点什么，过了好一会儿，我也不怕了，伸出一只手来，它就飞到我的掌心里，轻轻啄着，它的嘴很尖，嘴角的绒毛又很软，我感觉很痒，忍不住笑了起来，想往回缩。我说，小柳，还往前面走吗？过了好几个岔口，我已经记不清我们的来路了。她说，可我就这么捧着那只鸟，它在我手里，不飞也不叫，偶尔展开翅膀，遮住我的手掌，又迅速合拢，昂头望着我，眼睛一闪一闪的。我跟它玩了好半天，直到外面放了一挂鞭炮，它好像被惊到了，从我的手里飞开，落在窗台上，看着对面的那座楼，我家就住在那边。

我说，我的手机没信号了，时间也不对，老在变，你知道我们此刻在哪里吗？小柳说，你听我说完啊，我还有很多话没跟你说呢，那只鸟停在那里，看了看窗外，又扭头望向我们，眨了眨眼，一副依依不舍的样子，我知道，它这是要走了，真没办法啊，我还没玩够呢，它向着窗户跳了几步，又看了看我，这时候，我发现，它的脚上系着一个红色的圆环。不知为什么，我一下子就失控了，疯了似的，大叫着扑了上去，根本不管外面有多冷，也不管那漆黑的一片到底是什么，就想抓住那只鸟，只顾着往上冲，胳膊都伸到窗户外面了，使劲扑腾，你从后面一把拽住，死死抱着我的腿，我边哭边喊，可怎么都没用，没人听得见，鞭炮声响了很久，折腾了好一会儿，你把我拉回地上，一手锁严窗户，另一只手一直拉着我，不敢放开。我像丢了魂似的，不知怎么回去的。从那天起，我再也没见过我妈，我不问，我爸也不说，后来那么多年，就是我们两人一起过的。我爸去世之前，跟我说了件事情，说当年他没去乌克兰，也不是没去，去了没几天就回来了，跟当地的人发生冲突，有过械斗，打得头破血流，不敢往上报告，偷着溜走，从基辅辗转回到国内，他们一行好几个人，怕被厂里处分，没敢直接回来，在南方待了好几个月，风餐露宿，后来扛不住了，有的去广东找亲戚，有的换了个身份打工，他没地方去，在码头干了几天活儿，春节前夕，实在想家，忍不住跑了回来，临走时，在车站买了一串红色的手链，十几块钱吧，不贵，还买了一条火腿，硬得跟石头似的，没法吃，只能用来掩护。我妈很喜欢那条手链，那几天一直戴着，一秒也没摘下来过，我当时看见那只鸟脚上的红色圆环，就以为是我妈，来看我最后一眼，就飞走了，再也不回来，像夜晚的一颗星星，越来越暗淡，流着泪放弃了我。

我问，你妈去哪了呢？小柳说，当天回去后，我不知道睡了多久，反正醒来时，我爸妈都没在，我奶在我身边，给我的新棉裤又续了一层，说是摸着薄，不压身，怕不暖和，我奶陪着我过完了整个春节，直至开学，我爸才回来，也不跟我说话，问什么都不说。所以，我爸走的前几天，我问他，到底是怎么一回事，他跟我说，当时回来后，他把发生的事情都跟我妈说了，我妈没说什么，让我爸陪她回一趟老家，她住在这山里，自己当年一步一步走出来的，很多年没回去了，有点想念。那时的火车开得慢，赶上春节，他们站了十几个小时才到，一下了车，我妈仿佛重新活了过来，如鱼儿入水，鸟儿回到树林，无比自在，我妈在那边没什么亲人了，有一天他们去林中扫墓，我妈哭了半天，他去旁边抽烟，看了半天山间缭绕的云雾，着了迷，眼睛松不开，等再回来时，我妈已经不见了，他自己一个人找了两天，山上山下，除了松鼠、野鹿和山雀，什么也没找到，只好一个人回来了。我说，所以，你来这里，是想再找一找她。小柳说，不，没这意思，就想看一看，我爸最后说的是，他当年去乌克兰时，本来没想回来，他跟厂里的一位女同事关系很好，对方是坐办公室的，制订生产计划，也懂会计，两人小时候就认识，也谈过恋爱，后来分了，家庭原因吧，我爸成分不好。两人都申请到了出国名额，私下也已定好，去了之后有机会就跑，准备一直待在那边，两个人在一起过日子，怎么也活得下去，厂子不行了，回来也是死路一条，这点当时谁都知道，普天之下，只有你爸不这么认为，给了个领导当，真当成一回事儿了。没承想，刚去没多久，就出了这么个事儿，我爸连夜跑的，没来得及通知那女的，其实他有点反悔，想到我，想到我妈，总归有点不舍吧。对方应该很失望。这么多年，他也写过几封信，没寄出去，就锁在家里。她没再回来，后来说是入了教，嫁了一个华裔工人，祖上过去的，运河士兵出身，参与过白海-波罗的海运河开凿工程，死后一家都埋在河床上，我找了很久，如今她也不在了，被葬在岸上，水声潺潺，在彼处长眠。

小柳说，这些事情，我妈知道的比我爸认为的要多，我爸压在心里半辈子，跟谁都不讲，等于只听过死亡的序曲，不懂得复活的规律，如一只冻僵的鸟儿，我俩加起来，就是一队走失的鸟群，没人把我们捧回家里。我妈飞得那么伤心，那么远，以一种真切的距离来确认存在的答案。我想，有时走入山里，步入林间，不是为了迎接消失，而是承纳一种比命运更长久的事实。小柳说完后，我想了很久，想问些什么，还没说出口，就被数棵巨大的云杉封住了去路。枝叶向着四面伸展，形成巨大的半弧形，将我们围在其中。灰色的树皮如干枯的鳞片一般开裂，无数鸣虫蛰居其间，发出晦涩的叫声，树下有几座石碑，字迹难辨，向着同侧倒伏，风从一个方向不断吹来。我说，小柳，这是她消失的地方吗？小柳抬头看了看，我依着她的目光望去，远处是连绵的群山，顶端泛白，中部为褐色，那是无边无尽的冻土地带，杂草、地衣与苔藓构成了全部的色彩。小柳不说话，转到身侧，轻轻拉住了我的手，那一刻，我感觉到了时间、未知与爱，非常具体地来到我的面前，从未想过，它们竟是同一种物质，那么宽容，那么柔软，与飞鸟、树和群山以均等的速率向前流动。周围并不昏暗，尚存一点点虚弱的日光，如果说有什么时候接近永恒，也一定不会是现在，此刻我们位于漫长的河畔，如同废石，如同暗藻，过去与未来的水影在此绵延。我唯一能确定的是，夜晚即将降临，昔日的声声呼唤安眠于清水似的岁月，一切陷入长久的寂静之间，而这一次，飞鸟不会忘记我们，星星也从未放弃我们。

原载《长江文艺》2024年第1期

在小山的阴影中

崔　君

开门时，送信人消失在坡道的转弯处，狗追上去，很快回来了。草地的一片积雪化为冰晶，摩托车的声响从小丘的边缘冒上来，持续了十几秒钟。台阶上，风带来薄脆的叶片，用不了多久，青苔会重新漫上去。信箱在大门的短檐下，山林的阴潮侵驻锁头深处。隋敏将钥匙插到底，再往回带两三毫米，向左侧稍微用力，几下便能对付锈迹的干涩。夹杂的报刊中，掉出几封信来。

她刚刚在玻璃房中用簸箕挑花生米，夹报刊的小臂上，还戴着套袖。没披外衣跑出来，本想和送信人打个招呼，问问他新年过得好不好。关上门，她顺带去菜园里走了一圈。前几日，连续的阴云让人不怎么想动。与昨天大不相同，土壤反馈给棉拖鞋弹力和松软。阳光的能量让她再一次欣慰。

"他有点害怕咱们，"隋敏在地垫上荡了荡土，幽幽地说，"跑得真快。"

"是我把他吓坏了。"玻璃房里有人回道。说完，花生扬起后齐刷刷落入簸箕，似是冗长一天的停顿。去年秋天雨水太过充足，米粒从糜烂中逃脱，早了十天收获，不够饱满，落声轻细。再听，却没有话了。隋敏听别人讲了那则旧事。邮差幼时在河里游泳，被虫子咬了一口，他母亲听信建议，逮住他让垂死老人抚摸患处，消炎去肿。他往山上跑，是玻璃房里的人把他医好，免除了他的惊恐。

"怎么着啊，这一大包，你让我自己拿进屋吗？""这个水泥台阶的狗爪印是你踩出来的。""你小时候喜欢骑在那棵树上蹭蛋。"要是送信的男孩儿不走，她可以说满两车话。

水泥路断在山下的水库，崖壁造成一小片瀑布，小巧而玲珑，可也飞珠溅玉。城里人来消夏，也不会开车往上走了，掉头不便。石垒矮墙分割两边的庄稼地，阻挡坡度和暴雨带来的水土流失，石缝里长出苍耳、鬼针草和车前。田地阶梯式分布，比床宽不了多少。土壤实在不够丰沃，薄得三指以下能挖到石头，只种些板栗和山楂，枝叶疏散的地方杂植红薯和山芋，叶下常见肥獾掏的土洞。

这座灰色的房子让他头疼。它不仅在半山腰，离最近的村子也有两公里远。

过了水库，小路狭长，弯曲着深入松林。路上裸露的土地，年复一年，被附近果农的车轮轧实，两行轨迹相伴相依。转一个开阔的直角弯，才能看见她们的房子。台阶左右各趴着一只石蛤蟆，苔绿升到肚子，右边的背上驮着一只小蛤蟆。门口伸出个水龙头，山水软，砂石和木炭简易过滤足够了。农忙时节，也方便附近农民取水喝。春节前，水管上贴了"出门见喜"，前几日被山风吹得不见了踪影。旋复花循着水源，续根多年，夏秋长一大蓬，把水龙头包覆其中。

此时，她从玻璃房中起身，将挑好的米粒装入尼龙袋，抖掉围裙上的沙砾，端起凉茶水，吸入一大口，后退一步，喷在需要洒扫的地上。扫帚里的高粱空穗摩擦地面，尽管不怎么用力，空气中还是腾起一片发亮的灰尘，口水和茶叶的古怪气息弥散开来。

"温安仪老师收"，信上写道。

她年轻时摔过一次，几年以后，时时感到背痛，慢慢弯曲成现在的样子。与信封上她的名字给人的感觉截然不同，她嘴巴毒，调侃别人少留情面，取笑自己更是加倍用心。"你的罗锅是怎么回事儿？"别人问她。"老天爷准备把我折起来再收走。"她这样解释给人听。

最后一站送完，邮差回身，房子已在小山的阴影中了。有时，温安仪和隋敏站在门口，目送这个送信人，童男童女般笑意森森。脚边是她们糊裱的纸烧头，亭台楼阁，华裳马轿。

"女鬼啊女鬼。"他愤愤道。这个地址只收信，没有经他手从这儿寄送过任何东西。

玻璃房的另一侧，锡箔堆积，阳光下渗，墙壁简陋但生辉。新扎的马架充分晾晒，高粱秸秆的水分已经蒸发。马头上，双叉梯形自然妥帖，腹间，三个圆圈弧度均匀。

隋敏进门，将信件放好。

"电话来了，人走了，开始吧。" 温安仪说。她将一沓旧报纸从房间内拿出来，因为背痛得厉害，冬日阴雨天总不好过，她留恋玻璃房中仅剩的一刻钟阳光。

"你躺会儿，我来。"隋敏说着，接过报纸。从置物架上取下平底炒锅，每次用完，隋敏都会刷干净。再次使用，心情愉悦。锅中倒水，从脚下的袋子里舀出两瓢面粉，散入水中搅匀。打开火炉的通风口，上几铲板栗碎壳，不一会儿，膛内哔啵有声。铲子不停地搅拌，与锅底刮擦出有节奏的声响。热气上来后，她闻到熟悉的面粉香味，不出意外，这个味道次次给她安慰。面水开始糊化，不断鼓出浓稠的气泡并炸开。声音苦口婆心，似在开解眼前人。怕煳底，她加快了搅拌速度。麦香更加熟郁，水汽飞升，面糊光净。大功告成，熬一锅好糨糊让她心情不错，上午扎架的耗散在此得到补偿。

阳光收回，玻璃房冷却下来。狗舔食铲子上残存的面浆。从锅里多盛一点给它，它反而闻都不闻。隋敏揩掉狗头上的污迹，端着炒锅去给马架糊报纸打衬。

头版头条《怒火烧小泉》，浓重的油墨味蔓延，火苗逼真，仿佛小泉纯一郎本人在燃烧。《赵本山：背着儿子上银幕》，儿童跟父亲像，可她不爱看娱乐新闻。最后一版，不孕不育、脚气便秘，泉城医院广告，专治各种疾病。过四十岁以后，弯腰动作越发困难。包马腿时，隋敏得坐一张小板凳了。这般禁锢，让她对温安仪被罗锅折磨的苦痛感同身受。她习惯一边贴，一边扫视上面的文字。

要是温安仪在，隋敏喜欢念诵中缝的征婚启事。

"寻找端庄贤惠坚韧热情温柔性感细心听话的女士。非诚勿扰。"

"最后应该再加三个感叹号。"温安仪说。

报纸足够陈旧，四年前的新闻还有，《胶东半岛入室抢劫案主犯今日被执行死刑》。

打衬完毕，马似乎长了骨肉。

隋敏将锡箔纸裁成长条，一侧竖着剪出细密的流苏，用纸筒微卷，一侧刷糨糊，横贴到报纸上。马背，马腹，马脖子，马腿。一条条流苏上身，马威风凛凛。锡箔折出宽阔的马脸，一条细小的白色半圆白纸塞贴进挺括的马嘴，再插耳朵。最后，贴上眼睛，红纸搭马鞍，黑鬃勾出漂亮的背脊，绿彩带围一套辔头，多余的不剪，自然垂坠。装饰完毕，金马俊美骠壮，马头高耸，屁股圆润，嘴巴半张，露出林立的牙齿，嘶嘶有声。

以前，按照这里的习俗不光做马，还做牛。男士烧马，女士烧牛。

"为什么烧牛？"

"女人一生制造无尽的污水，洗衣水、灶头水、血经水，临行要喝光污水，方可过渡。牛能帮女人们喝水。"温安仪解释说。

"那男人呢？"

"男人骑马是去那边做官的。"

隋敏来的第一个春天，请工人们搭了玻璃房。随后，她在里面继续忙活。平时关上门，还禁止别人张望。秸秆、彩纸、铁丝、锡箔不断进去，糯糊熬了一锅又一锅。乡里做的纸马稍显粗陋，白纸贴作马毛。隋敏多了几道工序，马头和装饰精细，但价格一样。不但让马张开了嘴巴，如闻马鸣，还改用锡箔贴作马毛。

她邀请温安仪看她的第一个成品。

"牛哪有马跑得快，赶路耽误时辰是大事，还是马妥当。"隋敏说，"我们能不能不做牛？做牛让人难过。"

凭手艺，她有信心让大家为老太太买马。

烧第一匹马时，她跑去看了。青天白日下，马毛窸窣，条带飘动。肃穆中，火苗在锡箔间跳动，马才活了。孝子贤孙叩头，金马俯视人间。她一层一层糊裱，火一层一层扒它们。行路难，险阻间多关照，拜托你了。

所有信件来自本县的一所初中，集中来信大概是一次任务。信封疲倦，并不整洁，如走了迢迢千里。有次隋敏看见，邮包里除了正经东西，还有赶集买的油条、凉菜和几截带泥的莲藕。以前，家中无人时，信件会被塞在大门的缝里，每次捡起来之前，得先清理纸张吸附的土和鸡毛。隋敏用废弃的中药抽屉做了一个信箱，还加了一把带梅花的小锁。其实，即使无锁，也不会有人拿，可村里锁匠送她的小锁闲置了可惜。

起初，隋敏以为温安仪会回信，后来才觉得那是不可能的。邮差送来，信件就在茶几边的竹筐里堆着。一年来，已经越堆越高。温安仪不会看，她字都认不全。再放些日子，恐怕就被她用来引火点炉子烧没了。

"你不要看，更不要回。"温安仪嘱咐。只干紧迫而愿意干的事，似乎她总能轻易做到。

二月的第一天，云层肥厚，春雨来临，整个夜晚被斗篷包裹。温安仪怕冷，手边脚边放了四个热水袋，早早睡了。才八点。隋敏裁完秸秆，无事可做，把信件都拆了。

没有人写连笔字，笔迹深陷纸张，稚嫩又用力。页眉的红头是中学的名字，由一位曾在此就读的高官题写。一些郑重的感谢，学习情况的汇报，夸张真挚的表态。他们无一例外，把感谢信都写成了保证书，隋敏忍俊不禁。如此信誓旦旦，她也做过，只是命运似乎耽于嘲弄公开示人的自信。

其中一封信比别的都要厚实，摸起来虚软。里面附了一对牡丹剪纸，隋敏将它们贴在了玻璃上。信封署名"小静"。隋敏翻动前面的信，发现小静应该是这段时间里寄信最多的人，虽然她从来没收到回复。有几封明显不是学校统一安排的，她用了自己的花信纸。贴两张邮票，仿佛特别希望那些信件被收到。从胶水干结的痕迹看，规规整整的正方形，从不涂出邮票的边缘。

　　尊敬的温安仪老师：

　　　　您好！

　　　　我叫小静，家住在县城以东的银湖边，如果您来这里玩，请一定要告诉我。

　　　　很感谢您的资助，当我知道能获得这么多钱的时候，我偷偷哭了一场。总之，不知如何才能表达我的感激之情。以后，我肯定会做件回报您的事。

　　　　我在中学时就听说了您的故事，自幼随父习医，悬壶济世，太伟大了，多么希望我长大，也能像您一样，做有意义的事。

　　　　……

落款时间是"2005年初春"，"5"明显是由"4"改的。农历乙酉年，立春节气在春节之前。

"悬壶济世"实在是夸张了。隋敏来以前，温安仪半农半医，一年卖不出几服草药。年轻人大多吃西药了，老人头疼脑热，实在不想干熬的，才来找她。去年新垦了房子周边的地，按时令打理庄稼，边角种了细辛、党参、黄芪和甘草。空闲时，她们出去采一点，桔梗、薄荷、艾蒿、益母草、荠菜、蒲公英和白蒿挖多了，晒一些，吃一些。隋敏做过青团，温安仪才知她是南方人。土坡上栽了一株李子树，几棵金银花，花下碎土里挖挖，能找到接骨用的土元。

"怎么越吃越睁不开眼？是不是毒药哦？伸腿了你们好卖一匹马。"一个农妇笑说。

"毒你多少回了，你还能爬上来。"温安仪说。

"贱命难杀啊，我要开几服能让人睁眼的药。"隋敏给农妇倒了一杯茶。

晚饭时，温安仪叮嘱她，不要伺候客人，他们坐起来没完，聊闲天耽误正事儿。隋敏说知道了。

隋敏会的东西不多，可满怀热情，什么都想学一学。"你可以教我。"她经常这么说。温安仪说好啊。起初，她为她收拾了一间屋子。"会有蟑螂吗？"隋敏看着墙角的蛛网问。"住这里不用为蟑螂的问题烦恼，只吓吓老鼠就可以了。"温安仪回答。

尽管隋敏不断鼓励自己，与山老鼠斗智斗勇还是让她永生难忘。它们咬柜子，咬鞋底，咬玉米，避开粘板，把水泥掏破，从这边房间钻到那边房间去。住满两年，她一觉醒来，感觉有多脚动物在脖子上爬。一只年幼的蝎子，没伤害她，被筷子夹住走了二里地，脚才着地得以逃走。她还见过蛇，阴雨天跑到院子的前厦来，攀在脸盆架的湿毛巾上，和松针一样颜色。她不害怕，她从小不怕蛇。儿子小时候，她给他买过一个木块连接的玩具蛇，放在他的婴儿车里。

温老师：

　　是我啊，小静。你总是不回信。

　　你不回信，让我感到安全。说实话，我曾期盼你不要回信。

　　今天也是索然无味的一天，深感疲惫。在学校毫无意义，回家也是。我们生活的意义到底在哪里呢？治病救人是你一直愿意做的吗？有没有你不想救的人？我很困惑。

　　好在又一个春天来了，万象更新，春和景明。原谅我太爱用成语，我可以跟自己成语接龙超过十分钟。

　　三月，隋敏每日蹲在墙角，观察破土的爬山虎嫩芽，快速生长的叶片向她展示不尽的生命活力。以前，温安仪在霜降之后，把它们的脚脖子割断。院墙的石灰深受攀爬之苦，万千忠实的吸盘已把墙面扒裂。隋敏留了一棵，她整个春天都耐心引导它去往另一面石头墙。最后，它登上屋顶，覆盖了她的卧室。

　　山腹清静，时有雾气，月亮盈缺更自如些。正事儿是睡午觉。等温安仪躺下，房间里又减了拖鞋的声响。那些还没做完的纸马，半张着嘴，看得久了，好像反乌起来。老窗户上，金属撑杆摩擦羊眼圈。有几年，晚上入眠困难，现在，隋敏能轻松睡起午觉。鸟鸣忽远忽近，醒来望出去，只见雪洞般的幽蓝。

　　喜阴，多散射光。她忽然想到这句。

　　以前，丈夫喜欢植物，跟她讲过绣球花的养护知识。它们害怕暴晒，南方土酸，开蓝色花，北方碱土则会让它们变成红色。她说她不懂。她讨厌过年时买回来的蝴蝶兰，花剑上的小夹子让她难以忍受，那些好似蜘蛛的玩意儿，多看一会儿，奶头仿佛被什么东西揪住。后来，阳台上的植物都死了。她一盆一盆全扔掉，在花盆间找到一个棕色的笔记本。是丈夫的工作手册。从西南边陲回来，他转业到她的城市，在铁路系统工作，每个周末都去钓鱼。他们睡在一张床上将近十年，他从没提起过他经历了什么。即使问了，也不会讲。手册扉页上，他工整地抄写了一句杜诗，"神光意难候，此事终蒙胧"……

　　温老师好：

　　　还是我，小静。

　　　告诉您一个好消息，市动物园一对大熊猫出生了，新闻里向市民征集名字，我的建议被采用了。我好高兴。写信来告诉您。

　　暑期，信箱里又多了一张明信片，正面印着盛开的金雀花和两只熊猫，翻过来，有个动物园的绿色印章。只有几句话：

　　　温老师，我忘了告诉你，熊猫名字叫"冰清"和"玉洁"。又是成语。

　　　它们长这样子。

　　山间常遇踏青的人，隋敏见过几个故意走散的学生。从校服看，都是中学生，男生女生拉着手。她在医院做会计时见识过，这个年纪的孩子们正在做些自以为神秘的事情。他们向她问路，想找些水喝。她靠在树上缓口气说，跟我来吧。

　　偶有一天，隋敏在院子里洗小白菜，有人叩门环，是一个高挑的女孩儿，站在门边冲她点头。

　　"在门口，水龙头那可以喝水。"隋敏直起身子，对她说。她喜欢这些学生。

　　女孩儿摇头，连连摆手，依旧并着双腿，站在门边。

　　"你不喝水？你来取东西吗？"隋敏问。以前有孩子代取纸扎，他们低估了纸扎的重量，孩子们根本扛不动的。

这时，女孩儿指自己，摇手。

隋敏张了张嘴，走过去，让她进来。"你有事吗？"她在围裙上擦了擦手，小心地问。

女孩儿拉开背包，找出纸笔。

"温老师，您好。"她写道，"我是小静。"

隋敏干涩地啊了一声，虽然声音小，但听上去颇为用力。

两天以前，她收到小静的信。信上说，她遇到一个困难，问能否再资助她。"以后有机会，我会还。"行文恳切。是什么困难，她却巧妙地避开了。隋敏看完，心生一丝忧虑。她从来没有回过她的信。没有以后，没有机会，不会还，都没有关系，她有更紧要的事情要做。把信折好，她去工作了。

连续多日忙碌和恍惚，她还没顾上这个女孩儿的请求。如今看到她，突觉愧疚起来。

"她去世了。"接过她的本子，她写得极慢，仿佛那可贵的生命在笔尖得到延续。

"什么时候？"

"前几天。"那是一支圆珠笔，她很久没用过圆珠笔了。圆珠滑腻，笔画漂浮而丑陋。

女孩儿咬住嘴唇，绵绵绝望汇在眉间。隋敏觉得她有些奇怪，可又说不准是哪里不对劲。女孩儿突然想起什么似的，急切地写着：

"你是谁？你也是大夫吗？"

"我不是，我做那个的。"她把台阶上晾的纸马指给她看。

女孩儿径直穿过院子，她握着笔，笔尖从拳底露出，笔顶没入虎口，像握一把匕首。站在那匹马边，她蹲下摸了摸马肚子，用纸的边缘扫动马的睫毛。

"我想喝点温水。"

隋敏留意到她腰上系着外套，招呼她进屋里去。

女孩儿在玻璃门边驻足片刻，褪色的牡丹剪纸应该可以让她确信，信件被收信人拆过。她转头冲隋敏笑了笑。隋敏为她倒水，小把戏被拆穿了，她深吸了一口气。女孩儿接过杯子，露出不安的神态，由欣喜转入沉思，前一刻射出的箭回旋过来，再次将她击中。

她坐了一个多小时的车来到这里。隋敏留她吃午饭，香干炒油菜，加了村里人送的上好辣椒，黄花菜是鲜的，吃起来像肥肉一样腻。她把馒头团成小球，捏得特别圆才放进嘴里。饭后，她在纸上问大夫是怎么去世的。隋敏告诉她，大夫做了心脏搭桥手术，因为胃不舒服，少吃了一天阿司匹林。女孩儿问，阿司匹林不是退热的吗？隋敏告诉她，阿司匹林不仅退热，能止痛，还会抑制血小板聚集，预防术后血栓形成。她穿了一件背带裙，古怪的亮蓝色。每看她一次，隋敏都忍不住想起洗衣粉，或有一种过于洁净的感觉。

"你们是亲戚吗？"

"不是。"

"你怎么会到这里？"

"巧了。她成了我的亲人。"

隋敏在床上躺着，第三天，其实已经大好了。她不确定山中是否有狼，幼时，母亲曾告诉她，狗屎是黑的，狼屎是白的。隋敏不禁想象，这个老人是如何独自在此度过一天又一夜的。坏蛋、野兽、鬼魅，单凭她，任何危险似乎都能将她"收走"。她不想起来，温安仪大致明了病人的想法，伏天，一直躺在层叠的棉布中，佯装起来不那么容易。

温安仪从厨房的井水桶里抱出一个西瓜，坐在茶几前面，顺手用勺柄开瓜。瓜皮脆生炸开，她掰成几块，在小马扎上开始吃。隋敏沉稳地坐起来，穿上细跟凉鞋，坐进她面前的矮凳里问："我可以吃一块吗？"温安仪说："原来你不是哑巴，问你那么多都不回答。"

吃完，隋敏踩着椅子将前厦的玻璃擦干净。一刻钟后，从那些玻璃，投进光来。

留下来，她暗下决心。

她全部按她的规矩来，一套衣服必须穿个脏透才可以换洗。在她的家里，没有次净衣区，这点不同让她兴奋了好一阵子。差异莫名其妙引起她的感喟。不能随时洗澡，没有马桶，她都能克服。不得不那么做时，接受起来要快得多。两个月后，她坐邮差的摩托车回来，从信兜里掏出一只小狗。载她赶集，邮差还是乐意的。她思路清晰，算起账来比计算器还好使。后来，她才知道，那狗除了饿急眼叫两声，别的时候根本不叫，不咬人，不看家。

山脚有个庙，其实是几间小房子，错落在果园中的高地上，屋檐低垂，无门无窗。室内格外阴凉，各路仙家齐全。隋敏第一次看见供奉的神像时，不由得为他们的鲜艳吃了一惊。在她想来，神应各方，还要保证随叫随到，不说灰头土脸，起码是很操劳的样子。随后，她见墙上有神怒目，似在嗔怪。这意想可能是一种冒犯，她略觉羞惭。泰山奶奶系一条红领巾。金蝉停在神的喉部，振翅鸣叫。各室除了主神，还有许多壁龛。与肩齐平的高度，有个专管烟囱畅通、碗盘丰盈的小神，形似麻雀，手可一握。她默念名牌上诸神的名字，记完以后拜一拜。

从庙里出来，她看见无尽的庄稼地，风吹来焦土的涩味。路边停着一辆灰色轿车，灰尘和鸟粪让它更显破旧。她径直走过它，后视镜反射绳索般的阳光，神迹一样扫过她的后背。

她先听到声音，水流冲刷岩石的力量让人振奋。从肥大的叶片孔隙间，乡间瀑布披挂而下，烦乱的心绪如被梳理。到年纪了，她经常这样想，到了一个看得见自然风物，并轻易被深触的年纪。激流兜进小潭，叠翠漫溢，目光专注一些，真的有虾。潭边密布矮丛，后来才知道，那就是警句中的荆棘。她从来不曾想过，荆棘会结这么可爱的红色果子，真是一棵好荆棘。枝杈上筑着昆虫的茧，有花纹，与果子大小相同。寻后，她看见了一只金黄的幼虫，一半叶子被它噬成细碎的脉网。

风在山间搅起旋涡，可一点也不凉快。她蹲下喝了一口水，脱掉凉鞋，走入潭中。水刚过脚踝，凉意已漫口鼻。她太累了，持续流汗加重了疲乏，呼吸急促到毫无和缓的余地。从水里出来，岩石的余热让她舒服一些。她顺势躺下。一切严丝合缝起来。少量的水雾间，虹影阵阵。

瀑布的形状让她突然记起一段往事。她曾被一个上门的推销员骗过一笔钱，一度为冲动的决定懊悔来着。儿子为了安慰她，说，妈，那个口服液管用的，我尿都不黄了，现在是透明的。你不信的话，我尿给你看。她宽慰地笑起来。晴空远了九层，似能看到天底。怪的是，这件事自从发生后，再没有回来过。若不是躺在此处，她可能永远都不记得了。

小静在药园里走了一圈，摘了一根黄瓜。药草边，隋敏种了菜。下乡时，她寄住的农户曾教她架过扁豆。去年入冬后，温安仪在小静踩的地方画了一个长方形。她们合力挖了一个坑。像一个墓穴。隋敏心里这样想，可她没讲出来。温安仪扔下铁锹，进去躺了躺，说太长了，我体贴人，用个正方形就好。把白菜、萝卜和半袋芋头窖好，天已经黑下去。

"金耳环漂亮。"小静赞叹。是一对肥厚的扇面，雕了鱼鳞。

"她妈妈给她做嫁妆的，她留给我了。"隋敏写。

小静向她展示书包里的新鲜玩意儿，一瓶带亮片的天青色指甲油，涂在手上近乎瘀血。小静问好看吗。她连连点头。天气炎热，小静把头发扎了起来，她拿起隋敏的手，放在自己的后脑勺上，双手张开并在一起，放在脸的一侧，头歪下去。隋敏不怎么懂。小静写下来："我妈用字典让我睡出来的。"隋敏轻松多了，虽然仍不知她皱眉是因为她不懂，还是因为扁头。一把铅笔长的越王勾践剑。小静装腔作势拔出剑鞘，攥着的剑柄是个短小的U

盘。"我在路上捡的。"她伸出双手，掌心相对，相距尺余往前方推远，让隋敏明白，那表示"笔直的大路"。

隋敏带小静去看大夫，坟墓卧在小片平坦的林中空地上，紧挨父母，移植的松柏开始展示热情与力气。隋敏想起来，以往清明节，家里会来客，五姐妹一起到山上看望父母。祭拜结束，她们在坟前分享祭品，芹菜肉馅的饺子，几样小菜，香蕉、苹果，吃完再下山。食物平常，因沾带郊野趣，她们喜气洋洋。

艾蒿蓬勃，明朗的艾香腾起，隋敏对小静说，大夫嗅觉异常灵敏，她能闭起眼睛识别药草。阳光松散，丛林幽暗，她们坐在一截歪斜的朽木上休息。银湖无山，小静兴致颇高，飘荡的顾虑被她暂时释放。她还提到那笔钱。隋敏当然知道是哪笔钱。小静怕她不明，告诉她是大夫资助的。她和妈妈买了一只羊。那只羊生了两只小羊，是双胞胎，嘴边都有一颗媒婆痣。

青空里，游云流转。

"你的困难解决了吗？你需要钱吗？"隋敏问。

"解决了。"小静一笑，掰下地衣和干木耳，拿在手中把玩，"是个小事情，不值一提。"她不时按压那支笔，弹簧发出干脆的咔嚓声。

小静问问题，隋敏也在纸上写字回答，没人说话，山林似乎比往常清晰。

这是什么树？白皮松。为什么会脱皮？它在生长。

回程她们鲜少交流。拜了庙里的神，小静站在碧霞元君的神像边，发现她的背上有个投币孔似的小洞。过小瀑布时，她们碰见放羊的儿童。"我看地图了，这个小瀑布顺河水，流入我家那边的银湖。"小静写。养鸡场围墙坍塌，鸡粪还在散发气味。穿过山脚的农田，小静离开要坐的班车在此停靠。她们在庙前的公路边等车。回望山脊浓密的林木，始知走过了很长的路。

车久久不至。

路边停着的小轿车引起了小静的注意。隋敏告诉她，突有一天，停在这里，无人认领好多年了。以前，有个农民的儿子大病一场，找人看仙，神说，某年某月某日某时，你开摩托车擦碰了神仙的左车头。小静大笑。自此，它被视为凶煞之物，有神看管，无人敢动。还上了当地的晚报，记者来看，企图挖出点什么新闻。因无车牌，车主无从查考，遂作罢。

小静用手绢擦汗。她的眼睛是灰色的，睫毛短平，里面闪露的情绪瞬息万变。

桃子大部分已经成熟，隋敏跳下树篱，她认识这片桃园的主人。为小静摘了一个无毛的桃子，招呼她下来。小静谨慎，不敢跳下矮小的树篱。绕到二十米外的小坡，从那里走下去。

吃完汁水丰盈的桃子，小静将桃核儿奋力扔出去。一群麻雀飞起，落向更远处的树林。这时，班车在缓坡的转弯处出现，她们一起从枝干横斜的桃园往公路跑。小静一脚踩在落果上，腐烂的气息弥散开来。

隋敏跑在后面，躲闪不及，一根树枝蓄势，抽过她的耳朵。右脸火辣肿痛。小静跑过来，查看她的脸颊。隋敏说，耳环不见了。想必枝条是从耳环的缝隙中挑过，耳垂已经空空荡荡了。

班车停稳，打开了车门。隋敏让小静去坐车，小静摇头。她要坐下一班。隋敏马上明白了。小静灵活的双手仿佛可以描述一切，隋敏多么希望自己全部读懂。她们弯腰开始寻找。拨开散在地上的褐色纸袋、往年的果核、夏季已落下的叶子，以及杂草。清理完毕两棵树间的几平方米，土地裸露，却无所获。

小静信心满满，扩大了搜寻范围。围绕树干，摸索附近繁密的桃叶，或许惯性让耳环弹起后挂在哪里。砂质壤土混合砾石，隋敏觉得寻找无望。失而复得是馈赠，岂能人人都有机会？

她们足足找了半个钟头，最后一辆去往银湖的班车已经开进视野。

"没关系的，我再找一下，你去坐车。"

小静面露难色。她向前一步，搂了搂隋敏的肩膀。这个牵强的拥抱有些突然，似崭新的刹车片，果断紧实。

小静走了。隋敏出神儿，年轻时脾气不好，心里总有不如意的事。有次不知何故要她给众人做饺子，儿子粘人，咬她的肩膀，用膝盖顶她的胸。她站不住，揪了一块面团扔出去，打发小狗一样让他去别处玩，不要烦她。儿童看着她，发出大人的声音。妈，我三十了啊。她回过神儿，被自己吓了一跳。

三年多过去，扎马的生意让隋敏小有积蓄，有的人骑车几十公里来买她的马。她为家里买了冰箱，温安仪感叹，还是鲜肉好吃，咱们再也不用吃腌肉了。偏头痛发作时，她打开冰箱门，把头放在冷藏柜里缓解。

有一阵子，温安仪时常半夜小腿抽筋，她自己诊断应该是驼背捣的鬼，隋敏觉得也有可能缺钙，买牛奶给她喝。可她不喜欢，说牛奶有一股裹脚布的气味。这场结识让隋敏明确了，几十年来，她一直处于便秘状态。她们一起织坎肩，一人一盆热水泡脚，齐心合力把尿攒着泼韭菜。她们达成过两个随意的协议，大夫提供吃住，隋敏打打下手，隋敏以大夫的名义，去学校资助贫困学生。

"你以前是个什么样的女人啊？"温安仪问。

隋敏把床单塞进棉褥下面，回答说："我不好惹的，我的外号叫'天山童姥'。"

"我开过你的车。"去世前一个月，温安仪突然神秘地说。

隋敏记得，当时她心下一惊。温安仪接着说，以前在公社，她开过拖拉机，知道油门和离合器那点事儿。她刚来，她便知道那是她的车，钥匙匹配。那时还可以打着火。右转向灯坏了，不过问题不大。一个圆月的晚上，她开着它，跑了十几公里乡间公路。

隋敏一出现就是个奇怪的人，这里没有人玩弄酸枣上的八架子，虫子毒毛害苦人，皮肤瘙痒刺痛，她却把它放在胳膊上让它爬。连傻子都不会那么干。

"你躺在石头上，昏死过去。像阮玲玉一样。我以前记得阮玲玉长什么样子，后来，你老在眼前晃，我忘了她的样子，每次看到这个名字，都是你的模样。"温安仪在收麦的间隙，缓缓把话送出来，音调稳妥。隋敏立刻记起来一些美好的东西，自己年轻时，不放过任何镜面。

"还有，你很聪明。你学习我们的口音，现在，听不出你是外地人，你的舌头简直比鹦鹉的还厉害。你开墙角的三屉柜，从下往上，找完东西一起关上。不像我，明明知道，还是习惯先打开最上面的抽屉，要看第二个，就要把第一个推进去。"

小静走后，隋敏又去找过一回。一件贵重的礼物，轻易弄丢一半。她自责。她昨晚还在猜测，虽然树木枝叶繁茂，沙土层叠，地上还有如此多的杂物，可金耳环凭空消失，概率还是不大的。她按不住心里争斗，一个想法涌现，如此，事情便明晰起来。

金耳环没丢，或许两人分头寻找，她不注意时，小静早就看见它了。

据为己有。珠宝店变卖。解决她信里提起的麻烦，她隐隐觉得那个麻烦还在。她甚至想过，她是不是需要堕胎。随后，她摇头否定了，经过几件大事后，她习惯把事情往严重里想。

三天以后，小静又来。她把一只笊篱举过头顶，笑嘻嘻出现在门口。她满怀希望地鼓动隋敏，随她一起去桃园。隋敏感动又惭愧。这几年在此做亡人生意，修行尚浅，竟那么恶毒地猜忌这样一个女孩儿。

隋敏明白她全部的意思，她要把事发地那片沙土都筛滤一遍。隋敏没有扫兴，她被小静的热情感染，她默默希望她们真的能找到。

山斑鸠遥相呼应。

小静的指甲油不怎么完整，边缘部分开始脱落。可能因为更重要的事情，她没顾得上修整它们。从那片浅层土壤里，她们筛出一枚软塑料耳堵，正是她遗失的物品中微不足道的一部分。这个防止耳环脱落的东西，比耳环小得多，这给她们莫大的惊喜。此外，她们还找到一块碎陶片，一截鸡脊椎骨，三只金蝉幼虫。

桃叶间，小静发现了一窝鸟蛋，松针、落叶、植物根须，托举着五个指腹大小的蛋。白色底，钝端布着褐色丝发纹环，稍有斑点。一圈圈，如产出后又精心绘制。她们都不知道是什么鸟留下的。

苦干一阵子，两人疲累不堪。回身看，她们挖出了大片新土，仿佛考古和埋尸现场。小静被铁丝划伤的手臂在出血，她抓起一小把细沙，撒在伤口上。随后，她们去小溪中清洗工具。两只鹅毛羽干净，站在菖蒲下观察她们，水潭腐叶沉积，如有鮎鱼潜伏。那把积满油垢的笊篱被沙石磨得焕然一新，经水漂洗，露出金属的光泽。

最后一班车到来，徒劳的小静再次被暮色笼罩。隋敏安慰她，不要紧的，不找了。以后再有伤口，不要撒沙，会得破伤风。还有，别对自己太过苛刻。

小静几经打听，才联系上一个叫周展的中年男人，他在镇上做殡葬生意。进入十二月，老人故去，纸马不好买了。乡村墓园边，烧纸后的灰烬无人处理，柏油路上一圈圈烘烤的痕迹。冷风吹过，现出零星的锡箔碎片。

门面不大，隐于一片切割机声中。元宝超市。店前杂物拥挤，两只猫卧在同一个热力井盖上。一辆水产小货车开着厢门，里面有几根散落的红绿彩带，她大概猜到，马便是这样运来的。廊下一个燕子泥窝，工整空荡。落地的玻璃门拉开后，垂下几缕残旧的珠帘。不见周展。高悬的小屏电视里，卡塔尔世界杯决赛重播，阿根廷队击败法国队，梅西首夺大力神杯问鼎第三代"球王"。

冥币山间，升起一圈烟气，一个声音说：

"马没了，后天才有。"屋内温热，火炉封好未灭，如婴儿安睡。

"我想预订。"小静看了一圈，手从口袋伸出来，在炉盖顶上烤。

"不预订，现买。"

"有牛吗？"

"没有牛，我只卖马。"男人站了起来，含着一根牙线。

这几年，此地几乎无人买牛了。因为它使命艰巨，大着肚子，不怎么好看，还格外费材。大家是为了省事儿才放弃了牛，而不是因为它是牛。

"你是周展？马是你做的？"小静看他，一点不熟，之前应该没见过。

"是，金马，绝对好看。"

"这个月，真不好买，问了好几个地方，都没有。加价都买不到。"手心热了，翻面烤手背。

"没马等于上车没票，咱们这里看得重要。我不加价，原来多少钱就多少钱。"周展喝了口水，茶叶涨到杯子的一半，"也不是钱的事儿，没有那么多材料可用。高粱秆都节省下来折马身子，附近几个镇的玉米秆也都被收来了，四根绑一条马腿，如此救急。"

"你对这里很熟悉吗？"

"以前四乡八镇都跑过。用玉米秆做腿的减二十块钱。"

"没关系，我见过了，非常漂亮，做马的是你家人？"她才注意，烟囱拐脖处有根毛茸茸的尾巴，一只狗趴在那里取暖，一动不动。

"别着急，你早来，一准儿能抢上。好马不问来处。"

"你卖的马让我想起一个人，将近二十年前了。"

他只端杯，不喝，寒意阵阵，提防可能的恶意。

"我跑三十多公里路来的。"小静补充道，"金马好多年不见了。"

"你后天十点再来。准时，要不然就没了。不留，谁到给谁。"

小静掀开珠帘要走，回身看了一眼。狗是黑狗，前脚白毛，戴两只白手套。头向里，趴在一只旧邮包填的垫子上，边缘破烂处，露出纷乱的丝绵。

小静站定，叫了声"司机"，狗收回目光，转头望向她。小静又叫了一声，老狗挣扎着起来，一摇一晃闻她的裤脚。小静蹲下摸了摸它。

隋敏阿姨：

你好。我是小静啊。

好久不相见，万语千言，都到嘴边。

前几年，我去山上的小房子找过你，村镇也打听过，一直没有音信。

生活依旧苦楚重重，许久没有好消息。我功课学得不错，现在是个小有成就的女人。

我结婚了。又离婚了。生了一个儿子，他健康聪明。我们一起玩游戏，打半人马他有自己的一套。来的路上，我在车里睡了一觉。闪念中，记起昨晚弄丢了一匹马。棕白花，健壮，不怎么倔。登录后再没用过，昨天从驿站取出，骑着打了三匹狼和一头鹿，看了完美的落日，下马爬到山上，炸了岩盐和蓝宝石，把它忘在了哪个山谷中。找不到了。它在山谷中游荡，这样也不错。

我对马有特别的感情，它们总给我带来好运气。马带我找到你。

我一直都可以说话。这对你是种欺骗。我觉得即使打电话，也可能讲不明白。既然以前写信，那索性再写一封给你。真是怀念给你写信的日子，我用那种办法舒缓心情，摆脱困苦。

我是断然不敢告诉我妈的，那时她正为钱的事情发愁。我们太不一样了。她悉心保护身上的疤痕，直到脱落。我会一直抠揭身上任何坚硬的地方。现在，电视里出现美声唱法，我难以集中精力去欣赏其中的美妙，脑子里自动浮现她听后会出现的反应。"驴叫一样。"她会这样表达。驴真倒霉啊。闻到女士身上的香水，她指定翻白眼，捂住鼻子扇风。她的手语幅度很大，我知道她的意思，她在说"什么臊味"。这些评价愚蠢又粗野的魔力总在彰显。我预料到了，此生，我终将与我妈欣赏所有的歌剧，闻取所有女人的香气。

周展说，你的头部做过一次手术，好多事情忘记了。这些你还记不记得？我们曾那么想寻到一枚黄金耳环。感谢耳环，它为我的犹疑提供了坚实的借口。坐在大巴车上来找你，我一遍一遍整理我的困难。继可笑的笊篱事件后，我百般思量，又来了一回。我第三回来是晚上，我跟自己打赌，最后去找一回。要是找到了那个耳环，我便求你帮我。

我踏上那片桃园。在我的设想中，夜晚，反光的金属会轻易暴露。手电筒打开，光贴近地面，慷慨亮着。小石拱出可怖的阴影。我真的好高兴。在我们挖掘的土壤之外，草丛中现出耀眼的小块亮光。我的祈祷管用了。可老天爷在那里安排了一滴近乎荒诞的露珠。

那么好了，我要走第二条路了。

有一阵子，我经常在网吧通宵。有天晚上实在乏味，突然想查一查我们见过的那窝鸟蛋。一阵冲浪，我终于找到了。三道眉草鹀，头部有黑白色图纹，似长了三条眉毛。

首页上，推送了一则不怎么起眼的报道，介绍胶东半岛九十年代闹得沸沸扬扬的入室抢劫案，一家五口都被杀害。主犯虽是南方人，可自幼随父在银洲县城生活。在这则真真假假的八卦里，有一张主犯儿时的全家福，年轻的女人扶着一个婴儿。婴儿坐在车头上，睁着圆眼睛，手脚奇长。女人只有侧脸，但足以显露她的青春与美丽，眉眼像以前一个明星，阮玲玉。相片虽不够清晰，但仍旧能看出一辆熟悉的小轿车。车牌号我也见到过，与藏在庙里碧霞元君神像中的完全一致。主犯2002年被枪决，骨灰撒在银洲县城以西一片靠山的树林里。自此，我大概明白了你的来处。

"我知道你是谁！"我要这么威胁你，问你要一笔足够多的钱，"大家要是知道，你会很惨。"我对邪恶的想象无师自通。

高烧把我弄得晕头转向，我设想抱着手电筒，看着你惊恐的脸，虚弱地写下上面的文字：我知道你是谁。快到了才想起，我根本没带纸和笔。

你把我背到山下，一个骑摩托车的男人等在那里。我躺在床上，冰凌般的体温计搁进腋窝。听见大夫跟你讲，你可不是她妈，你连手语都不会，后面有事，不可以再来找麻烦。从那刻，我始知你不会不管我。漫长的两个多小时中，她们一针一针缝合狭长的隐秘伤口，这些酬赏以愉悦和痛苦的割伤，此刻变得麻木。被纱布覆盖过，被酒精涂抹过，被我亲吻过，它怎么都不愿意愈合。迷宫曲折而深邃。在跟别人谈起中学时那场冒险的游戏，我编织的谎言近乎豪迈，轻易就解决了那个麻烦，像喘气那么自然，像堕胎那么英勇。其实，你一定记得我的样子。我那时坚定地认为，我会慢慢烂掉，化为一摊臭水。直到现在，那个星期也是我最怕死的时候。

对了，那只丢失的金耳环，它一直都在我身边。前几年我们搬家，清理废旧衣物，包括拖鞋。我们把它们堆在一起焚烧，旧物化为乌有。那时，我为儿子买了一把手持风扇，他为了测试新玩具的威力，将灰烬悉数吹散。随后，他递给我一个小东西，你可能猜到了，是一枚耳环。金耳环。

真金不怕火炼。我们一起寻找过无数次的耳环。经过日夜的推想，我总算得出一个相对可靠的结论：耳环嵌进我绵软拖鞋底部的空隙，其后几年的行走，也没有磨损肥厚的扇面与精美的鱼鳞。我觉得不可思议，命运或许安排了一些巧合来取悦凡人，告诉他们，你们辛苦了。

现在，我来还给你。它们暗相依存，本为一对。

我问你为什么愿意帮我。你说温大夫属猴，我们都属猴，连这狗都是属猴的。"我们聪明，会是几只好猴子。"

时光飞逝，岁月如梭，我已经到了热爱风景和黄金首饰的年纪。隋敏阿姨，我三十了。期待见你，祝你好。

原载《人民文学》2024年第9期

惊鹿记

杜　峤

I

民国十九年同悲法师坐化后，露生继任惊鹿寺住持。惊鹿寺得名于寺前的一条溪，溪在露生见到它时已经缩退至一跃之宽，淙淙潺潺，间以鸟雀碎啾，可当两部清吹。但据说古时赫然大涧，声如锵金，出数十里犹然在耳，前代高僧留偈为证："他山之鹿，为渴所逼，惊闻此声，遥作水想，蹑寻己山，恒不能得，迷乱驰趣，不知无水。因以名寺。"露生少时听同悲讲过这个由来，觉得太过悲抑，不喜欢。所以代师传经时没对电生讲，后来对阿福也没讲过，最后只录在厚日记里，临终前死死攥在怀中。

惊鹿寺隐于深山，寺小人稀，除露生外只有师弟电生、徒弟阿福二人。电生是散漫性子，每岁有一半光景不在寺里，露生无力管束，只能默祷其免罹横祸，诸如被某颗流弹穿颅而过、缠染鼠疫，或死于冤狱。阿福在露生从南京回寺途中与他相遇，当年刚过他腰际，算作八岁，生日也就定在那一天。最近个头开始上蹿，皮肤因快速拉扯生出类似鱼皮的褶皱，再过两年有望高过他。他没给阿福剃度，也没取法号，想着过几年若时局安定，就让其下山娶媳妇成家。除此之外，这几年一茬一茬的青年学生来投宿，一般住数天或数周，少有盈月，离开后个别还与他保持书信往来，报安之余谈时局或运动之类的事，他从不主动问起，但也不惮于听年轻人激昂的论调。无人投宿且电生外出的时候，寺中只他与阿福二人。露生对壁寂坐，听松研经，眼酸了便去菜园里看阿福浇水。

阿福水浇得很好，不旱一分，不涝一分，从多年前第一次浇水开始就没有一棵菜苗因他而枯死。好像在浇水这件事上他无须遵循法式，自得物宜，即便望着游蝶或远岚出神，某丛菜苗浇到某个时刻，佛就在他的心海里嗡地叩了一记，说，好了，他就毫无征兆地提壶，水流倏绝。除浇水之外，灵性还有所盈余，分付于容貌、打蚊子和找东西。阿福很有福相，圆面大耳，颇像年画里抱鱼的童子。打蚊子则无师自通，且不打墙上的，夏日黄昏，一双胖白的手在空中一合一分，并无声息，掌心多一点血，露生别过脸去念经。电生谑道：赤子天心，不惮杀生。这话似谶非谶，直指数十年后的一场复仇。找东西则更加神异，寺中没其他东西好找，找经，在书橱中扫一眼就能抽出来，在经里找偈子，只要曾读过的，一翻即至。至于以外的东西能不能找，没机会试，还不知道。总之阿福身上这些小小的不凡，露生珍视得很，视为自己留驻惊鹿寺的天缘之一。

露生将因缘看得极重。所以在不悔飒然到访询问念珠之事时，他并无惊愕，反而出乎意料地平静。某种程度上，这七年里，露生一直在静候不悔来访，好倾吐自己与那串念珠的奇缘。若不悔就是师父所说的那一人，那他们自当重逢，无论是以什么样的因由、在什么样的场景与时月。若不悔不是那一人，其去来也早有定数。事实上，他并不真切地期盼或抗拒不悔是或不是那一人，这不是他该挂心的。他所能做的，只是在种种因缘降临之后调整自己的生活——他不能假装这些因缘未曾降临。故他欣然将不悔迎入禅室，与其相对坐下。他让阿福下山去镇里购买下个月的日常必需品，然后取出电生去年带回来的牛皮纸包，已经瘪了一小半，手指伸进去拈了一点赭黄色碎叶，均匀撒入两只杯中。随即请不悔少安毋躁，他且去井里打上水来煮茶。

露生与不悔只有一面之缘，但印象颇深。民国十九年露生去南京做寺庙登记时曾寄宿在枕霞寺，时至年关，诸师兄邀他留在寺里过年，又说他拜帖上的字好，交托他写春联。"承平""内睦"之类吉词的形貌，从食时至晡时，摹画到几乎不能自辨。写完他按诸师兄所嘱去给不悔师兄过一过目。据诸师兄说，这位不悔师兄入道前家学颇深，精通书道，少年时留过洋，通悉诸学。其依止师是现任方丈坚云法师，剃度师是前任首座虞山长老。其姿容卓伟，天资聪颖，修为精深，同辈中难有与之争辉者。露生按诸师兄指点寻到住处，门牖半开，他轻叩两下，随即走进寮房。院内通明，斜阳满室，异香弥漫。他看见一位僧人背向他端坐，正往素绳上串念珠，绳尖无滞碍地穿孔而过，珠子在懈弛的长弧上滑落，与另一相击，发出"笃"声。整个过程投在镕金地面上的影子尤显鲜明，素绳变得极细，几不可见，而落珠变得极大，好像宏阔秋旻下因为摇枝而斜斜堕坠的山果。不悔何时抬首发现他，又怎样评价他的字，露生对此的记忆已经模糊，但这串念珠的场景深深锓刻在他脑中，成为后来种种因缘的肇端。

攀谈时露生仰观其容，不悔生得极高，五官端正，双眉浓而修长，显得双目尤为静邃。说很好的官话，声宏气壮。话毕，不悔又坐回案前串念珠。一竹箱的檀木圆珠，可能有上千颗，十四颗为一串，串好也相当于开过光。枕霞寺这样的大寺，岁除夜众僧用过普茶，开大静，丑时便醒转过来，静候寺外如云的香客。若遇贵人或灵慧喜人的小孩子，便要赠一串高僧开光的念珠。

茶煮好之后，露生撩起袍袖分倒两盏，不悔啜了一点，说，你还记得许淑珍吗？露生颔首。许淑珍当时刚与时任南京市市长刘纪文完婚，是南京最风光的女人。她亦是极虔恪的信徒，那年枕霞寺的头香便是由她敬上。敬香时露生站在僧众中远远地看，她持香平举齐眉，深叩有三，最后长伏于蒲团之上，仿佛一只蜷曲的玉蝉。

不悔说，当日我就站在旁侧，看得极是分明。她久久埋首，似乎身下蒲团是某种梦乡。直到肃立近旁的师兄轻击大磬提醒，许淑珍才缓缓起身。我看到她仰首望向那尊毗卢遮那佛，眼中似有泪光，或许某一瞬曾发念就此出家，散诸尘劳，越诸尘累。我彼时心中有所感应，在袖子里将念珠从腕上捋下。那串念珠与我之前新串的并无二致，但细看会发现更圆熟匀润，从我剃度算起，总共戴了一十二年。出寺之后，我不便独自追上去，亦不想向寺僧解释，正好看到你在远处驻足，便呼唤你："露生师弟，你我送送刘夫人。"后面的事，你应该都记得了。

露生记得。那日他们沿着石阶下山，大约走了一刻，他一路静默无言，听不悔与许淑珍交谈。不悔高声阔论，大多聊些文艺界或时尚界的新事，偶尔谈到时局，便说刘夫人佛缘深厚，刘市长日后亦必鸣于乔木。许淑珍话很少，大多是一些表示附和或感谢的语气词，显得谨敛虔敬。她那天着鹅黄色褶裙，短发，柔美淑静，姑娘家的样子，似乎与传闻中不似。到山脚后，不悔从袖中取出一串念珠，递给她。许淑珍俯身双手接过，随后向不悔合掌行礼，道："法师所赐，信女必与身相随，不敢片刻离腕。"随即与两个丫鬟没入人群，消失不见。他当时看到不悔久久目送，神色微怅，曾暗中猜测其是否对刘夫人生出私慕。但现在回想起来，他们这样生在乱世的青年僧人，对这些云萍般的贵胄女子生发悯念与默祝，似乎更像某种自身久溺于迷惑压抑内心世界下的抒释与寄栖，而非世俗的男女之情。

大概辗转回到惊鹿寺半年后，他收到过不悔的信，信上说寺里香火日旺，然外忧内患，苍生饱受焚煎，惶惑悲切，不能自安。信末提到，同年四月，刘纪文辞去市长之职，调往上海任财政部江海关监督，许淑珍随往，以后大概再不会来。再之后就没有过许的消息。与不悔的通信也慢慢疏淡了，直至这次相晤。

同悲法师坐化前的最后几年几乎已经进入老龟般的半休眠状态，每天清晨露生给他盛叶子上的露水喝，然后把盛露水的叶子捣碎喂给他吃掉。吃不完的碎叶，同悲让露生倒在寺外。第二天就消失不见，地上留下一些蹄印，在夜里显出青色荧光。露生猜测是被某种鹿之类的生物吃掉了。同悲的最后一个冬天（露生当初并不知道），他终于憋不住，在某个清晨将露水和碎叶喂同悲吃完后问同悲那是什么生物。同悲很久才说话（那时同悲已经寡言至与修闭口禅几乎无异的程度，常常十数日乃至数十日不出一言），他说："徒儿。"露生说："在听。"同悲继续说："你额上有三道皱纹。打小就有，这么多年越长越深，越长越长，说明你三十岁会遇到一个坎。"露生略吃了一惊，今年正好三十，不过很快沉静下来，合十道："出家人无惧生死福祸。"同悲摆手道："没那么大。不过也不算小。我死之后你会遇到一个人。他一旦出现，你就与以往不同，你周围的景物会迅速变幻，变成另一个世界。即使你当时没有意识到，变化也不会因此停止，你终将变成一头鹿。"露生有点疑惑："鹿？"同悲道："一头鹿，喉咙火燎般地渴。隐隐听到他山的巨声，轰轰然，阗阗然，像天风来时的松声，又像不息的擂鼓声，像远在天涯，又像近在咫尺。它引颈伫聆，既惊且喜，认定了此山有一处山涧。它于是在此山逡巡辗转，整座山的泥土被它踏塌了一层，显得更加紧实而耸拔。水声恒久不息，但它终于寻不到那条涧。濒死之时，它的目光穿过无量，那条涧显出真象：原来其不在此山，而在他山。你就是那鹿。"露生想，这不是惊鹿寺名的由来吗？此山未必就没有水，那鹿也未必只为解渴。它为何非要寻他山的水呢？真是痴鹿。他驰想开去，竟对师父为何说他是鹿不甚好奇，也几乎忘了最初的疑惑。同悲将他惊醒："你刚才是不是想问那些碎叶被什么吃了？"露生一时错愕。同悲并未管他，继续说："你猜得不错，也是一只鹿。它天生灵慧，又有我引度，不日便能得道。今晚它会来最后一次，向我辞别，顺便饱餐一顿。我今日特地多留了些叶子。你要是想看它的话，别睡沉，半夜起来趴在窗户上看一眼。它脸皮薄，见了你这面，便不好任由你受劫，日后自当照拂一二。不想看就算了。"露生那天晚上早早入睡，做了个梦，梦到师父从床上跳下来，推门出房，迎面奔来一只青鹿，在师父面前停下，伸长脖颈，用鼻子蹭其掌心。那鹿的角像两根梅枝，也是青色，与夜里的荧光相近。师父轻抚鹿头，大笑数声，跃上其背。鹿跃出寺槛，他跟在后面，但甫至近前，寺门就被风关上，如何用力敲打撞击也打不开。于是他爬到窗户前，准备翻出去。这时他看到师父和鹿已经到了那条惊鹿溪前，不知何时这条溪已经变回大涧，声如奔雷，白浪激溅，露生一喜，心想这下师父甩不掉自己了。但同悲竟不稍停，轻轻拍了一下鹿角，那头鹿踏溪石跃起，足有十尺高，顷刻间便落在对岸。露生颓然醒来，天色已大白，他赶紧跑到同悲的寮房，同悲已经停止呼吸，身体僵冷。他再跑到寺外，那堆碎叶果然消失不见。他给电生写了封讣告，然后扛着锄头到后山想刨一个坑，不顺手，下山去镇上买了一把短铲，回来将同悲埋了。做完这一切，露生不剩一丝气力，回到寮房躺在竹床上死一般睡去。第二天清晨准时起来，用叶子盛好露水端到同悲房前，愣了一下，然后回到自己房中，大哭一场后把露水喝光，碎叶吃掉。过了一会儿腹中胀痛，到净房蹲了一个时辰，什么也拉不出来。下午他收拾行李，准备坐火车去南京，去宗教局做寺庙住持变更登记。

回到淮州后他曾思考不悔是不是他的那个劫数，是不是同悲所说的那个人。他承认不悔是超群拔类之人，但其再有手腕、再有神通，也无从将他变为一只鹿。或者"鹿"是某种机锋、某种隐喻，那就更缥缈无着了。想通这些，他也就不再挂心。眼下不悔既然来此，无论是为了结因缘，还是为佛教界的福祉，他都要将自己的记忆和盘托出，助其了结此憾，回枕霞寺继任住持，主持大局。于是沉下心来听不悔细述。

不悔深谙"直心是道场"的佛理，况且本就无意隐瞒，便将别后之事从头至尾向露生细述一遍。1937年冬日军侵占南京，大肆屠戮淫虐。不悔下山招引难民入寺，动用关系与国际人道主义者联络，包括约翰·拉贝、约翰·马吉。在国际友人的援助下，不悔以道义、生命、名誉、国际法及少年时赴日留学熟习的日语与日军将领论辩周旋，庇护、保全了近两万难民。（不悔叙说时寥寥数语略过，但其中艰险可以想见。如此壮举大德，露生处地隔绝，竟然未曾闻知。）此事之后，不悔声名远播，德望无两，其师便与诸长老商议，意欲将住持之位禅让于他。青年人勇猛精进，志愿无倦，不悔并未推托，只是提出要依循古礼，面壁七日七夜，回想前半生是否有未竟之志、未了之愿。他从黄口之年想起，到远赴东洋，到决意皈依，到救苍生于水火。这三十余载，他行事或违戒律，或欠妥慎，或锋芒太露，但都发于本心。若再来一次，他还是这般作为。只有一样事物，萦扰魂府，拂荡心旌，不可挥散，即七年前赠许淑珍的那串念珠。

他两年前一次下山时，曾在茶馆里同桌茶客看的报纸上偶然见到许淑珍的照片，新闻的标题是《刘纪文再次升迁，举家随往》。照片上刘依然沉稳英挺，长身肃立，不显老态。许的容貌也未大变，闲闲倚坐，神色从容，似带微笑。身旁是一双儿女，看着健康漂亮。他原也是微笑着看，但目光移至许的腕上，却生出了些许疑惑。许的腕上戴着一串念珠，也是十四颗，檀木所制，乍看与不悔所赠的那串并无二致。但不悔隔着照片也能察知，许戴的这串毫无宝气，甚至有些新，绝非他相赠的那一串。他把那张报纸借来，细细看了那张照片，愈发确定许所戴的不仅不是他相赠的那串，也绝不是其他高僧摩玩之物，而是再普通、再标准不过的串珠，与他往年年节临时串的相差无几。他并未生出怫意或不适，而是生发一种真诚的不解。不完全是因为许在受赠时虔诚地许诺却又违诺，只是单纯地感到困惑，她为什么要舍主求次、舍近求远呢？即使按世俗的逻辑，他这样卓荦的、即将成为枕霞寺住持的青年名僧的所赠之物，难道不会比普通法器更有护佑祈福之效吗？或者说，那串极为普通的佛珠是故人之贻或是对霜露之悲的纾解吗？又或者说，自己所赠的那串难道在奔波中损坏或遗失，或是转赠给极重要的人，濒危之人，在刘夫人看来比自己更需要这串佛珠庇佑的人，不得已才以另一串替代？若是这样，做出取舍倒是颇合情理。当时这些猜想因烦琐事务的纷扰搁置了，但在面壁的七日七夜里，不悔凝思谛听，依然无法参透个中奥妙，他终于意识到这将是他修行生涯中道心的最大危机，如果不能勘破，他或许会终身殢于我执，无法自拔，无可救药。若是换作别的高僧，萦怀于这样的事显然有些着相，但不悔绝无犹豫，既然疑惑便一定要问至水落石出。他当即写信给重庆慈雨寺住持，请他帮忙询问刘夫人所戴串珠的来历。慈雨寺住持思虑再三，最终在一次法事后以要将自戴数十年的佛珠赠予刘夫人为其腹中胎儿祈福为由提起此事，刘夫人深施一礼道："信女惶恐，这串佛珠为枕霞寺不悔法师所赠，故不能再受大师重礼。"慈雨寺住持百思不得其解，刘夫人与不悔各执一词，而双方都是信人。他思虑再三，最终一字不差转告不悔，由他自己定夺。不悔收到来信，踯躅数日，想到了数种因果。其一，那串念珠确实是他所赠，他隔着黑白照片判断有误，或是刘夫人请人重新打磨过，导致他难以辨认。抑或是他高大魁伟，而许淑珍娇小纤细，同一串佛珠戴上视觉迥异，从而产生陌生感。他对自己的目力极为自信，所以认为这种可能性极小，但还是再次写信给慈雨寺住持，请他再代为确认。其二，他自己的记忆有误，他赠予刘夫人的佛珠其实是临时串起的制式品，并非自己戴了十二年的那串。那么为什么会有此记忆呢？难道心中所想的是赠旧串但一时不察赠了新串吗？那么他自戴的那串又在何处？这种可能性不悔不敢轻易排除，这些年来梦境常常给他带来困扰。他每夜入睡极快，睡得极沉，梦境逼真，清晨醒来仍历历在目。如果是梦中之事与现实记忆重叠掩映，确实有可能造成如此效果。那日他追出寺门赶上许淑珍，整个过程除露生外无人可以见证。他打听露生的消息，得知其数年来一直在惊鹿寺，于是不再犹豫，不顾寺僧反对，只身北上来寻露生，希望能寻得当日的真相。

II

聚会结束后，我第一个走出致雅居包间（任何名字一旦沾了"雅"字便即刻堕入俗不可耐的境地）。我跟他们说："公司有点事，可能要先过去了。后面如果有事或者有闲，再聚。"二姑父这时已对我不吝赞美，站起来拍拍我的肩膀，环看诸座笑着说："天然这孩子有出息，能吃苦，还重感情。现在这种年轻人在社会上吃香得很。"二姑也附和道："陈园，去送送你表哥，多跟人家学学。"我说："客气了，不必。"但陈园坚持把我送下楼。走出旋转门后，我们都站住。陈园说："哥，谢谢你。"我看着他，正色说："房子的事不必再提。你和小欣也要考虑成家了，确实更需要的。"他摇了摇头说："你知道外公这辈子最看重一个'和'字。他要是能看到今天我们一大家子人完完整整开开心心聚起来吃一顿好饭，一定很欣慰。你知道的，主要归功于你。"我歪着嘴摆摆手。他再次认真地看我的眼睛，说："谢谢你，哥。"

我没回公司，打车回到和大学同学合租的工作室，这小子昼夜颠倒，这个时刻应该在家里鼾睡流涎。划开手机，陈园又发微信谢了我一次，我回了一个有点像二分之一中国结的肉色握手表情，他又发，刚刚我和小欣打了个电话，我们想下半年就办婚礼。我回，挺好，早点好。他发，嘉嘉姐来吗？我打了几行字，又删掉。发现他已经撤回了，改发，到时候给我包个大红包啊哥，哈哈。我回好，然后把手机按灭，窝在沙发里补了一个午觉。醒来后，我给父亲打了个电话，交代了中午聚餐的那点破事，描述了二姑父惊喜得能吃下盘子的滑稽表情，然后让他好好吃饭，没事可以用我给他买的iPad看看抗战剧，跟隔壁病床的薛阿姨吹吹牛，晚上我带点西水门的口水鸡去看他。我每说完一句他就嗯一声，最后说："等晚上给你说点事。"我问："什么事？能不能现在说啊？"他答非所问："晚上再带一点酒，带一盒鸭脖。"然后挂掉电话。

我大概知道他要说什么事。从头到尾他没刻意瞒我，是我自己一直不敢问。这一次祖父走得突然，于是父亲大概不想等了。祖父是寿终正寝，从现状看起来，父亲很难。他去年脑子里长了一个瘤，最初是常常白昼梦呓，有时喊我母亲的名字，有时让我取来纸笔，开始画画，画的是圆。圆得惊人，比中学数学老师画得还圆，我此前从不知道他还有这一手。我曾问过学心理学的朋友，说是圆一方面代表无限，另一方面代表圆满。我寻思这俩词和我爸都没啥关系。要我说，应该落到一些实物上。但我爸一个教棋的，既不踢球，也不看球，还会跟什么圆形事物扯上关系呢？难道是下棋用的棋子？但他画的圆有拳头大小，说是棋子太过牵强。我曾和方嘉提过此节，她嘲笑我，亏你还算个做艺术的，这事还要用现实逻辑考量？我看叔叔画的是他记忆中阿姨年轻时的瞳孔，或是他们曾在湖畔一起看过的某颗星星。我哑口无言，干脆不再挂心。除了画圆，他也写一些杂乱细碎的经文，应该源自我祖父。

我祖父，韩福庵，是惊鹿寺的在家弟子，辈分极高，与诸庙住持大多平交。1979年春，全国范围内损毁的诸寺开始修复重建，惊鹿寺也进行扩建，于1980年对公众开放，因环境幽美清静与提供极好的素斋颇受信众与游人青睐，终年香火不断。当年开寺仪式我祖父也曾赴淮州出席，留下一张合照。他站在第一排左数第六个位置，即中间靠右，惊鹿寺住持镜然法师之右，可见很有地位。那时他看上去已显衰态，银发稀淡，但精神饱满，穿不大合身的豆青色旧僧袍，双肩后撤，肚子微凸。祖父身材胖大，圆头白面，眉目古拙，甚至可以说是丑陋，与父亲和我的清瘦秀弱相去甚远。祖父与父亲并无血缘关系，父亲是他的养子，也是他的长子、独子。三年困难时期结束，祖父以志愿者身份随宗教局代表赴上海各大孤儿院进行慰问，分发食物时左手小指被一个孩子咬了一下，破出一个血口。他低头看去，看到一个瘦得仿佛会即刻死去的男孩，刚到他的腰部，在同伴中蹦跳嘶喊，鹭鸶脚杆子般的胳膊一下下地耸上来，耸得比同伴更高，频率更快。这个男孩即我的父亲。

祖父为父亲取名韩寻，取"寻得于千万人中"意，视如己出，教育极为苛刻严厉，直到数年后与祖母成家才略微仁宥，而小姑出生后祖母大病一场，痊愈后被诊断为余生无法生育。父亲于是重新受到难以承受的期望与偏爱。祖母是徽商之女，识文断字，说话轻细，在我印象中从没动过气，但我小时候非常怕她。祖父罚父亲抄经时祖母总说"这可怜孩子，若是他母亲还在就好了"或"也不知道他母亲是何许人，现在何处，生他下来却不疼他"。祖父素来寡言，这时却也面色铁青，说："你不必猜疑。他是孤儿，生身父母死于灾荒。"祖母当然惊道："我何时有这等猜疑！"祖母的猜疑并非空穴来风。祖父有一怪癖，喜欢去寺庙门口，站定不动，盯着香客的手腕。家里人知道是手腕，但外人就以为是看大腿或裆部，所以邻居看到祖父会远远指点。我们知道祖父为人忠厚，绝非流氓，但他从不解释，故也心存疑窦。祖父有一本三指厚的日记，硬壳，配了锁，不许任何人翻看。有一次二姑在小姑面前装大，到祖父的书房里把日记本偷拿出来，从里面掉落了一张黑白照片；也不像照片，像被精心剪裁下来的一片报纸，再塑封起来。二姑把照片交给祖母，疑窦自此而生。据二姑说，那张照片上是一个极美的女子以及她的家眷。祖母看过之后非常平静，把照片一点点烧掉，让二姑和小姑不要和任何人说，否则撕掉舌头。祖父发现之后，二姑承认照片是自己拿的，因为过于害怕，嚼烂吃掉了，最后都拉掉了。那一次她被祖父关在厕所里，厕所没有窗户，门关上就没有光进来。全家人一整天没用厕所，祖母隔着门轻声和她说，二囡，你就靠着墙睡一觉。你爹是为你好，这样下次就不会了。二姑职校肄业后在舞厅里遇到二姑父，二人陷入热恋并瞒着家里即刻结婚后，她才慢慢改掉夜里开灯睡觉的习惯。祖父在1987年曾给中国台湾寄信，信的内容没人知道，很容易让人想象出一段有缘无分、藕断丝连、天各一方的乱世爱情。但最确凿也最危险的一次是两年后，1989年，那时候祖父的腿病已经初逞其威，走路像一只硕大的企鹅。他对家人说："我的腿快不行了。所以要去做一件事情，不然以后就没有机会了。我可能不会再回来。如果有人来问我，你们就说什么都不知道。日子就照原样过，以后房子要留给小寻一套，切记。"

　　当所有人都已经开始伤悼、思念，乃至怨恨其抛弃老妻与儿女，三天之后，祖父回来了。他风尘仆仆却带着笑容，说，腿不行了，以后要麻烦你和孩子们。祖母问，事情了了？祖父点头，了了。祖母那时候已经看开，只要能保证这个家庭的生活不被扰乱，是否存在那个女人，那个女人是谁，甚至父亲是不是祖父与其的私生子都不重要。重要的是她和祖父百年之后，他们的两套房子怎么分。一套是私产，祖父早年行医所攒下；另一套是医院分的公房，假离婚赚得的，祖母一手策划，在心里也一直自居首功。前者她和祖父住，一百平方米不到，但在市区，闹中取静。后者地段稍偏一点，但据说新世纪政府要辟成新区，升值空间极大，而且有一百八十平方米，租给附近工业园的四个年轻工程师。她没能等到那个时候，世纪之交的某个傍晚，祖父去城南下象棋，她自己买了一点熟菜，到家门口发现没带钥匙，她不想打电话让儿女送，更不想打电话让祖父回来，于是从楼道的窗户爬出，攀住空调外机，想从厕所窗户翻进去。没有踩稳，翻落下去，当场死亡。在这之后继承权的问题愈加近了，每次聚会二姑和二姑父都会有意无意、旁敲侧击地提父亲身世的事。小姑不接话，父亲也不说话，一来他素来孝顺，父辈之事不想妄议；二来也实在不屑争辩。祖父的最后几年里，前两年父亲照顾得多，父亲病了之后我和二姑小姑轮流照顾。她们去得很勤，经常轮到我的时候发信息告诉我不用再去。其实父亲早就与我商量好，两套房子给二姑和小姑就好，如果可以，希望祖父的遗物由父亲保管。我完全没有异议。这些年我一边写剧本，一边在游戏公司挂职，圈里大大小小的导演不少都知道我。那个宁州小伙子的工作室，慢活急活、文艺的商业的都接，东西做出来都在水准之上，而且价格合适，所以不缺活。日子过得还算滋润，加上现在单身，对房子几乎没有需求。只有一点一直让我不得劲儿，就是感觉写的东西差一口气。

我之前拜访过一位名导，他退隐后在电影局挂职，要职。他的助理是个精干的年轻女孩子，一路和我说，想来拜访老师的人太多，大多数要推掉，老师看过你的作品，说对你有点兴趣。我说，不敢不敢，惶恐惶恐。她继续说，老师两点钟要睡午觉，进去后我倒一杯茶，茶冷了你就说有事不能再留，好吗？我问，怎么算冷？她说，二十分钟，到一点五十。到了门口之后，我套上鞋套，她说，东西就放外面，出来的时候带走。我说，几个水果，没藏卡跟红包。她说，说不清，老师怕麻烦。见到其人后发现比照片上要苍老不少，脸上的褶子如同其故乡陇中高原的地貌，丘壑密布，无章可循。他把眼皮抬了抬，问，韩天然？我说，小子正是。然后把最近两个本子的想法说了，困惑说了。他没有说话，示意我喝茶。我中午和朋友吃的火锅，又说了这么多话，喉咙烧，一饮而尽，咽下去才觉出有些烫。女助理瞪了我一眼，老人看了她一眼，她又倒了一杯。我这时已不口渴，为了缓解尴尬，双手把杯子端起来一边吹气，一边轻啜，吹三下，吸一口。老人也喝，好像有点学我的喝法。我们喝完之后，我又想喝第三杯。女助理在桌子底下狠狠踢了我一下。我猛然惊醒，说公司还有点事，向老人告辞。他没理我，向女助理说，再倒一杯。我又坐下来，他问我，刚才我们俩喝茶这一段，让你写，怎么写？我思索片刻，指了指女助理，说，她是我的情人，也是您的义女兼侍卫。我受命刺杀您，您已经知道，却还想试我。我不知道您是否知道，于是也不知道茶里有没有毒。第一杯是自示坦荡；喝第二杯时决心若感到体内有异样，便将烫茶泼在她面上，以迅雷不及掩耳之势出剑刺您。但我喝完两杯，并未毒发，于是不愿动手。刚刚起身，却又被您叫住。之后怎么写还没想好。他说，有点意思，脑子转得蛮快，但没什么有劲儿的东西。我大喜道，正是正是，就是少一股劲儿。他说，如果一个情境，以你的才思，想破脑袋也没办法写，那大概就有点劲儿。

　　我感觉醍醐灌顶，世界焕然一新，对老人感激涕零。但下了楼开我那辆甲壳虫回出租屋，被冷风一灌脑子，感觉也没什么大用，该怎么过还怎么过，刚刚那小姑娘挺漂亮，忘了要微信，有点遗憾。不过无论是差一口气还是差一个女友，都不是房子能解决的事儿。我父亲也不需要，生病前他就住在旧居，我一个月去看他两次。母亲走之后房间几乎没什么变化，墙壁多处起皮，挂了几张结婚照，上面父亲的脸上有很多麻子，我小时候他打我之后我站在椅子上用铅笔扎的，一直没换。他很喜欢养花草，八十九平方米的房子里，养了三十几盆植物，我几乎叫不出它们中三分之一的名字。此外，父亲就与寻常老年独居男人没有区别，喜欢吃油条和酱油面。偶尔也会去退休前任教的棋校跟学生下指导棋，一打七，欺负小孩儿。总之活得挺有滋味，至少在外人看来很有滋味。一个独居老男人，没点滋味活不下去。但其实我知道，他活得很没劲，就是那种可以活但也可以不活的没劲。每当想到这一点，我都会真切地悲从中来，但也没什么可以做的。

　　除了没有需求，从另一个方面说，比起房子，祖父的遗物让我更感兴趣。我们做戏的，对自己意料之外的东西视若明珠。

　　父亲讲述的时候我开始啃鸭脖，这家鸭脖极麻极辣，一般人吃不了。父亲很多年前偶然吃到就再难戒断。我本来也吃不了，今天没管那么多。一进门，我问了问这几天的情况，跟护士聊了几句，她认识我，应该之前说过话。她说叔叔很乖，一直在看书，又聊了几句，聊到感情问题，她对我单身感到很惊讶，我也自作幽默地说不少同龄朋友孩子都会玩《王者荣耀》了。小女孩说她也单身，我也张大嘴巴做惊讶状，说，不会吧，你这么漂亮。她蛮高兴，又说了两句，我没反应过来，不知她说的是什么，就微笑且嗯着颔首，她语速很快，尾音上扬，有种天然的软暖。不久隔壁病房呼了，她说一会儿回来，小步跑开了，像只小鹿。我爸一直看着我俩在门口聊，我在床边坐下后他说，这姑娘挺不错的，性格好，有耐心，模样也好。我说，挺好，我就不祸害人家了。他说，和嘉嘉最近还有联系吗？我说，没，这次差不多断干净了。他说，那就是还有联系。我摇头，开始吃鸭脖。上个月方嘉给我打电话，我没接。结果她托朋友捎话给我，说我有几本书落她那了，她看着

338　　木棉或鲇鱼

硌硬，让我拿走，或者她扔掉。我也觉得挺没意思，就让朋友跟她说，随你，别还给我，在你那摆过我看着就不硌硬？第二天起来觉得有点刻薄，希望朋友转达时会委婉一点。不过刻薄点也好，不给自己留后路。感情这东西，一旦有一方在对方不知情的情况下忍耐或猜疑，衰怠与崩坏就已经无声开始。初次爆发是在赴热浪岛旅行途中，我们乘一艘法文名译作"少女之白鸽号"的小型游轮在夕阳下游荡，同船有几对异国情侣，其开放程度使我与方嘉显得如同兄妹或老年夫妻。我自忖并非借势的小人，但那天确实看得有点心痒，方嘉穿了一件波希米亚碎花薄裙，在甲板上倚栏支颐，默看夕阳。海风将长裙束紧，宛如待剥的荔枝膜。我脑袋被晒得滚烫，可能也有一点在外国友人面前显摆的想法，就从后面偷偷走过去，一下伏在她背后，双手环住她的腰。结果可想而知，我被她用肘顶在小腹上，倒在甲板上蜷缩如虾。她惊叫一声蹲下来，说是下意识的反应。几对白人和日本人围上来，我不断地跟他们说I'm ok , just a game , you know。他们带着心领神会和略微疑惑的表情散开。后面的行程中她一直蔫蔫的，紧挽我的手，我知道她一定沉浸于自责，我开玩笑安慰她说，说明你以前散打没白练啊。

那会儿我与方嘉正处于热恋中，似乎离婚姻只有一步之遥。我们爱天爱地爱世界，想跟路上遇到的每个人握手，觉得世界上没什么解决不了的事情。但事实上，我心里一直有一颗硌人的石子。我发现，方嘉对身体接触非常抵触。此前两年，我们仅仅松松地拥抱，亲吻额头与面颊，如同北欧电影里的暮年夫妇。那时我死要面子，不想在她眼中成为"下半身思考"的猥琐男，所以从未开诚布公地跟她聊过这个问题。现在想起来，性是爱情与婚姻中生死攸关的重要问题。要么二人都干柴烈火一般一触即燃，要么二人都柏拉图式相敬如宾，一旦以一方的妥协与忍耐告终，罅隙便已暗生。确实不是她的错，是我因为欲念而逾矩。回程路上我想了很多。让我感到绝望的是我不知道我们中间的那条线在哪，以及是否能以漫长的时间去触碰乃至融化它。即使能，我们是否能走到那一天？其实从在一起的第一天起，我就充满不真实感与颓废感。于我而言，她是一团雾，镜厅、万花筒及美杜莎之眼，仿佛来自梦境又随时会遁入梦境。而那一天，这种不可触碰的遥远感被确认了。

回到酒店我越来越觉得绝望与躁动，晚上临睡前我想出去跑步，她从邻床支起来，问我去哪。我说，走走，抽根烟。她说，我也去。我知道她不喜欢烟味，就说，不用。我后来回想，大概她觉得忍受让她不惬之事是对于亏欠的补偿，她坚持要陪我去。我则坚持拒绝。你不要去。我就要去。第三个来回时我说了让我至今仍在后悔的话，我说，你不是看不上我吗？去什么？我就最后这点尊严了你还要剥夺？说完感觉不过瘾，回头说，你是不是以前被刺激过啊？然后关上门，下了电梯，打电话给我一个住登嘉楼的客户朋友，接通说，你们马来西亚不是乐子很多吗？给哥儿们带个路，价位好说，哥儿们请你，哈哈。他吓得不轻，过了一会儿说，韩哥你别冲动，发个定位，我坐船来陪你喝酒。第二天中午我酒醒，回到酒店发现方嘉连同她的所有东西都消失了，房间里她曾存在的痕迹如同露水晞干，无影无形。随后是一个半月的失联，以我在朋友见证下向她躬身道歉并保证以后不再询问过往告终。你可以做最坏的猜测，例如我从学生时代起就是性工作者，她慢慢地捋头发，仰头盯着我，如果你接受不了，我们就此别过；如果你能接受——你现在不要答复我，我希望你想清楚——那我们就接着过，没有意外的话，我们会结婚，做爱，生子，白头偕老。我说，不用想，我爱的是现在这个时刻的你，与此前的你和未来的你无关。她噗一声笑出来，说，天然，你嘴真甜，然后吻上来。我舌头丧失了味觉，就像此刻咽下去十几个鸭脖后一样。

父亲看我不想聊，就不再为难我。从小父亲不逼我做任何事，我妈管我的时候他说天然就是天然，要真的天然，要说到做到。父亲示意我把装祖父遗物的箱子拿出打开，一本日记，一串念珠，没了。他从衬衫内袋里掏出钥匙，打开日记，开始快速翻动，然后停在其中一页（我不能确定是刻意还是随意），缓慢地低声朗读起来。父亲的声音沙哑低沉，他早年做过记者，普通话标准好听，特别是有一种讲述感，隔壁病床的薛阿姨闭着眼睛听，又听不清内容，撑着床板身体下意识往这边倾。父亲每读完一篇，就用他的白瓷缸喝一口水，然后再翻一篇。他并未按顺序翻，一篇在前头，一篇在后头，最后一篇又回到前头。我凑过去看，繁体字，字迹尚算清晰，撇是撇捺是捺，基本上能辨认，认不得的连蒙带猜也八九不离十，看来大学翻黄易武侠小说的基本功还在。我这人懒，每篇看两眼就坐回去，一边吃鸭脖一边听我爸读，或许也有紧张的因素在，能让人说就不自己看。那晚父亲总共读了三篇，第二篇应该是我祖父的字迹，第一篇与第三篇则不是。按照时间来看，应该出自祖父的父执辈。读完父亲就说乏了，我扶他去上了趟厕所，父亲上床躺下，我帮他掖好被子。他双目紧闭，以前这个时候他会微微推阻或者在我掖好后再掖紧一点，但今天一动没动，好像睡着一样。我退后两步，看见他又瘦又老，像枚干瘪的白果，一时有点动情，走到近前，想趁他睡着抱他一下。结果他突然睁开眼，好在应该没发现我的企图。语气有点像梦呓，又不像。他说，天然，你知道你祖父死了之后我什么感觉吗？我说，你偷抹过好几次眼泪，我都看见了。他说，我感觉我健全了、解脱了、青春了，我感到我的病将要好了，我脑子里那个瘤在慢慢腐朽、脱落、消亡，我感觉我能活过来了。我不知道该如何回答，但还是顺着他说，会好起来的。他继续说，你知道我为什么叫韩寻吗？狗屁的"寻得于千万人中"，他自己寻一辈子，寻不到，要我继续寻。我说，你不要这样想。他说，他给我命，我该去寻。是我对不起他，但我不会甩给你，我说到做到。我不好回答，说，走了，明天再听你读。走到门口的时候父亲突然叫住我，我回头看，他不知何时又坐起来。这时他的声音恢复了正常的沉稳，大概是醒了。他说，有点累，明天不读了，有兴趣你就拿去看，没兴趣就算。我伸手去接，他说，当故事看。我说，不然呢？你儿子就是靠故事活命的人。他说，那就按写故事的思维把剩下的因果结掉，他指了指箱子里的念珠，挥手示意我拿走。

Ⅲ

今晚我难以入睡，遂坐起点上灯，开始写日记。白日里不悔的讲述与我脑中的记忆有较大出入。他递给许淑珍手串时，我在他身后离他两步之距，微微仰首，目光有意无意地越过他们，注视高远的澄旻。那时候怀有什么心态已然说不清，大概是一种因为自己成为可有可无的赘物而产生的微微妒意与自觉的疏离感。今天想来，也不知道那种妒意与疏离是对不悔还是对许淑珍，但确切的是，我并未看清那串佛珠，所以无法如不悔所愿证实他想要的真相，这是让我极抱歉的事。但我与他记忆的分歧，在于另一件颇为神异的事。

我当时在枕霞寺又滞留两日，初三才走。临行前我曾去过不悔的住处一趟，虽然知道他大概在奔走应酬，但毕竟请其指点过字，礼数上应该告别。不悔果然不在，是一个少年僧人应的门。这少年我未曾见过，穿一身青色僧衣，应该是不悔的随侍童子或师弟，与他相貌有所相似；或许不是相貌，是肃立时的姿态及神情都颇为出尘。而当少年开口后我便觉出差异，不悔十分健谈，少年说话却非常之慢，几乎达到结巴的程度，好像初习普通话的西洋人。他看到我时做手势让我等在外面，说："他，不在。但，有，一样，物什，交给你。你，稍等，片刻。"片刻后少年走出来，拿出一只木匣，打开，是一串佛珠。我接过来看，包浆老辣，火气缩敛，颗颗圆熟莹润，如卵如玉。我自戴的这一串，摩挲不勤，远没有不悔的这一串好。这时少年忽地掩上匣盖，说："你，不要，轻看，这串，佛珠。今日，送给你，可以，替你，挡灾避祸。"才松手给我。我有些受宠若惊，为前两日暗生的妒意与疏离惭愧不已。又生出疑窦，不悔如此看重自己，为何不亲自交赠，而假旁人之手？但还是合十谢过，将旧串取下，换上不悔所赠之串。他今日来，叙说他记忆中赠送刘夫人串珠时的情景，我脑海中竟蓦然生起一种既视感，仿佛他是那少年僧人，抑或我是许淑珍。我无意隐瞒，但心中已有一种似愧怍又非愧怍的感情生起，若真是愧怍，亦难知晓是对不悔还是对许淑珍。

那串佛珠在我手上仅戴了一日。次日我启程回淮州，在火车站遇到阿福。他木木站在熙攘人群里，像一只小小的西洋不倒翁。我蹲下来问他。他说娘饿死，爹坐火车走了。买的是那趟火车的二等座票，我抱着阿福挤上去后站在车厢靠后位置。第一站下人的时候，突然手背有点痒，我回头看，是一个短衫男子，豺一样瘦，但两只胳膊上暴出一条条青筋，要扒不悔赠给我的那串佛珠。我们对视一眼，他摸出刀来，问我放不放手。周围的人往旁边避开，我把阿福放下来，护到身后，说，不能放，见谅。他狠命拉拽，持刀捅来，我尽力一闪，他往旁边栽过去。那串念珠是韧绳所串，不知为何竟被拽断，脱腕而去。他把念珠塞进短衣，敛了刀，看了我一眼，跳下火车，钻进人群不见。阿福哭起来，我也心有余悸。想起少年僧人的话，既惊异又感激：这手串还当真为我挡了一次灾劫。

我将这段记忆完整地复述给不悔听，但他听完便一口否决，说当日见你已有串珠，便未生出相赠之意。至于那个少年僧人，并不知道曾有此人，自己事必躬亲，最厌憎假手于人，故没有童子、师弟等随侍。最后，他问起我是否也有不知孰真孰梦的困扰。我便知道他不肯信我，只得苦笑作罢。我留他在寺中休整一宿，他说不必，准备坐火车连夜赶回南京，然后乘机飞往重庆，当面向刘夫人询问。我不便挽留，便送他出寺，看他消匿于群松之间。

一九三七年三月二日

电生师叔字写得好。他圆寂前塞给我一个信封，里面有一张照片，一张纸。照片上有一个中年男人，纸上写了一串地址。共十一个字。外行看着不激不励，冲淡绵邈，内行却能从运锋看出戾气与杀气。我侧着头看了好久，真是好。其实原本不大好的。从一九六六年夏秋之交，师父死前几天，电生师叔才开始练。据他说，那天黄昏他们对坐在残壁之间。他与师父一游一驻，平时不常见面，关系疏离而纯粹，像是遥遥呼应震颤的同炉双剑。但他此次回来，看他们曾一同生活其中、寄托念想的惊鹿寺遭逢此难，对坐在斜阳和颓断寺墙参差的影子里，竟然生出前所未有的亲近感与濡沫感。白日里，十数个少年不知怎的竟觅到山上来，有些面孔竟颇眼熟，可能是山下住户的子女。他们手持扎枪棍棒，在寺中东冲西撞。露生、电生二人出言拦阻，被推倒在地，爬起来后露生还欲上前，被电生攥住衣袖。二人呆立在旁，好像陷入一场梦境。最后头头模样的少年说，也不为难你们，下山回家，好好生活。露生欲与其理论，我们自小就在此处，亲人离散，哪里有什么家？又被电生扯住。

这些人走后，二人在残垣间盘腿坐下，师父说，你我都非惜命之人，便是今日即死，也毫不怨恨，只有一件事放不下。师叔问，哪件事？师父说，我扪心自问，数十年来行善修福，立身无愧。平生让我有愧者，唯有不悔一人。关于那只手串，他之记忆与我之记忆相左，至今不知孰真孰幻、孰对孰错。此事神异诡谲，数十年间，我虽日日煎心，夜不能寐，却因生性屃懦，总不敢妄测缘法之玄奥，想等时间给我一个答案。今日之后，我自感大限日近，便知不能再等下去。师叔握住师父的手，说，师哥，我来帮你查明真相，你保重身体，切勿劳心。师父长叹一声，潸然落泪。师叔说，我明早出发去慈雨寺，向新任方丈询问不悔法师生前所交代之事。若慈雨寺遭劫，这条线索就断了，不可耽误。又说，师兄性情诚直，我不放心。师父说，都砸成这样了，我已经无可掣肘，不惧他们。你只管去。师叔叹道，留得青山在便是，万事周旋为上。我速去速回。他们分着吃了一点煮菜，吃完师父说，练张字吧。拿来墨，瓶口凝住了，兑了点水，用笔尾的竹管捅开，墨就潺潺流出来。写了一回丧乱帖。电生师叔也写，主要是找一些句子来重温行笔的手感，"岁在癸丑""只争朝夕"这类，写完拿给师父看，黑瘦的火柴棍一般，二人相视大笑，声震林樾。次日电生师叔下山，换了衣帽，乘火车去往重庆。慈雨寺也是大寺，规模与枕霞寺相仿，电生师叔甫一上山，便向知客道明来意。未及细言，山下就喧腾起来，随后又归于整一，听不清内容，大略有上百人的声势。他忙帮知客用大锁关了门。晚间，知客带来住持的口信，说不悔法师生前确实数次来信，最后亦殒命途中，在佛教界一石激起千层浪。一直以来，先师与敝寺也蒙受了不少猜疑，但一直未曾向世人道出此事原委，便是不欲撄扰逝者清净。二十年了，世隔代殊，师兄又何必深执？况且山雨欲来，你如今亦难回返，不如便在敝寺云水堂挂单，等时势缓和再做打算。电生师叔只得依言住下，也便于暗中探查。他白日与僧众一同干些杂活，夜间自告奋勇任巡寺之职。

月余后，他收到师父的来信，信里说人寺无恙，让他宽心勿念，悉心探访。此外，阿福从宁州写信来，说安顿好医院的工作就偷偷溜回来一趟。自己也没劝他不要来，这孩子心眼死，不回来一趟饭吃不香觉睡不着。这桩孽缘，本不应传给阿福。但他从小便有找东西的异能，有他在，或许更可能查明真相。虽然如此，天下之大，也不知何年何月才是尽头。惊鹿寺料当重建，便需你来执管，字是门面，不可荒废。电生师叔想，荒山残寺，何谈门面？信尾说，那群人又来了一次，我将日记本藏在床下，他们没发现。看到这里，电生师叔会心而笑，心略放下了些。练字到第三天，他反复比对欣赏，选了一张较工整漂亮的折好，与回信一并寄回。回信里他向师父说明状况，事情已有眉目，他这两日找到了当年服侍前任住持的侍者（此时已是某幢经楼的知藏），向其请教经义，交谈甚欢。再过数日，便准备于无意间向其询问当年往事。至于阿福，既然已经下山，不到万不得已，不宜再扰乱他的生活。

说到这时，电生师叔怀着歉意看了我一眼。我说："师叔不如师父懂我。我的命是师父给的，他的事就是我的事。"他点点头，说："那是最后一封信，后面的事你知道。"我点点头，说："那串念珠大概找不到了。"他说："那就不找了。换条路。"从怀里把信封取出给我。我双手接过。他又怀着更深的歉意看了我一眼，向后躺下，就此圆寂。我向他施了一礼，出了门，告诉他的徒弟镜然，镜然扑进门去。我下了山，在半山腰听到往生咒袅袅升起，声音有些单薄，只有僧众，等天色大亮，信众拥上山来，好多人哭出来，声音便嚣杂厚密起来了。

我知道电生师叔召我来的意思，也知道他最后看我一眼的意思。他是说：当年那人的照片、地址给你了，算不算账，算到什么程度，怎么算，系于你手。他将此事交托于我而非镜然，原因一是镜然要执掌大局；二是我是在家人，不怕犯戒；三是我救人一辈子，功德足抵杀人之过。我下山在杂货铺里买了本杂志，两个苹果，一把水果刀。苹果不大，削了一个吃，没什么水。杂志封面是一个外国女人的脸，我撕下来，从她的鼻间、两个瞳孔中心四等分，折好，把水果刀擦了擦，包进去。上面是分月桥街石婆婆巷十三号。我按图索骥，找到那间房子。门口一副桌椅，有点矮，一个小女孩背对他坐着，细长，穿一身青色衣服，弓着背，头往前埋，好像在看显微镜。我凑过去看，她在用几根狗尾巴草编花圈。我说："编孙猴子的金箍呢？"她没回头看，说："学校老师让我们做手工。题目叫《梦》。"我问："梦什么？"她说："不是我梦，是我爸。他只要一做梦就用手画圈。"我问："什么圈？"她说："圈就是圈。我爸是数学老师。"然后学着样子用虎口作圆心在空中画了个圆。画完她回过头来，抬头打量我。她和照片上的男人相貌迥异，那个男人皮肤偏黑，而她则皮肤雪白，我在她的背后看着一截颈子，以为是某种病症或烫伤，看到她的脸时才确定是天生的白。但眼睛却非常相似，都是细长微挑，显得聪敏或狡诈。我说："我是你爸的朋友。"她说："骗人，你是和尚吧？"我摘下帽子露出银发。她说："和尚眉毛都是平的。我爸每周末去庙里，我跟着去过几次。"我一挑眉，她说："又不像了。"我说："我是你父亲的故人。"她说："什么叫故人？"我说："就是有未尽的因果。"她说："什么是因果？"我想了想，把剩下的一个苹果掏出来递给她，说："你吃了它，就是因果。"她说："不吃白不吃。"我把外国女人的四分之一脸拿出来。她摆摆手，回屋冲了冲，连皮啃。她牙齿很白，几乎和皮肤一样白，啃得很香，汁水四溅。我看着她吃了一会儿，说："你爸，你觉得是个什么样的人？"她含糊地说："不是好人。"我在心里默想，过了一会儿说："至于你的作业，还是弄你自己的，别弄你爸的。"她没理我，指了指腮帮。我又说："你们老师布置的手工作业题目肯定是《我的梦想》。你可能没认真听，要么理解错了。"啃完之后，她说："你说得挺对。我爸的梦跟我没啥关系。我也不白吃你的苹果，送个金箍给你。"我尚未反应过来，她就站到椅子上，把狗尾巴草圈向我头顶一抛。我如被灌顶，再看时那狗尾巴草圈已变成一串念珠绕在我腕间。我踉跄转过身去，不敢再看她的脸，把手翻过去挥了挥。走出巷子，用我衰朽躯体所能承受的最快速度奔到明扬河边的一段古城墙下，将那四分之一外国女人脸抛进河里，跪在河边失声痛哭。我知道此行之后，我的腿将彻底失能，我即将寸步难行，我已被金箍所缚。

　　一九六六年，二十三年前。我自愿下放到淮州周边县城的小医院。火车到淮州站下，我在点心店买了一盒椒盐袜底酥，半硬板纸白色方盒，一盒十个，我把盒子打开闻了闻，喷香，冒气。我十七岁师父送我下山时就给我买了一盒，也是刚做出来，外层尝不出来，里面火烫。我在一个铁窗框和人群的罅隙间与他挥别。看不见他后开始吃酥，一口一个，感觉牙齿颤抖融化，舌头尝不出味。我提着酥走了半日，上了山，路边有新践的杂乱脚印，我加紧脚步，越走越快，最后跑起来。跨进寺门，师父倚靠一截断墙，血从断面一处犬牙般的凸石流下来。头歪在肩膀上，后脑有一块小孩拳头大的地方凹进去，黑红色，深不见底，仿佛阿鼻狱的入口。我眼一昏，跪倒伏在他身上，流泪不止。师父眼皮微微翻动，似乎看到我。他缓慢拉开衣襟，显出一个厚日记本。我忍着泪接过来，看见他缓慢地在空中画了一个圆，随即圆寂。

　　我凝视那本带血迹的厚日记，知道自己的后半生尽系于此。我将师父葬在后山，之后沿来路下山，启程去县医院报到。

　　　　　　　　　　　　　　　　　　　　　一九八九年五月十四日

　　我不知道余生将如何度过了。我不知道如何能赎我的罪业了。今日上午传来不悔的讣告，他前日凌晨抵达南京，乘坐斯汀逊客机飞往重庆，航空公司说有刮暴风的概率，最好延期。但不悔执意要当即出发，愿意支付数倍于机票的费用。飞机在即将飞抵重庆时被闪电击中，坠毁于缙云山脉，机长、机务人员与乘客无一幸存。我此日在想，若是我坚持自己的记忆，或是执意挽留他留宿，或是与他争辩不休，甚至怒骂呵斥、大打出手，只要能延搁片刻，或许就能避开那道闪电。

此事因我而起，却遗祸他人。我实在不知道该如何自处。

一九三七年三月四日

IV

方嘉对我爸感觉应该不错，应该是处于钦敬与羡慕之间。具体来说她认为我不是正经人，我爸是。依据有三，我爸喜欢穿洗得发旧的白衬衫，戴眼镜，且总是心事重重，显得稳重可靠；我爸不抽烟，酒也不多喝，养花下棋，用"世外之人"的方式排解孤独与虚无感，是真正的勇士；我妈走后我爸没有续弦，独身十二年。相较之下我抽烟喝酒烫头"无恶不作"，奸懒馋猾俗不可耐。某次她问我，我们结婚以后，如果有一天我死了，你能不能做到叔叔这样？我用肩膀撞了她一下，呸呸呸，别死啊死的，我们要爱一万年。她说，别说屁话。我迅速思考，说，做不到。她看着我。我说，我最知你心，你一定希望再有一个人替你来爱我。我爸不懂我妈。她说，懂是懂，爱是爱。然后一个星期没理我。

我和方嘉在淮州大学的剧院相识。台下她望，台上我演。戏叫《风车与牛群》，我是编剧、导演兼男主角，一位高僧，被一个魔鬼化身的小男孩用一只纸风车诱惑，随他出寺，来到一片莽原。他将风车绑在一群奔牛的头牛之首，我则义无反顾地奔向牛群，探手去摘。这部戏的大半部分以及高潮部分是高僧即将摘下风车，身体也将被牛群撕碎那一刹那的荒诞内心独白。那一刹那我在台上演了四十分钟，排练的是二十分钟，我刹不住灵感，即兴加了一个人格。本来是一个人格用低音，一个尖声，一个正常。我临时加了一个颤声。四个人格交互，对白多了一倍。演完之后，我向台下鞠躬，觉得自己简直是天才。一看睡倒一半，被旁边人戳醒，恍然大悟，绵绵地拍几巴掌。我回后台卸妆洗脸，把光头套一把撕下，粘掉好几撮头发，生疼。演魔鬼小男孩的小胖进来说，天然哥，有个女的找你。我愣了一下，他冲我眨眼，长得贼带劲，然后推我出去，关上门和他的小女友通电话。方嘉开门见山，说，你这个戏剧核心又老又烂，还挺做作，演技尚可，有一定先锋性。你还是当演员吧。我说，你谁啊？她说，我话剧社的。我说，你们不是拒绝我入社吗？还特意派您莅临指导？她说，他们是他们，我是我，看了你们在食堂门口贴的海报来的。我说，那还真得跟你掰一掰，走，去食堂，我请。

毕业后方嘉考到上戏读导演系，我没考上，也去了上海，在上戏旁边租了间小房子，给人做枪手，经常去蹭课。某次蹭完课方嘉请我吃饭，说，你是不是喜欢我啊？我当然赌咒发誓，说喜欢孟京辉都不会喜欢你云云，来上海单纯因为大城市机会多外加想发掘并利用你的蹭课价值。真正互明心意是在她的毕业大戏上演时，一个对《暗恋桃花源》的解构作品，我全程参与，每夜与她讨论、争辩、对戏、改剧本，白天她蜷进工作室沙发，我趴桌子上，一起眯三四个小时。最终舞台上我们即兴接吻（也是那次道歉之前我与她唯一一次接吻），谢幕时手就牵到一起。

一到淮州，我就打电话给方嘉，打了七八个她都没接，只好给她发短信，说我来拿书，半小时后到你楼下。她没回。半小时后我按她门铃。按了两分钟，话筒里说，往里站一点。我下意识照做，听到身后一声巨响，纸包从三楼落下散开，是我的书。我跳脚大骂，姓方的，敢不敢下来干一架？到拳馆后她二话没说直接开揍，直拳摆拳勾拳一套一套的。我双肘护面，紧气绷身，快扛不住就给她递水。半个小时后，我说，气也出了，赏脸共进午餐，啊？

午饭在石婆婆巷的苍蝇馆子吃，吃的辣子鸡盖浇饭，老板说，哎，好久没来啦，是不是准备怀宝宝了不能吃辣啊？我俩尴尬对视，随即大笑。吃完她说，说吧，干什么来了？别说特意来拿书，你没那么勤快。我说，确实有点事，我爸叮嘱的，得办利索了。她听到我爸，严肃起来，问是否有可以帮忙的地方。我说，他让我把你追回来，你能不能配合一点？她歪头拧腕。我连忙说，确有正事，你附耳过来，事关我家族秘史。她问，方便吗？我说，太方便了，当故事听，我身在此山，你旁观者清，咱俩好久没有双剑合璧了吧，说不定这回整出个好本子来。

讲述过程中我尽量平实，但还是出于天性稍稍添油加醋，例如将那串佛珠描述为我们家族代代相传的诅咒，将祖父寻找串珠的人生诗化为村上春树式的奇幻旅程。当然，以方嘉对我的了解，应该可以逆推还原真实状况。她静静听完，出乎意料地没对故事发表看法，而是说想看看那串佛珠。我丢给她。她瞪我，双手接住，摩挲了片刻，问，这是哪一串？我说，天知道，可能是不悔法师那一串，被贼劫走，又被我祖父千辛万苦寻到，但这种可能性微乎其微；也可能是露生原先自戴的那一串；又或者是日记里那个青衣小女孩送给他的那串。我甚至怀疑祖父因执念太深，产生幻觉，想象出这样一个故事慰藉自己。这串手串，大概只是他回程时在路边随便买的廉价货。做三个平行结局我看不错。她将手串还给我，舀了两勺辣子，用筷尖捣散，戳进米饭，问我，你想怎么处理？我吃得较快，碗底干净如镜，汗被辣意逼出，神思飞扬不可阻遏。我说我想去惊鹿寺前摆摊，举一纸板，上书"买书法作品送家传佛珠"。用我自学成才、忝列家门的江湖体书法写一沓"福"和吉语楹联，若有眼拙的大爷大妈看上，最低讲到二十块一张。付完账附赠这串佛珠。临走前让其附耳来，压嗓道，大爷（大妈），我这回是卖椟赠珠，此手串系我家祖传，三代以上，可能是民国高僧传下，您回去埋于宅邸地下，荫及子孙，永受嘉福，长乐未央。但顾虑是，若被人慧眼识出便丧失趣味。听到这她眼神一亮，将筷掷下，砸落几块鸡肉和酱汁。我觉得有点可惜，下意识想捡起来在茶水里涮了吃，突然想到小时候被我妈用筷子打手心，于是捡起来直接吃掉。她没有注意，身体前倾，撑肘在塑料桌板上，握住我的左手，显出兴奋。她说，直接埋了吧，埋在惊鹿寺。我听懂后也兴奋起来，开始和她讨论其可行性。我说，如何不被发现？她在iPad上搜出惊鹿寺地图，根据回忆一处处排查，最后告诉我后山有一片竹林，竹林后有一空地，她小时候迷路曾穿过竹林走到那里，大哭后被寺僧找到，这片空地随之被发现，偶尔会有人晨练，但这时或许无人。她吃完时，门外下起阵雨，我们准备打的去惊鹿寺，雨停了就上山。

撇开祖上渊源来说，我对惊鹿寺并不熟悉，相反，方嘉在山麓长大，对其了如指掌。我俩第一次约会就在惊鹿寺（是我暗自定义的约会，彼时对她而言大概只是陪同我的一次访寺），时值考研前一个月，我们都已尽人事，准备妥当。我提出去惊鹿寺拜一拜。她嗤之以鼻，说小时候寺里大和尚带我玩，在街上买鸡蛋灌饼，我一个他一个，并排蹲在马路牙子上啃，啧啧有声。现在人家是某殿的殿主，修为精深，宝相庄严。我说，正需要你这样佛缘深厚之人陪同。她先草草拜好，到槛外等我，我深深地缓缓地拜下去，心底默念，南无大慈大悲救苦救难广大灵感观世音菩萨，保佑我追到身后那女子。念了三遍。走出去跟她说，不用担心，菩萨说咱俩都能考上。

车上她说，对你祖父来说，这算是什么样一个东西呢？我说，三种平行结局肯定不一样。她说，那对叔来说算是什么呢？我想了想说，跟他脑子里的瘤子差不多，割而不绝，欲尽还生，迢迢不断如春水。说完我斜眼看她有没有翻白眼。一般我拽文或者开不合时宜玩笑的时候她就翻白眼，怪可爱的。但这次没有，她仰着头，用手指擦车窗上的一层雨雾，不过和冬天不同，是在外面的，擦不到。她把车窗摇下一截，把纤长的手臂伸出去，用手掌在玻璃上抹，淋了一胳膊雨，我想用衣服帮她擦擦，但想到身份不合适，就递了一包纸给她。她抽了两张低下头去抹胳膊，突然说，你说是不是跟我俩挺像？我说，呸呸呸，人跟瘤子比，你这张嘴。

到了山麓，我们撑着伞默然绕山走了几圈，为了不碍行人，一前一后走着，一句两句聊着。我能听到她的鞋轻轻踩水的声音，她下雨喜欢穿白色圆头粗跟皮鞋。她本就高，穿上与我并行，隐隐有瞰视之势。关于鞋的深刻印象源自我们初识的下午，我与她在食堂舌战后颓然败北，随其走出食堂，发现暴雨初霁，夜幕渐沉，食堂门口有一块半月形洼地，积水有半个车轮深，我正欲从凸出的花坛边沿踩过去，突然余光看到方嘉回头向我招手，她赤足蹚过，双手拎着一双白色皮鞋，她举着它们冲我晃了晃，喊，管那么多干吗？直接冲过来呀。我大概是从那时候喜欢上她。傍晚时刻，雨刚好停。我们收了伞，她问我，对你来说这是什么呢？我说，一个契机。她不解。我说，就是我借以追回吾爱的契机。这次她终于翻白眼，突然说，我们赌一把吧。我神色一凛。她接着说，如果你未被人发现，此行成功，我们就再给彼此一次机会。反之，我们就此别过，此生不再相见。一切系于天意。我略愕然，一时无法判断她的意愿是前者还是后者，也自感没有魄力与把握立即应承。她笑着看我一眼，说在山下茶馆等我。我血气上涌，道，茶且斟下，某去便来。走了两步，被她叫住。我以为她要吻别，但她突然说，像是你说的日记本里那个惊鹿的偈子。我说，啊？她说，谁不是鹿呢？谁听不见他山的水声呢？我明白过来，这女人真无厘头。她又说，你真的不想知道我为什么不让你碰？我想，但既然已下定决心去埋珠，就斩钉截铁答不想。她显然不太信，说，一个问题能让人憋一辈子。我说，那要看什么憋法，跟你一起憋，幸甚至哉。她没有翻白眼，正色说，你此行若是成功，回来我们坐下来好好聊一下这件事。我心中一震，叫道，大丈夫一言既出驷马难追！她点点头，挥手示意我快去快回。

在山下杂货铺买了把工兵铲，老板是年轻人，说是《盗墓笔记》同款，无坚不摧，冒险必备。买票进山，往上望了望，乖乖，刺入云里，连绵不绝，见不到顶也望不到边。我爬了一小段，可能还不到五分之一，在休息站吃了碗泡面，冬荫功，泰文，三十块，可能国内泡面不好意思这么坑。吃完全身腾腾出汗，刚才焐在衣服里没来得及出的汗全都发出来，我意识到自己很难爬下去了，看了看周围的游客，他们大部分与我处于同一状态，这景区打的好算盘呵。于是我们买了一百五的缆车票，直接坐到山顶，中间还有机械音讲解，弄得我昏昏欲睡，突然恍惚听到它说惊鹿寺得名于一种日式水器，这不扯淡吗？于是我醒了。又过了一会儿到了山顶，我看着地图走到寺外后山，从竹林中艰难穿过，抵达那片空地。我从背包里掏出折叠铲，脱下外衣缠住铲柄，在末端打了个结，开始挖土。挖了几铲子发现土质太硬，往旁边挪了挪再挖，又松软如常。我偏不信邪，拿铲子砸那片硬地。我突然想到此前那位名导说的话，"如果一个情境，以你的才思，想破脑袋也没办法写，那大概就有点劲儿"，为了分分合合、不知为何不让我碰她的女友，像个土夫子在林外传来的喧沸人声中奋力砸击一块坚逾金铁的泥地，这情境我真是想破脑袋也不知道该怎么写。就在此时，我头上有个男女难辨的声音说："痴儿，别挖了吧。"我一惊，压嗓骂道："要你管？挖你家祖坟了？"他暴怒道："你家祖坟。"我抬头看去，是个青衣道人，扎了两个道髻，额头宽大，脸有种说不出的怪异感，又美又丑，不似常人。我心想混不下去了才会出家啊。我说："此乃佛门静地，你个牛鼻子来做甚？"他不理我，说："你师祖于我有恩。我帮了他徒儿一次，帮了他徒孙一次。你父亲我没机会帮了，再帮你一次吧。"我心想这牛鼻子真会占便宜，正欲大骂，他向我腕间一指，那串佛珠蓦地闪出青光来，变得花圈一样大，从我手腕上挣脱飞起，飞至他面前。他一口吞掉，嚼了几下，把舌头伸出来舔了舔嘴唇，随即化为一道青光从我眼前消失。

原载《西湖》2024年第1期